ブリジャートン家短編集2

レディ・ホイッスルダウンからの招待状

Lady Whistledown Strikes Back

Julia Quinn ◆ Suzanne Enoch ◆ Karen Hawkinss ◆ Mia Ryan

ジュリア・クイン
スーザン・イーノック
カレン・ホーキンス
ミア・ライアン

Raspberry Books

Published by arrangement with Avon, an imprint of HarperCollins Publishers,
through Japan UNI Agency, Inc., Tokyo

『放蕩《ほうとう》者に、いかさま師に、財産目当ての花嫁探し……なんとまあ！　例年にもまして破廉恥《はれんち》な噂の飛び交う春となっている。この筆者ですら、お次はいったい何が起こるのか推測しがたく……』

一八一六年六月の〈レディ・ホイッスルダウンの社交界新聞〉より

『レディ・ニーリーの不幸な供宴に関する話題はこのくらいにしておこう。貴族の大半にとってはなにぶん信じがたい話というだけでなく、ほかにも騒がれて然《しか》るべき話題はあるのだから……』

一八一六年五月三十一日付〈レディ・ホイッスルダウンの社交界新聞〉より

『ホワイト・ホース・ストリートで、某伯爵が某淑女に付き添う姿が目撃された。偶然出くわしたかのようにも見受けられたが、親愛なる読者のみなさまもご承知のとおり、未婚の男女のあいだに、まったく偶然の出会いなどありえないのである』

一八一六年六月五日付〈レディ・ホイッスルダウンの社交界新聞〉より

親愛なる読者のみなさま

数年前、わたしはのちに *The Duke and I*（邦題『恋のたくらみは公爵と』）として刊行されることとなる本を書くにあたって、レディ・ホイッスルダウンという架空のゴシップ新聞記者を生みだし、この女性のコラムを各章の冒頭に抜粋することにしました。じつを言えば、レディ・ホイッスルダウンに成り代わって書いているときほど執筆を楽しめたことはこれまでありません。辛らつで、へそ曲がりで、洞察力が鋭く、ときには情の深さも見せる女性です。*Romancing Mister Bridgerton*（邦題『恋心だけ秘密にして』）での活躍を最後に〝引退〟させたときには、喪失感を覚えました。

でも、ひとつ扉が閉じれば、また新たな扉が開きます。レディ・ホイッスルダウンを〝語り手〟としたアンソロジーを出してはどうかとの提案を受けたのです。もちろん、わたしはすぐにその提案に乗りましたが、正直なところ、当初はどのような物語にするのか決めていたわけではありませんでした。この本に収められた四つの短篇小説はさりげなく交錯《こうさく》しています。たとえば、スーザン・イーノックの物語のヒロインはスケート・パーティでわたしの物語のヒロインを倒してしまいますし、ミア・ライアンの物語の主人公ふたりは、カレン・ホーキンスの物語の登場人物が開いた舞踏会で口論に及びます。わたしはレディ・ホイッスルダウンのコラムの執筆者として、四篇すべての登場人物たちの目や髪の色など細かな点まで把握しなければなりませんでした。容易ではありませんでしたが、ほんとうに楽しかった。

スーザン・イーノック、カレン・ホーキンス、ミア・ライアンとともに、本書をみなさまにお届けできることはこのうえない喜びです。一八一四年初めのロンドンもまた話題にあふれ、レディ・ホイッスルダウンの筆も相変わらず冴えています。

お楽しみください！

ジュリア・クイン

情熱的に交わされる視線、隠しきれない欲望、真夜中の密会——社交界きっての情報通との誉《ほま》れ高い記者は、それらをけっして見逃さない。

このたび多くのご要望をいただき、ニューヨーク・タイムズ紙のベストセラー作家ジュリア・クイン、スーザン・イーノック、カレン・ホーキンスと、ミア・ライアンがふたたびイングランド摂政時代を舞台に、誘惑と醜聞《スキャンダル》に彩られた心ときめくロマンスをお届けする。すべては、比類なきレディ・ホイッスルダウンにより綿密な調査のうえ記録されたものである。

レディ・ホイッスルダウンのコラムはすべて、ジュリア・クインが執筆しました。

レディ・ホイッスルダウンからの招待状

主な登場人物

マティルダ（ティリー）・ハワード……キャンビー伯爵令嬢。
ピーター・トンプソン……ストートン男爵子息。
ロバート・ダンロップ……ティリーの兄の友人。
イザベラ・マーティン……レディ・ニーリーのお話し相手《コンパニオン》。
アンソニー・ドーリング……ロックスベリー卿。
シャーロット・バーリング……バーリング男爵令嬢。
ザヴィアー・マトソン……マトソン伯爵。
ハーバート・ビートリー……上流階級の紳士。
エドワード・バーリング……シャーロットの父。
ヴィヴィアン・バーリング……シャーロットの母。
ソフィア・ハンプトン……イースタリー子爵夫人。
マックスウェル・ハンプトン……イースタリー子爵。
ジョン・スロックモートン……ソフィアの兄。スタンドウィック伯爵。
トマス・リドルトン……上流階級の紳士。
レディ・ニーリー……男爵未亡人。
ヘンリー・ブルックス……レディ・ニーリーの甥《おい》。
レディ・ホイッスルダウン……社交界新聞の記者。

ファーストキス

ジュリア・クイン

レディ・ホイッスルダウンを愛し、勝手をお許しくださる各地の読者のみなさまに。

そしてまた、ポールにも。この本の題名にスター・ウォーズの副題（The Empire strikes Back『帝国の逆襲』）を取り入れさせたことにご満悦のようだけれど。

1

『今週最も待ち望まれている催しは、来《きた》る火曜日にレディ・ニーリーが開く晩餐会《ばんさん》であろう。招待客名簿の長さはさほどでもなく、とりたてて上流志向というわけでもないのだが、昨年の晩餐会、より正確に言うならば、その際の献立については広く知られており、ロンドンじゅうの人々が（なかでも胴まわりのふくよかな面々は）出席を熱望している。

筆者にはあいにく招待状は届いていないので、自宅でひと瓶のワインとひと塊《かたま》りのパンを味わいつつ本コラムを書いて過ごすよりほかにないが、親愛なる読者のみなさま、どうか同情なされぬよう。出席せねば豪勢な料理にはありつけずとも、レディ・ニーリーの話に耳を傾ける必要もない！』

一八一六年五月二十七日付〈レディ・ホイッスルダウンの社交界新聞〉より

ティリーことマティルダ・ハワードは、その晩、不吉な予感を抱いてはいたが、実際に何が起こるかということまでは想像すらつかなかった。

レディ・ニーリーの晩餐会には出席したくなかったものの、両親に説得されてここに来て、招待主――その時どきで人々から恐れられ、あるいは呆《あき》れられもしているレディ・ニーリー――の声が、石板を爪で引っ掻く音に似ていることは考えないようにしていた。

加えて、遅くとも一時間前には供される予定だった料理を求めて鳴っている自分の空腹の音にも、そしらぬふりをつくろっている。招待状には午後七時からと記されていたので、ティリーは両親のキャンビー伯爵夫妻とともに、八時には晩餐が始まるだろうと予想して七時半きっかりに到着した。それからもう九時になろうというのに、この男爵夫人にお喋《しゃべ》りをやめて晩餐を始めようとするそぶりは見えない。

とはいえ、ティリーがいまなにより目を向けたくないのは――じつを言えば人目を引かずにすむ方法を見つけられればここから逃げだしたいとさえ思っている原因は――隣に立っている男性だった。

「愉快な男だった」ロバート・ダンロップが、ほんの少しワインを飲みすぎたらしい陽気さで声高らかに言った。「いつだって楽しいことを見つけだすんだ」

ティリーはこわばった笑みを浮かべた。ミスター・ダンロップは、一年近く前、ワーテルローの戦いで命を落としたティリーの兄、ハリーのことを話していた。ティリーはこの男性と引きあわされて挨拶を交わしたとき、期待に胸を躍らせた。心の底から愛していた兄を失い、時には息苦しくなるくらい恋しくてたまらなくなることもある。戦友のひとりから兄の最期の日々について話を聞けたなら、すばらしいひと時を過ごせるだろうと思った。

ところが、ロバート・ダンロップの話は、ティリーが聞きたがっていたものとは違っていた。

「いつもきみのことを話していたよ」ダンロップはほんの十分前にも口にしたことを繰り返した。「といっても……」

ティリーはこれ以上の説明は不要だとわからせたくて、ただ瞬《まばた》きをしたが効果はなかった。

「きみがやせっぽちで、くねくねした三つ編み頭をしているという話ばかりだったが」

ティリーは凝った髪型に結い上げた頭にさりげなく手をやった。そうせずにはいられなかった。「兄が大陸へ旅立ったときには、くねくねした三つ編み頭でしたから」やせっぽちだったことまで付け加える必要があるとは思えない。

「お兄さんはきみをとても深く愛していたんだ」ミスター・ダンロップが言う。思いのほかやさしそうな感情のこもった声に、ティリーはあらためて注意を振り向けた。判断を急ぎすぎたのかもしれない。ロバート・ダンロップはよかれと思って話してくれている。きっと心根はやさしい人物なのだろうし、顔立ちもわりあい整っていて、軍服に身を包んだ姿はなかなかに凛々しい。兄のハリーがいつも親しみを込めて手紙に書いてきていた友人なので、ティリーもつい〝ロビー〟という呼び名が口に出かかってしまう。いつもはもう少し違う男性なのかもしれない。ワインのせいもあるのだろう。きっと……。

「きみのことを熱心に話していた。それは熱心に」ロビーはおそらくはさらに強調しようとして繰り返した。

ティリーは黙ってうなずいた。たとえ兄が千人もの男性に妹はやせっぽちのぐずなんだと話していたと知らされても、恋しい気持ちは変わらない。

ロビーもうなずいた。「そばかすの下まで見通せる男にならきみが最高の女性だとわかってもらえるんだがと言っていた」

ティリーは逃げ場を求めて、近くの戸口を探しはじめた。ドレスの裾《すそ》がほつれたふりか、大げさに咳きこみでもすればいい。

ロビーがそばかすをまじまじと覗《のぞ》きこんでいる。

いっそ、死んだふりでもしてしまおう。下手な芝居のせいで、たとえあすの〈ホイッスルダウン〉の巻頭記事を飾ることになろうと、やってみようという考えに傾きかけていた。こうしているよりましなのは確かだ。

「きみの花嫁姿を見たいと、よく洩らしていた」ロビーは言い、いたって気さくな調子でうなずいた。「そのたび、きみには花嫁持参金がたんまり付いてくるんだと言って」

そうだったのだろうか。兄が戦場でせっせと友人たちに妹を花嫁候補として売りこみ、けっして考えたくはないことだけれど容姿や性格についてはさておいて、花嫁持参金をいちばんの魅力に挙げていたなんて。

それがばれて妹に追及される前に死んでしまうところが、いかにもあの兄らしくもある。

「もう行かなければいけませんの」ティリーはだし抜けに告げた。

ロビーが辺りを見まわす。「どちらへ?」

どちらへでも。

「外へ」それで納得してもらえることを願った。

ロビーが困惑したように眉間《みけん》に皺を寄せ、ティリーの視線をたどってドアのほうを見る。

「なるほど」と、ロビー。「それなら、ぼくが……来てたのか！」

ティリーは折よくロビーの関心を奪ってくれた人物を見ようと顔を振り向けた。長身でロビーと同じ軍服姿の紳士が、ふたりのほうに歩いてくる。ただし、ロビーとは違って……。

危険な感じがする。

髪は濃く、蜂蜜のようになめらかな金色で、目は――まだ三メートル近く離れていては正確な色は見分けられないけれど、何色だろうと、それ以外の部分を見ただけで若い女性ならみな脚から力が抜けてしまうだろう。肩幅が広く、姿勢も完璧で、まるで大理石の彫像のような顔立ちをしている。

「トンプソン」ロビーが呼んだ。「ここで会えるとは嬉しい驚きだな」

トンプソン。ティリーはその名に思いあたって、胸のうちでうなずいた。亡き兄の親友のピーター・トンプソンに違いない。兄はほとんどすべての手紙でその男性について触れていたが、外見が描写されていたことは一度もなかった。書かれていたなら、いま目の前にいるこのギリシア神のような姿を見てすぐに気づいていただろう。ハリーお兄様のことだから、尋ねたとしても、そっけなく肩をすくめて、〝まあ、ごくふつうの見た目の男だ〟としか答えてくれなかっただろうけれど。

男性はがいして細かな点まで気が行き届かない。

「レディ・マティルダと面識は？」ロビーがピーターに訊く。

「ティリー」ピーターはつぶやくように呼び、ティリーが差しだした手を取って口づけた。

「失礼。馴れなれしくするつもりはないのですが、ハリーがいつもそう呼んでいたものですから」

「かまいませんわ」ティリーは応じて、ほんのわずかに首を横に振った。「わたしも、ミスター・ダンロップをロビーと呼ばないようにするのに苦労してますもの」

「なんだ、気にしないでくれ」ロビーが愛想よく言う。「みんなそう呼んでる」

「ということは、ハリーがぼくたちのことを手紙に書いていたんですね？」ピーターが尋ねた。

「毎回書いてありましたわ」

「お兄さんは、あなたをとても大切にしていた」ピーターが言う。「よく、あなたのことを話していました」

ティリーは顔をしかめた。「ええ、ロビーからもそう聞きました」

「ハリーが忘れてはいなかったことを伝えたかったんだ」ロビーが説明した。「うわ、あれは母だ」

突然話題を変えられ、ティリーとピーターは驚いて、同時にロビーを見やった。

「身を隠したほうがよさそうだ」ロビーはつぶやくと、鉢植えの陰に移動した。

「見つかるだろうな」ピーターが口もとにうっすら苦笑いを浮かべて言う。

「母親は子供を見逃さないわ」ティリーも同調した。

沈黙が垂れこめ、ティリーは思わず、ロビーが戻ってきて少し的外れでも気さくなお喋りで間を埋めてくれることを願った。ピーター・トンプソンの前で何を話し、どう振るまえばいいのかがわからない。それにあの兄ならば冗談まじりに話していたのが想像できるだけに、この男性もひょっとして自分の花嫁持参金、つまりはその多さや、それが妹の最も輝かしい魅力だとハリーから何度も聞かされたことを呼び起こしているのではないかと考えずにはいられなかった。

が、ピーターは唐突にまったく思いがけない言葉を口にした。

「こちらに来て、すぐにあなたがハリーの妹さんだとわかりました」

ティリーは意表をつかれて目をしばたたいた。「そうでしたの？」

ピーターがいまにも引きこまれそうな灰色がかった青い瞳で、身をよじりたくさせるほどじっと見つめた。「ハリーから、詳しく聞いていましたから」

「もう、くねくねした三つ編み頭ではありませんわ」つい皮肉めいた口ぶりになった。

ピーターが含み笑いを洩らした。「ロビーがそう言ってたんですね」

「ええ、それは詳しく」

「気になさる必要はない。姉や妹のことについては必ず話題にのぼります。それに、みんなあきらかに、あなたが十二歳のときの話だということはわかっていましたから」

ごく最近まで兄が話していたとおりだったのはわざわざ伝える必要はないと、ティリーは即座に判断した。友人たちがみな成長し大人びて、より女性らしい装いに変わっていくなかで、自分だけは十六歳までまるきり子供っぽいままだった。いまも少年のように細身ではあるものの、少しずつ丸みを帯び、その変化に気づくたび心浮き立つ喜びを覚えている。いまは十九歳で、もうすぐ二十歳になり、どうみてももう〝やせっぽち〟なだけの少女ではない。それにもう二度とあと戻りすることもない。

「どうして、おわかりになったの?」ティリーは訊いた。

ピーターが微笑《ほほえ》んだ。「わかるんじゃないかな」

髪だ。ハワード家特有の垢抜《あかぬ》けない色の髪。くねくねした三つ編み頭が優雅な束髪《シニヨン》に変わっても、髪の色は同じだ。ティリー、ハリー、長男のウィリアム、三人きょうだいは全員ハワード家の証《あか》しである見栄えのしない赤毛をしている。赤みがかったブロンドでも、金色に近い褐色でもない。赤、さもなければオレンジ、より正確に言うなら明るい銅色で、陽光のもとでこの髪を見て目を細く狭め、顔をそむける者はきっと何人もいる。どういうわけか父親だけは忌《い》まわしい遺伝を免《まぬが》れたが、その子供たちにはふたたびその災いが受け継がれた。

「それだけじゃない」ピーターは、ティリーが言葉にするまでもなく考えを見越して続けた。「あなたは彼にとてもよく似ている。口の形のせいかな。輪郭《りんかく》もだ」

ピーターが懸命に感情の高ぶりをこらえるように静かに熱っぽく話す様子に、ティリーは亡きハリーへの友情と、自分とほとんど変わらない寂しさを抱いていることを感じとった。にわかに涙がこみあげた。

「わたし――」言葉が続かなかった。声が消え入り、あろうことかいつしか鼻を啜《すす》り、息がつかえていた。淑女らしくないし、品位のあるしぐさではない。おおやけの場で啜り泣くのはどうにか避けなくては。

ピーターがその異変に気づいた。ティリーの肘《ひじ》を取り、さりげなく人々に背を向けさせてから、ハンカチを取りだして手渡した。

「ありがとう」ティリーは礼を述べて、ハンカチで目頭を押さえた。「ごめんなさい。わたし、どうしちゃったのかしら」

ピーター・トンプソンは、哀しみのせいだと思いながら口には出さなかった。わかりきったことで、口にするまでもない。ふたりともハリーが恋しい。それは誰もが同じだ。

「どういうわけで、レディ・ニーリーの晩餐会に？」話題を変えるのが適切だと見きわめて尋ねた。

ティリーがすぐさま感謝のまなざしを向けた。「両親に説得されたんですわ。父にロンドンで最高の料理人が腕を振るうと聞かされて、欠席は許されなかったんです。あなたは？」

「父がこちらの男爵夫人と知りあいなのです」ピーターは答えた。「街に帰ってきたばかりのぼくを気遣って招待してくださったのでしょう」

同じように気遣われて招待された軍人は大勢いるのだと、ピーターは内心で皮肉っぽく思った。軍隊から戻り、あるいはこれから赴《おもむ》く予定で、ライフル銃を手に戦場で馬を疾走《しっそう》させる以外何をすればいいのかわからずぶらぶらしている若者は多い。

友人たちのなかには軍隊に残ることを選んだ者もいる。自分のようにさして身分の高くない貴族の次男以下の男子たちにとっては名誉ある職業だ。だが、ピーターには軍隊生活も殺しあいも人の死も、もうたくさんだった。両親からは聖職者となることを勧められたが、実際、しがない紳士階級の男にふさわしい道はほかにそれくらいのものだろう。兄が男爵位を継ぎ、ささやかな領地を相続するのだから、自分に遺されるものは何もない。

それでも、聖職者になるのはどうしても間違っているように思えた。戦場から生還して信心に目覚める友人もいたが、ピーターの場合はその逆で、信徒たちを正しい道へ導く役割など自分にはもってのほかだと感じてしまう。

夢みることが許されるなら、ほんとうにしたいのは田舎で静かに暮らすことだ。農場主になりたい。とても……のどかに暮らせるのではないだろうか。この数年の人生で経験したものとはまったく違う日々を送れるだろう。

といっても、そのような暮らしをするには土地が必要で、土地は買わなければならず、ピーターにはその資金が不足していた。将校の任官辞令を売って正式に退役すれば、わずかな金《かね》は得られるが、それだけでは足りそうにない。

それが、最近ロンドンにやって来た理由だった。妻を娶《めと》る必要がある。花嫁持参金が約束されている花嫁を。高望みはしていない――どのみち、自分のような男の求婚を受け入れる女相続人はいないだろう。そうとも、そこそこの財産を持つ女性であればいい。農場にできる土地を有していればなおさらありがたい。自活して平穏に暮らせさえすれば、イングランドのほとんどどこへ移り住んでもかまわない。

実現不可能な目標とは思えなかった。男爵の子息で、しかも勲章を授かった軍人に娘を快く嫁がせる父親はおそらく大勢いる。相当な財産を相続する女性や呼び名に敬称の付く令嬢の父親であればもっと多くを求めるかもしれないが、それ以外の人々にとっては間違いなくじゅうぶん有望な花婿候補と見なしてもらえるはずだ。

ピーターはティリー・ハワードを見やり、いや、正式にはレディ・マティルダだと胸のうちで言いなおした。間違っても求婚を受け入れてもらえる相手ではない。キャンビー伯爵家のひとり娘で、想像も及ばない富に恵まれている。本来なら気軽に話しかけるのは控えるべきなのだろう。財産目当ての男だと噂されかねないし、実際に金を必要としている身であれ、そのような人間だと決めつけられるのは避けたい。

だが、この女性はハリーの妹で、ハリーとはある約束を交わしていた。それにティリーとこうして並んで立っていると……ふしぎな気分に陥った。木の葉のようにみずみずしい緑色の目から少し頭を傾けて話を聴く独特のしぐさまで、あまりに兄妹そっくりなのだから、よけいにハリーが懐かしくなりそうなものだ。

にもかかわらず、こうしているのが自然に思えた。しかも、一緒にいるのはハリーではなく妹のほうだというのに、自分がいるべきところに戻れたかのようにくつろいでいる。

ティリーに微笑みかけると、微笑み返され、身体のなかで何かが張りつめ、妙に心地よく……。

「こちらにいらしたのね！」レディ・ニーリーの甲高い声がした。

ピーターが振り返ると、いつも以上に耳にきんと響く声を発した招待主の姿が見えた。ティリーは視界を遮《さえぎ》っていたピーターの右にずれて、小さく驚きの声を洩らした。「まあ」

レディ・ニーリーの肩には緑色の大きなオウムが乗り、けたたましい声をあげている。

「マーティン！　マーティン！」

「マーティンというのは誰だろう？」ピーターはティリーに訊いた。

「ミス・マーティンよ」ティリーが言いなおした。「レディ・ニーリーのお話し相手《コンパニオン》なの」

「マーティン！　マーティン！」

「ぼくがその女性なら、身を隠すだろうな」ピーターは小声で言った。

「無理だと思うわ」ティリーが言う。「直前になって招待客名簿にイースタリー子爵が加わって、レディ・ニーリーは男女の数を吊り合わせるために、強引にミス・マーティンを出席させたんだもの」茶目っ気のある笑みを浮かべ、ピーターの顔を見やった。「晩餐が始まる前にあなたが逃げだしでもしないかぎり、かわいそうにミス・マーティンもここにいなければいけないのよ」

ピーターは顔をしかめた。オウムがレディ・ニーリーの肩を飛び立ち、見るからにどこかへ逃れようとしていた黒髪のほっそりした女性のほうへ飛んでいく。女性が振り払おうとしても、鳥は離れようとしなかった。

「お気の毒だわ」ティリーが言う。「鳥につつかれなければいいんだけど」

「いや」ピーターはその光景を面白がって眺めていた。「あれは懐かれてるんじゃないかな」

はたして、オウムは気の毒な女性にくちばしを擦《こす》りつけるようにして、甘える声で呼んだ。

「マーティン、マーティン」やっと天国の門を開いてもらえたとでもいうように。

「奥様」ミス・マーティンは懇願するように言い、しだいに充血してきた目を擦った。

それでも、レディ・ニーリーは平然と笑っている。「百ポンドもした鳥なのよ。それに、ミス・マーティン、あなたに甘えたがっているだけじゃないの」

ピーターがティリーを見ると、むっとした表情で口を真一文字に引き結んでいた。「ひどいわ」と、ティリー。「お気の毒にあんな目に遭わされているというのに、鳥の飼い主のレディ・ニーリーは知らん顔をしているなんて」

ピーターはそれを聞いて、輝く鎧をまとった騎士よろしく、窮地に立たされているレディ・ニーリーの哀れなお話し相手を救う出番なのだろうと気負ったが、踏みだすより先に、ティリーがつかつかと歩きだしていた。興味津々にあとに続き、ティリーが指を突きだしてミス・マーティンの肩から鳥を追い払うのを見守った。

「ありがとうございます」ミス・マーティンが言う。「あの鳥が、どうしてこんなことをするのかわからないんです。これまではわたしにまったく関心を示さなかったのに」

「レディ・ニーリーはあの鳥を閉じ込めておくべきですわ」ティリーは毅然として言った。ミス・マーティンは何も答えなかった。その指摘どおりに実行されることがありえないのはみな承知している。

ティリーはオウムを飼い主のもとへ連れ戻した。「こんばんは、レディ・ニーリー」と挨拶した。「鳥の止まり木はお持ちですか？　なければ、鳥かごにお入れになったほうがよろしいかと」

「愛らしいでしょう？」と、レディ・ニーリー。

ティリーは黙って笑みを返した。ピーターは唇を嚙んで含み笑いをこらえた。

「止まり木ならそこにあるわ」レディ・ニーリーが言い、部屋の片隅のほうへ頭を傾けて示した。「この子のお皿に種を盛るよう従僕に頼んでおいたわ。もうどこへも飛ばないわよ」

ティリーはうなずいて、オウムを止まり木へ運んでいった。案の定、鳥はせっせと餌をついばみはじめた。

「きっときみも鳥を飼ってるんだな」ピーターは言った。

ティリーが首を振る。「飼ってないわ。でも、ほかの方々が鳥を扱うのは見てきたから」

「レディ・マティルダ！」レディ・ニーリーが呼ばわった。

「あいにく、お呼びのようだ」ピーターはささやいた。

ティリーはいかにもいらだたしそうにちらりと目をくれた。「ええ、だけど、あなたもちょうどここにいらしたのだから、ぜひ付き添っていただくわ。なんでしょう、レディ・ニーリー？」最後は一転してきわめて穏やかに明るい声で応じた。

「お嬢さん、こちらにいらっしゃい。見せたいものがあるのよ」

ピーターもティリーのあとから部屋の反対側へ戻っていったが、招待主のご婦人に腕を突きだされたときにはまだ安全な後方に控えていた。

「どうかしら？」男爵未亡人はブレスレットをじゃらじゃらさせて訊いた。「買ったばかりなの」

「すてきですわ」ティリーが答えた。「ルビーですか？」

「もちろん。赤いでしょう。ほかにこんな色の石がある？」

「ええ……」

答える必要のない形ばかりの問いかけなのかをティリーが判断しかねている姿に、ピーターは笑みを浮かべた。レディ・ニーリーの言葉を正確に解釈できる者はいない。

「揃いのネックレスも持ってるのよ」レディ・ニーリーが楽しげに続ける。「けれども、目立ちすぎるのはよくないと思ったの」身をかがめ、誰からしても静かとは呼べない声で言った。「ここには、あなたとわたくしほど気ままにお金を使える方は、ほかにいらっしゃらないでしょう」

ピーターは男爵未亡人の視線をたしかに感じたが、この侮辱は聞き流そうと思い定めた。レディ・ニーリーの発言にいちいち腹を立ててはいられない。反応すれば彼女の言いぶんをかえって目立たせてしまううえ、侮辱されたという思いにいつまでも煩わされることになる。

「でも、イヤリングは付けてみたわ！」

ティリーは身を乗りだして、従順に調子を合わせて招待主のイヤリングを眺めた。それから、まっすぐに背を戻したそのとき、レディ・ニーリーがこれ見よがしに自慢したばかりのブレスレットが手首からするりと抜け、柔らかな音とともに絨毯に落下した。

レディ・ニーリーがうろたえた金切り声をあげ、ティリーはかがんでブレスレットを拾い上げた。「すてきな品ですわ」ルビーを感心したように眺めてから、持ち主に返した。

「こんなことになるなんて信じられない」レディ・ニーリーが言う。「きっと大きすぎたのね。わたくしの手首はとても細いから」

ピーターは口を手で覆って空咳をした。

「拝見しましょうか？」ティリーは言いつつ、ピーターの踝《くるぶし》をさりげなく蹴った。

「ぜひお願いするわ」年配の男爵未亡人は応じて、ブレスレットを手渡した。「以前のようにはもう目が利かないのよ」

小さな人だかりができて、みなティリーが金色に輝く精緻な細工の金具に目を凝らして触れるのを見守っている。

「修理に出したほうがよろしいですわ」ティリーはそう結論づけて、レディ・ニーリーにブレスレットを返した。「金具が壊れています。きっとまた落ちてしまいますわ」

「なんてこと」レディ・ニーリーは片腕を突きだした。「ミス・マーティン！」大声で呼んだ。

すぐさまミス・マーティンが駆けつけて、ブレスレットを女主人の腕に付けなおした。

レディ・ニーリーはぶつぶつこぼしながら手首を顔の前に上げて、もう一度ブレスレットをじっくり眺めてから腕をおろした。「〈アスプレイの店〉で買ったのよ。ロンドンでは最高級の宝石店だわ。金具が壊れたブレスレットをわたくしに売るなんて考えられない」

「おそらく壊れたものを故意に売ったわけではありませんわ」ティリーは言った。「ただ――」

その先の言葉は不要だった。みないっせいに、ふたたび絨毯に着地したブレスレットにじっと目を落とした。

「間違いなく壊れてるな」ピーターはつぶやいた。

「とんでもない仕打ちだわ」レディ・ニーリーは言い捨てた。

ピーターもその言葉には賛同した。なにしろ誰もが晩餐の席について腹を満たしたがっているときに、やけに光るブレスレットのせいで長々と待ちぼうけを食わされているのだから。誰の音か聞き分けられないほどいくつもの腹が鳴っている。

「これをいったいどうしたらいいかしら？」レディ・ニーリーはミス・マーティンが絨毯から拾い上げたブレスレットを受けとって訊いた。

ピーターには見覚えのない長身で黒い髪の男性が、小さなキャンディ皿を持ってきた。

「これで事足りるでしょう」そう言って差しだす。

「イースタリー」レディ・ニーリーはしぶしぶといったふうに、それどころかその紳士の助けを受けるのは心外だとでもいうそぶりで名をつぶやいた。ブレスレットを載せた皿をそばの食器棚に置く。「こうすれば」ブレスレットをきれいな輪に整えた。「みなさんに、ご覧にいれられるわ」

「食事のあいだ、テーブルの真ん中に飾っておけばよろしいのでは」ピーターは提案した。

「あら、そうね。すばらしい考えだわ、ミスター・トンプソン。ちょうど、もうそろそろ晩餐を始める時間ですもの」

ピーターの耳に、誰かのため息がたしかに聞こえた。「もうそろ、そ、そ、ろ？」

「いいでしょう、すぐに晩餐を始めましょう」と、レディ・ニーリー。「ミス・マーティン！」

いつの間にか雇い主から何メートルも遠ざかっていたミス・マーティンが戻ってきた。

「晩餐の用意が整っているか見てきてちょうだい」レディ・ニーリーが指示した。

ミス・マーティンが戸口を出ていき、一同はあまたの嘆息が聞こえるなか客間から食堂へ移動した。

ピーターはさいわいにもティリーと並んで席につくことができた。通常なら伯爵令嬢の隣に坐れる身分ではなく、実際、右隣の婦人の相手役として設定された席なのだろうが、その向こう側にロビー・ダンロップが坐っているおかげで、こちらはティリーと心おきなく会話を楽しめそうだ。

料理は評判どおりの絶品だった。ロブスターのクリームスープをスプーンで口に運んで堪能していると、左から物音がしたので顔を向けた。ティリーがこちらをじっと見つめ、名を呼びかけようとするかのように唇を開きかけた。

愛らしい女性だとピーターはあらためて思った。ハリーから妹がこれほど愛らしいとは聞いていなかったし、兄の立場からすればそうは見えなかったのかもしれない。親友は大人の女性に成長した妹の姿を見ることはできなかったのだろう。愛撫を求めているかのような頬のふくらみも、話そうと口をあける前に一瞬キスを待つように唇をわずかにすぼめる癖も、知ることはなかったのだ。

ハリーが見ることのできなかったものを自分が見ていると思うと、胸の奥が揺さぶられた。「何か訊きたいことがあったのかい？」いつもと変わらない声で言えたのは自分でも意外だった。

「そうなの」ティリーが言う。「どう言えばいいのか……わからない……」

ピーターはティリーの考えがまとまるのを待った。

しばしの間のあと、ティリーが前かがみにテーブルの周りを見やり、誰もこちらに目を向けていないのを確かめてから訊いた。「そこにいらしたの？」

「どこに？」質問の意味ははっきりとわかっていたが、訊き返した。

「兄が死んだとき」ティリーが静かに言う。「そこにいらしたの？」

ピーターはうなずいた。思いだしたくない記憶ではあるが、自分にはこの女性にできるかぎり誠実に答えなければならない義務がある。

ティリーは下唇をふるわせ、ささやき声で言った。「苦しんだの？」

ピーターはどう答えればいいのか束の間ためらった。ハリーは苦しんだ。両脚を骨折し、とりわけ右脚は骨が皮膚から突きだしていたほどだったので、三日のあいだとてつもない痛みに襲われていたのは間違いない。その痛みを乗り越えられれば後遺症もさして残らずにすんだはずだが――軍医は接骨の熟練者だった――それから高熱を出し、ハリーがその戦いには勝ち抜けないとピーターが悟るまでに長くはかからなかった。二日後、親友は息絶えた。

とはいえ、この世を去るまぎわのハリーはぐったりとしていたし、まして指揮官からくすねてきたアヘンチンキを喉に流しこんでやってからは痛みを感じていたのかどうかすらわからなかった。そういうわけなので、結局ティリーにはこう答えるしかなかった。「少しは。苦しまなかったとは言いきれないが……最期……は安らかだったと思う」

ティリーはうなずいた。「ありがとう。どうだったのかしらといつも考えてしまうの。ずっと考えてたわ。お話を伺えてよかった」

ピーターはスープに注意を戻し、ロブスターのかけらと小麦粉のとろみと煮出し汁が、ハリーの死の記憶を払いのけてくれることを願ったが、ふたたびティリーが口を開いた。「英雄であることをなぐさめにしなければいけないのでしょうけど、そうもいかなくて」

ピーターは顔を振り向け、目顔で問いかけた。

「わたしたち家族は、兄を誇りに思うべきだとみなさんから言われるわ」ティリーは説明した。「でも、英雄で、ワーテルローの戦いで死んで、フランス軍兵士の身体を銃剣で刺したからといって、少しもなぐさめにはならない」唇をわななかせ、答えが得られないとわかっている問いをかかえる者ならではの物悲しくぎこちない笑みを浮かべた。「兄の死因が落馬だろうと、麻疹《はしか》だろうと、鶏の骨で窒息したんだろうと、わたしたち家族が寂しいのは同じだもの」

ピーターはその言葉の意味を読み解き、思わず唇を開いた。「ハリーは英雄だった」とっさに出た言葉だったが、事実には違いなかった。ハリーは勇敢に戦い、一度ならず戦友の命を救い、幾度となく英雄であることを証明してみせた。ただし、ほとんどの人々が英雄の最期として想像するような死に方ではなかった。ワーテルローでフランス軍と戦う前に、ばかばかしい事故になす術もなく巻き込まれ、修理しながら騙しだまし使われていた物資運搬用の荷馬車の下に六時間も挟まれたあげく死んだのだ。何週間も前に叩き割って薪にしておくべき荷馬車だったのだとピーターは憤慨したが、軍では粗末な荷馬車のみならず、どんなものでも不足していたので、連隊の指揮官はそんなものでも廃棄しようとはしなかった。

だが、このことはティリーにはむろん、ご両親にも話すべきではない。どうやら誰かが、ハリーの死が家族に与える衝撃をやわらげるために、深紅に染まった戦場で輝かしい最期を遂げたのだと語り聞かせたのだろう。

「ハリーは英雄だった」ピーターは繰り返した。それは事実であり、経験していない人々には戦争というものの真実をけっして理解できないことは、だいぶ以前に学んでいる。まして、身内が他人より高潔な死を遂げたと思うことがなぐさめになるのなら、その幻想を壊そうとは思わない。

「真の友人だったのね」ティリーが言う。「あなたが兄の友人でいてくださってよかったわ」

「約束したんだ」ピーターは反射的に口走っていた。話すつもりはなかったのだが、どういうわけか言わずにはいられなかった。「正確には、約束を交わしたと言うべきだな。ハリーが死ぬ数カ月前だった。ぼくたちは……その前の晩に壮絶な戦いを経験し、同じ連隊の仲間を大勢失っていた」

ティリーが身を乗りだし、思いやりに満ちた目を大きく見張った。ピーターはその顔を見つめ、ほんのりピンクがかったなめらかな肌や、鼻にうっすら散りばめられたそばかすを眺めるうち、どうしようもなくキスをしたくなった。

ああ、まったく。レディ・ニーリーの晩餐会の最中に、マティルダ・ハワードの肩をつかんで抱き寄せ、すべてを失ってもキスをしたいなどと思うとは。

ハリーが生きていたら怒鳴られていただろう。

「どうなさったの？」ティリーに問いかけられた。そのひと言でとても重要なことを話そうとしていたのだとわれに返れそうなものだが、なおも唇を見つめることしかできず、完全なピンク色ではなく、どちらかと言えば桃色に近いと思い、そのうちにふと、女性にキスをする前にこのように唇をつくづく眺めたことは――少なくともこれほどには――いままでなかったと気づいた。

「ミスター・トンプソン？　ピーター？」

「失礼」ピーターは詫びて、テーブルの下でこぶしを握りしめた。爪が手のひらに食いこむ痛みで、どうにかして意識を目下の話題に戻そうとするかのように。「ハリーと約束したんだ」言葉を継いだ。「とりわけ困難な状況のときにはよくしていたことなんだが、ふたりで家族の話をしていた。ハリーはきみのことを話し、ぼくは妹のことを――十四歳なんだ――話して、もしどちらかの身に万一のことがあったら、お互いの妹を見守ろうと約束した。危険が及ばないように」

ティリーはすぐには何も言わず、ただじっと見つめたあと、口を開いた。「とてもありがたいことだけれど、心配いらないわ。その誓いについてはもう気になさらないで。わたしは世間知らずな娘ではないし、もうひとり、ウィリアムという兄がいるの。それに、ハリーの代わりはいらないわ」

ピーターは口を開きかけて、すぐにやはり言葉を継ぐべきではないと思いなおした。ティリーの兄のような存在になりたいわけではない。ハリーがそのような意味で妹を頼むと言ったのではないこともわかっている。

実の兄の代わりになろうという気はさらさらない。

とはいうものの、返答を求められているとしか思えなかった。ティリーはまるで何か意味のある気の利いた受け答えを、そうでなければ何か冗談を返せるような言葉を待っているかのように小首をかしげ、もの問いたげにこちらをじっと見ている。

そのせいで、レディ・ニーリーの凄《すさ》まじい金切り声が響きわたっても、ピーターはすぐには気がまわらなかった。たとえ、とんでもないことを叫んでいようとも。

「ない！　わたくしのブレスレットがなくなってるわ！」

2

『今週最も待ち望まれていた晩餐会が、いまでは最も話題にのぼる出来事となった。親愛なる読者のみなさまのなかにはまだお聞き及びでない方もおられるかもしれないので、筆者が詳しくご説明しよう。レディ・ニーリーの晩餐会で、腹をすかせた招待客たちがスープすら飲み終わらぬうちに、女主人のルビーのブレスレットが盗まれたことが発覚したのだ。

むろん、この高価な宝石の行方については異論もある。

ブレスレットはべつの場所に置き忘れられただけだと話す招待客たちも多いが、レディ・ニーリー曰《いわ》く当夜の記憶は水晶のごとく明白だとして、窃盗事件に間違いないと断言している。

ブレスレットは（レディ・マティルダ・ハワードによって金具の破損が確認されている）キャンディ皿（謎多きイースタリー子爵が差しだした）に載せて、レディ・ニーリーの客間のテーブルに置かれていたという。レディ・ニーリーは燦然《さんぜん》たる輝きを招待客に鑑賞させるため、この皿を食堂に運ぶつもりでいたのだが、食事を急ぐなかで（このときすでに相当の時間が経過しており、招待客たちはみな空腹のあまり礼儀もかなぐり捨てて、食堂へわれ先にと押し寄せたとのこと）ブレスレットは忘れ去られた。

レディ・ニーリーがこの宝石のことを思いだし、隣の客間から移すよう従僕に頼んだのだが、持ってこられたのはキャンディ皿だけだった。

はたして、本物の騒動はここから始まった。レディ・ニーリーは招待客全員を調べさせようとしたが、キャンビー伯爵のような御仁がいる席で、男爵未亡人の従僕にほかの貴族たちの衣服を検《あらた》めさせることなど認められるはずがあろうか？　使用人がブレスレットを盗んだのではないかとの声もあがったが、レディ・ニーリーは使用人たちへの称賛すべき責任感を発揮し（使用人たちの働きがこれに報いるに値するのもまたあきらかである）、仕えて五年に満たない者はひとりもなく、その使用人たちがこのような形で自分を裏切ることは考えられないと主張した。結局、招待客たちはみな気分を害してその場をあとにした。なにより残念なのは、料理を何ひとつ――スープはべつとして――味わえなかったことであろう。せめてもレディ・ニーリーがその豪勢な料理をみずからかばった使用人たちに分け与えたことを祈るばかりだ。

親愛なる読者のみなさま、後日譚《たん》は随時お伝えしていくことをお約束する。貴族の誰かがこそ泥に成りさがるといったことがありうるのだろうか？　信じがたい。レディ・ニーリーの鼻先からそのように高価な品を持ち去れるとは、ただ者ではないに違いない』

一八一六年五月二十九日付〈レディ・ホイッスルダウンの社交界新聞〉より

「それから」めかし込んだ若い紳士が、最新の噂を追わずにはいられない性分を窺《うかが》わせる口ぶりで言った。「ふたりの従僕に命じて、ミスター・ブルックスの――レディ・ニーリーの甥にあたる――上着を検めさせたんだ」

「従僕は三人だったと聞いたぞ」

「従僕は何もしていない」ピーターはキャンビー伯爵家の客間の戸口で、もの憂げに言葉を差し挟んだ。「ぼくはその場にいた」

七人の紳士たちが顔を振り向けた。五人は疎ましそうに、ひとりは退屈そうに、もうひとりは面白がるように。ピーター自身はいらだたしくて仕方がなかった。メイフェアのキャンビー伯爵の豪著《ごうしゃ》な屋敷にティリーを訪ねようと思いついたとき、自分がどういったものを想像していたのかは定かでないが、このようなことになるとは考えていなかった。広々とした客間は男たちと花々で埋まり、自分が手にしているアイリスの小さな花束がひどくみすぼらしく見える。

ティリーの人気がこれほど高いとは、誰もが知っていて当然のことだったのか？

「間違いない」はじめに話していた男が言った。「従僕はふたりだった」

ピーターは肩をすくめた。このめかし屋がどんな話を聞いていようとかまいはしない。「レディ・マティルダも同席されていた」と言い添えた。「信じられないのなら、尋ねてみるといい」

「ほんとうよ」ティリーが言い、笑顔で会釈した。「ミスター・ブルックスは上着をお脱ぎになったけれど」

三人の従僕が招待客の服を探ったと話していた男がピーターのほうを向き、いくぶんおどけて問いかけた。「きみが脱がせたのかい？」

「いや」

「ミスター・ブルックスが上着を脱ぐことになって、招待客たちは気分を害したのよ」ティリーは説明してから、めかし込んで集まった紳士たちに問いかけて話題を変えた。「ミスター・トンプソンのことはご存じかしら？」

顔見知りはふたりだけだった。ピーターはロンドンに来て日が浅いので、知りあいはほとんどイートン校とケンブリッジ大学時代の友人にかぎられる。ティリーから必要な紹介を受けると、ほかの紳士たちがわざわざ移動して美貌と富を兼ね備えたレディ・マティルダに取り入る隙を与えてくれるはずもないので、八番手にふさわしい位置におとなしくおさまった。

〈ホイッスルダウン〉を読んで、ティリーが今シーズンの社交界で最も多額な資産を相続する花嫁候補と見なされているのは知っていた。たしかにハリーも、財産目当ての男たちを棒で追っ払わなければならなくなるだろうとよく話していた。だがピーターはこのときまで、ロンドンの若い男たちがこれほどまで熱心に彼女を手に入れようと競いあっているとは思わなかった。

吐き気を覚えた。

しかも自分には、ティリーが選んだ男が（父親が選んだ男の可能性のほうが高いだろうが）しっかりと愛情と敬意をもって妻に接する人物かどうかを見定めるとハリーに約束した責任がある。

　とすれば、ティリーを射止めようと集まっている垢抜けない若者たちを追い払うには絶好の機会だ。

　ひとり目の紳士を帰すのはたやすかった。この男の語彙《ごい》の数が三桁にも達しないのは数分とかからずに見てとれたので、哲学に関する書物を読むのがティリーのなによりの趣味らしいと話してやるだけでじゅうぶんだった。男は慌ててドアから出ていった。ティリーの口から前夜にそのような好みを実際に聞いたわけではないにしろ、その気になれば哲学書を読める知性が彼女にあるのは事実なのだから、それだけでもあの男では花婿に不向きだと断定する理由になる。

　お次はピーターも評判を耳にしている男だった。根っからの賭博好きで、そろそろハイド・パークで競馬が始まる頃だとほのめかすだけで追い払えた。その紳士がほかの三人にも声をかけたので、ピーターはほくそ笑んだ。作り話をせずにすんだのは幸いだったが、正確には一時間ほど前に全レースの賭けは締め切られているはずなので、四人の若者たちはおそらく間違って憶えていた時間を教えられたのだと少々がっかりするかもしれない。

　よし、順調だ。

　ピーターは微笑んだ。こんなにも楽しめるとは想像できなかった。

「ミスター・トンプソン」からりとした女性の声がした。「娘の求婚者たちを追い払っているわけではないのよね？」

　振り向くと、レディ・キャンビーがそこにいた。面白がるような表情で見られているのに気づいて、ピーターは胸をなでおろした。たいがいの母親なら憤っていただろう。「とんでもない」と否定した。「いずれにしても、あなたがお嬢さんを結婚させたいと思える方々ではありませんでしたが」

　レディ・キャンビーは黙って眉を上げた。

「ここで会話を楽しむより、競馬に金を賭けたがる男に、お嬢さんはまかせられない」

　レディ・キャンビーは笑い声を立てた。そのしぐさがティリーにとてもよく似ていた。

「口がお上手ね、ミスター・トンプソン。有名な女相続人の母親としては用心するに越したことはないものね」

　口調の穏やかさはさておき、辛らつな皮肉と受けとるべきなのか見きわめがつかず、ピーターはまごついた。レディ・キャンビーが自分について聞いているとすれば――前夜に紹介を受けたときに名を聞いて即座に反応したのだから、聞いているのだろう――たいして財産のない男であるのも知っているはずだ。

「お嬢さんを見守るとハリーに約束したんです」無表情に決然とした声で言った。誓いを果たそうとする気持ちに偽りはない。

「そう」レディ・キャンビーは低い声で言い、わずかに頭を片側に傾けた。「それが、ここにいらした理由なのかしら？」

「もちろんです」ピーターはそのつもりだった。少なくとも、自分にそう言い聞かせている。この十六時間余り、ティリー・ハワードとのキスを夢想しつづけていたとしても、これまでの決意に変わりはない。いずれにしろ自分には不相応な女性だ。

伯爵夫人がブリジャートン子爵の弟に話しかけるのを見て、文句のつけようのない男もいるものだと思い知らされ、歯ぎしりした。長身で、逞しく、知性の高さにも申しぶんがなく、有力な一族の出で、財産もある。ティリーの呼び名にレディは付かなくなるとしても、キャンビー伯爵家はこの男との縁談が持ち上がれば浮き立つに決まっている。

「その点、この方なら安心ね」レディ・キャンビーは優美な小さい手で当の紳士を示して言った。「すばらしい才能をお持ちの芸術家なのよ。お母様とは長年親しくさせていただいてるわ」

ピーターは堅い表情でうなずいた。

「といっても」レディ・キャンビーはしとやかに肩をすくめた。「残念ながら、肝心のご縁についてはほとんど見込みはなさそうだけれど。おそらく、子供たちを結婚させるのに躍起の愛すべきヴァイオレットの気をなだめるために、ここにいらしただけなのよね。ミスター・ブリジャートンには身を固めるつもりはまだなさそうだし、お母様も彼にはひそかに恋しているお相手がいるのではないかと疑ってるわ」

ピーターは笑みをこらえた。

「ねえ、ティリー」レディ・キャンビーは、腹立たしいほど容姿にも人柄にも恵まれたミスター・ブリジャートンがその手に口づけて立ち去ってから言った。「ミスター・トンプソンとはまだ、お話していないでしょう。ご親切にも、ハリーとの友情から訪ねてくださったのよ」

「それだけのためにというわけではありません」ピーターは思いのほか丁寧さとなめらかさを欠いた口ぶりになっていた。「いつであれ、あなたにお会いできるのは光栄です、レディ・マティルダ」

「どうか」ティリーは七人の最後のひとりに手を振って見送ってから続けた。「ティリーと呼んでください」母のほうに向きなおる。「ハリーお兄様はずっとわたしをそう呼んでいたわ。大陸にいるあいだ、わたしたちのことをよく話していたらしいの」

レディ・キャンビーは次男の名を聞いて哀しげな笑みを浮かべ、何度か瞬きを繰り返した。ぼんやりとした目になり、泣きだしはしないまでも、ほんとうはそうしたい心情がピーターにも痛いほどよくわかった。そこですぐさまハンカチを差しだしたが、伯爵夫人は首を振り、受けとらなかった。

「主人を呼んできましょうね」レディ・キャンビーはそう言うと、立ちあがった。「きっとあなたにお会いしたがると思うの。夕べご紹介を受けたときにはどこかへ行ってしまっていたでしょう。それにわたし――ともかく、あなたにお会いしたがるはずよ」そそくさと戸口へ向かい、ドアをあけ放したまま、従僕を廊下に立たせて歩き去った。

「泣きに行ったのよ」ティリーが言った。後ろめたさを感じさせるような言い方ではなく、哀しい事実をただ説明しただけだった。「だいぶ気を落としているわ」

「気の毒に」ピーターはそう言葉を返した。

ティリーは肩をすくめた。「どうしようもないことなのよね。わたしたち家族は、いまだに兄が死んだとはほんとうには信じられずにいるのよ。考えてみれば愚かなことだわ。そんなに驚くことではないはずなのに。だって、兄は戦争に行ったんだもの。わたしたちはいったい何を期待していたのかしら？」

ピーターは首を振った。「愚かなことなんかじゃない。ぼくたちも実際に戦いの場に立つまで、自分を不死身のように思っていたところがあった」記憶をよみがえらせるのがいやで、唾を飲みこんだ。だがいったん呼び起こしてしまったら、押しとどめるのはむずかしい。「目にしないかぎり理解するのは無理だ」

ティリーが口もとをわずかにこわばらせたので、ピーターは傷つけてしまったのだろうかと不安になった。「偉そうに言うつもりはないんだが」

「そんなふうには思わないわ。そうじゃないの。少し……考え事をしてただけ」ティリーは身を乗りだして、目に新たな明るい光を灯した。「兄の話はやめましょう。かまわないでしょう？　哀しむことに疲れてしまったのよ」

「わかった」

ティリーはじっと彼を見つめて、さらに何か言ってくれるのを待ったが、聞けなかった。

「ところで、お天気はどうだったかしら？」仕方なく尋ねた。

「少し小雨が降ってたな」と、ピーター。「でも、いつもとべつだん変わらない」

ティリーはうなずいた。「暖かい？」

「そうでもない。夕べよりはいくらか暖かいが」

「ええ、少し肌寒かったものね？　五月なのに」

「がっかりしたのかい？」

「もちろんよ。もう暖かくなってもいい頃なのに」

「ああ」

「そうよ」

「そうだな」

単語のやりとりだとティリーは思った。これではどんなに明るく話そうとしても会話が途切れてしまう。兄のこと以外にも互いに興味を持てることがきっとある。ピーター・トンプソンは容姿端麗で、知性も感じられ、そのくすんだ目でもの憂げに見つめられると、背筋にふるえが走る。


ふたりに泣きたくなるような話題しかないのは納得できない。

ティリーは励ますように微笑みかけて待ったが、何も言ってはもらえなかった。あらためて微笑んで、咳払いをした。


ピーターがその意図に気づいた。「読書はするかい？」と訊いた。

「読書？」ティリーはいぶかしげに訊き返した。

「読めないわけではないだろう？」ピーターはわかりやすく訊きなおした。

「ええ、もちろん。なぜ？」

ピーターは肩をすくめた。「ここにいた紳士のひとりに、そんな話をしたような気がする」

「気がする？」

「いや、話した」

ティリーは奥歯を噛みしめた。どうしてなのかはわからないけれど、ピーター・トンプソンにいらだたずにはいられなかった。なんであれ、こちらの気分を害することをしたのは間違いないのに、クリームを舐《な》めた猫のごとく満足顔でそこに坐り、指の爪を眺めているふりをしている。「どちらの紳士に？」ティリーはようやく口を開いた。

ピーターが目を上げ、ティリーは爪よりこちらに関心を向けてくれたことに皮肉で感謝の言葉を口にしたいところをこらえた。

「たしか、ミスター・バーブルックという名だった」

けっして嫁ぎたい相手ではない。ナイジェル・バーブルックは心やさしい男性だが、残念ながら柱並みに反応が鈍く、知的な女性との縁談を持ちかけられただけでもきっとふるえあがってしまうだろう。とりわけ寛大な心の持ち主なら、バーブルックを追い払ったピーターに感謝できるのかもしれないが、ティリーはよけいなお節介をやかれたことが気に入らなかった。「わたしが何を読んでいると言ったの？」努めて穏やかな口調で訊いた。

「それはまあ、いろいろと。哲学に関する書物と言ったかな」

「そう。それで、いったいどういうわけで、そんなことをあの方に？」

「興味がありそうなことに思えたから」ピーターはさらりと肩をすくめた。

「それで――あくまで、ただの好奇心からお訊きしたいんだけど――あなたがそう言ったら、どんな反応をされたのかしら？」

ピーターは後ろめたそうなそぶりすら見せなかった。「飛びだしていった」ぼそりと言う。

「驚くよな」

ティリーはなにげないふうに淡々と続けるつもりだった。さりげなく眉をひそめて皮肉っぽく一瞥《いちべつ》する程度にしたかった。でも、意図したようにしとやかには振るまえず、思わずあからさまに睨みつけていた。「わたしが哲学に関する書物を読んでいるなんて、どこから思いついたの？」

「読んでないのかい？」

「そういう問題ではないでしょう」ティリーは鋭く言い返した。「あなたに男性たちを追い払ってと頼んだおぼえはないわ」

「ぼくがそんなことをしたと思ってるのか？」

「いい加減にして」ティリーは呆れた笑いを洩らした。「ミスター・バーブルックにわたしの知性をことさら強調しておいて、いまさらとぼけないで」

「いいだろう」ピーターは腕組みをして、父や兄がティリーを叱ろうとするときのような顔つきで見つめ返した。「きみは本心から、ミスター・バーブルックに貞操の誓いを立てたいと思ってるのか？　あるいは」と言葉を継ぐ。「競馬に金を賭けに飛びだしていった男たちの誰かに」

「思うわけがないでしょう。だからといって、あなたに追い払ってと頼むつもりもない」

ピーターは愚か者を見るような目を向けた。もしくは、しょせん女なのだと思っているのだろう。ティリーの経験からすれば、ほとんどの男性が女はみな同じだと思いこんでいる。

「男性たちは次々に来るわ」いくぶんもどかしげに続けた。「これからも次々に来る」

「何を言ってるんだ？」

「あなたたち男性は羊なのよ。みんなそう。ほかの誰かが興味を持つ女性に興味を持つの」

「で、きみの人生の目標は、客間に紳士を掻き集めることだとでも言うのかい？」

庇護者ぶった、侮辱ともとれる口ぶりで言われ、ティリーはそのとき、この男性をほんとうに家から叩きだしたいと思った。それでも、この男性は兄の親友なのだし、兄の願いだと信じてこのようなお節介をしているだけかもしれないと考えなおし、執事を呼ぶのはどうにか思いとどまった。

「わたしの目標は」きつい声で答えた。「花婿を見つけることだわ。騙すのでも、罠にはめるのでも、教会に引きずり込むのでもなく、ともに長く満ち足りた人生を歩んでいける男性を見つけることなの。現実的に考えれば、広い視野で判断できるように、なるべく大勢の花婿候補とお会いすることが理にかなっていると思うだけよ。世間で揶揄《やゆ》されている多くの若い女性たちのように夢みがちなわけではないわ」

ティリーは椅子の上で姿勢を正して腕を組み、冷ややかな視線を突きつけた。「ほかに、ご質問は？」

ピーターはあっけらかんとした顔でしばし見つめ返したあと、問いかけた。「全員、連れ戻してきてほしいのかい？」

「違うわ！　まあ」ティリーはいたずらっぽい笑みに気づいて言った。「からかったのね」

「ほんの少し」ピーターはとりすまして答えた。

これが兄のハリーだったなら枕を投げつけていただろうとティリーは思った。兄に言われたのなら、きっと笑いだしていた。けれど兄だったなら、その笑顔を目にして口もとに見惚《みと》れたり、全身がなぜかほてったり、肌が粟立ったりはしていない。

なにより、ここにいるのがハリーだったなら、こんなふうにひどく落胆してはいなかった。ピーター・トンプソンは兄ではないし、兄のような態度をとられることだけは耐えられない。

それなのに、あきらかに妹のように見られている。

ハリーと互いの妹を見守ると約束を交わしたので、責任を感じているのだろう。せめて好感を持ってくれてはいるのだろうか。関心も興味も抱いてはいないのかもしれない。ハリーの妹だから仕方なくつきあってくれているの？

真実は知りようがなく、尋ねることはけっしてできない。いっそこの場を去ればいいけれど、それでは臆病者だと思われるだろうし、臆病者にはなりたくない。ティリーは兄のぶんまで生きる責任があるのだと考えるようになっていた。兄が最期に示した勇気と強い意志をもって生きていくのだと。

ピーター・トンプソンと向きあうくらいは兄の勇敢な戦いぶりを思えば取るに足りないことはいえ、女性は国のために戦いに行けるわけではないので、恐怖に立ち向かえるようになりたければ、このようなことも乗り越えなくてはいけない。

「今回は許すわ」ティリーは言い、膝の上で手を組み合わせた。

「謝ったおぼえはないが」ピーターがのんびりとした口ぶりで言い、またもあのもの憂げな笑みを穏やかに浮かべてティリーの胸をどきりとさせた。

「ええ、でも、あなたはそうすべきだったのよ」ティリーは微笑み返した。にこやかに……にこやかすぎるくらいに。「わたしは思いやりのある人間に育てられたから、あなたが謝ったことにしてあげたの」

「しかも許してくれると？」

「当然よ。そうしないと、意地悪な人間になってしまうわ」

ピーターがいきなり笑いだし、ティリーはその深みのある温かな声に虚をつかれ、自然に笑い返していた。

「わかったよ」ピーターが言う。「きみの勝ちだ。完全に、確実に、間違いなく――」

「そこまで言ってくださるの？」ティリーは楽しげに訊いた。

「そうとも、間違いなく」ピーターは同意した。「きみの勝ちだ。ぼくが悪かった」

ティリーはため息をついた。「勝ってもたいして嬉しくはないわね」

「それはないだろう」ピーターが眉を吊り上げた。「言っておくが、ぼくは軽々しく謝る男じゃない」

「それも、そんなに愛想よく？」ティリーは訊いた。

「こんなに愛想よく謝ったことは一度もない」

ティリーが笑いながら格別に気の利いた返し文句はないかと考えていると、頼んだおぼえのない茶器の盆を執事が運んできた。母の指示だと察した。つまり、もうすぐ母が戻ってくるので、ピーターとふたりきりでいられる時間は終わりに近づいているということだ。

胸を締めつける痛烈な落胆にそのまま気を向けているべきだったのだろう。もしくは彼を見つめるたび下腹部がはっきりとざわつく感覚に。そうしていれば、ティーカップを手渡して指と指がかすめたときに、きっとこんなにも驚きはしなかったはずなのだから。ティリーが見つめると、ピーターも見つめ返し、ふたりの目が合った。

ティリーは落ちていくように感じた。

どんどん……落ちていくように。熱風に襲われ、息を奪われ、脈も、心臓すらとまった。それからその風がやんだとき――単に弱まったのではなく、完全にやんだ――考えられたのは、ティーカップを落とさないようにすることだけだった。

その一瞬の変化に、ピーターは気づいただろうか？

ティリーは慎重に自分のカップを用意し、ミルクを入れてから熱いお茶を注いだ。慣れた作業に集中し、たったいま自分の身に起こったことについては考えずにいたかった。なぜなら、ほんとうに落ちてしまったように思えるからだ。

恋に。

しかもみじめな結末に至る恋のような気がした。ロンドンでのはじめての社交シーズンは予期せぬ次兄の死によって早々と打ち切られ、その年はそれ以後田舎に引きこもって家族と喪に服したため、ティリーは男性とともに過ごした経験がまだあまりなかった。

たとえそうでも、ピーターが自分を恋愛の対象に見てくれていないのは感じとれた。ハリーの妹として、責任を感じているだけのことなのだろう。

子供のようにすら見えているのかもしれない。

ピーターにとっては、見守ると約束した親友の妹。それ以上でも、それ以下でもない。兄への友情に感謝できないとしたら、情のない冷たい人間になってしまう。

「どうかしたのかい?」

ピーターの声に目を上げて、ぎこちなく微笑んだ。どうかしたかですって? たぶんあなたにはこの気持ちはわからない。

「どうもしないわ」と、ごまかした。「どうしてそんなことを訊くの?」

「お茶を飲んでいないから」

「ぬるいのが好みなの」思いつきで答えて、カップを口もとに持ち上げた。恐るおそるといったふりで、ひと口飲んだ。「あら」明るく言った。「飲みやすくなってるわ」

ピーターにまじまじと見つめられ、自分の不運に思わずため息が出かかった。どうせ報われない恋をするなら、これほど勘の働く男性を選ばぬよう最善を尽くすべきだった。これ以上へたな芝居を続ければ、ほんとうの気持ちを間違いなく見抜かれてしまう。

そんなことになれば目もあてられない。

「金曜日のハーグリーヴズ家の大舞踏会には出席なさる？」話題を変えるのが得策と判断して尋ねた。

ピーターはうなずいた。「きみも出席するんだろう？」

「もちろん。とても混雑しそうね。ブレスレットを身につけたレディ・ニーリーにお目にかかるのが待ち遠しいわ」

「見つかったのか？」ピーターが驚いて訊いた。

「そうは聞いてないわ。でも、見つかったのではないかしら？　あの晩餐会にいた方が盗んだとは、どうしても信じられないもの。たぶんテーブルの後ろにでも落ちていて、誰も目ざとく見つけられなかっただけなんだわ」

「きみの仮説は大いに考えられることだ」ピーターはそう言ったものの、それから唇をわずかにすぼめて黙りこみ、納得している顔つきではない。

「何か……気になるの？」

一瞬答えてくれるようには見えなかったが、それからすぐに口を開いた。「きみには欲しがる気持ちはわからないんじゃないか、レディ・マティルダ。盗みを働かなければならないほど追いつめられた気持ちは、きみにはけっして理解できない」

ティリーはレディ・マティルダと呼ばれたのが癇《かん》にさわった。気さくに話していると思っていたところに堅苦しい呼び名を差し挟まれた。それにまるで自分は世慣れた男だが、きみは箱入り娘だという、まぎれもない事実を強調されているように聞こえる。

「当然わからないわ」恵まれていないふりをしてもなんの意味もないので、すなおに認めた。「それでも、あのご婦人の鼻先からブレスレットを盗めるほど厚かましい人がいるなんて、とても想像できない」

ピーターはしばし動かず、気詰まりになるほど黙って見つめつづけた。ティリーはどうしようもない田舎者か、少なくとも世間知らずだと思われているのだろうと感じた。人は本質的に善人だという自分の信念をばかにされるのだけは許せない。

人を疑いたくはない。友人や近隣の人々を信じるべきだ。そうすることで嘲笑されなければならない理由はない。

ところが、ピーターは意外な言葉を口にしてティリーを驚かせた。「たぶん、きみが正しいんだ。謎の真相がたいがいなんのことはない退屈なものだというのは、ぼくもずいぶん前に学んでいる。レディ・ニーリーが今週中にも恥を忍んで誤りを認める可能性は高い」

「わたしが人を信じやすいお人よしだとは思わないのね？」ティリーはつい訊いてから、すぐに自分を蹴飛ばしたくなった。でも、この男性には訊かずにいられなかった。こんなにも誰かの意見を心から聞いてみたいと思ったのは記憶にあるかぎりはじめてのことだ。

ピーターがふっと笑った。「ああ。むやみにきみの意見に同調するつもりはない。だけど、人間はそこまで腐ってはいないと信じられる相手とお茶を楽しめるのは、気持ちがいいものさ」

ティリーは胸に重苦しい疼《うず》きを覚え、兄のハリーも戦争でどこか変わってしまっていたのだろうかと思いめぐらせた。きっとそうなのだろうと確信し、これまで一度もその点について考えが至らなかったことが信じられなかった。いつも冗談を言って笑い、隙があればいたずらばかりしていた昔と変わらない兄を思い描いていた。

けれどピーター・トンプソンを見ていて、その目の奥にけっして消えない影が射していることに気がついた。

ハリーは戦争のあいだずっとピーターのそばにいた。同じ恐怖を見ていたのだから、ベルギーに埋葬されていなかったなら、きっとこの目と同じ影を宿していたのだろう。

「ティリー？」

すぐさま目を上げた。あまりに長く黙りこんでいたので、ピーターがふしぎそうな表情で見ている。「ごめんなさい」反射的に答えた。「ついぼんやりしてしまって」

そう言いつつカップの縁越しにさりげなくピーターを見ながらお茶を口に含んだとき、頭に浮かんでいたのはもう次兄の姿ではなかった。一年ぶりにそこからハリーがいなくなっていることにはっと気づいて、ぞくりとした。

見えているのはピーターで、ただぼんやりと、その目に宿した影を放っておいてはいけないのだと考えていた。その影を自分が永遠に消し去るのだと。

3

『……というわけで、失敗に終わったこの晩餐会の招待客名簿を公表するとともに、ついでながら容疑者についての考察も書き添えておく。

ミスター・トンプソンに関する情報は多くないが、ナポレオン討伐の戦争で勇敢に戦ったことは広く知られている。名高き戦争の英雄を容疑者に加えるのは世間的にはばかられるものの、ミスター・トンプソンにもまた財産目当ての花嫁探しをもくろむふしが見受けられる点は付記しておかねばならない。ロンドンに来て以来、花嫁探しに取り組んでいるのは明白であり、筆者もその姿勢についてはこれがいちばんの良策と固く信じているが、きわめて控えめな態度で、見苦しい振るまいはいっさい見せていない。

しかしながら、父親のストートン卿が男爵のなかでも裕福な部類ではないのは周知の事実だ。そのうえミスター・トンプソンは次男であり、兄がすでに子をもうけているため、爵位継承順位は第四位にすぎない。つまり、退役後に流行の生活様式を望むなら、ある程度の資産を持つ婦人と結婚する必要がある。

その気になれば、資金を得る手立てはおそらくほかにもあるのだろうが』

一八一六年五月三十一日付〈レディ・ホイッスルダウンの社交界新聞〉より

もしピーターがいまだ謎のレディ・ホイッスルダウンの正体を知っていたなら、即刻首を絞めに行っていただろう。

財産目当ての花嫁探し。虫唾の走る言いまわしで、蔑称《べっしょう》と言っても過言ではなく、考えただけで嫌悪感で唾を吐き捨てたくなる。ロンドンに来てこのひと月、ピーターはそのように見られるのを避けるためにできるかぎり注意深く行動してきた。

ささやかな花嫁持参金のある女性を探すのは、金目当てに女性を誘惑しようとしているのとはべつで、その違いはひと言に要約される。

高潔さ。

まだわずか五歳のときに父親に坐らされ、本物の紳士とはいかなるものかを語り聞かされて以来、その言葉に則って生きてきた。それなのに、正体を明かさぬ卑怯なゴシップ記者にほんのひと筆で評判に傷をつけられるとは断じて許せない。

このいまいましい婦人が少しでも高潔さを持ちあわせているのなら、正体を隠しはしないだろうと腸《はらわた》が煮えくり返った。匿名で人を侮辱し、非難するのは臆病者のやることだ。

しかしレディ・ホイッスルダウンが誰なのかは知らないし、自分が生きているあいだにあきらかになるかどうかもわからないので、顔を合わせる相手にその鬱憤を八つ当たりして満足するよりほかになかった。つまり、あすには近侍に平謝りしなくてはならない。

ピーターはレディ・ハーグリーヴズの屋敷の舞踏場で、首巻を緩めながら、人々がひしめくなかを縫うように進んでいた。レディ・ホイッスルダウンの記事を認めたと思われてはたまらないので欠席するわけにはいかなかった。今朝の朝刊で酷評されたのは自分だけではないという事実をなぐさめに、涼しい顔で笑い飛ばすのが賢明だ。レディ・ホイッスルダウンは紙面を大きく割いて、ぜんぶで五人の招待客を取りあげており、そのなかには気の毒な災難に遭ったミス・マーティンも含まれていた。彼女は自分たちの仲間ではなく、レディ・ニーリーのお話し相手《コンパニオン》にすぎないという声をピーターもすでに耳にしていたので、おそらく貴族の誰かがその名を記者の耳に入れたのだろう。

それに、ピーターは今夜ここに来なければならなかった。すでに出席を通知していたうえ、この催しにはロンドンじゅうの未婚の若い令嬢たちが出席する。街に滞在している目的を忘れるわけにはいかなかった。この社交シーズンに婚約が決まらなければ、ロンドンにとどまる金銭的余裕はない。オックスフォード・ストリートの北側にある倹《つま》しい独身紳士用の下宿屋の賃料を払うだけでも精いっぱいだ。

今夜は妙齢の令嬢たちの父親が自分に対して少しばかり用心深くなっているはずで、娘との交際を許さない者もいるだろうが、人目を避けて家に引きこもっていてはゴシップ記者の憶測を認めたも同然だし、何事もなかったかのように振るまうほうがはるかに有利だ。

たとえほんとうは、こぶしで壁をぶち抜きたくてたまらない心境であったとしても。

そのいちばんの要因は、これで肝心のティリーと交際する望みが完全に絶たれたことだった。ティリーは今シーズンで最も多くの資産を受け継ぐ令嬢として広く知られており、容姿も麗《うるわ》しく快活な性格とあって、まさしく一番人気の花嫁候補となっている。財産目当てで花嫁を探していると書かれた男にかぎらず、誰にとっても関心を勝ちとるのはむずかしい相手だ。自分がもしそのティリーの周りをうろつけば、憶測を払拭することはけっしてできない。

それでもむろん、ティリーには——彼女にだけは——会いたかった。

ピーターはティリーのことを考え、夢にみるようになっていた。夢のなかのティリーは微笑み、笑い声をあげ、それから真剣な顔つきになって、自分を理解してくれて、そこにいるだけで心なぐさめられるように思えた。おのずとさらなる望みを抱いた。なにもかもが欲しくなった。髪がどれくらい長いのかを知りたいし、うなじのところできちんと小さく束ねられた髪をこの手でほどきたい。肌の香りを嗅ぎ、尻のふくらみをしっかりと感じたい。礼儀作法など気にせず寄り添ってダンスをしたいし、誰の目も届かない場所へ連れ去ってしまいたい。

だが夢みるだけでとどめておかなければならない。夢のままで。キャンビー伯爵が、ひとり娘と男爵の文無し次男との結婚を認めるはずもない。それでもし自分がティリーを奪い去り、ふたりが家族の許しを得られないまま駆け落ちでもすれば……ティリーは間違いなく勘当されるだろう。そうやって清貧を気どった暮らしに彼女を引きずり込むことはできない。

ハリーはそのような意味でティリーを見守ってほしいと自分に頼んだわけではないのだと、ピーターは醒《さ》めた気分で思い返した。

ならばこうして舞踏場の端に立ち、手にしたシャンパンをいかにも味わっているふりをして、ティリーを見ずにいられれば幸いではないか。居場所を知っていたら、探さずにはいられない。

そしてもしその姿を見つけたら、ちらちら様子を窺ってしまうだろう。

いったんそうなったら、はたして視線をそらせるだろうか？

もちろんティリーも気がつくだろうし、目が合えば、挨拶をしないわけにはいかず、そうしたらティリーがダンスを望むかもしれず……。

ふと、拷問のおぞましさを嫌って戦いを離れたのだという皮肉に胸を鋭く突かれた。

これではみずから爪を剝《は》いでいるも同然の気分だ。

ピーターはなにげなく人々のほうへ背を返した。それからつい肩越しに目をくれて胸のうちで自分を小突いた。

軍隊で知りあった男たちの小さな集団を見つけた。みな自分と同じ理由でロンドンに来ているのは間違いないが、そのなかでともに運悪くレディ・ニーリーの晩餐会に招待されて散々な目に遭ったのはロビー・ダンロップだけだ。おそらくは皺くちゃの老婦人に違いないレディ・ホイッスルダウンも、ロビーにはあれほど大胆な盗みを働くどころかくわだてる狡猾さもないと知っているらしく、容疑者に挙げられてはいなかったが。

「〈ホイッスルダウン〉の記事は災難だったな」戦友のひとりが声をかけてきて、心から同情するように首を振った。

ピーターはただ大きくため息をついて、仕方ないといったふうに片方の肩を持ち上げてやり過ごした。言葉で答えるまでもないように思えた。

「来週にはみんな忘れてるさ」べつの男が言う。「どうせまた新しい噂話を仕入れて書くだろうし、誰もおまえがブレスレットを盗んだなんて本気で思ってやしない」

ピーターはにわかに戦慄を覚えてその友人を振り返った。まさか実際に自分を泥棒かもしれないと疑う人間がいるとは考えもしなかった。気にしていたのは、財産目当てで花嫁を探していると書かれたことだけだ。

「いや、蒸し返すつもりはなかったんだ」男が口ごもり、あとずさったので、よほど恐ろしげな表情になっていたのだろうと気づいた。「あのお話し相手《コンパニオン》の女が犯人だといずれわかるさ。擦り合わせる硬貨も持っていないだろうからな」

「ミス・マーティンじゃない」ピーターは、つっけんどんに言った。

「どうしてわかるんだ?」べつの誰かが訊いた。「その女のことを知ってるのか?」

「その女のことを知ってるやつなどいるのか?」また誰かが問いかけた。

「ミス・マーティンじゃないんだ」ピーターは語気を強めた。「噂だけで憶測するのは下劣だぞ」

「そうかもしれないが、どうして違うと言いきれ——」

「彼女の隣に立っていたからだ!」ピーターはぴしゃりと遮《さえぎ》った。「あの女性は気の毒にオウムにしつこくつつかれていた。ブレスレットを盗む暇などなかった。むろん」辛らつな口調で続けた。「容疑者の筆頭に挙げられているおれの言葉を、信じてもらえるかどうかはわからないが」

一同は慌ててピーターの話は当然信じられると請けあったが、ひとりの愚か者が、そもそも容疑者の筆頭ではないと口を滑らせた。

ピーターはその男を睨んだ。第一容疑者ではないとしても、ロンドンの多くの人々がいまや自分を盗人かもしれないと考えているのはあきらかだ。

なんという災難だ。

「こんばんは、ミスター・トンプソン」

ティリー。今夜はもうこれだけでもここに来たかいがある。

ピーターは声を聞いたくらいで全身の血が猛烈な勢いでめぐりださないことを祈って振り返った。会うべきではなかった。会いたいと望んではいけなかったのだ。

「お目にかかれてよかったわ」ティリーが秘密をほのめかすように微笑みかけた。

ピーターは気が沈んだ。

「レディ・マティルダ」差しだされた手を取って会釈する。

ティリーはロビーのほうに顔を向けて挨拶してから、ピーターに言った。「ほかのご友人方もご紹介してくださる？」

ピーターは言われたとおり紹介し、全員がうっとりと魅入られているのを見て顔をしかめた。ひょっとすると、ティリーの花嫁持参金のほうに惹かれているのかもしれないが。なにせハリーは大陸の戦地でもたいして人目を気にせずその件について話していた。

「あなたがミス・マーティンをかばってらっしゃるのが聞こえてしまったの」全員の紹介が終わるとすぐにティリーが言った。一同のほうへ首をめぐらせ、言い添える。「わたしもその場にいたんです。彼女が犯人ではないと断言できますわ」

「レディ・マティルダ、では誰がブレスレットを盗んだと思われますか?」誰かが訊いた。

ティリーはほんの一瞬、唇をすぼめた――それだけでじゅうぶん、その顔をしっかりと見つめていた者には内心のいらだちが読みとれた。だが、それ以外の人々(ピーターを除く全員)には何も変わらない明るい表情にしか見えなかっただろうし、しかもティリーはさらりとこう言ってのけた。「わかりませんわ。テーブルの後ろで見つかりそうな気がするんですもの」

「おそらくもうレディ・ニーリーは部屋を探してるよなあ」男たちのひとりがのんびりとした口調で言った。

ティリーがほがらかにひらりと片手を振った。そのように不愉快な問題を考える気にはなれないことを暗にほかの紳士たちに気づかせようとしたのだろう。「それすらわからないんですもの」ため息まじりに言った。

そのとおりなのだと、ピーターは感じ入った。それ以後誰もその件については口にしなかった。結局は何もわからないというひと言で、ティリーは望みどおり話題を上手に切り替えた。

ピーターはそのあとの話はできるかぎり聞き流そうとした。例年の今頃に比べて今年は少し肌寒いといったほとんど中身のないお喋りに、誰かの衣装についての論評が時おり差し挟まれる。多少なりとも自制が利いていたなら退屈さもほどほどに隠せていただろう。なによりティリーへの関心をあからさまに見せたくはなかったし、自分がこの舞踏会の話題の的になっているなどと自惚れているわけではないが、すでに複数の口やかましい老婦人が自分のほうを指し示し、手で口を覆って何事かささやきあっているのも目に入っていた。

ところがそのとき、ティリーが顔を振り向け、ピーターのせっかくの努力も水の泡と化した。「ミスター・トンプソン、音楽が始まったみたいだわ」

その言葉の意図は取り違えようがなく、ほかの紳士たちもわれ先にとティリーのダンスカードの次の順番に名を書き入れたので、ピーターはやむをえず肘に手をかけさせて舞踏場の中央へと導いた。

流れてきたのは円舞曲《ワルツ》だった。はじめからそうなることが決まっていたかのように。

ピーターはティリーの手を取り、崖から落ちていくような感覚に陥りながら、指を組み合わせたい衝動を懸命にこらえた。

悪くすれば、転んでしまいかねなかった。

これはとんでもない過ちで、ティリーといるところを人々に見られてはならない――いや、そもそも一緒にいるべきではないのだ――どんなにそう自分に言い聞かせようとしても、腕のなかにティリーを引き寄せたとたん、じりじりと熱せられるように純粋な喜びが湧きあがってくるのを押しとどめられなかった。

財産目当てで花嫁を探す男たちのなかでも最もたちが悪いと非難されようが、かまいはしない。

このダンスにはそれだけの価値がある。

ティリーはハーグリーヴズ家の大舞踏会に到着して最初の十分を両親から逃れる努力に費やし、次の十分でピーター・トンプソンを探しだし、さらに十分間、ピーターの傍らに立って、その友人たちと無意味なお喋りを続けた。

これからの十分は、なんとしてもピーターの注意を完全に惹きつけておきたかった。

自分のほうから、それも大勢のほかの紳士たちの目の前でダンスを誘ったも同然の形になったことに、いまだ少しいらだっていた。けれど手を握られて、舞踏場で優雅にまわらされているうちにだんだんと、こだわっていても仕方がないように思えてきた。

背中に手を添えられているだけで、どうしてこんなふうに身体の奥深くまでふしぎな疼きを覚えてしまうの？　誘惑されているように感じられるとすれば、彼が十分間もこちらを見ないようにしておきながら今度は息を奪われそうなほど熱っぽい目つきで見つめているせいだと考えるのがふつうなのだろう。

でもやはり、こんなふうに思いきった行動へ駆り立てられているのは、吐息をついて彼の胸にもたれて唇を求めたい衝動を抑えるのに気力をふりしぼらなければならないのも、すべては背中に添えられている手のせいだ。

触れられているのが背骨の付け根で、女性の身体の最も秘めやかな部分のすぐ近くに感じられるからなのかもしれない。それで何かよくわからないものが欲しくてたまらず、いまにも引きこまれるようにわれを忘れて熱くみだらに肌を触れあわせてしまいそうな気がするのだろう。

じわじわとやさしく背を押され、ゆっくりと、揺るぎない力で引き寄せられて……けれどふと視線をさげると、ふたりの間隔は狭まってはいなかった。

それでも、その内側で熱情が沸き立っている。

ティリーの身体は燃えあがった。

「何かあなたの気にさわることをしたかしら？」昂《たか》ぶる欲望に呑みこまれそうになり、頭をどうにかべつのことに切り替えようとして問いかけた。

「何も」ピーターがにべもなく答えた。「どうして急にそんなことを思ったんだ？」

ティリーは肩をすくめた。「あなたが……よくわからないけど……少しよそよそしく見えたから。なんとなく、わたしがそばにいるのが迷惑そうだったたわ」

「ばかげてる」ピーターは唸るようにつぶやいた。男性たちが女性の言うとおりだとわかっていながら認めたくないときに見せる、ぶっきらぼうなしぐさだ。

とはいえティリーはふたりの兄とともに育ち、こういうときに問いつめるべきではないのは承知しているので、話を変えた。「ミス・マーティンをかばってくださったのは、りっぱでしたわ」

ピーターが手を握る力を強めたが、残念ながらほんの束の間だった。「あの場にいれば誰でも同じことをする」

「いいえ」ティリーはゆっくりと言った。「そうではないわ。それどころか、まるで正反対のことが起きていたかもしれない。それはあなたもわかっているはずよ」

ティリーは挑むように目を合わせ、反論を待った。ピーターは賢明にも返答を控えた。

「紳士は、ご婦人の評判を穢《けが》すようなことをしてはならない」ピーターがこわばった口調で言い、ティリーはそのやや頑固なところや、みずからのきびしい道徳規範を気恥ずかしそうに明かした表情をいとおしく感じて、じんわりと胸が温まった。

単に内面を垣間見られたことが嬉しかっただけなのかもしれない。感情を表さない放蕩者のほうがはるかに洗練されて見えるけれど、ピーターはけっしてそのように冷酷な態度はとれない。

「女性も紳士の評判を穢すようなことをしてはいけないわ」ティリーは穏やかに言った。「レディ・ホイッスルダウンがあんなふうに書くなんてがっかりだわ。彼女らしくない記事よ」

「あの名高いゴシップ記者の肩を持つのかい？」

「そんなつもりはないけど、たいていは共感できることを書いてるもの。でも、今回は越えてはいけない一線を越えてしまったのではないかしら」

「彼女は誰も責めちゃいない」

ピーターは気にしていないそぶりで肩をすくめたが、口調は嘘をつけなかった。今朝の記事に憤り、傷ついている。レディ・ホイッスルダウンの正体を知っていたなら、首を絞めてやりたいくらいなのにとティリーは思った。

ピーターが傷つけられたことに、思いがけず激しい怒りが沸いていた。

「レディ・マティルダ……ティリー」

いつの間にか考えこんでいて、はっと目を上げた。

ピーターが愉快そうな笑顔で、組み合わせたふたりの手を見おろしている。

ティリーはその視線の先を追い、それでようやく彼の手をレディ・ホイッスルダウンの首の代わりにきつく握りしめていたことに気づいた。「まあ！」思わず声を洩らしてから、くぐもった声で言い添えた。「ごめんなさい」

「ダンスの相手の指を引きちぎろうとする癖でもあるのかい？」

「腕をねじあげでもしないとダンスを誘ってくださらない方には」ティリーはさらりと言い返した。

「ここでまた男たちが戦争を起こしたら危ないと思っただけさ」ピーターがつぶやいた。

そんな冗談を言い、いつもと変わらずにいられることに、ティリーは驚かされた。どう答えていいのかわからずにいると、管弦楽団が最後に見事なまでに華々しい旋律を奏でてワルツを締めくくり、ティリーは返答を免れた。

「ご両親のところまで送ろう」ピーターが舞踏場の外側へ導きながら言った。「それとも、次の相手のところへ行くかい？」

「じつを言うと」思いつきで続けた。「喉が渇いたわ。レモネードのテーブルはあるかしら？」先ほど部屋の向こう側にあるのを見つけていた。

「仰せのとおりに」

ふたりはゆっくりと歩を進めた。ティリーは一分でも二分でも一緒にいられるときを引き延ばしたくて、いつになく慎重な足どりを心がけた。

「舞踏会は楽しんでらっしゃる？」問いかけた。

「そこそこには」ピーターは前方へ視線を据えたまま答えた。

ティリーは彼の唇の片端が上がったのを見逃さなかった。

「わたしもそこそこのお相手はできているかしら？」思いきって尋ねた。

ピーターがぴたりと動きをとめた。「きみは自分の言っていることがわかってるのか？」いまさらながら、兄たちが女性からそこそこのもてなしを受けたといった言いまわしを使っていたのを思いだし……。

顔がほてった。

と、ふたり同時に笑いだし、救われた。

「誰にも言わないで」ティリーは声をひそめて言った。「両親にひと月は家から出してもらえなくなるわ」

「たしかに――」

「レディ・マティルダ！　レディ・マティルダ！」

ピーターが何を言おうとしたにせよ、ティリーの母の友人で社交界随一の噂好きのフェザリントン夫人がせわしなく歩いてきて、会話は遮られた。夫人は趣味の悪い黄色のドレスをまとった娘ペネロペを連れている。

「レディ・マティルダ」フェザリントン夫人が呼びかけた。それからとたんに冷ややかな声になって続けた。「ミスター・トンプソン」

ティリーは紹介しなければと思っていたので、その声を聞いて、はっとフェザリントン夫人とペネロペもレディ・ニーリーの晩餐会に出席していたことを思い起こした。実際、フェザリントン夫人は、今朝のレディ・ホイッスルダウンの記事で不幸にも名を挙げられた五人のなかに含まれていた。

「あなたがここにいるのを、ご両親はご存じなの？」フェザリントン夫人が訊いた。

「どうしてですの？」ティリーはわけがわからず目をしばたたいた。以前から物静かだけれど好感の持てる人物だと思っていたペネロペのほうを向いた。

ペネロペは母親の意図を知っていたとしても、そのようなそぶりは見せなかった。ただ黙って、舞踏場の真ん中に突然穴があきでもしたら飛びこんでしまいそうな痛々しい表情をしている。

「あなたがここにいるのを、ご両親はご存じなの？」フェザリントン夫人は先ほどより棘《とげ》を含んだ声で繰り返した。

「一緒に来ましたから」ティリーはゆっくりと答えた。「ええ、当然ながらここにいることは知って――」

「ご両親のところへお連れするわ」フェザリントン夫人が遮った。

それでようやくティリーはその言葉の意味を理解した。「お言葉ですが」毅然として言った。「ミスター・トンプソンがきちんと両親のもとへ連れていってくれますわ」

「お母様」ペネロペが母親の袖をしっかとつかんだ。

フェザリントン夫人は動じなかった。「あなたのようなお嬢さんは」ティリーに言う。「ご自分の評判に気をつけるべきだわ」

「レディ・ホイッスルダウンの記事のことをおっしゃっているのなら」ティリーはめずらしくとげとげしい声で言った。「フェザリントン夫人、あなたも同じように取りあげられていらしたわ」

ペネロペが息を呑んだ。

「あのご婦人に何を書かれようと気にならないわ」フェザリントン夫人が言う。「わたしがブレスレットを盗むわけがないのだから」

「でしたら、ミスター・トンプソンも同じですわ」ティリーは言い返した。

「わたしは、この紳士が盗んだなんて言ったおぼえはないわ」フェザリントン夫人は言い、驚いたことにピーターのほうを向いて続けた。「そのように聞こえてしまったのなら、お詫びします。わたしは証拠もなしに人を泥棒呼ばわりするようなことはしませんわ」

ティリーの隣でじっと張りつめた面持ちで立っていたピーターは、夫人の謝罪に黙ってうなずいた。怒りを抑えながらできることはその程度がせいぜいだったのだろう。

「お母様」ペネロペが、せっぱ詰まったような声で呼んだ。「プルーデンスお姉様がドアのそばにいるわ。一生懸命手を振ってるのよ」

ティリーがペネロペの姉のプルーデンスを探すと、友人のひとりといたく楽しそうに話しこんでいる姿が目に入った。今度顔を合わせる機会があれば、壁の花として知られているペネロペ・フェザリントンと友人になろうと心に決めた。

「レディ・マティルダ」フェザリントン夫人は娘をまるで無視して言葉を継いだ。「わたしは――」

「お母様！」ペネロペが母親の袖をぐいと引っぱった。

「ペネロペ！」フェザリントン夫人がいらだちをあらわにして娘に顔を振り向けた。「まだ話が――」

「わたしたちは失礼しますわ」ティリーは束の間の隙をついて言った。「母によろしくおっしゃっていたと伝えておきます」

そうして、フェザリントン夫人が自分の腕をきつくつかんでいる娘の手を振りほどく前に、ティリーはピーターをほとんど引きずるようにしてさっさと歩きだした。

ピーターはその間ひと言も口にせず、ティリーにはそれが何を意味しているのかわからなかった。

「ほんとうにごめんなさい」フェザリントン夫人に声が届かないところまで来ると言った。

「きみは何もしていない」ピーターはそう言ったが、いかめしい声だった。

「ええ、でも、だって……」どう続ければいいのかわからず声が消え入った。フェザリントン夫人の代わりに責めを負うつもりはないものの、ともかく誰かがピーターに謝らなければいけないと思った。「あなたを泥棒呼ばわりするなんて許せない」結局そう言葉を継いだ。

「耐えられないわ」

ピーターは陽気さを欠いた笑みを浮かべた。「泥棒とは呼ばれていない。あのご婦人は、財産目当てに花嫁を探している男だと言いたかったんだ」

「そんなこと――」

「間違いない」ピーターにあっさり遮られ、ティリーは自分の愚かさを指摘された気分だった。どうしてそんなことも読みとれなかったのだろう？　ほんとうにそういうことだったの？

「そんなばかげた話は聞いたことがないわ」何はともあれ自分の愚かさを認めたくない。

「そうなのかい？」

「そうよ。あなたがお金目当てに結婚する男性のはずがない」

ピーターは立ちどまり、険しい目つきで顔を見据えた。「知りあって三日で、そんなふうに断言できるのか？」

ティリーは唇を引き結んだ。「それだけ時間があればじゅうぶんだわ」

ピーターは殴られたかのようにその言葉をずしりと胸に感じ、信頼されているのだという衝撃によろめきかけた。ティリーが決然と顎を上げ、両腕をまっすぐ脇に垂らし、じっとこちらを見ている姿を目にして、不可解な衝動に駆られた。この女性を乱暴に押しやり、男というのはなにしろ卑劣な愚か者ばかりなのだから、そんなふうに無防備に信じてはならないのだと怒鳴りつけたかった。

「ぼくがロンドンに来たのは」わざと鋭い口調で言った。「花嫁を見つけるためにほかならない」

「なんのふしぎもないわ」ティリーがとりすまして言う。「わたしも花婿を探しているんですもの」

「手持ちの金《かね》はほとんどない」ぴしゃりと告げた。

ティリーが目を見開いた。

「ぼくは財産目当てで花嫁を探してるんだ」露骨に言った。

ティリーはかぶりを振った。「違う」

「二足す二が三にしかならないんじゃ困るんだ」

「そんなもってまわった言い方をされて、理解できるはずがないでしょう」

「ティリー」ピーターはつい笑いそうになってしまった自分を腹立たしく思いながら、ため息まじりに呼んだ。ティリーを怯えさせて追い払うのは想像以上にむずかしい。

「お金を必要としているからといって」ティリーが続ける。「そのために女性を誘惑するとはかぎらないわ」

「ティリー――」

「あなたは財産目当てに結婚する人じゃない」力を込めて言う。「あなたを財産目当ての男だなんて呼ぶような人には、わたしがそう断言してあげる」

こうなったらもう言わずにはいられない。きちんと打ち明けて、現状を理解させなくてはいけない。「ぼくの評判を回復したいと望んでくれるのなら」ピーターはゆっくりと、そし少し疲れたような口ぶりで言った。「ぼくから離れてもらわなくてはいけない」

ティリーが呆気にとられて唇をわずかに開いた。

ピーターは軽い調子に見えるように肩をすくめた。「一応言っておくと、ぼくはこの三週間、財産目当てで花嫁を探している男に見られないよう、必死に気を遣っていた」こんなことまで話していることがいまだに信じられない。「そして、今朝の〈ホイッスルダウン〉の記事が出るまでは、かなりうまくやれていたんだ」

「すぐに忘れ去られるわよ」ティリーはか細い声でそう言ったが、その口ぶりは自分自身に言い聞かせているかのように頼りなかった。

「きみに言い寄る姿を見られなかったならな」

「いやらしい憶測にすぎないわ」

そう言ってしまえば身も蓋もないとピーターは思った。だが、それを口に出しても意味がない。

「第一、あなたはわたしに言い寄っているわけではないもの。兄との約束を果たそうとしているだけだわ」ティリーは間をおいた。「そうなんでしょう？」

「重要なことかな？」

「わたしにとっては」ティリーが低い声で答えた。

「レディ・ホイッスルダウンに名指しされたからには」ピーターはなぜ彼女にとって重要なことなのかは考えないようにして続けた。「きみのそばにいるかぎり、きみの財産を狙っていると勘ぐられても仕方がない」

「いまもわたしと並んで立ってるわ」ティリーが指摘した。

これではまるで拷問だ。ピーターはため息をついた。「きみをご両親のもとへ返そう」

ティリーがうなずいた。「ごめんなさい」

「謝らないでくれ」ピーターは間髪いれずに言った。自分自身に、レディ・ホイッスルダウンに、そして、いまいましい貴族の全員に憤りを感じていた。だが、ティリーにではない。そんなことはありえない。なによりティリーの同情をかうことだけは耐えられない。

「わたしがあなたの評判を台無しにしてしまった」ティリーは途切れがちな声で言い、力ない哀しげな笑いを洩らした。「なんだか滑稽《こっけい》よね」

ピーターは皮肉っぽい表情で見返した。

「わたしたち未婚の娘は、自分の行動のひとつひとつに注意を払わなければいけないでしょう」ティリーが説明する。「あなたたち男性は、なんでも思いどおりにやれる立場なのに」

「そうでもないさ」ピーターは女らしいふくらみを帯びた部分に目がいかないよう、彼女の肩越しに視線を投じて答えた。

「いずれにしても」ティリーは先ほど男たちに囲まれながら首尾よく話題を変えたときと同じようにほがらかにひらりと手を振った。「わたしはあなたの進路を阻む障害物なのよね。あなたは花嫁を求めていて、だから……」その声はそよ風のごとく静かにやんだ。それから微笑んだ顔には、何かが失われていた。

ほかに気づける者はいないだろう。その笑顔に不自然な点があるとは誰も思うまい。だが、ピーターにはわかった。だからこそ胸が張り裂けそうだった。

「あなたがどなたを選ぶにしても……」ティリーは微笑みにくすっとうつろな笑い声まで添えて、続けた。「わたしがそばにいたら見つけられないものね」

そうだとしても、ティリーが考えているような理由ではない。マティルダ・ハワードのそばにいて花嫁を見つけられないとすれば、ほかには目を移せないし、彼女の存在を感じながらほかの女性のことを考えられはしないからだ。

「もう行かないと」ティリーがつぶやき、ピーターもそのとおりだと思ったが、別れの挨拶をしようという気にはなれなかった。こうなるのがわかっていたから、そもそも顔を合わせるのを避けようとしていたのだ。

実際にすぐに送りださなければならない段になると、想像していた以上につらかった。

「兄との約束は果たせなくなったわね」ティリーが念を押すように言った。

　この決意の固さはティリーにはわからないのだろうと思いつつ、ピーターは首を振った。ティリーを見守るとハリーに約束したのだ。

　好ましくない男の全員から守ると。

ティリーが唾を飲みこんだ。「両親があそこに」左後方を身ぶりで示した。

ピーターはうなずき、ティリーの腕を取り、伯爵夫妻がいるほうへ向きを変えた。と同時に、ふたりが向きあったのは、レディ・ニーリーだった。

4

『今夜のハーグリーヴズ家の大舞踏会では、いったい何が起こることかと誰しも考えずにはいられまい。筆者は最も信頼できる筋から、レディ・ニーリーが出席を予定しているとの情報を得た。この女主人に出欠の判断が委ねられているミス・マーティンを除けば、ほかの主要容疑者たちも出席のもよう。

ミスター・バーブルック、フェザリントン夫人、イースタリー子爵のみならず、ミスター・トンプソンもいち早く出席を返信した。

このうえは、ただひと声を待つだけだ。「さあ、ゲームの始まりよ！」』

一八一六年五月三十一日付〈レディ・ホイッスルダウンの社交界新聞〉より

「ミスター・トンプソン！」レディ・ニーリーが甲高い声をあげた。「ちょうど、あなたを探していたところなのよ！」

「そうなんですか？」ティリーは反射的に訊いた。そしてすぐに、このご婦人にはほんとうに腹を立てていて、今度顔を合わせたときには冷ややかにあしらうつもりでいたことを思いだした。

「そうなのよ」年配の男爵未亡人は語気鋭く答えた。「今朝の〈ホイッスルダウン〉には憤慨しているわ。あの鼻持ちならないご婦人の書いていることの半分はでたらめなんだもの」

「半分とはどこからどこまでのことでしょうか？」ピーターはそっけなく訊いた。

「もちろん、あなたが泥棒だという部分よ」レディ・ニーリーが言う。「あなたが財産目当てで花嫁探しをしているのはみな知っているけれど――」あてつけがましくティリーにちらりと目をくれた。「――あなたは泥棒じゃないわ」

「レディ・ニーリー！」ティリーはあまりにぶしつけな発言が信じられず声を張りあげた。

「それで」ピーターが言う。「どういうわけでそのような結論に？」

「わたくしはあなたのお父様を知ってるわ」と、レディ・ニーリー。「それだけでじゅうぶんでしょう」

「父親の因果が子にも報うと？」ピーターは乾いた声で訊いた。

「まさしく」レディ・ニーリーは相手の口調はまるで気にせず同意した。「それに、わたくしはイースタリーをあやしいと睨んでいるの。ずいぶんと日焼けしてらしたでしょう」

「日焼け？」ティリーはおうむ返しに訊いた。それがルビーを盗むことと、どうつながるのか腑に落ちない。

「しかも」レディ・ニーリーがさしでがましい口ぶりで続ける。「カードゲームでいかさまをする方だし」

「イースタリー卿は感じのいい方のようにお見受けしましたわ」ティリーは口を挟まずにはいられなかった。もちろん賭け事は自分には許されていないとはいえ、この歳になれば、いかさまが発覚すれば非常に重い咎めが課せられることは知っている。窃盗より罪が重いという話すら聞く。

レディ・ニーリーが疎ましそうに顔を向けた。「あら、あなたはまだそういった事情がわかるお歳ではないでしょう」

ティリーは唇をすぼめ、どうにか反論をこらえた。

「泥棒呼ばわりする前に、証拠をきちんと示すべきだ」ピーターが背筋をぴんと伸ばして言った。

「ふん。あの人の住まいからわたくしの宝石が見つかれば、確固とした証拠になるわ」

「レディ・ニーリー、お部屋は探されたのですか？」ティリーはどうにか空気をやわらげたくて会話に割って入った。

「あの人の部屋？」

「いいえ、あなたのですわ。あの客間です」

「もちろん、探したわ」レディ・ニーリーがきつい声で答えた。「わたくしがそんな愚か者に見えて？」

ティリーは返答を控えた。

「二回も探させたのよ」男爵未亡人が言う。「そのあと、念のためにもう一度、わたくしが自分で探したわ。客間にブレスレットはない。これは断言できるわ」

「それなら確かですわね」ティリーはそう言いつつ、なおも事を丸くおさめる方法に考えをめぐらせた。しだいに人が集まりだし、少なくとも十数人の見物人が身を乗りだして、レディ・ニーリーと主要容疑者のひとりのやりとりに耳をそばだてている。「でも、たとえそうだとしても――」

「言葉には気をつけたほうがいい」ピーターに鋭い声で遮られ、ティリーはその口調にどきりとして息を呑み、それからすぐに自分に向けられたものではないことに気づいてほっとした。

「なんですって」レディ・ニーリーが侮辱と受けとって肩をいからせた。

「ぼくはイースタリー卿のことはよく存じあげないので、人柄を保証することはできない」ピーターが言う。「ですが、あなたが告発できるだけの証拠を手にしていないのは事実です。あなたは危険な水域に踏み入ろうとしている。紳士の名誉をむやみに穢すようなことは慎むべきだ。そうしないと」さらに反論しようと口をあけた男爵未亡人に向かって、力強く続けた。「あなた自身の名も同様に泥にまみれることになるのですよ」

レディ・ニーリーは息を呑み、ティリーはわずかに口をあけ、小さな人だかりは異様な静けさに包まれた。

「これも確実にあすの〈ホイッスルダウン〉に載るぞ！」ついに誰かが声を発した。

「ミスター・トンプソン、ご自分の立場をお忘れのようね」レディ・ニーリーが言った。

「いや」ピーターは怯《ひる》まず答えた。「それだけはけっして忘れませんよ」

ひとしきり沈黙が続き、ティリーの目にはいまにも毒を吐きかねないように見えたレディ・ニーリーが、だし抜けに笑いだした。

声を立てて笑っている。舞踏会が開かれている大広間で、呆然と口をあけた見物人たちに囲まれて。

「あなたは肝が据わっているわね、ミスター・トンプソン」と、レディ・ニーリー。「あなたの言うとおりだわ」

ピーターが礼儀正しくうなずき、ティリーはこの状況でそんなふうに応じられる彼に感心した。

「ただし、イースタリー卿へのわたくしの見方は変わらないわ」男爵未亡人は言った。「たとえブレスレットを盗んでいなかったとしても、ソフィアへの仕打ちはあんまりよ。それにしても」呆気にとられるほどいきなり話題を変えた。「わたくしのお話し相手《コンパニオン》はどこかしら?」

「いらしてるのですか?」ティリーは訊いた。

「もちろんよ」レディ・ニーリーがてきぱきと言う。「家に残してきたら、みなさんに彼女が盗人だと思われてしまうじゃないの」さっと顔を振り向けて、鋭敏な目つきでピーターを見据えた。「あなたも同じことを考えたのではないかしら、ミスター・トンプソン」

ピーターは言葉を返さなかったが、ほんのわずかに頭を傾けた。

レディ・ニーリーが微笑んだ——ぎょっとするほど唇を引き伸ばし、それから顔をそむけて呼ばわった。「ミス・マーティン！　ミス・マーティン！」

そうして男爵未亡人がピンクの絹地の裾飾りを翻《ひるがえ》して去っていき、ティリーはぼんやりと、気の毒なミス・マーティンの働きぶりはきっと勲章に値するものなのだろうと思いやった。

「見事だったわ！」ピーターに言った。「あのご婦人にあんなふうに立ち向かった人はいままで見たことがないもの」

「たいしたことじゃない」ピーターはぼそりとつぶやいた。

「そんなことないわ。あんなふうにできるなんて——」

「ティリー、やめてくれ」ピーターはあきらかにこれ以上ほかの招待客たちの関心を引くのをいやがっていた。

「わかったわ」ティリーは応じた。「だけど、まだレモネードを飲めてないわ。付き添ってくださる？」

多くの人々が見ている前でそうはっきりと頼まれては紳士なら拒めない。ティリーは嬉しさを押し隠し、ピーターに腕を取られ、あらためて軽食のテーブルへ歩きだした。夜会服姿のピーターは信じがたいほど見栄えがする。いつどういうわけで軍服を脱ごうと決めたのかはわからないけれど、容姿の美しさは相変わらずで、ティリーは腕を取られているだけで心が浮き立った。

「わたしは何を言われても気にしないわ」ティリーはささやいた。「あなたはすばらしかった。イースタリー卿は、あなたに感謝しなくてはいけない借りができたわね」

「誰だって――」

「誰だって同じことはしないわ。あなたもわかってるでしょう」ティリーは遮って続けた。「道義心を持っていることを恥ずかしがるのはやめなさい。わたしはとてもすてきなところだと思うのに」

ピーターが顔を赤らめ、首巻《クラヴァット》をほどきたそうなそぶりをした。彼によけいに気まずい思いをさせずにすむと確実にわかっていれば、嬉しくて笑い声を立ててしまいそうだった。

そして、ティリーは二日前にも感じたことをこのとき確信した――この男性を愛しているのだと。それは驚くほど胸が高鳴る感情で、すでに目にみえるかのようにはっきりと自分の一部と化していた。これまでどんな人間だったにしろ、いまのティリーはすっかり変わっていた。いま自分が存在しているのはピーターのためでもおかげでもないけれど、ふしぎにも彼はいつしか自分の魂の小さな一部となっていて、もうこれまでのままではいられないことを悟った。

「外に出ましょう」衝動的に誘い、扉のほうへ引っぱった。

ピーターは引っぱられた腕をびくともさせず、その場にとどまっている。「ティリー、まずいことなのはわかるだろう」

「あなたとわたし、どちらの評判が傷つくのかしら?」茶目っ気たっぷりに訊いた。

「どちらもだ」ピーターがきっぱりと答えた。「念のために言っておくなら、ぼくのほうの評判は回復できるが」

結婚してくれれば、こちらの評判も取り戻せるのよ、とティリーは浮かれた気分で心ひそかに言い返した。罠にかけて自分と結婚させようと考えているわけではないけれど、こうしてふたりで舞踏場に立っていると、教会で彼と並んで立ち、その後ろに顔を揃えた友人たちが自分の誓いの言葉を聞いている光景を夢想せずにはいられなかった。

「誰も見てないわ」人々の注意を引かない程度にできるかぎりピーターの腕を引く。「それに見て、ほかにも庭に出ていく人たちがいる。ふたりきりになるわけではないんだもの」

ピーターはティリーの視線の先を追って、両開きの格子ガラスの扉を見やった。たしかに何組かの男女がその付近にいて、外に出たからといって評判に傷がつく状況ではなさそうだ。

「わかった」と応じた。「きみがそうしたいのなら」

ティリーは満足げに微笑んだ。「ええ、そうしたいわ」

夜気はひんやりとしていたが、混雑して蒸し暑い舞踏場にいたあとでは心地よく感じられた。ピーターは扉口がしっかりと見えるところにいるつもりだったが、ティリーに引っぱられて暗がりへ進んだ。強引にでも踏みとどまるべきなのだろうが、できなかった。

引っぱられるままに進み、間違っているとはわかっていても、自分を押しとどめる理由も見いだせなかった。

「ほんとうに誰かがブレスレットを盗んだのかしら？」灯火に照らされた庭を臨む手摺りにふたりで寄りかかるとすぐにティリーが訊いた。

「ブレスレットの話はしたくない」

「わかったわ」と、ティリー。「わたしはハリーの話はしたくない」

ピーターは笑った。その口ぶりにはどことなく笑いを誘う響きがあった。ティリー自身も同じように感じたらしく、にっこり笑い返した。

「わたしたちにほかに話すことが何かあるかしら？」ティリーが訊いた。

「天気は？」

ティリーがやんわりたしなめるような表情をしてみせた。

「きみが政治や宗教について話したくないのはわかってるしな」

「ええまあ、たしかに」ティリーがとりすまして言う。「いずれにしても、いまはいや」

「なるほど、ならば今度はきみのほうから話題を出してみてくれ」

「そうね」ティリーは応じた。「ではいくわよ。あなたの妻について聞かせて」

ピーターはこの世でいちばん大きな埃《ほこり》でも飲みこんでしまったかのようにむせた。「ぼくの妻について？」おうむ返しに訊いた。

「あなたが探しているという、お相手についてよ」ティリーが説明した。「花嫁探しのお手伝いをしなければいけないとすれば、あなたがどんな方を探しているのか教えてもらわなくちゃ」

「きみが手伝う？」

「そう。わたしといたら財産目当ての男に見られてしまうと言っていたでしょう。わたしたちはこの三十分、人々の面前で一緒にいて、その人々のなかにはロンドンでも指折りの噂好きも何人かいたわ。あなたの論理でいけば、わたしはあなたの予定を一カ月は遅らせてしまった」ティリーは肩をすくめたが、そのしぐさは身体にぴったりとした淡い青色の布地にやわらげられた。「わたしにできることはそれくらいしかないでしょう」

ピーターはしばらく見つめていたが、相反する心のせめぎあいにとうとう屈した。「いいだろう。何を知りたいんだ？」

ティリーが勝ったとばかりに嬉しそうに微笑んだ。「聡明な女性がいい？」

「もちろん」

「すばらしい返答だわ、ミスター・トンプソン」

ピーターは穏やかな笑みでうなずき、いちいち喜ばない心の強さを保ちたいものだと願った。だが、とても無理そうだ。この女性には抗えない。

ティリーは人差し指で頬を打ちながら質問を思案した。「思いやりは？」

「あったほうがいいな」

「動物と幼い子供たちへのやさしさは？」

「ぼくへのやさしさがほしい」もの憂げに笑って答えた。「それがいちばん重要なんじゃないか？」

ティリーにややむっとした顔をされ、ピーターは含み笑いして、手摺りにさらに少しもたれかかった。いたく快い脱力感に襲われ、理性を失いかけていた。ロンドンで大舞踏会に出席しているというのに、その瞬間、ティリーと彼女の冗談めかした言葉以外何もこの世に存在していないかのように思えた。

「見つかるわ」ティリーがいかにも気どったしぐさで、からかうようにちらりと目をくれた。「聡明な女性をお望みなら——それが条件だとおっしゃったのよね？」

ピーターはその指摘をすなおに認めてうなずいた。

「それに、あなたにやさしいことが大事。そのうえで、ほかの人々にもやさしければいい」

「当然のことながら」ピーターはつぶやくように言った。「ぼくは妻にはとてもやさしい夫になる」

「そうなの？」ティリーがささやいた。そして気づけば彼女がすぐそばにいた。どのようにそうなったのか、どちらが近づいたのかすらわからないが、ふたりの距離は先ほどまでの半分に縮まっていた。

ティリーはすぐそばに立っている。鼻の周りのそばかすがはっきりと見えて、庭の灯火《ともしび》に照らされた髪がきらきら輝いている。赤々とした豊かな髪は優美に結い上げられているが、ほつれた髪の房がいくつか顔の輪郭に軽くかかっている。

巻き毛だと、ピーターは気づいた。知らなかった。そんなことにも気づけなかったとは信じがたいが、このようにティリーの髪がほつれたところは見たことがなかった。いつもきちんと乱れひとつなく結っていたからだ。

いままでは。そう思うと、どういうわけか自分のために乱れたのだと突飛な夢想を働かせずにはいられなかった。

「どんな容姿をしているの？」

「誰が？」うわの空で訊き、ほつれた巻き毛を引いたらどうなるのだろうと考えていた。コルク抜きのように弾力があり、しかも柔らかそうだ。

「あなたの奥様になる方よ」楽しげなティリーの声が音楽のように聞こえる。

「どうだろうな。まだ会っていないから」

「会ってないの？」

ピーターは首を振った。言葉を忘れかけていた。

「そうだとしても、どんな方がお望みなの？」ティリーは静かな声になり、人差し指でピーターの上着の袖に触れ、肘から手首までをそっとなぞった。「ぼんやりとでも思い描いている姿があるのではないかしら」

「ティリー」ピーターはかすれがかった声で呼び、誰にも見られていないか辺りに目を配った。上着の布地を通してティリーの指を感じた。テラスにはもう誰も見あたらないが、それだけでは邪魔が入らないとは言いきれない。

「髪は濃い色？」ティリーが低い声で訊く。「明るい色？」

「ティリー……」

「赤毛？」

そのひと言でもはや耐えられなくなった。数知れないフランス軍の兵士と戦い、おのれの命を省みず、銃弾が飛び交うなか負傷した仲間を一度ならず助けた戦争の英雄だというのに、このか細い女性に歌うような声で思わせぶりな言葉を投げかけられ、持ちこたえられそうにない。極限に追いつめられ、欲望を抑える楯や壁は見あたらず、瀬戸際で踏みとどまる気力も奮い起こせない。

ティリーを引き寄せ、大きな円柱の陰にまわりこんだ。「ぼくを追いこむなよ、ティリー」

「そうせずにはいられないのよ」と、ティリー。

それはピーターも同じだった。唇を探りあて、キスをした。

それだけでは満足できないとわかっていながらキスをした。もう二度とできないかもしれないと知りながら。

そして、ほかのどの男よりも先にキスを奪うために。いつかティリーが父親に決められた男に嫁ぐとき、この記憶を呼び起こし、終生忘れられずにいるように、自分の証しを焼きつけておきたい。

冷酷で身勝手な考えとはわかっていても、どうすることもできなかった。この身体のどこか奥深くでティリーを自分のものだと感じているのに、そうした本能的な確信など貴族の世界ではなんの役にも立たないという事実に、ナイフで胸を引き裂かれるような思いだった。ティリーが唇を触れさせたまま吐息をつき、哀れっぽい柔らかな声を洩らすと、熱いものがピーターの全身をめぐった。「ティリー、ティリー」ささやいて、両手を尻のふくらみに滑らせた。尻をつかみ、硬く張りつめている下腹部に引き寄せて、布地越しに自分の証しを焼きつけようとした。

「ピーター!」ティリーが苦しげな声をあげたが、新たなキスで黙らせた。腕のなかでティリーが熱烈な口づけに反応して身をくねらせた。そのたびに互いの服が擦れ合い、ピーターの欲望はさらに激しく熱く昂ぶっていき、このままでは爆発してしまうと感じた。

やめるべきだ。やめなければいけない。そう思っても、とめられなかった。

頭のどこかで、これがティリーの唇を味わえる唯一の機会だという考えが働いていた。終わりにしようとは思えない。いまはまだ、もう少しだけ。ティリーにもっと自分を感じさせられるまで。

「きみが欲しい」ピーターは切迫でかすれた声で言った。「これは疑いようのない事実なんだ、ティリー。水のように、空気のように、きみを求めている。どんなものよりきみが欲しい。それに……」

声を失った。それ以上、言葉が見つからなかった。ただ黙って見つめ、ティリーの瞳の奥を覗いて、自分自身の欲望とまるで同じものを目にしてふるえが走った。ティリーは喘ぐように切れぎれに息をしている。それからふいに一本の指をピーターの唇に触れさせてささやいた。「あなたは何をしようとしているの?」

ピーターはもの問いたげに眉を上げた。

「わたしに」ティリーが言いなおした。「わたしに何をしようとしているの?」

答えられなかった。鬱積《うっせき》した夢想をすべて口に出せと言われているようなものだからだ。

「ティリー」どうにか口を開いたが、そう言うだけで精いっぱいだった。

「こんなつもりではなかったなんて言わないで」ティリーが頼りない声で言う。

言えない。言えるものか。たしかにしてはならないことだったとしても、キスを悔いる気はなかった。あとでベッドにひとり横たわり、満たされない欲望に身を熱くして悔いるときがこようとも、いまは、ティリーがそばにいてその香りに包まれ、吸い寄せられそうな熱気を感じているときに、そんなことは考えられない。

「ティリー」言えることはそれしか思い浮かばないので繰り返した。

ティリーが話そうと口を開いたとき、近づいてくる足音が聞こえ、テラスにほかにも誰かが出てきていることにふたりとも気づいた。ピーターはとっさの防衛本能でティリーをあらためて円い柱の裏側に隠し、唇に指をあてて黙っているよう合図した。

イースタリー子爵が夫人とひそひそ声で揉めているらしい姿を目にとらえた。聞いている話が事実なら、事情は謎だが、この子爵は十二年ほど前に家を出たきりなのだという。夫妻は感情をあらわにして話しこんでいて、そばに人がいるとは気づいてはいないだろうとピーターは楽観的に見きわめた。そこで、あとずさり、もっと暗いほうへ身を隠そうとしたとき

――


「痛いっ！」

ティリーの足を踏んでいた。ばかな。

子爵夫妻がすばやく振り返り、ほかにも人がいたことを知ってふたりとも目を見開いてい

る。

「こんばんは」ピーターは平然とやり過ごすしかなさそうだと腹をくくり、大胆にも声をかけた。

「ああ、気持ちのいい晩ですね」イースタリー子爵が答えた。

「まったくです」ピーターが言うのと同時にティリーの明るい声がした。「ええ、ほんとうに！」

「レディ・マティルダ」イースタリー子爵夫人が呼びかけた。いつ見ても優雅な身ごなしのすらりとしたブロンドの女性だが、今夜はどこか落ち着きがない。

「レディ・イースタリー」ティリーが挨拶した。「楽しんでらっしゃいますか？」

「ええ、おかげさまで。あなたは？」

「おかげさまで、とても。ただ、なんだか少し蒸し暑くて」ティリーは涼しい夜気を強調しようとするかのように手をひらりと動かした。「新鮮な空気を吸えば、気分が回復するのではないかと思いましたの」

「あら」レディ・イースタリーが言う。「わたしたちもまったく同じ理由で出てきたのよ」

夫も相槌の言葉をつぶやいた。

「ところで、イースタリー卿」ピーターは婦人たちのぎこちない世間話にようやく言葉を差し挟んだ。「お耳に入れておきたいことがありまして」

子爵がいぶかしげに首を傾けた。

「レディ・ニーリーが、あなたが盗みを働いたのだと公然と非難しているんです」

「なんですって?」レディ・イースタリーが強い調子で訊いた。

「公然とだと?」イースタリー子爵が尋ねて妻のそれ以上の問いかけを封じた。

ピーターはそっけなくうなずいた。「残念ながら、いたって率直に」

「ミスター・トンプソンがあなたを擁護したんです」ティリーが目を輝かせて言い添えた。

「ごりっぱでしたわ」

「ティリー」ピーターは黙らせようと低い声で呼んだ。

「礼を言います」イースタリー子爵はそう言い、ティリーのほうにも礼儀正しくうなずいた。

「疑われていたのは知っていました。あのご婦人ははっきりとそのような態度をとっていましたから。しかし、公然と非難することまではしていなかった」

「いまは違います」ピーターは顔をしかめた。

その隣で、ティリーがうなずいた。「残念ながらそうなんです」レディ・イースタリーのほうを向いて付け加えた。「ひどい話ですわ」

レディ・イースタリーもうなずきを返した。「料理人の評判を耳にしていなければ、ご招待を受けなかったのに」

かたや夫のほうはあきらかに名高い料理人には関心がなさそうだった。「ご忠告に感謝する」ピーターに言う。

ピーターはうなずきで応えてから言った。「レディ・マティルダをパーティにお戻ししなくてはなりません」

「妻もご一緒させていただいたほうがいいだろう」イースタリー子爵が提案し、ピーターはそれを情報への返礼と受けとった。イースタリー子爵夫妻はピーターとティリーがふたりきりでいたことを口外しないし、さらに言うならティリーが下品な噂話の種にのぼらないかぎり、レディ・イースタリーの非の打ちどころのない評判も守られる。

「願ってもないご提案です、子爵どの」ピーターは応じ、ティリーの腕をそっと引いて、レディ・イースタリーのほうへ進ませた。「あす、お会いしよう」とティリーに声をかけた。

「ほんとうに?」そう尋ねたティリーの目は、臆するつもりはないことを告げていた。

「ああ」ピーターは答えて、自分でも驚いたことに本気でそうしようと考えていた。

5

『〝消えたブレスレットの謎〟については新たな進展がないため、よりありふれた話題、すなわち、富と名声と完璧な伴侶を求める貴族たちの日常のあら探しで我慢するよりほかにない。

なかでも筆者が最も関心を寄せているのが、ミスター・ピーター・トンプソンだ。抜け目ない方々ならすでにお気づきだろうが、一週間以上前からキャンビー伯爵のひとり娘、レディ・マティルダ・ハワードの気を惹くべくいたく熱心に励んでいる。ハーグリーヴズ家の大舞踏会では終始寄り添い、以来この一週間、ミスター・トンプソンがほぼ毎日欠かさずキャンビー伯爵家を訪問する姿が目撃されている。

このような行動をとれば人目を引いてもやむをえまい。なにしろミスター・トンプソンが財産目当てで花嫁を探していることは広く知られている。ただし本人の名誉のために付け加えるなら、レディ・マティルダとの仲を取りざたされるまでは、社交界の基準からすれば財欲は慎ましく、揶揄されるほどのものではなかった。

されどレディ・マティルダが受け継ぐ資産はきわめて莫大で、社交界ではだいぶ以前から伯爵以上の身分の殿方に嫁ぐのが相応と見られていた。実際、最も信頼のおける筋から入手した情報によれば、紳士のクラブ〈ホワイツ〉の賭け帳では、わが国でただひとりのいまだ未婚の公爵、アシュボーンと婚姻の誓いを立てると予想されているという。

哀れなミスター・トンプソンよ』

一八一六年六月十日付〈レディ・ホイッスルダウンの社交界新聞〉より

たしかに、哀れなミスター・トンプソンだ。

ピーターはこの一週間、ティリーがこの国で最も裕福な人間たちのひとりで、かたや自分は簡単に言ってしまえばそうではないことを忘れられるのだろうかともっぱら考えつづけ、一喜一憂を繰り返していた。

ティリーの両親が娘へのピーターの執心ぶりを知らないはずがなかった。ハーグリーヴズ家の舞踏会の翌日からほぼ毎日キャンビー伯爵家を訪ねている。伯爵夫妻は訪問をやめるようにとはまだ言わないが、ハリーとの友情を心得ているのもまた事実だ。息子の友人を追い返せはしないだろうし、レディ・キャンビーのほうはむしろ対面を喜んでいるように見える。ハリーについて語りたがり、最期の日々のことを、なかでも戦況のきわめてきびしいなかにあってハリーがどれほど場をなごませていたかという話には嬉しそうに耳を傾けていた。

じつのところ、レディ・キャンビーは次男の話を聞きたいばかりに仕方なく、娘の花婿としてはあきらかに不適切な男であれ、望みのない恋路を見逃しているのではないだろうか。

おそらくいつの日か少し話があるとキャンビー伯爵夫妻に坐らされ、たとえ称賛されるりっぱな人物で、亡き息子にとっては間違いなくすばらしい友人であったとしても、娘の結婚相手にふさわしいかどうかはまったくべつの話なのだときっぱり告げられるのだろう。

だが、まだそのときはきていないのだから、いま出来ることに最善を尽くし、残された時間を楽しもうとピーターは心に決めていた。そうしてついにきょうはティリーとハイド・パークで落ちあう約束を交わした。どちらも乗馬を好み、その日は一週間ぶりに陽が射していたので、外に出かけずにはいられなかった。

ほかの貴族たちも同じ気持ちと見えて、公園は事故を避けようと慎重にゆっくりと馬を進める人々で混雑している。ピーターはサーペンタイン池のほとりで気長にティリーを待つあいだ、ぼんやり人波を眺めながら、このなかにも自分と同じように愚かにも恋に心を煩わせている者はいるのだろうかと考えていた。

たぶんいるだろう。といっても、自分ほど恋に惚《ほう》けた、いわば愚か者はおそらくいない。

「ミスター・トンプソン！　ミスター・トンプソン！」

ピーターはティリーの声につい笑みをこぼした。ティリーはおおやけの場では名で呼びかけないように気をつけているが、ふたりだけのときは、それもこっそりキスができたときは必ずピーターと呼ぶ。

これまでは両親が付けてくれた名について考えたことなどなかったのだが、ティリーが熱っぽくささやく声を聞いて、その響きが好きになり、いまではすばらしい名を選んでくれたものだと思うようになった。

ティリーが男性と女性の使用人をひとりずつ伴って道を歩いてくるのを見て、驚いた。

ピーターはすぐさま馬をおりた。「レディ・マティルダ」呼びかけて、あらたまって頭をさげる。そばには大勢の人々がいて、誰に話を聞かれているかわからない。ひょっとすると、あの憎らしいレディ・ホイッスルダウンが木の陰にひそんでいるともかぎらない。

ティリーが表情をゆがめた。「わたしの牝馬が脚を引きずってるの」と、説明した。「連れだすのはかわいそうだったのよ。歩きでもかまわないかしら？　あなたの馬をみていてもらえるように馬丁を連れてきたわ」

ピーターはティリーに促されて手綱を馬丁にあずけた。「ジョンは馬の扱いがとても上手なの。ロスコーを安心してまかせられるわ。それに」使用人たちから数メートル離れたところでささやいた。「わたしの女中と相思相愛の仲なのよ。あのふたりとなら気兼ねせずに過ごせそうだと思って」

ピーターは愉快そうに笑いかけた。「マティルダ・ハワード、たくらんだのか？」

ティリーは心外だとでもいうように身を引いたものの、口もとは引き攣っていた。「愛馬がけがをしたと嘘をつくなんて、夢にも考えないわ」

ピーターは含み笑いを洩らした。

「ほんとうに脚を引きずっていたのよ」ティリーが言う。

「なるほど」

「ほんとうなんだから！」ティリーはむきになった。「間違いないわ。わたしはただ、せっかくの機会を生かそうと思っただけ。あなただって、わたしに外出を断わってほしくないでしょう？」肩越しにちらりと、低い木立のそばで肩を並べて楽しそうにお喋りしている女中と馬丁を見やった。

「わたしたちが消えても気づかないかもしれないわね」ティリーが言う。「遠くに行かなければ」

ピーターは片方の眉を吊り上げた。「消えることに変わりはない。どうせ姿を消すのなら、どれだけ遠くへ行っても同じなんじゃないか？」

「同じじゃないわ」ティリーはさらりと否定した。「道義心の問題よ。ともかく、ふたりに迷惑はかけたくないわ。それも、気を利かせて知らないふりをしてくれるのだとしたらなおさら」

「わかった」ピーターは彼女の理屈を追究しても意味はないと判断して言った。「あの木はどうだろう？」乗馬路《ロトン・ロウ》とサーペンタイン・ドライヴの中間地点にある大きな楡《にれ》の木を指さした。

「ふたつの大通りのあいだ？」ティリーは鼻に皺を寄せた。「とても賛成できない案ね。サーペンタイン池の向こう端まで行きましょうよ」

というわけで、ピーターはほっとすると同時に大いに落胆しつつ、使用人たちからは少々見えにくいが、人目がないわけでもないところへティリーとふたりでのんびり歩きだした。

数分の沈黙が続いたあと、ティリーがいかにもさりげない調子で言った。「今朝、あなたの噂を耳にしたわ」

「〈ホイッスルダウン〉に書かれていたことではないのを祈ろう」

「違うわ」考えるようなそぶりで言う。「今朝、聞いたんだもの。いつも訪問してくださる男性のひとりから」間をおき、ピーターが話に乗ってこないとわかると続けた。「あなたは訪問されなかったから」

「毎日訪問するわけにはいかない。取りざたされてしまうし、きょうはもう会う約束をしていた」

「あなたのご訪問についてはもう噂にのぼってるわ。回数を増やしたからといって、これ以上騒がれるとは思えない」

ピーターは自然と顔がほころんだ――身体が内側からじんわり温まってきて、ゆっくりともの憂げな笑みを浮かべた。「どうしたんだ、マティルダ・ハワード、焼きもちを妬いてるのか？」

「違うわ」ティリーがそっけなく返した。「あなたはどう？」

「焼きもちを妬くべきだと？」

「そうではないけれど」ティリーが苦々しそうに言う。「この話の流れで、どうしてわたしが焼きもちを妬いてることになるの？」

「ぼくにもわかりようがない。ぼくは今朝、タッターソール馬市場で、とても手の出ない値の馬を眺めていた」

「聞いてるだけで、もどかしくなる話ね」ティリーが不満げに言う。「それに、わたしがどんな噂を耳にしたか、聞きたくないの？」

「どのみち」ピーターはのんきそうな口ぶりで続けた。「きみはぼくに話したいんだろ」

ティリーはその言葉に顔をしかめて言った。「わたしはそんなに……噂好きではないけれど、あなたが昨年イングランドに帰ってきたとき、生活がいくぶん荒れていたと聞いたのよ」

「誰がそんなことを？」

「誰がとは言えないわ」ティリーが言う。「でも、それを聞いたら――」

「いろいろと尋ねたくなる、よな」ピーターは低い声で言葉の続きを引きとった。

「どうしていままで、わたしの耳に入らなかったのかしら？」

「おそらく」ピーターは堅苦しい口調になった。「きみの耳に入れるにはふさわしくないことだからだ」

「よけいに興味が湧いてきたわ」

「いいや、いっきに聞く気が失せる話さ」ピーターはこれ以上の探りあいはご免だといわんばかりに答えた。「だからこそ、生活を改めたんだ」

「ますます面白そうな話に聞こえるわ」ティリーは笑った。

「そんなもんじゃない」

「何があったの？」ティリーはそう訊いて、どんなに話を打ち切らせようとしても無駄であるのをはっきりと示した。

ピーターは歩きながらでは明瞭に考えられないと判断して足をとめた。戦争で駆け引きはじゅうぶん学んでいるとはいえ、いまはたいして自信が持てない。なにせここはハイド・パークだ。

しかも相手はティリーときている。

ふしぎとこの一週間は、ハリーのことをさほど考えずにいられるようになっていた。たしかにレディ・キャンビーとは話題にしていたし、たまたま軍服姿の男に出くわして、その目のなかにうつろな影が見えれば、そのたび否定しようのない胸の痛みを覚える。

同じ影を鏡のなかに幾度となく目にしてもいる。

だがティリーといるときには——ハリーの妹で、似ているところも多いのだから妙なことなのだが——ハリーのことは頭から消えていた。忘れたわけではないが、そのあいだは頭に浮かばなかったし、責め立てる亡霊のごとく現われもせず、自分が生きているのにハリーは死に、生きているかぎりそれは変わらない事実を呼び起こされることもなかった。

しかしティリーと出会うまでは……。

「イングランドに帰ってきたときは」ゆっくりと穏やかに話しだした。「ハリーが死んでまだあまり時が経っていなかった。ほかにも多くの戦友を亡くした」苦味を含んだ声で言う。「だが、ハリーのことは、ぼくにはなにより深くこたえた」

ティリーがうなずいた。ピーターはその目が潤んでいるのには気づかないふりをした。

「何が起きたのか、自分でもよくわからない。そう考えようとしていたつもりはないんだが、ぼくが生き残り、ハリーが死んだのは単なる偶然のような気がしていた。それで友人たちと出かけた晩にふと、ふたりぶん生きなければいけないんじゃないかと思ったんだ」

ピーターはひと月のあいだ途方に暮れていた。いや、もう少し長い期間だったかもしれない。ほとんど酒を飲みつづけていたので、記憶が定かでない。金《かね》もないのに賭け事をして、救貧院に送られずにすんだのは幸いだったと言うべきだろう。女たちともつきあった。手当たりしだいというほどではなかったにしろ、平静なら考えられない人数を相手にした。いまこうしてティリーを、終生想いつづけられると確信できる女性を目の前にすると、自分が卑しく汚《けが》らわしい存在に感じられ、尊い神聖なものをもてあそんでいるような気がしてくる。

「どうして立ち直れたの？」ティリーが訊いた。

「わからない」ピーターは肩をすくめた。ほんとうにわからなかった。ある晩、入り浸っていた賭博場にいて、めずらしくしらふになった瞬間があり、こんな暮らしをしていては幸せにはなれないと目が覚めた。こんなふうに生きていてもハリーのためのみならず自分のためにもならないのだと。それまでは決断し前進しなければならない理由はすべて棚上げし、将来を考えることはいっさい避けていた。

その晩、賭博場を出て、二度とそこには戻らなかった。思っていた以上に自分の堕落ぶりに気が咎めていたのだと、いまになって気づかされた。なにしろこれまで誰も当時の自分の生活ぶりについて口に出す者はいなかった。レディ・ホイッスルダウンでさえ。

「わたしも同じだったわ」ティリーが静かに言った。まるでどこかべつの場所へ、時をさかのぼっているかのごとく、なぜか遠くを眺めるように穏やかな目をしている。

「どういうことかな?」

ティリーが肩をすくめた。「わたしの場合はもちろん、お酒を飲んだり賭け事をしたりはしなかったけれど、知らせが届いてからは……」言葉を切り、咳払いをして、さりげなく目をそらして先を続けた。「うちに知らせを届けに来た人がいたことは、ご存じ?」

ピーターは実際に聞いていたわけではなかったが、うなずいた。ハリーはイングランドでも有数の名門貴族の子息だ。軍が特別に家族に戦死を知らせる使者を立ててもふしぎはない。

「いつも兄がそばにいるようなふりをしてたわ」ティリーが続けた。「きっとほんとうに、そう思いこんでいたのね。何を見ても、何をしていても、胸のうちで問いかけてたわ――ハリーお兄様ならどう思うだろうって。そう、たとえば、お兄様もこのプディング、好きなのよねとか、それでふたりぶん食べるから、わたしのぶんがなくなっちゃうのよとか」

「それで、実際にきみは食べたのかい?」

ティリーは目をしばたたいた。「なんのこと?」

「プディングさ」ピーターは説明した。「ハリーがきみのぶんまで食べてしまうと思ったあと、きみはそれを食べたのか、残したのか」

「ああ」ティリーはいったん口をつぐみ、考えこんだ。「残したと思うわ。少しだけ食べて。

味わえる気分ではなかったから」

すると突然、ピーターはティリーの手を取った。「もう少し歩こう」やけに力強い声で言う。

ティリーはその強引さに微笑んで、歩調を合わせようと足を速めた。長い脚で進むピーターに追いつこうと跳ねるような足どりになった。「どこへ行くの?」

「どこへでも」

「どこへでも?」とまどいがちに訊いた。「ハイド・パークのなかよね?」

「ここみたいに」ピーターが歯切れよく言う。「八百人もいないところならどこでもいい」

「八百人?」ティリーは笑みをこぼさずにはいられなかった。「四の間違いじゃないかしら」

「四百人か?」

「いいえ、四人よ」

ピーターが立ちどまり、どことなく父親ぶった表情でちらりと見やった。

「ええ、そうね」ティリーはやむなく譲歩した。「レディ・ブリジャートンの愛犬も入れれば、たぶん八名だわ」

「競走するか?」

「あなたと?」ティリーは驚いて目を見張った。どうも彼の様子がおかしい。けれど不安になるどころか心がはずんだ。

「きみが先に走りだしてかまわない」

「身長差を考慮してくれるのね」

「いや、か弱さを慮《おもんぱか》ってのことだ」ピーターが挑発するように言う。

ティリーはその言葉にまんまと駆り立てられた。「そんなことないのに」

「そうかな?」

「そうよ」

ピーターは木に寄りかかり、腹立たしいほど横柄な態度で腕を組んだ。「証明できるんだろうな」

「八百人も見ている前で?」

ピーターが片方の眉を上げげた。「四人しか見あたらない。犬を入れて五名だ」

「あなたは注目されるのが苦手な人間を追いつめてるのよ」

「ばかばかしい。みんな自分たちのことだけで精いっぱいだ。それに、こんなに陽射しの心地よい日にそこまで気がまわりはしない」

ティリーは辺りを見まわした。ピーターの言葉は的を射ていた。公園にいるほかの人々は――八人をはるかに上回る数だが、ピーターがうそぶいていたように数百人という単位でもない――愉快そうに談笑し、どこをみてもみなすっかりくつろいでいる。陽射しのせいなのだろうと、ティリーは思った。そうに違いない。どんよりした空がいつからなのか忘れるほど長く続いていたが、きょうは雲ひとつない青空が広がり、ぐったりしていた木の葉が強い陽射しのおかげでみな生気を取り戻し、花々の色鮮やかさもきわだっている。貴族たちはたとえ守るべき倣《なら》いがあったとしても——ティリー自身も生まれたときから叩きこまれてきたので、それがどのようなものなのかはわかっていた——この午後ばかりはそうしたものを、少なくとも晴天のもとでの慎ましい振るまいといったものは忘れてしまったかのように見える。


「いいわよ」ティリーは意欲満々に言った。「受けてたつわ。どこまで走るの？」

ピーターは遠くの高い木が立ち並ぶ辺りを指さした。「あの木までにしよう」

「手前の、それともいちばん奥の？」

「真ん中のだ」すなおに応じたくないだけの理由でそう言った。

「どれくらい先に走らせてくれるの？」

「五秒だ」

「時計で計るの、それとも頭のなかで数えるの？」

「きみにはまったく感心するよ、なかなか手厳しい」

「ふたりの兄と一緒に育ったのよ」ティリーは涼しげな視線を投げた。「こうなって当然だわ」

「頭のなかで数える」ピーターは答えた。「そもそも時計は持ってきていない」

ティリーは口を開いたが、何も言えないうちにピーターに先を越された。「ゆっくりだ。ゆっくり頭のなかで数える。知ってるだろうが、ぼくにも兄がいる」

「知ってるわ。お兄様に勝たせてもらったことはある？」

「一度もない」

「たぶん？」

「場合による」

「どんな場合？」

ティリーがいぶかしげに目を狭めた。「あなたはわたしに勝たせてくれる？」ピーターはいたずらっぽくにやりと笑った。「たぶん」

「負けて手に入るものしだいだ」

「ふつうは勝ったら何かもらえるのよね？」

「わざと負けるとなれば話はべつだ」

ティリーはむっとして息を吸いこみ、切り返した。「わざと負けてくれる必要はないわ、ピーター・トンプソン。目標地点で会いましょう！」そうしてピーターが走る体勢に入る前に駆けだし、なりふりかまわず芝地を突っきっていった。おそらくあすには母の友人たちが続々と訪ねてきて、お茶を飲みながら日がな一日この不作法の話題に花を咲かせるだろう。けれどいまは顔に陽射しを受け、このところいつも夢にみている男性にじりじり追いあげられて、体裁など気にしてはいられなかった。

ティリーはもともと足が速く、この日もそれは変わらなかった。片腕を振り、もう片方の手でスカートを芝地から数センチ持ち上げて、笑いながら走っていた。後方からピーターの笑い声と足音が近づいてくる。勝つつもりだった。勝てると信じていた。正々堂々の勝負でも、ピーターがわざと負けて一生それを言われつづけることになっても、どちらにしてもかまわない。

勝ちは勝ちだ。いまのティリーは負ける気がしなかった。

「できるものなら、つかまえてみなさい！」声高らかに言い、ピーターの位置を確かめようと肩越しに振り返った。「絶対に――きゃあ！」

あっという間に身体から息が吐きだされ、それ以上声が出ないうちに芝地に倒れこみ、何かわからないものと――さいわいにも女性だった！――もつれあって転がった。

「シャーロット！」友人のシャーロット・バーリングだと気づいて声をあげた。「ほんとうにごめんなさい！」

「いったい何をしてたの？」シャーロットはだらしなく傾いてしまった婦人帽《ボンネット》を直しながら強い口調で訊いた。

「じつは、競走してたの」ティリーはくぐもった声で答えた。「母には言わないで」

「わたしが言わなくても」シャーロットが言う。「これが、あなたのお母様の耳に入らないわけが――」

「ええ、わかってる」ティリーはため息まじりに遮った。「太陽のせいで気が動転していたとでも母があきらめをつけてくれることを祈るわ」

「あるいは、太陽に目がくらんだとでも？」男性の声がした。

目を上げると、長身で黄土色の髪をした知らない男性が立っていた。シャーロットをちらりと見やる。友人はすぐさま紹介を始めた。

「レディ・マティルダ」シャーロットは言い、謎の男性の手をかりて立ちあがった。「こちらは、マトソン伯爵よ」

ティリーが低い声で挨拶の言葉を口にしたところに、ピーターが駆けつけた。「ティリー、大丈夫か？」慌てた調子で訊く。

「大丈夫よ。ドレスはもう使い物にならないかもしれないけど、そのほかはなんでもないわ」ピーターの手をかりて立ちあがる。「バーリング嬢はご存じ？」

ピーターが首を振ったので、ティリーは紹介した。そして今度は伯爵に紹介しようとしたとき、ピーターがうなずいて言った。「マトソン」

「お知りあいなの？」ティリーは尋ねた。

「軍隊で」マトソン伯爵が答えた。

「まあ！」ティリーは目を見開いた。「わたしの兄をご存じ？　ハリー・ハワードを」

「すばらしい男だった」と、マトソン。「誰からもとても好かれていた」

「ええ」ティリーは言った。「誰からも好かれる兄でしたわ。そんなふしぎな魅力があったんです」

マトソンが同意してうなずいた。「亡くなられたのはとても残念だ」

「みな同じ気持ちですわ。お心遣い、ありがとうございます」

「同じ連隊にいらしたの？」シャーロットが伯爵からピーターに視線を移して訊いた。

「ああ、そうなんだ」マトソンが答えた。「トンプソンは幸運にも、あの戦いを生き抜いた」

「あなたは、ワーテルローにはいらっしゃらなかったの？」ティリーは尋ねた。

「ちょうど家の事情で帰っていたもので」

「残念でしたわね」ティリーは静かに言った。

「ワーテルローと言えば」シャーロットが言葉を挟んだ。「来週の再現劇は観にいらっしゃる？　マトソン卿は栄光の場面を見逃したと残念がっていらしたのよ」

「見て楽しめるようなものじゃない」ピーターがつぶやいた。

「そうだったわ」ティリーは不愉快な諍《いさか》いを避けたい一心で陽気に言った。ピーターが戦争を賛美する風潮を嫌悪しているのは知っているので、人の死や破壊の場面を見逃したと言って残念がっている人物にいつまで礼儀を保てるのか気がかりだった。「皇太子《プリニー》が取り仕切る再現劇ね！　すっかり忘れてたわ。ヴォクソール・ガーデンズで上演されるのよね？」

「一週間後よ」シャーロットが念を押すように言った。「ワーテルローで勝利した記念日に。皇太子《プリニー》も相当に意気込んでいると聞いてるわ。花火も上がるんですって」

「戦いをそういうものだったと思わせたいんだ」ピーターが吐き捨てるようにつぶやいた。

「どうあれ、皇太子《プリニー》は忠実に再現しようとしているだけのことだろう」マトソンが見るからに冷ややかに言った。

「それなら、銃撃戦も演じるのね」ティリーはすばやく言葉を継いだ。「ミスター・トンプソン、あなたはいらっしゃる？　付き添っていただけたら嬉しいわ」

返事はなく、乗り気ではないのがありありとわかった。それでもティリーは身勝手な欲求を抑えきれず続けた。「お願い。兄が目にしたものをわたしも見たいのよ」

「ハリーは見ては――」ピーターは口をつぐんで咳をした。「ハリーが見たからといって、きみが見る必要はない」

「わかってるわ。だけど、それでも、近づけるような気がするの。お願いだから、付き添うと言って」

ピーターは口もとをこわばらせながらもようやく応じた。「わかった」

ティリーは顔を輝かせた。「ありがとう。ご親切に感謝するわ、だってほんとうは――」

ぴたりと口をつぐんだ。シャーロットと伯爵に、ほんとうは行きたくないピーターの気持ちを伝えなければならない理由はない。ふたりもとうに察しているかもしれないが、わざわざ言葉にする必要はない。

「では、わたしたちはそろそろ失礼するわね」シャーロットが言った。「そうしないと誰かに――」

「向かうところがあるので」伯爵がすかさず言葉を差し入れた。

「競争に巻き込んでしまって、ほんとうにごめんなさい」ティリーは詫びて、シャーロットの手を握った。

「もう気にしないで」シャーロットは答えて、友人の手を握り返した。「わたしが目標地点だったということにすれば、あなたの勝ちね」

「すばらしい考えだわ。どうして自分で思いつけなかったのかしら」

「きみなら勝つ方法を見つけるだろうと思っていた」ピーターはシャーロットと伯爵が歩きだすとすぐにささやいた。

「当然でしょう？」ティリーは冗談めかして言った。

ピーターが顔を見据えたまま、ゆっくりと首を振った。ティリーは彼にことさら強いまなざしで見つめられ、にわかに鼓動が速まるのを感じ、肌がぞくぞくしてきて――

「どうしたの？」何か言わなければ間違いなく呼吸を忘れてしまいそうだった。この数分のあいだに何かが変わった。ピーターのなかで何かが変わり、それがどのような変化であるにしろ、自分の人生をも変えるものだと、ティリーは直感した。

「きみに尋ねたいことがある」と、ピーター。

ティリーの心は舞い上がった。ええ、そうでしょう、わかってるわ！　尋ねられるとしたらひとつしか考えられない。この一週間はこの瞬間へ続いていたのよ。この男性への想いは一方的なものではないと感じていた。自分の目に気持ちが表れているのはわかっているので、黙ってうなずいた。

「ぼくは――」ピーターは言いよどみ、咳払いをした。「気づいているだろうが、ぼくはきみのことをとても大切に思っている」

ティリーはうなずいた。「そうであってほしいと願ってたわ」小声で答えた。

「ということは、きみも同じように思ってくれていると？」ピーターがあらためて問いかけてくれたことに、ティリーは自分でも呆れるほど心打たれていた。もう一度うなずき、思いきって付け加えた。「心から」

「だが、きみもわかっているはずだが、ぼくたちの縁談は、きみの家族も、正直なところそのほかの人々も誰ひとりとして、望んでいることじゃない」

「違う」ティリーは話の向かう先に不安を覚え、慎重に言葉を継いだ。「そんなことは――」

「頼む」ピーターが遮った。「最後まで話を聞いてくれ」

ティリーは口をつぐんだものの納得がいかず、星に届かんばかりに舞い上がっていたところから地面に突き落とされたような心地だった。

「待っていてほしい」ピーターが言った。

ティリーはどう解釈すればいいのかわからず、目をしばたたいた。「どういうこと?」

「ティリー、ぼくはきみと結婚したい」痛ましいほど深刻な声だった。「だが、できないんだ。いまは」

「いつまで?」ティリーはささやくように訊いた。できれば二週間くらい、もしくは二カ月、二年でも、せめて期限を決めてほしい。

ところが、ピーターがぽつりと言った。「わからない」

ティリーは見つめることしかできなかった。そして、どうしてなのだろうと思った。それに、いつまで待てばいいのだろう。疑問が次々と湧いてきて……。

「ティリー?」

ティリーはかぶりを振った。

「ティリー、ぼくは――」

「いや、やめて」

「やめてとは……何を？」

「わからない」寂しげで痛々しいその声が、ピーターの胸をナイフさながら切り裂いた。

ティリーが何を言われているのか理解していないのはピーターにもはっきりと見てとれた。しかもじつのところ、自分も完全には理解できているわけではなかった。当初はほんとうに公園をただ一緒に散策するだけのつもりだった。いつものように、自分のものにはならないマティルダ・ハワードとの逢瀬の約束を果たしにやって来ただけだ。結婚などけっして頭になかった。

だが、そのあと何かが起こった。何かはわからない。ティリーの笑った顔を見ていると、いや笑っていないときでも、唇を少し動かしただけでも、うっとりと目を奪われてしまい、そのうちまるで恋の神《キューピッド》の矢に胸を射抜かれたように、心のどこか怖いもの知らずで夢みがちな部分から言葉がほとばしり出ていた。しかも間違っているとわかっていながら、とめられなかった。

いや、不可能なことだと決めつける必要はない。まだわからない。きっと実現させる方法はある。ティリーが納得してくれさえすれば……。

「身を立てる時間がほしい」ピーターは懸命に説明しようとした。「いまのぼくは実際、ほとんど何も持っていないようなものだが、将校の任官辞令を売れば、運用できるささやかな資金も得られる」

「なんの話をしてるの？」ティリーが訊いた。

「せめて一、二年、待ってほしい。結婚前にもっと安定した財力を蓄える時間をくれ」

「どうしてそうしなければいけないの？」

その言葉が胸に重くのしかかった。「ぼくを大切に思ってくれているのなら」

ティリーが押し黙り、ピーターは息ができなかった。

「そうなんだろう？」かすれ声で訊いた。

「もちろんだわ。そう言ったじゃない」ティリーはどうにかして自分を納得させる方法を呼び起こそうとでもするように首をわずかに振った。「どうして待たなくてはいけないの？どうして、いま、いますぐ結婚できないの？」

ピーターはしばし呆然と見つめるしかなかった。ティリーにはわかっていない。どうしてわかってもらえないのだろう？　こちらはずっと胸の苦しさに苛《さいな》まれていたのに、まったく気づいてくれてはいなかったのだろうか。「ぼくはきみを養えない。それはわかるはずだ」

「ばかなこと言わないで」ティリーがほっとしたような笑みを浮かべて言う。「わたしには花嫁持参金があるし――」

「きみの花嫁持参金で生計を立てようとは思わない」ピーターはぶっきらぼうに遮った。

「どうして？」

「ぼくにも誇りがある」こわばった口調で言った。

「でも、あなたはお金のある女性と結婚するためにロンドンに来たんでしょう」ティリーは言い返した。「わたしにそう言ったわ」

ピーターは決然とした表情で歯を食いしばった。「金のために、きみと結婚したいわけじゃない」

「でも、お金がなければ、わたしと結婚しようとはしなかった」ティリーが静かに言った。「そうなのよね？」

「そんなことはない。ティリー、ぼくがどれだけきみのことを想っているか――」

ティリーの声が鋭さを帯びた。「だったら、待てなんて言わないで」

「いまのぼくでは、きみには不釣り合いなんだ」

「それはわたしが決めることだわ」ティリーが声を荒らげ、ピーターは怒りを感じとった。ティリーは気分を害しているのでも、いらだっているのでもなく、心の底から憤慨している。同時にそれは無邪気さの表れでもあった。困難に直面したことのない者にしか保てない無邪気さ。ティリーは褒め称えられるばかりの貴族の世界しか知らない。祝われて誕生し、可愛がられ、称賛され、愛されて生きる日々を送ってきた。陰口を叩かれ、さげすんだ目で見られる世界があるとは想像すらできないのだろう。

自分の望みが両親に撥《は》ねつけられるとは考えたこともないに違いない。

だが、この件については両親は首を縦には振らないだろうし、その男では容認できないとはっきり告げるはずだ。ピーターにはそれがわかっていた。ティリーの両親が、娘にいままでどおりの暮らしをさせてやれる財力のない男との結婚を許す道理がない。

「それと」長すぎる沈黙のあと、ティリーがようやく口を開いた。「わたしの花嫁持参金を受けとってくれないのなら、それでもかまわない。お金なんてそんなに必要ないんだもの」

「へえ、そうなのかい？」ピーターは笑うつもりはなかったが、どことなくおどけた口ぶりになった。

「そうよ」ティリーは即答した。「いらないわ。裕福でみじめな思いをするくらいなら、貧乏で幸せなほうがいい」

「ティリー、裕福で幸せな暮らししか知らないきみに、貧しさがどんなものなのかわかっているとはとても思えな――」

「わたしを甘くみないで」ティリーがぴしゃりと遮った。「わたしを否定しようと拒もうとかまわないけど、ばかにするのはやめて」

「きみにぼくの収入で暮らしてくれと頼むつもりはない」一語一語をはっきりと発する。

「ハリーとは、きみに貧乏暮らしをさせるなんてことまで約束したわけじゃないからな」

ティリーは息を呑んだ。

「それがどう関係してるのよ。ハリーですって？」

「だいたいきみは――」

「ずっとそんなことを気にしてたの？　兄の死のまぎわに成行きで約束したことを？」

「ティリー、そういうことでは――」

「いいえ、今度はわたしに最後まで言わせて」ティリーの目は輝きを放ち、肩はふるえている。これほど心に打撃を受けていなければ見惚れてしまっていたかもしれない。

「もう、わたしを大切に思っているなんて言わないで」ティリーが言う。「それが本心なら、それがどういうことなのかちゃんと理解できていたなら、兄のことよりわたしの気持ちを大事にしてくれるはずだもの。ハリーは死んだのよ、ピーター。もういない」

「そんなことは誰よりわかっているつもりだ」ピーターはぼそりと答えた。

「あなたは、わたしのことをわかっているとは思えない」ティリーはこみあげる感情で全身をわななかせた。「あなたにとって、わたしはハリーの妹にすぎないんだわ。あなたが面倒をみると誓った、ハリーの愚かな妹」

「ティリー――」

「やめて」ティリーはきつく言い放った。「わたしの名を呼ばないで。わたしのことがわかるまで、話しかけるのもやめて」

ピーターは口をあけたが、言葉は出てこなかった。しばしのあいだ、ふたりは言いようのない不穏な静けさのなかでただ黙って見つめあった。どちらも動かなかった。きっと心のどこかに、これはすべて悪夢で、あと少しこのままとどまっていれば何事もなかったかのようにもとに戻れるかもしれないと期待する気持ちがあったのだろう。

だがむろん、そんな願いが叶うはずもない。ピーターがなす術もなく無言で立ちつくしているあいだに、ティリーはくるりと踵《きびす》を返し、歩いたり駆けたりを繰り返す痛々しい足どりで去っていった。

数分後、ティリーの馬丁があずかっていた馬を連れて姿を現わし、黙って手綱をよこした。手綱を受けとったとき、ピーターは最後通牒を突きつけられたように思えてならなかった。

〝これを持って立ち去れ、消えろ〟と。

そしてはっと、人生で最大の過ちをおかしてしまったことに気がついた。

6

『哀れなり、ミスター・トンプソンよ！　哀れな、哀れなミスター・トンプソン。何事も為になる教訓となればよいのだが』

一八一六年六月十七日付〈レディ・ホイッスルダウンの社交界新聞〉より

来るべきではなかった。

ピーターはワーテルローの戦いの再現劇など観たくはなかったのだとつくづく思った。地獄のような光景を目にするのは一度でたくさんだ。皇太子《プリニー》の演出は――目下、はるか左前方で奮闘中――扇情的《せんじょう》だとも真に迫っているとも思わないが、人の死と破壊だらけの場面をロンドンの善良な人々が見物に来ているのだから、胸が悪くなる。

見物？　ピーターはロンドンのあらゆる階層の人々が楽しげに笑いながらヴォクソール・ガーデンズを往来しているのを目にして、厭わしさに首を振った。ほとんどの人々には戦いの芝居をまともに観ようというそぶりさえない。ワーテルローの戦いで人が死んだことをわかっているのだろうか？　善良な男たちが。若者たちが。

一万五千人。その数に敵軍の戦死者は含まれていない。

だが不愉快に思いつつも、ピーターはそこにやって来た。戦いの芝居を観るためでも、派手に飾りつけられたガス燈を観賞するためでも、わが国史上空前の豪華さになると聞かされている花火を眺めるためでもなく、二シリングを払ってガーデンズに入場した。

ティリーに会うために。もともと付き添い役を頼まれていたのだが、あれから言葉を交わしていないので、彼女が予定を取りやめた可能性もある。その前まではハリーに最後の別れを告げるためにも、この再現劇は観なくてはと言っていたのだが。

きっとティリーはここに来る。ピーターはそう信じていた。

ただしその姿を見つけられるかどうかとなると、自信はなかった。ガーデンズにはすでに数千人が集まり、さらに大勢の人々が流れこんできていた。庭園内の道は浮かれ騒ぐ者たちにふさがれている。ピーターはふと、今夜あの戦争を忠実に再現できている点がひとつあるとすれば、悪臭だと思いあたった。屍臭《ししゅう》と血の饐《す》えた匂いこそしないが、多くの人々の身体が寄り集まったとき特有の臭気が漂っている。

押し寄せてくる柄《がら》の悪い連中を避けようと道をはずれて歩きながら、何カ月も入浴していない者も多そうだと憶測した。

それにしても、退役後は軍隊での栄光は過去のものと思えと誰かが言ってなかっただろうか。

ティリーを見つけられたとしても、何を話せばいいのかわからない。何か言えるのかすら定かでない。情けないと言われようが、ひと目、その姿を見たかった。一週間前、ハイド・パークで口論して以来、対面の試みはすべて撥ねつけられていた。家には二度訪問し、どちらのときもティリーは〝不在〟だと告げられた。書付も未開封ではなかったものの返送されてきた。しまいにはティリーから一通の書簡が届き、そこにはただ一行、肝心な言葉を口にする用意がないならば二度と連絡しないでほしいと綴《つづ》られていた。

ティリーらしい率直な要求だ。

貴族たちは摂政皇太子が戦場として設定した草地の北側に集うという噂を耳にしていた。ピーターは兵士役の男たちから一定の距離を取りつつ、戦場の縁沿いに進んだ。この男たちがみな銃から実弾が抜かれているか確かめる勤勉さを持ちあわせているとはかぎらない。低く毒づきながら人込みを掻き分け、北側を目指した。ふだんは長い脚で大股に速く歩いているピーターにとって、混雑したヴォクソール・ガーデンズはこの世の地獄に思えた。足を踏まれ、肩を小突かれ、しまいにはポケットに伸びてきた手を察知して払いのけた。

人波に揉まれて奮闘しておよそ三十分後、ようやく開けた場所に出た。兵士たちは主要な客演者たちを残してすでに退場したらしく、皇太子の眼前には遮るもののない戦場が広がっている。最終幕には間に合ったようだと安堵した。

観客に目を走らせ、見慣れた赤毛を探す。いない。やはり来るのを取りやめたのだろうか？

すぐ近くで大砲の音が轟き、びくりとした。

ティリーはいったいどこにいるんだ？

最後にもう一度爆音が鳴り、それから……なんと、ヘンデルを聴かせるのか？

ぞっとして左方向を見た。案の定、百人規模の管弦楽団が楽器をかまえて演奏を始めた。

ティリーはどこだろう？

様々な音が入り乱れている。観客はざわつき、兵士たちは笑い声をあげ、音楽は――どうしてここで音楽を流さなければならないんだ？

そうこうするうちに、喧騒のなかで、ピーターは彼女を見つけ、すべての音がやんだように思えた。

彼女を目にして、そのほかのものは何もわからなくなった。


ティリーは、来なければよかったと後悔していた。もともと戦場の再現劇を楽しめるとは期待していなかったものの、もしかしたら……どうしてなのかはわからないけれど……何か学べるのではないかと思っていた。亡き兄との絆のようなものを感じられるかもしれないと。兄が死んだ場面の再現劇を観る機会は誰にでも与えられるものではない。

けれどもいまはただ、耳につめる綿を持ってくればよかったと考えていた。戦場の音はけたたましく、そのうえ隣に立っているロバート・ダンロップは懇切丁寧な解説を聞かせるのが自分の使命と考えているらしい。

いっぽうティリーはひたすらこれがピーターであればよかったのにと考えていた。

隣に立っているのがピーターで、この軍事作戦にどのような意味があるのかを説明し、あまりに大きな音が鳴るときには耳をふさぐよう注意してくれたなら、と。

ピーターがそばにいたなら、さりげなくその手を取って、戦いが激しさを増したときにはきっとぎゅっと握っていた。ピーターになら安心して、兄が倒れたときのことを話してほしいと頼めただろう。

でも、実際に隣にいるのはロビーだ。ロビーはこれを壮大な冒険と見なしていて、現に身をかがめて大声で「すごいだろ、楽しんでるかい？　どうだい？」と訊き、戦いが終わったいまは衣装のベストや馬や、どうやらそのほかのことについてもあれこれ説明を続けている。聞いているのは苦痛だった。音楽はやかましいし、率直に言って、ロビーの解説は少しばかりわかりにくい。

しばらくして音楽が静かな曲調に変わると、ロビーが身をかがめて言った。「ハリーがいたら楽しんだろうな」

そうかしら？　ティリーにその答えはわからなかったが、なんとなく気が沈んだ。兄が戦争から帰れていたら、人柄が変わっていたのかもしれない。兄が最期にどのような男性になっていたのかわかる日はけっしてこないのだと思うと切なかった。

とはいえ、ロビーは善意から話してくれているのであって、やさしい人なのだと思いなおし、微笑んでうなずいた。

「亡くなったのはとても残念だ」ロビーが言う。

「そうね」ティリーはそう応じた。ほかに答えようがある？

「まったく理不尽なことだ」

ティリーはその言葉に顔を振り向け、じっとロビーを見た。繊細さや慎重さといったものは感じられないロビーには不似合いな発言だ。「戦争はそもそも理不尽なものだわ」ゆっくりと言葉を継ぐ。「そう思わない？」

「まあ、そうかもしれないが」ロビーが言う。「誰かが出かけていって、ナポレオンの野郎を倒さなければならなかった。善人ぶったやり方ではうまくいきやしない」

ロビーの口からこれほど込み入った言いまわしを聞いたのははじめてだったので、この男性にももう少しべつの面もあるのかもしれないと考えていたとき、ティリーはふと……感じた。

何か聞こえたわけでも、目にしたのでもない。それでもともかく、そこにいるのがわかった。右へ顔を向けると、思ったとおりそこに彼がいた。

ピーターが。すぐ右隣に。彼がそこに来るまでまったく気づけなかったのが信じられなかった。

「ミスター・トンプソン」ティリーは冷ややかに言った。少なくとも冷淡に振るまっているつもりだった。うまくできているか自信はない。再会できて、ほんとうはとてもほっとしているのだから。

もちろんまだ怒りを感じているし、話したいのかどうかもよくわからないけれど、異様な空気の晩で、戦いの再現は気持ちのいいものではなく、ピーターの落ち着いた表情が正気を保つための命綱のように見えた。

「ちょうどハリーのことを話してたんだ」ロビーが陽気に言った。

ピーターはうなずいた。

「戦えなかったのは気の毒だった」ロビーが続ける。「ずっと軍隊にいて戦えないなんてな」首を振る。「あんまりじゃないか？」

ティリーはわけがわからずロビーを見つめた。「戦えなかったって、どういうこと？」

とっさにピーターのほうを向き、ロビーにいかめしく首を振るしぐさを目にとらえた。ロビーが声に出して訊いた。「おい、なんなんだ？」

「どういう意味なの？」ティリーは声を大きくして質問を繰り返した。「戦えなかったって」

「ティリー」ピーターが口を開いた。「わかってほしい――」

「兄はワーテルローで死んだと聞いてるわ」ティリーはふたりの男の顔を交互に窺った。

「わたしの家に来た人たちが、兄はワーテルローで死んだと言ったのよ」

ティリーの声は動揺から甲高くなっていた。ピーターはどうすればいいかわからなかった。ロビーを殺してやりたいくらいだ。この男には分別というものがないのか？「ティリー」時間を稼ごうともう一度名を呼んだ。

「兄はどうして死んだの？」ティリーは食いさがった。「いますぐ話して」

ピーターは黙って見つめ返し、ティリーはふるえだした。

「どうして死んだのか教えて」

「ティリー、ぼくは――」

「教えて――」

ドーン！

二十メートルも離れていないところで花火が上がり、三人同時にびくりと身を跳ねあげた。

「見事な眺めじゃないか！」ロビーが空を見上げて声高らかに言った。

ピーターも花火を眺めた。見ないではいられない。ピンク、青、緑――星型のきらめきが天空に広がり、パチパチと音を立てて砕け散り、きらきら光るにわか雨のごとくガーデンズに降りそそいでいる。

「ピーター」ティリーが呼び、袖を引っぱった。「話して。いますぐ話して」

ピーターはティリーにきちんと向きあってやらなければと思い、話そうと口をあけたものの、どういうわけか花火から目を離せなかった。ティリーにちらりと目をくれて、すぐにまた空を見上げ、花火を――

「ピーター！」ティリーが叫ぶように呼んだ。

「荷車だ」一瞬の花火の合間にロビーが唐突に言い、ティリーを見やった。「下敷きになったんだ」

「兄は荷車に押しつぶされたの？」

「正確には物資運搬用の荷馬車だ」ロビーがみずから言いなおした。「あいつは――」

ドーン！

「うわあ！」ロビーが声をあげた。「あれはすごいぞ！」

「ピーター」ティリーが懇願するように呼んだ。

「とんでもない話さ」ピーターはようやく地上に視線を戻した。「ばかげてるし、腹立たしいし、許せない出来事だった。何週間も前に叩き割って薪にしておくべきだったんだ」

「何があったの？」ティリーはか細い声で訊いた。

ついにピーターは話しだした。何もかも詳しくというわけにはいかなかったが。すべてを打ち明けるにはそれにふさわしい時と場所がある。せめても事実を理解できるように、あらましを説明した。ハリーは英雄だったが、少なくともイングランドで英雄と見なされる死に方はしなかったことを。

むろん、そんなことは重要ではないのだが、ティリーにとってはそうではないのがその顔から読みとれた。

「どうして話してくれなかったの？」ティリーが低くふるえがちな声で訊いた。「あなたはわたしに嘘をついていた。どうして嘘なんてついたの？」

「ティリー、ぼくは――」

「あなたはわたしに嘘をついた。兄は戦って死んだと言ったじゃない」

「ぼくはそう言っては――」

「あなたはわたしにそう信じさせた」ティリーが泣き声で言う。「どうしてなの？」

「ティリー」やりきれない思いで名を呼んだ。「ぼくは――」

ドーン！

ふたりとも空を見上げた。そうせずにはいられなかった。

「軍がきみたち家族に嘘をついた理由は知らない」緑色の火花が螺旋《らせん》状に流れ落ちてくるあいだに言った。「レディ・ニーリーの晩餐会できみに会うまで、きみが事実を知らされていないことは知らなかった。それで、どう伝えればいいかわからなかった。ぼくは――」

「やめて」ティリーがつかえがちに言う。「説明はやめて」

説明を求めたのは彼女のはずだ。「ティリー――」

「あす」声を詰まらせて言う。「あす、話しましょう。いまは……いまはわたし……」

ドーン！

ピンク色のきらめきが空から流れ落ちてきたとき、ティリーがスカートを持ち上げ、人込みのなかにできた唯一の空間へ、摂政皇太子と管弦楽団の脇をすり抜けようと一目散に駆けだした。

ピーターのもとから離れるために。

「ばかめが！」ピーターはロビーに毒づいた。

「なんだ？」ロビーは空を見上げるのに気をとられていた。

「もういい」ピーターは噛みつくように言い捨てた。ティリーを引きとめなければならない。

向こうはいま会いたくないだろうし、いつもならその気持ちを尊重するところだが、なにしろここはヴォクソール・ガーデンズで、何千人もがひしめきあっていて、楽しめることを探している者や、もっと良からぬことを考えている輩《やから》もいる。

女性が、それもティリーのように見るからに取り乱している女性ならなおさら、ひとりでいるべき場所ではない。

ピーターはティリーを追って開けた場所を通り抜けようとして皇太子の護衛のひとりにぶつかり、低い声で詫びた。ティリーのドレスはこのうえなく淡い緑色で、ガス燈のもとでは宙に浮いているかのように見えた。そのうえ人の群れに遮られて走る速度が落ちたので、追うのはたやすかった。追いつけこそしないが、その姿は目にとらえている。

ティリーは人込みのなかをこちらよりは速く進んでいた。小柄なので、大の男では強引に掻き分けるしかない隙間でもすり抜けられる。ふたりの距離は開いたが、進路がちょうど少し下り坂になっているおかげでピーターはその姿を見失わずにすんだ。

それから——「あ、まずい」ため息が出た。ティリーは中国風の塔《パゴダ》に向かっている。いったい何を考えてるんだ？　なかにどんな人間がいるかわかったものではない。いうまでもなく、出口がいくつもあるかもしれない。あのなかに飛びこまれでもしたら、あとを追うのはきわめてむずかしくなる。

「ティリー」嘆くように呼びかけて、距離を詰めるため、それまでにまして急ごうと努めた。ティリーは追いかけられているのに気づいてさえいないようだが、それでも確実に逃れられる道を選ぼうとしている。

ドーン！

ピーターはびくんとたじろいだ。また花火が上がったのだろうが、それにしてはずいぶんと低かったのか、すぐ頭上でヒューンという不自然な音が聞こえた。どうなっているのだろうとあらためて目を上げると――

「なんてことだ」口からこぼれでた低い声は恐ろしさでふるえていた。中国風の塔《パゴダ》の東側一帯が燃えあがる炎に包まれている。

「ティリー！」ピーターは叫び、いままでほんとうに急ぐ努力をしていたのか疑わしくなるほどの勢いで前進しはじめた。人々を押しのけ、足を踏みつけ、脇腹や肩や顔にすら肘が当たってもかまわず無我夢中で塔へ突進した。

周りの人々は派手な見世物のひとつだと思っているらしく、燃える塔を指さして笑っている。

ピーターはようやく塔にたどり着いたが、踏み段を駆けのぼろうとしたとき、体格のがっしりとしたふたりの護衛に押しとめられた。

「ここには入れません」護衛のひとりが言う。「非常に危険です」

「このなかに女性がいるんだ」ピーターは怒鳴りつけて、護衛たちを振りきろうともがいた。

「だめです、ここは――」

「入っていくのを見たんだ」ほとんど叫び声になっていた。「行かせてくれ！」

ふたりの護衛は顔を見合わせ、やがてひとりが不機嫌に言った。「好きにすればいい」手を放す。

ピーターは煙を避けるためハンカチで口を覆い、建物のなかへ入っていった。ティリーはハンカチを持っているだろうか？　無事でいてくれるだろうか？

一階を探す。煙に包まれているが、火のめぐりは上階だけにとどまっているらしい。ティリーの姿はどこにも見あたらない。

火がパチパチとはじける音が響きわたり、すぐそばで木材の梁《はり》の一部が床に倒れた。見上げると天井がいまにも崩壊しかかっていた。ぐずぐずしていたら死んでしまう。階段は自分がのぼりきるまで持ちこたえられそうにないので、ティリーを助けたければ、冷静に上階の窓から逃れる手立てを見いだしていてくれることに賭けるしかなかった。

鼻をつく煙にむせ返りつつ裏口から外へ駆けだし、上階の窓をひとつひとつ確かめるいっぽう、無傷の西側部分から上がってたどり着ける道筋を探した。「ティリー！」燃えさかる炎のなかに声が届くかどうかは疑わしいが、もう一度だけ大声で呼んだ。

「ピーター！」

鼓動が高鳴り、声がしたほうを振り返ると、建物の外で、ふたりの大柄な男に押さえられてこちらに来られず抗っているティリーを目にした。

「ティリー？」かすれ声で言った。

ティリーがどうにか男たちの手を振りほどいて駆けてきた。それでようやく茫然《ぼうぜん》自失の体からわれに返り、燃えている建物のすぐそばに自分がいて、このままではティリーも危険にさらしてしまうことに気がついた。腕のなかに飛びこませるより早く足をとめずにその身を抱きすくめ、安全なところまで塔から離れた。

「何してたの？」ティリーがなおも肩にしがみついたまま上擦った声で言う。「どうして塔のなかにいたの？」

「きみを助けようとしたんだ！　きみが入っていくのが見えたから――」

「でも、わたしはそのまま裏口から出て――」

「そんなことは知るものか！」

ふたりとも言葉を失い、しばし沈黙が続いたあと、ティリーがかすれがかった声で言った。

「あなたが建物のなかにいるのを見たとき、心臓がとまるかと思ったわ。窓の向こうに、あなたの姿が見えたの」

ピーターの目はいまだ煙が沁《し》みて潤んでいたが、どういうわけかティリーの顔は何もかもはっきりと見えた。「いままで生きてきて、打ち上げ花火が塔に当たったのを見たときほど恐ろしい思いをしたことはない」ほんとうにそうなのだとあらためて思った。二年間、戦いと死と破壊だらけの日々を送った。それでも、ティリーを失うと思ったときの恐怖をしのぐものは感じたことがなかった。

そう考えた瞬間、結婚を一年も待てはしないことを、爪の先まで全身でひしひしと悟った。ティリーの両親をどのように説得すればいいのか想像もつかないが、その方法を見つけだしてみせる。だがもし見つけられなければ……そうとも、すでにスコットランドで結婚式を挙げて想いをとげた男女も大勢いる。

　だが、ひとつだけ確かなことがある。ティリーのいない人生など、とうてい考えられない。

「ティリー、ぼくは……」言いたいことは山ほどあった。何から話しだせばいいのか、どう始めればいいのかわからない。言葉が見つからないので、ティリーが目から読みとってくれるのを祈った。いまの気持ちを言い表せる言葉は存在しない。

「愛してる」そうささやいたが、それだけでは足りないように思えた。「きみを愛してる、それに――」

「ティリー！」高く響く声がして、ふたり同時に顔を振り向けると、ティリーの母親が、誰もが――レディ・キャンビー自身でさえ――信じがたい速さで走ってくるのが見えた。

「ティリー、ティリー、ティリー」伯爵夫人は呼びつづけ、ふたりのそばに来ると娘をぎゅっと抱きしめた「あなたがあの塔のなかにいると聞いたのよ。誰かがそう言ったから――」

「わたしは無事よ、お母様」ティリーは力強く言った。「大丈夫」

レディ・キャンビーはぴたりと動きをとめ、瞬きをしてからピーターのほうを向き、煤だらけですっかり乱れたその身なりに目を見張った。「あなたが助けてくださったの？」

「お嬢さんはご自身で難を逃れたのです」ピーターは正直に答えた。

「でも、助けだそうとしてくれたのよ」ティリーが言う。「わたしを探しにきてくださって」

「それは……」伯爵夫人は言葉が見つからないらしかったが、結局ひと言だけ口にした。

「ありがとう」

「ぼくは何もしていません」

「そんなことはないわ」レディ・キャンビーは手提げ袋《レティキュール》からハンカチを引っぱりだして目頭を押さえた。「わたし……」娘に視線を戻す。「もうひとり失うわけにはいかないのよ、ティリー。あなたには生きていてもらわなければ」

「わかってるわ、お母様」ティリーはなぐさめるように言った。「わたしは大丈夫。こんなに元気なんだから」

「ええ、そうよね、わたし――」伯爵夫人はふいに何か思いついたのか、ふらりとまた前のめりになってティリーの肩に手をかけ、揺さぶりだした。「いったい何をしようとしていたの？」語気を強めた。「ひとりで歩きまわるなんて！」

「燃えだすなんて思わなかったのよ」ティリーはつかえがちに言った。

「ここはヴォクソール・ガーデンズなのよ！　若い娘に何があってもおかしくないわ！　わたしは――」

「レディ・キャンビー」ピーターは伯爵夫人の肩にそっと手をかけて言った。「いまはそういう話は……」

レディ・キャンビーは口をつぐんでうなずき、取り乱した姿を見られはしなかったかと辺りに首をめぐらせた。意外にも、こちらにとりたてて関心を向けている者はいないようだった。ほとんどの人々が塔の最終幕を見届けることに気をとられている。実際、ピーターたち三人も、塔がついに赤々と燃える炎に呑まれて崩落するまで目を離せなかった。

「やれやれだ」ピーターは独りごちて、息を吸いこんだ。

「ピーター」ティリーが呼びかけて口ごもった。そのひと言だけで、ピーターには彼女の気持ちが完璧に読みとれた。

「帰るわよ」レディ・キャンビーがきつい声で言い、ティリーの手を引いた。「馬車を門の外に待たせてあるわ」

「お母様、ミスター・トンプソンと話しておきたいことが――」

「なんであれ、あすでも話せるわ」レディ・キャンビーはピーターに鋭い視線を投げた。「そうですわよね、ミスター・トンプソン？」

「もちろんです。ですが、馬車までお送りしましょう」

「その必要は――」

「あります」ピーターはきっぱりと言った。

レディ・キャンビーは強い口調に気圧されて目をしばたたき、ややあって応じた。「そうですわね」ピーターはその穏やかでどことなく憂いを帯びた声を聞き、伯爵夫人は娘がいかに大切に思われているかにいまはじめて気づいたのではないだろうかという気がした。

待機していた馬車までふたりに付き添い、走り去っていく馬車を見送って、はたしてあすまで待てるのだろうかと思いめぐらせた。まったく、滑稽な話だ。自分でティリーに一年、もしくは二年待ってほしいと頼んでおきながら、いまになって十四時間も耐えられるだろうかと心配しているとは。

ガーデンズのほうに向きなおり、ため息をついた。たとえ貸し馬車が客待ちしている場所まで行くには遠まわりになるとしても、またこのなかを通る気にはなれない。

「ミスター・トンプソン！　ピーター！」

ふと見ると、ティリーの父親が門を走り抜けてくる。「キャンビー卿。ぼく――」

「妻を見なかったかね？」伯爵は慌てた口ぶりで遮った。「あるいはティリーを」

ピーターはさっそく今夜の事の次第を説明し、伯爵夫人とティリーが無事帰路についたことを伝えた。伯爵のほっとした表情を目にして締めくくった。「帰られたのはほんの二分前です」

ティリーの父親は苦笑した。「私はすっかり忘れられてしまったのだな。きみの馬車も近くには見あたらないようだが」

ピーターは自嘲ぎみに首を振った。「ぼくは貸し馬車で来たんです」率直に答えた。これで呆れるほどの財力の乏しさを露呈してしまったが、伯爵がまだ気づいていないとしても、すぐにわかることだ。娘の求婚者の懐事情を調べもせずに結婚を許す父親はいない。

伯爵はため息をついて首を振った。「では」腰に手をあてて通りの先を眺める。「歩くしかあるまい」

「歩くのですか、伯爵？」

キャンビー伯爵は値踏みするようにじろりと見やった。「きみはどうかね？」

「もちろん、かまいません」ピーターは即座に応じた。キャンビー伯爵家のあるメイフェアまででも相当距離があり、そこから自分の下宿屋のあるポートマン・スクウェアまではさらに少し歩かなければならないが、半島での強行軍を思い返せば、たいした労力ではない。

「よし。うちからは私の馬車で送ろう」

ふたりは足早に黙々と歩いて橋に差しかかり、いったん立ちどまって、なおも時おり空に打ち上げられている花火を眺めた。

「そろそろ火薬が尽きてもよさそうなものだがな」キャンビー伯爵が橋の欄干《らんかん》にもたれかかって言った。

「そうでなくとも、打ち止めにすべきです」ピーターは語気鋭く答えた。「塔があんなことになったのに……」

「いかにも」

ピーターはふたたび歩きだすつもりだったが――実際にそうしようとしたのだが――どういうわけか、唐突に口走っていた。「ティリーと結婚したい」

伯爵が振り向き、まっすぐ目を見据えた。「なんだと？」

「お嬢さんと結婚したいのです」なんと、二度も口にしてしまった。

いまのところはどうみてもまだ伯爵に襲いかかってくるそぶりは窺えない。「じつのところ、驚いてはいない」年嵩《としかさ》の男はそうつぶやいた。

「それと、お嬢さんの花嫁持参金を半分にしていただきたいのです」

「そう言われてもな」

「ぼくは財産目当てで花嫁を選ぶ男ではありません」ピーターは言った。

伯爵の口の片端が上がった――笑みとは言えないが、少なくともそれに似た表情だ。「そうではないことを証明したいのなら、いっさいの受けとりを拒むのではないか？」

「それでは、ティリーに申しわけが立たないからです」ピーターは身を硬くして言った。「ぼくの誇りになど、彼女の心の安らぎを犠牲にしてまで保たなければならない価値はありません」

キャンビー伯爵は永遠にも感じられる三秒の間をおいて、尋ねた。「娘を愛しているのか？」

「全身全霊をかけて」

「よかった」伯爵は満足げにうなずいた。「娘はきみのものだ。きみが花嫁持参金を全額受けとるという条件付きだが。それと、娘が承諾すればな」

ピーターは動けなかった。これほどやすやすと話がつくとは夢にも思わなかった。殴りあいも覚悟し、駆け落ちすることになっても仕方がないと考えていた。

「そんなに驚かないでくれたまえ」伯爵が笑いながら言う。「ハリーがうちへの手紙で何度きみのことを書いてきたか知っていたかね？　息子は振るまいこそやんちゃな男だったが、人を見きわめる洞察力には優れていた。その息子が、ティリーの結婚相手はこの男以外に思い浮かばないと言うのなら、信じたくもなるだろう」

「そんなことを書いてきたんですか？」かすれ声になっていた。またも何かが目に沁みたが、今度は煙に巻かれているわけではない。あのときの、いつになく真剣な顔をしたハリーが思い浮かんだせいだ。ハリーは、ティリーの面倒をみると約束してくれと言った。当時はそれが結婚を意味しているとは考えもしなかったが、おそらくハリーからすればずっと胸に抱いていたことだったのだろう。

「ハリーはきみを好きだった」キャンビー伯爵が言う。

「ぼくも好きでした。兄弟のように」

伯爵は微笑んだ。「つまりはこれで、すべて落着というわけか」

ふたりはふたたび歩きだした。

「あすの朝、ティリーを訪問するかね？」橋を渡りきってテムズ川の北岸に降りたところで、キャンビー伯爵が訊いた。

「朝いちばんに」ピーターは請けあった。「真っ先に伺います」

7

『夕べ上演されたワーテルローの戦いの再現劇は、摂政皇太子《プリニー》曰く〝すばらしい成功を収めた〟というが、われらが皇太子はもしや中国風の塔《パゴダ》（ロンドンではめったにお目にかかれない）の炎上に気づかなかったのだろうかと思わずにはいられない。

レディ・マティルダ・ハワードとミスター・ピーター・トンプソンが同時ではないもののの（筆者からすればこれはじつに奇妙なことだ）この塔のなかに閉じ込められたと噂されている。

どちらにもけがはなく、なんとも興味深いことに、レディ・マティルダは母親と帰宅し、その後、ミスター・トンプソンはキャンビー伯爵と庭園をあとにした。

はたして、ミスター・トンプソンはキャンビー伯爵家にめでたく迎え入れられるのであろうか？　ここでは憶測を差し控え、情報を入手できしだい事実のみをご報告することをお約束しておく』

一八一六年六月十九日付〈レディ・ホイッスルダウンの社交界新聞〉より

〝真っ先に〟という言葉は、いかようにも解釈できるが、ピーターは午前三時を意味することとして行動しようと決めていた。

キャンビー伯爵の申し出を受けて馬車を出してもらったおかげで早々に帰宅したが、つまるところ、できることと言えば、そわそわと部屋をうろつき、ふたたびキャンビー伯爵家を訪ねて正式にティリーに求婚するまでの時を数えるくらいのものだった。

ティリーが承諾するのはわかっているので、緊張しているのではない。だが興奮しているので――興奮しすぎていて眠れず、食べ物も喉をとおらず、狭い住まいのなかを歩きまわって、時どき「よし！」と会心の雄たけびをあげてこぶしを突きあげるのがせいぜいだった。愚かしく子供じみた振るまいだが、自分を抑えられなかった。

それと同じ理由で、結局はまだ深夜のうちにティリーの部屋の下に立ち、慎重に窓を狙って小石を投げることとなった。

コツン、コツン。

もともと的に当てるのは得意だ。

コツン。ゴツン。

おっと、いまの石は大きすぎたかもしれない。

コツ――「きゃっ！」

まずい。「ティリー？」

「ピーター？」

「当たったのか？」

「石？」ティリーは肩をさすっている。

「正確には、小石だ」と訂正した。

「何してるの？」

ピーターはにやりと笑った。「きみに会いに来た」

ティリーはまるで窓の下の男が突然誰かに病院へ連れ去られてしまうかもしれないと恐れるように、辺りを見まわした。「いま？」

「そうらしい」

「どうかしちゃったの？」

ピーターは格子垣や、木や、何かよじ登れるものがないかと探した。「おりてきて、なかに入れてくれ」

「やっぱり、どうかしちゃったんだわ」

「壁をよじ登ろうと考えるほどには、おかしくなっていない。使用人用の勝手口に来て、うちのなかに入れてくれ」

「ピーター、それは――」

「ティ、リー」

「ピーター、家に帰るべきだわ」

ピーターは首を片側に傾けた。「ぼくはこの家の人々が起きだすまで、ここにいる」

「そんなことはできないわ」

「できる」と断言した。

ティリーはその口調から何かを感じとったらしく、しばしのあいだ考えこんだ。「わかったわ」教師を思わせる声色で言った。「おりていくわ。でも、入れるとは思わないね」

ピーターは軽く頭をさげ、ティリーの姿が窓から消えると、ポケットに手を突っこんで口笛を吹きながらのんびりと使用人用の勝手口へ向かった。

人生とは、いいものだ。いや、そんなものではない。

人生とは、すばらしい。


ティリーは裏庭にピーターが立っているのを見たとき、驚きのあまり心臓がとまりかけた。たしかに少し大げさかもしれないが、ほんとうに思ってもいない出来事だった！　ピーターはいったいどういうつもりなのだろう？

とはいうものの、ピーターの顔を見ていると、口では叱りながら、家に帰れとさえ言っておきながら、くらくらするほどの喜びを鎮めることはできなかった。ピーターは分別があり、慣習を重んじ、このようなことをする男性ではない。

おそらく、わたしに会うためでもないかぎり。わたしのためにやって来たのだ。これ以上、何を望めるというの？

ティリーは化粧着を羽織ったが、裸足のまま部屋を出た。できるだけ速く静かに移動したい。ほとんどの使用人は屋敷の上層階で寝ているが、給仕係の従僕は階下の厨房のそばに詰めていて、勝手口に行くには家政婦の私室の前も通らなければならない。

急ぎ足で二、三分後には勝手口に着き、慎重に鍵をまわして扉を開いた。ピーターが目の前に立っていた。

「ティリー」ピーターは笑顔で言い、ティリーに名を呼び返す間も与えず抱きすくめて唇を重ねた。

「ピーター」ようやく唇が離れると、ティリーは息をついて言った。「何しに来たの？」

ピーターの唇が首に滑りおりてきた。「きみを愛していると言いに」

ティリーはぞくりとした。数時間前にも同じ言葉を聞いたのに、今度もまたはじめて言われたかのように胸に響いた。

それから、ピーターが身を引いて、真剣な目で言った。「それと、きみにも同じことを言ってもらうために」

「愛してるわ」ティリーはささやいた。「ほんとうよ、心から。でも――」

「説明が必要なんだよな」ピーターが先んじて言った。「ぼくがどうしてハリーについてきみに話さなかったのか」

ティリーはそう言おうとしたのではなかった。そうして気づけば、ふしぎと兄のことはしばらく考えていなかった。燃えさかる塔のなかにピーターの姿を見つけたときから、今夜はまったく亡き兄を思い返していない。

「もっときちんと説明できればいいんだが」ピーターが言う。「じつを言うと、どうしてきみに話さなかったのかわからないんだ。まだ話す時機ではないような気がしていた」

「ここでは話せないわ」ティリーはふとそこが勝手口であるのを思いだして言った。誰かが声を聞きつけて起きてくるかもしれない。「一緒に来て」ピーターの手を取って家のなかに引き入れた。私室に招き入れることはできない——けっしてしてはいけないことだ。でも、もうひとつ階段をのぼったところにある小さな客間なら、誰の寝室からも離れていて、声を聞かれずにすむ。

その部屋に移動するとすぐに、ティリーは向きなおって言った。「先ほどの話はもういいの。兄のことはわかっているつもりよ。わたしが感情的になっていたんだわ」

「いや」ピーターはティリーの両手を取った。「そんなことはない」

「そうなのよ。突然聞かされて驚いてしまったのね」

ピーターは握った両手を口もとに引き寄せた。

「でも、教えてほしいことがあるの」ティリーはささやくように続けた。「わたしに話してくれるつもりだった？」

ピーターは両手を握ったままふたりのあいだにおろし、動きをとめた。「わからない」静かに言う。「いずれ話さなければならなかっただろう」

話さなければならなかったというのは、ティリーが期待していた言いまわしではなかった。

「とても五十年は秘密を守りつづけられない」ピーターが言い添えた。

五十年？　ティリーが目を上げると、そこに笑顔があった。

「ピーター？」ふるえる声で訊いた。

「ぼくと結婚してくれるかい？」

ティリーは呆然と口をあけた。うなずこうとしたけれど、身体のどこひとつとして動かせそうにない。

「すでに、きみの父上にはお窺いを立てた」

「あなた――」

ピーターはティリーを引き寄せた。「了解してくれた」

「世間から財産目当ての花婿だと言われてしまうわ」ティリーはかすれ声で言った。言わずにはいられなかった。本人にとってそれがいかに重要なことであるかを知っているのだから。

「きみもそう思うのか？」

首を振った。

ピーターが肩をすくめる。「だったら、何も問題はない」それから、まだ完璧ではないとばかりに両手を握ったまま片膝をついた。「マティルダ・ハワード」神妙にあらたまった口調で言う。「ぼくと結婚してくださいますか？」

ティリーはうなずいた。涙を流しながらもうなずいて、声を絞りだした。「ええ。ええ、もちろん！」

ピーターはティリーの両手をきつく握って立ちあがり、抱き寄せた。「ティリー」温かな唇を耳に寄せてささやいた。「ぼくはきみを幸せにする。全身全霊をかけて、きみを幸せにすると誓う」

「もうすでに幸せにしてくれてるわ」ティリーは彼を見上げて微笑みかけ、いつの間にこの顔がこんなにも親しみのある、いとおしいものになっていたのだろうと思った。「キスして」衝動的に言った。

ピーターは身をかがめ、唇にそっと口づけた。「もう行かなければ」

「だめ、キスして」

ピーターがもどかしげに息を吸いこんだ。「きみは自分が何を頼んでいるか、わかっていないんだ」

「キスして」繰り返した。「お願い」

ピーターは応じた。ほんとうはそうすべきではないと思っているのだと、ティリーはその目から読みとった。それなのに、この人はわたしにキスをせずにはいられない。飢えたように、わがものにしようとばかりに愛と情熱のこもったキスをされて、女としての自信に胸がふるえた。

これからのすべてに期待がふくらんだ。

もう引き返せないことをティリーは悟った。ピーターは熱に浮かされているかのように、ぞくぞくさせるみだらな手つきで身体をたどっている。絹地の寝間着に化粧着を羽織っているだけなので、ふたりの肌はほとんど密着していて、身体をたどる指の強さと熱さが敏感に伝わってくる。

「もう離れさせてくれ」ピーターが苦しげに言った。「もうきみから離れて、正しい行動をとらなくては」言葉とは裏腹にティリーの身体をたどる手には力がこもり、やがて尻のふくらみにたどり着くと、驚くほど力強く自分の下腹部に引き寄せた。

ティリーは黙って首を振った。もっとこうしていたい。彼が欲しい。ピーターは彼女のなかの強力で本能的な何かを、説明も否定もできない欲求を目覚めさせた。

「キスして、ピーター」ティリーはささやいた。「それに、もっと何かを」

ピーターは魂すら奪いかねない情熱的なキスをした。けれどそれから身を引いた。「いまはきみを奪えない。ここでは。このような形では」

「わたしは気にしないわ」泣きだしそうな声になっていた。

「ぼくの妻になるまではできない」ピーターは断言した。

「それなら、お願いだから、あす、結婚特別許可証を取って」ティリーはきつく言い返した。

唇に一本の指を押しあてられて目を上げると、ピーターが微笑んでいる。いかにも愉快そうに。「ここで愛しあうことはできない」と念を押し、いたずらっぽい目つきに変わった。「だけど、それ以外のことならできる」

「ピーター？」ティリーはささやき声で問いかけた。

ピーターはティリーをさっと抱き上げ、ソファに運んでおろした。

「ピーター、いったい何を？」

「きみが聞いたこともないようなことを」ピーターが含み笑いを洩らした。

「でも――」ティリーは息を呑んだ。「まあ、大変！ いったい何してるの？」

ピーターが膝の内側に唇を寄せ、徐々にのぼってくる。

「たぶん、きみが感じているとおりのことだ」ぼそりと言い、ティリーの太腿に熱い唇を押しつけた。

「でも――」

ピーターがふいに目を上げ、唇が肌から離れると、とたんにひんやりとした。「この寝間着をだめにしたら、誰かに何か言われるかな？」

「わたしの……いいえ」頭がぼんやりとして、なんであれきちんと考えることはできなかった。

「安心した」ピーターは寝間着をぐいと引き、慌てるティリーにかまわず腰帯を引き抜いた。「この瞬間をどれだけ待ち望んでいたか、きみにわかるかい？」ささやいて上半身にのぼってきて、乳房に唇を寄せた。

「わたし……あ……ああ……」ティリーは返事を期待されているわけではないことを祈った。乳首を舐められ、どういうわけか脚のあいだにはっきりと心地よさを感じていた。

いいえ、やはり実際に彼の手が信じられないくらいみだらにそこをくすぐっているからなのだろう。「ピーター？」喘ぐように訊いた。

ピーターは束の間顔を上げ、もの憂げに言った。「話してる余裕はない」

「あなたは……」

ティリーは何を言おうとしたにしろ、今度は指に代わって唇で最も秘めやかな部分を探られだして言葉を失った。彼の名や、〝だめよ、ありえない〟といった言葉が次々に頭に浮かびはしても、哀れっぽい声を洩らすか、心地よさのあまり言葉にならない声を唐突にあげるのが精いっぱいだった。

「ああ！」

「ああ！」

すると今度は、彼の舌がとてつもなくみだらなことをしはじめた。「ああ、ピーター！」

その声に切迫を感じとったらしく、ピーターは同じことを繰り返している。そうして何度も何度も攻め立てられるうち、とてもふしぎなことが起こった。ティリーは彼の下で、まさしく砕け散った。息を呑み、背をそらせ、たくさんの星を目にした。

ピーターはと言えば、すぐに上体を起こし、にっこり笑いかけて、自分の唇を舐めてから言った。「ああ、ティリー」

エピローグ

『吉報だ！

といっても、筆者からすればだが。

以前、レディ・マティルダ・ハワードとミスター・トンプソンの結婚の可能性に触れたことは憶えておいでだろうか？

昨日付のタイムズ紙に、ふたりの婚約の告知記事が掲載された。加えて、昨夜のフロビシャー家の舞踏会では、キャンビー伯爵夫妻が、この結婚を歓迎していることをあきらかにした。レディ・マティルダはまさしく光り輝いており、ミスター・トンプソンについても、「婚約期間は短くていい」とこぼしていたことを、心より祝福しつつここにご報告する。このうえは、ニーリー家での窃盗騒ぎの謎さえ解決できればよいのだが……』

一八一六年六月二十一日付〈レディ・ホイッスルダウンの社交界新聞〉より

最後の誘惑

ミア・ライアン

母さんに。

もっとずっと前に捧げるつもりでした。

できれば神の許しを得て、空の上で誰より美しい天使の務めをひと休みして、読書を楽しんでもらえますように。

1

『しかるに、レディ・ニーリーの招待客たちにとって昨夜のほんとうの悲劇はブレスレットの紛失ではなく、むしろ料理に手をつけられなかったことのほうではないかと筆者は推測する。招待客たちは不幸にもスープ一品を供されたところで食事を中断させられたのだ。最も信頼できる筋から聞いた話によれば、献立は最初のコースに、仔羊の骨抜き肉のキュウリ添え、仔牛肉の煮込み、鶏肉のカリー風味、ロブスターのプディングが予定されていた。次のコースで、仔羊の鞍下肉、鶏肉のロースト、茹でた去勢雄鶏のホワイトソース添え、豚の腿肉の蒸し煮、仔牛肉のロースト、山型のパイが供されるはずだった。

同じく結局供されなかったデザートについては、あえて書くまい。想像させるのはあまりに心苦しい』

一八一六年五月二十九日付〈レディ・ホイッスルダウンの社交界新聞〉より

屋敷じゅうにロブスターの匂いが充満していた。時間が経って味の浸み込みすぎたロブスターの匂いが。前夜レディ・ニーリーに晩餐を待たされていたときのようなイザベラの唾液をそそる芳しい匂いではなかった。なにしろ、その匂いは今朝になってすべてのソファや椅子のクッションの生地に沁みついてしまっているのだから、魅力的に思えるはずがない。イザベラ・マーティンは足音を立てないようにして、使用人用の階段を厨房へおりていった。息をひそめ、軋む階段に慎重に足をおろしていく。レディ・ニーリーとは、せめていまはまだ顔を合わせたくない。まして、レディ・ニーリーの性悪なオウムの相手などしていられない。あのいまいましい鳥のせいで、耐えがたい散々な晩を過ごすはめになったのだ。しかもレディ・ニーリーがまるで助けようとはしてくれなかったことが、イザベラの口のなかに苦味を残していた。

十年も忠実なお話し相手《コンパニオン》を務めてきた女性が苦しんでいれば、しつこい困り者の鳥を食器棚に閉じ込めるくらいはしてくれてもいいはずだ。それなのに老婦人は何もしてくれず、イザベラはひと晩じゅう鋭く尖ったくちばしでキスしようとする愚かな鳥から逃げまわらなければならなかった。

オウムも腹立たしいが、レディ・ニーリーも同じくらい腹立たしい。そう考えながら、ドアを押しあけて厨房に入った。

クリストフが、胸の悪くなるロブスターの匂いがする焼き菓子の生地をせっせと練っている。厨房に入ってきたイザベラをちらりと見やった。

「ご機嫌よう、クリストフ」イザベラは明るい笑顔で言った。

「ご機嫌よう？」クリストフが訊いた。「そんなふうに言えるきみの気が知れないな。でもまあ、麗しきベラの笑顔で、この厨房を明るくしてもらえるだけありがたく思わなきゃか」

イザベラは笑い声を立てて、いっそうにこやかに微笑んだ。クリストフのほうこそ格別な魅力の持ち主だ。イザベラはスツールに腰かけ、五年前にレディ・ニーリーのために自分が見つけてきたフランス人の料理人をテーブル越しに見やった。クリストフはイザベラより五歳若く、身長が三十センチほども低い小柄な男性で、髪は黒く、瞳はそれ以上に黒い。イザベラは少しでも哀しいことがあると、クリストフのこの暖かな厨房に来れば、芳しい匂いが漂うなかでいやなことを忘れられるまで褒めてもらえるのを知っていた。

そのクリストフがいま首を振りふり、涙をこらえようとしているらしく瞬きを繰り返している。「おれの料理を台無しにしやがって！」悔しそうに言い捨てた。「無駄になっちまった！　しかもなんのためだって？　あんな見苦しいブレスレットのために。いいかい、ベラ、言っておくが、これからこの家では、青くなるまで、ロブスターのスープを飲んでロブスターのビスケットを食べてもらう」

イザベラはにっこり笑った。「ぞっとするのは、そのビスケット、それとも食べる人のほうかしら？」

クリストフは顔をしかめて、焼き菓子の生地を叩きつけた。「いまは笑える気分じゃないんだ、ベラ、可愛い人よ。今朝は社交界が、この厨房でおれが生みだした芸術的な料理の話題で持ちきりになるはずだったんだ。そうじゃないのか、ウィ？　ところがどうだ！　まったく話題になっちゃいない。いや、レディ・ホイッスルダウンは日の目を見なかった料理だとか、あの趣味の悪いブレスレットについても書いてたけどな」

クリストフは大げさに鼻を啜って首を振り、こね終えた焼き菓子の生地を乱暴にちぎっては油を塗った焼き皿に並べはじめた。「さっきまで涙が涸れるほど泣いてたんだ。朝っぱらから泣きどおしのクリストフを見ずにすんだだけでも、きみは幸運さ」

「そんなこと言われたら、正直なところ、食欲が失せちゃうわ」イザベラは言った。

クリストフが、油でなめらかに光る小さく丸めた生地を手にしたまま動きをとめた。イザベラはぷんと漂う魚臭さに顔をしかめた。

「きのうのきょうにしちゃ、思った以上に元気そうだな」と、クリストフ。「夕べ、きみが準備したパーティは台無しになっちまったんだろう？　ウィ、おれの料理もだが。レディ・ニーリーのパーティはいつもきみが取り仕切ってるんだものな。いつも同じことを言うようだが、きみは天才だ」

イザベラはにっこり笑った。「ありがとう、嬉しいわ」

「なのに、今朝は少しも腹が立たないのかい？」

「もちろん、ちょっぴり寂しいわ。でも、なにより、あのオウムから逃れられてほっとしてるのよ」

クリストフは厭《いと》わしそうな顔をした。「いったいあの鳥はどうしちまったんだろうな？　誰彼かまわずつついてまわる始末の悪いやつだったのに、突然どうみたってきみにばかり甘えたがるようになった。トロッター夫人が言うには、ひっきりなしに喋ってるそうだ。口を閉じてるときがない。あれじゃ家政婦だっておかしくなっちまう」

「ええ、ほんとうに。わたしも夕べはいっそ窓をあけて、あの鳥を逃がしてしまおうと何度思ったかしれないわ」イザベラは答えた。

クリストフがフランス人の若者らしい、いたずらっぽい含み笑いを洩らした。「そうしてたら、おそらくレディ・ニーリーもあわくって鳥を追っかけてっただろうな」

「クリストフ！」イザベラは料理人にしかめ面をしてみせた。

クリストフは目をぐるりとまわして肩をすくめ、それからいきなり「おれのタルトが！」と叫んでかまどに飛んでいった。右往左往して壁の杭に掛けてあるキルトの鍋つかみを摑み取り、きれいにさっくり焼けたストロベリータルトが並んだ焼き皿を引きだした。「どおりでロブスターとは違う匂いがすると思ってたのよ」イザベラはため息をついて胸の前で手を握り合わせた。「おいしそう！」

「味見はちょっと待ってくれよ、麗しのベラ」クリストフはそう言うと、颯爽と厨房を歩きまわって取り皿を用意した。「このひと手間が肝心なんだ」と言いながら、全体に砂糖をまぶす。

イザベラは待ちきれず、目の前に皿を置かれるなり、おいしそうな焼き菓子に手を伸ばした。「ううん」とろりとした甘みを味わった。「神業だわ、クリストフ」

「だろうとも」クリストフが応じた。「それと、忘れないうちに、きみの誕生日に食べたいものを教えといてくれ。お望みのものをなんなりと。もちろん、料理できるものにかぎられるが」

「誕生日？」イザベラは口のまわりに付いたストロベリータルトの屑を舐めとって訊いた。クリストフが目をぱちくりさせた。「頼むから、口のなかのものを飲みこんでから話を続けるとしよう」

イザベラは笑って、口のなかのものを飲みこんだ。「もうすぐわたしの誕生日なの？」哀れっぽい声で言った。「忘れてたわ」

「無理もないさ。おれもきっと三十になるときには誕生日なんてさっぱり忘れちまおうとするだろうからな。あと五年もあることを、神よ感謝します」

イザベラは目をしばたたいた。「三十？」

「そりゃあ《ジュ・パンス》、こたえる歳だよな」クリストフが言う。「だから、朝食、昼食、夕食に食べたいものを書きだしておいてくれれば、お望みどおりおつくりしますとも、可愛い人《マ・シェリ》よ」

「だけど、まだ三十にはならないわ」イザベラは言った。「今度二十九になるのよ、間違いない」

「おいおい、自分の歳も忘れちまったのかい。間違いなく今度三十になるって」

ふんわりして甘く、ほぼ完璧だと思えたストロベリータルトがたちまちまずく感じられた。

「一八一五年六月十二日に、きみは二十九歳になったんだ、イザベラ・マーティン。はっきりと憶えてる。きみはトライフルケーキのスポンジに入ってた酒で酔っちまって、トロッター夫人に歌を聴かせて、レディ・ニーリーを泣かせた」

「もうそれは言わない約束よ」

「つまりだ、きょうからきっかり二週間後にきみは三十になる」クリストフは大げさに手ぶりをつけて言った。

イザベラは食欲を失って皿を脇へ押しやった。「三十歳の誕生日」ぽつりとつぶやいた。三十。もちろん、この世が終わるわけではない。けれどふと、やはりわざと正確な歳を数えないようにしていたことに思いあたった。

昨年の誕生日には、これから一年のあいだにきっと何かが、人生を変える出来事が起こるだろうと考えていた。三十になっても同じ生活を続けていたとしたら、その先に大きな変化があるとはあまり期待できないからだ。

十年前、両親を亡くしてレディ・ニーリーの屋敷にはじめて入ったときからすでに、もしかしたらこのまま一生未婚のままなのだろうかと考えてはいたけれど、何かが起こるかもしれないというわずかな望みも抱きつづけていた。

でも、三十を超えれば、人生を変える出来事が起こる可能性はとても少なくなるだろう。二十九歳の一年にもいままでのところ、これといったことは起こっていないのに。

「というわけで、お好みの献立を書いといてくれ、ベラ」クリストフがふたりのあいだの調理台に紙を置き、羽根ペンを差しだした。

「ええ」イザベラは食べ物のことなどとても考えられなかった。

「ここにいたのね、ミス・マーティン！」レディ・ニーリーの甲高い声がした。

イザベラとクリストフが振り向くと、ほっそりとした白髪の婦人があのやかましいオウムを肩に乗せて厨房に入ってきた。

オウムが「マーティン、マーティン、マーティン」と、けたたましく呼んでイザベラに飛び移り、クリストフは身をすくませた。

鳥はドレスの布地の上から肩を鉤爪《かぎづめ》で引っ掻き、くちばしで容赦なく首や耳をつつきだした。イザベラは鳥を殺したくなった。

「煮込みにしちまうか？」クリストフがささやいた。

「ミス・マーティン、どうしてこの子が急にあなたに懐くようになったのかわからないけれど、いじらしいと思わない？」レディ・ニーリーが笑い声を立てた。

「その鳥を厨房から連れだしてください」クリストフが言った。

「ええ、わかってますとも、クリストフ。ミス・マーティン、一緒に来てちょうだい。あなたにどうしても頼みたいことがあるのよ」レディ・ニーリーはスカートをひらりと翻《ひるがえ》して歩き去っていった。

イザベラは眼球やほかのどこにもくちばしで取り返しのつかないけがを負わされないようオウムが離れるまで待って、レディ・ニーリーのあとを追った。女主人の頼みごとがやっかいなものではないのを祈った。ほんとうはベッドに入って上掛けの内側にもぐり込みたい気分だ。

「マーティン、マーティン」オウムがきんきんした声で呼び、耳をつついた。三十になろうというのに鳥にしかキスをしてもらえないのだから笑ってしまう。

なんてみじめなの。その瞬間、イザベラは何か行動を起こさなければと思い立った。三十代が始まるまでにはまだ二週間残されている。

二週間。

空想をふくらませがちなたちとはいえ、この二週間のうちに光輝く鎧をまとった王子様が現われるわけがないのはわかっている。運命の王子様がいたのなら、この歳までにはとうに現われていただろう。

けれどせめて、キスをする相手くらい見つけられるのではないだろうか。

イザベラはまたオウムにつつかれて払いのけた。羽根とくちばしがない相手ならそれだけでもまだ望ましい。

2

『総じて結婚相手探しに最も躍起なのは既婚婦人だと考えられている（もちろん、自身ではなく子供たちのお相手探しであり、ロンドンの上流婦人たちが重婚をひそかに夢みているなどと言うつもりは毛頭ない）。

しかしながら原則があれば必ず例外も生まれるもので、筆者がおのずとウェイバリー伯爵に目を向けてしまうのも仕方のないことであろう。じつに好人物ではあるのだが、いまだ独身の子息ロックスベリー卿の花嫁探しに関しては恐ろしいほどの意欲をみせている。

筆者が耳にしている話によれば、ロックスベリーは三十五歳という楽観できない節目を越えてなお適齢期のどの令嬢にもさして関心を示していない。伯爵位の継承者であり、親のみならず周囲からは有望な花婿候補と見なされている（必ずしもそのような例ばかりでないのは読者のみなさまもご存じのとおり）。ところが、ロックスベリーはシーズン中にかぎらず結婚につながる罠をことごとく避けている。この子息が父の意をくんで教会をともに歩く相手を（誰であれ）見つけるまで、哀れなウェイバリー伯爵が辛抱しきれるのか懸念される』

一八一六年五月二十九日付〈レディ・ホイッスルダウンの社交界新聞〉より

アンソニー・ドーリング、ロックスベリー卿は、正面側の客間にある優美な赤い絹地張りのお気に入りの椅子に背をあずけ、父で第四代ウェイバリー伯爵、ロバート・ドーリングが結婚の意義を滔々《とうとう》と説く声を聞いていた。アンソニーはうなずいて微笑み、またうなずいて微笑んでからちらりと時計を見て、もう一度うなずいた。

これはいわば恒例行事。毎週水曜日の朝は、ウェイバリー伯爵が息子のロックスベリー卿の街屋敷《タウンハウス》にやって来て、通りに面した客間で息子と向きあって坐る。毎週、会話の内容はほぼ変わらない。天気や健康といった前置きの話は早々に切り上げ、決まって新たにロンドンにやって来た女性がいかにレディ・ロックスベリーにふさわしいかという説明に入る。それからむろん、結婚しなければならない理由もあらためて語り聞かせる。

ロックスベリー卿は父の話にはなんであれつねに快く相槌を打つ。そうすることで気持ちよく、しかもたいていは長引かせずに話を終えられるのを学んでいるからだ。

今朝は父が結婚すべき理由の五つめに至ったところで、軽いノックの音に遮《さえぎ》られた。

アンソニーが戸口を見やると、執事のハーマンが立っていた。「失礼いたします。旦那様、ご婦人が――」

アンソニーは即座に小さな手ぶりで執事の言葉をとどめた。立ちあがり、戸口へ歩いていく。「緑の間へお通ししてくれ」執事がふたたび口を開くより先に静かに告げた。そしてすぐに父を振り返ってにこやかに頭をさげた。

レディ・ブレイズルトンがこんなに早い時間に訪ねてくるとは思わなかったが、廊下で父と女性を鉢合わせさせるのだけは避けたい。父がひとりで訪ねてきた既婚婦人と廊下で顔を合わせたならば、ここぞとばかりに放蕩者のたどる憂き目について長口舌を聞かされるはめになる。しかも、この父といえども、レディ・ブレイズルトンがそこにいるうちにそのような演説を始めるような無礼はしないはずなので、毎週水曜日の訪問とはべつにまたここを訪れることとなり、息子はさらに多くの時間を割かねばならない。

「そこでだ、ロックスベリー」父が言った。「私はあることを思いついた」

アンソニーはうなずいたが、今度は微笑まなかった。父の思いつきが笑えるものであることはめったにない。

「息子よ、パーティを開くのだ」と、父。

アンソニーはうなずいて、腰をおろすより部屋のなかをのんびり歩くほうを選んだ。父の話を聞いているあいだは気持ちをぐっと押さえつけていなければならない。歩くのは気がまぎれた。欲を言えば〈ジェントルマン・ジャクソンのボクシングクラブ〉のリングで一ラウンド戦えればなおいい。毎週水曜日の午後はたいていこのクラブに顔を出している。

「パーティ、ですか？」アンソニーは訊いた。

「そうとも、パーティだ。ロックスベリー、おまえはこれまで社交界の花嫁候補の令嬢たちの大部分にとっては受け入れがたい行動をとってきた。放蕩者で信用ならない、夫には向かない男だと思われている」

「やるべきことはやってますが」

「パーティは、母親たちに娘を嫁がせるにふさわしい男だとあらためて認識させるいい機会になる」父は息子の言葉にはおかまいなしに続けた。

「ぼくにとってはなによりむずかしい目標ですね」

「いいや、目指すべきは結婚だ」

「ええ、でもまずはパーティなんですね」アンソニーは束の間足をとめて、窓の外の木に止まっている愛らしい鳥を見やった。ようやく春らしくなった。今年の冬は凍えるような寒さだったので、少しでも暖かくなるのが待ち遠しかった。

暖かくなれば、女性たちが薄着になってくる。日々の楽しみも増えるというわけだ。

「じつを言うと、レディ・ニーリーが提案してくれたことなんだ」父が言う。

「はあ」アンソニーは相槌を打った。父とレディ・ニーリーはこの十年、交際を続けている。現に父は何度も結婚を申し込んでいるのだが、彼女のほうは頑として自立した暮らしを貫いている。といって父を追い払いたいわけでもなさそうなのだが。

「つまり」父に尋ねた。「レディ・ニーリーは、そのパーティがぼくの結婚に有利に働くと考えているのですね？」たいがいは父より何歩か先を読んで話せていたのだが、パーティを開くという今回の提案には正直なところ、いささかとまどっていた。

「ああ、いかにも」ウェイバリー伯爵は答えて、銀の持ち手のステッキをどしんと床についた。「母親たちにおまえが礼儀知らずではないとわかってもらえるし、その娘たちには快適な将来の住まいを見せることができる。花婿候補としての地位が格段に上がるはずだ」

「すばらしい」

「なにしろ、レディ・ニーリーはパーティの達人だからな。彼女のパーティはいつも完璧だ」

「夕べの晩餐会は成功とは言えないものだったと聞きましたが。招待客たちは料理にありつけず、そのあげく身ぐるみ剝がされて調べられたとか」

ウェイバリー伯爵は苦々しそうに唇をゆがめた。「なんの話だかわからんな。ところで、レディ・ニーリーからパーティを成功させる秘訣があると聞いたので、おまえに伝授してもらうことにした」

「あのご婦人から？」アンソニーは鳥のさえずりを聞いて、ふたたび黙々と部屋のなかを歩きはじめた。一分でもレディ・ニーリーとふたりきりで過ごさなければならないとしたら、気が変になりかねない。

「追って連絡があるだろう」父はステッキをついて立ちあがった。「そろそろ失礼する。今週中には招待状を待ってるぞ。六月中に開けるようにしたほうがいい。パーティを開くのにふさわしい月ではないか？」

アンソニーは笑顔でうなずきつつ、内心では二、三週間はロンドンの外へ出ていようと考えていた。父は説教をするだけにとどまらず、とうとう煩《わずら》わしい領域にまで踏みこんできた。非常にまずい事態だ。

ウェイバリー伯爵が立ち去ると同時に、アンソニーの笑顔はしかめ面にゆがんだが、すぐにそそられるお楽しみが緑の間で待っていることを思いだし、ふたたび顔がほころんだ。レディ・ブレイズルトンと会えば、いっときであれ父とレディ・ニーリーとパーティのことは忘れられる。アンソニーはベストの皺《しわ》を伸ばして客間を出て、廊下を緑の間へ向かった。レディ・ブレイズルトンを緑の間に通したことをいちいち伝えようとしたハーマンをうなずきで制して、半開きのドアのあいだからすっと身を入れた。

レディ・ブレイズルトンは向こう側の壁に付けられている机に身を乗りだし、象牙の象眼細工に見入っている。たしかに美しい机ではある。

しかしいまはそれに匹敵する眺めがほかにもある。アンソニーはしばし立ちどまり、青いドレスの柔らかい布地に包まれたレディ・ブレイズルトンの尻のふくらみを眺めた。めずらしく、髪も顔も隠れるほど大きなつばの婦人帽《ボンネット》をかぶっているが、うなじはきれいに見えている。

レディ・ブレイズルトンがこれほど美しい首をしているとはいままで気づかなかった。長く、ほっそりとしていて、その付け根の柔らかそうなくぼみにすぐにでも唇を押しつけたくなった。

大きく踏みだし、魅力的な尻のふくらみに片手を添え、柔らかそうなうなじに口づけた。

期待していた艶《なま》めかしい声の代わりに驚いたらしい鋭い声があがり、女性がさっと首を起こしたはずみになんとも硬いその後頭部がアンソニーの鼻を直撃した。

歯を食いしばり、鼻の骨が折れたに違いないと思った。目の前がちかちかして瞬きを繰り返すと、自分を見つめるとても大きなグレーの瞳が見えた。

記憶が正しければ、レディ・ブレイズルトンの瞳は淡い青色だったはずだとぼんやり考えているうちに視界が暗闇に包まれていった。


イザベラは呆気にとられてしばらくロックスベリー卿をただ見つめていた。それからはっと男性の鼻から血がたらりと垂れていることに気づいた。どうやら気を失っているようだ。

「どうしましょう」ロックスベリーの上着のポケットから覗いていたハンカチを引きだし、鼻にあてがった。「鼻をつまんで。そうすれば鼻血がとまるわ」

瞬きだけで反応がないので、イザベラはハンカチの上から彼の鼻をつまみ、そばの長椅子へ導いた。「仰向けに休まれたほうがいいわ」

今度は言うとおりにロックスベリーが動いた。頭が正常に働いている証しであることを願った。なにしろ、ずいぶんと激しく頭をぶつけてしまった。

イザベラは自分の後頭部をさすった。はっきりとわかるこぶができそうだ。

ロックスベリーの鼻をつまみながら、唇を嚙んだ。笑いだしたくてたまらないけれど、場違いなのはあきらかだ。

「どうやら、わたしをべつの方と間違えたのね」

「どうひゃら」

イザベラはくすくす笑った。

ハンカチの上の濃い褐色の目にじろりと睨《にら》まれた。「ごめんなさい」笑いを嚙み殺して言った。「ロックスベリー卿、あなたはわたしを許さなくてはいけないわ。わたしはあんなふうに触れられたことはないんだもの。驚いて当然よ。あなたが部屋に入ってきたのにも気づかなかったんだから」

ロックスベリーは今度は答えず、いたずらをした子供でも見るように黙って睨みつけている。

そのような対応にはとうてい納得できない。

「ともかく、がっかりさせてしまったのならお詫びします」ところが、詫びたかいなく、またも小さく吹きだしてしまった。

ロックスベリーはふたたびじろりと睨んだものの、すぐに瞬きをして、怒っているというよりは当惑しているように見える。とりあえずはほっとした。だいたいこの人に腹を立てる権利があるとは思えない。

見ず知らずの女性のお尻をつかんでおきながら。

そのうえ、うなじにキスをした。

イザベラはキスをされたのだとあらためて思い返し、急に顔が熱くなった。少しばかり頰が赤らんでしまっているかもしれない。それにしても、一瞬の出来事だった。どうすれば三十歳の誕生日までにキスをする相手にめぐり逢えるのか想像もつかなかったけれど、気がつけば早くも実現していた。

それもこのうえなく心地よかった。イザベラは束の間目を閉じて、その感触を呼び起こそうとした。ロックスベリー卿は正真正銘の放蕩者だと噂されているので、キスも飛び抜けて上手なのだろう。温かな唇が柔らかなうなじに触れてどきりとした瞬間のことがよみがえった。

もどかしい。時を戻したいと心から思った。この男性の鼻に頭をぶつけるのではなく向きなおり、人違いだと気づかれる前に唇を触れあわせられたならよかったのに。

イザベラはため息をついて、目をあけた。

ロックスベリー卿がじっとこちらを見ている。

そこに本人がいたのをすっかり忘れていたので、目をしばたたいた。

大きな浅黒い手が伸びてきて、手を握られた。

イザベラはしばらくのあいだ、ただじっとロックスベリー卿の手の甲を見ていた。じつを言えば、男性とこれほど接近したのは生まれてはじめてだった。当然ながら、父親以外の男性から手を触れられたこともない。しかも父は小柄な男性で手もほっそりしていた。

ロックスベリー卿は小柄ではない。もちろんこれまでもその姿は目にしていたが、いつも離れた場所からだった。こうして近くで見ると、この小さな長椅子に乗っていられるのがふしぎなくらい肩幅ががっしりとして広いのがわかる。その手に比べれば、自分が磁器の人形のように感じられる。

ロックスベリー卿が濃い眉を上げ、イザベラは彼が自分でハンカチを押さえていることにはっと気づいて手を引いた。あきらかに少し前から手を引いてくれるのを待っていた表情だ。どうしようもなく気まずい。

イザベラはぴんと背筋を伸ばし、身体の前で手を組み合わせた。

ロックスベリー卿がさっと脚を床におろして起きあがり、恐るおそる顔からハンカチを離した。血が沁み込んだ布をたたんで脇の机に押しやってから、イザベラを見やった。

「きみは誰だ？」ようやくそう問いかけた。

イザベラはまたも笑いだしかけたが、ロックスベリー卿の不機嫌そうな表情に気づいてどうにかこらえた。「マーティン、イザベラ・マーティンです。レディ・ニーリーからわたしがお訪ねすることはお伝えしていると聞いていたのですが」

「レディ・ニーリー」ロックスベリー卿は首を振った。それから、辺りを見まわす。「付添人《シャペロン》はどこに？」

今度はとうとう笑ってしまった。「あの、ふだんから付添人は連れていませんわ。わたしは……いうなれば、誰の目も気にせずともよい立場の者なのです。わたしが付添人を連れていなくても誰も気になさいませんもの、必要があるとは思えません」

ロックスベリー卿はいぶかしげに目をすがめ、両手で顔を覆った。「坐ってくれないか」問いかける言いまわしながら、命じる口調だった。

イザベラは即座に隣に腰をおろし、すぐにその長椅子が思いのほか小さいことに気づいたが、ふたたび立ちあがってべつの椅子に移動するのもまた相手の機嫌を損ないそうでできなかった。自分の膝とロックスベリー卿の太腿のわずかな隙間に視線を落とし、どうしたものかとしばし逡巡した。

「レディ・ニーリーのお話し相手《コンパニオン》だな」ロックスベリー卿が口を開いた。「思いだした」

ではいったいほかの誰を待っていたのだろうとイザベラは少しばかり生意気な考えが働き、黙してうなずいた。いったい誰があんなふうに密やかなやさしいキスをされ、その大きな手で触れられるはずだったのだろう？　ふるえを覚え、気づけばふたたびロックスベリー卿の太腿を見つめていた。

どうしてもそこから目を離せなかった。なにしろ太腿の筋肉が目にみえてくっきりと盛りあがっている。服に隠されているはずの男性の筋肉がこのように見えた記憶はいままでない。そう思うとまた笑いがこみあげた。それではまるで筋肉が透けて見えているような言い方だ。さっと手で口を覆い、寸でのところで笑いをとどめた。

「この出来事がそんなに可笑《おか》しいのか？」ロックスベリー卿が陰気に訊いた。

イザベラは口を開けば笑いだしてしまいそうなので、無言で肩をすくめてみせた。意識も目も、ロックスベリー卿の太腿から離すことができない。それでもどうにか顔へ目を上げたが、並はずれた美男子のすぐそばにいることをよけいに意識させられただけだった。

ロックスベリー卿のチョコレート色の瞳は、いらだっているいまですら、愉快なことをほのめかすかのような光を放っている。面長で顎がしっかりとしていて、まっすぐな褐色の髪がいまは目の上にうっすらかかっている。イザベラはレディ・ニーリーに付き添って出席する夜会ではいつも舞踏場をいちばんよく見渡せる片隅に腰をおろし、この男性の姿も目にしていた。舞踏会ではつねにその髪を後ろに撫でつけている。

それに、ロックスベリー卿の身体がこんなふうに熱っぽく生気にみなぎり、そのほかにもそわそわさせられる何かを発しているとは想像もしていなかった。

「妙だな」ロックスベリー卿が言う。「ぼくの経験からすれば、若い未婚の女性たちは、あのようなことをされればたいていたい悲鳴をあげ、泣きわめき、感情的になるものだ」

イザベラは微笑んだ。「つまり、ほかの未婚の女性にも同じことをした経験がおありなのね？」

「いや、そういうわけではないんだが――」

「いずれにしても、ロックスベリー卿、わたしは若い未婚の女性ではありませんわ」イザベラは姿勢を正して坐りなおした。「まさにきょうからきっかり二週間後に、三十になるんですもの。それに、あなたにはお礼を……」彼の膝に指が触れ、慌てて手を引き戻した。触れるつもりはまったくなく、反射的に手が動いてしまっただけだ。

人生ではじめてのこととはいえ、してしまったことはもう仕方がない。

イザベラはスカートをきつくつかんで、咳払いをした。

「ぼくにお礼？」ロックスベリー卿が話の続きを促した。

「せめて三十歳になる前にキスを経験できたので、あなたに感謝しています」そんなことを言うつもりはなかった。レディ・ニーリーがこれを聞いたら、卒倒して死んでしまうかもしれない。

ロックスベリー卿は目をしばたたいた。それから、頭をのけぞらせて笑いだした。

「ごめんなさい。厚かましいわよね」

「まったくだ」ロックスベリー卿はうなずいた。「だが、キスをされてしまったと思うのなら、きみは謝るようなことはしていない」

イザベラは眉をひそめた。「わたしをからかってらっしゃるの？」

「そのとおり。ところでミス・マーティン、どうやらきみが、レディ・ニーリーから伝授してもらうことになったと父が言っていた、パーティを成功させる秘密兵器なんだな」

イザベラは安堵のため息をついた。ようやく、本領を発揮できる話題にたどり着いた。

「ええ、盛大なパーティを開くお手伝いをさせていただきます」

「それで、どうやってきみがぼくを助けるというんだ？」

「わたしはパーティの準備が得意なんです。レディ・ニーリーのパーティは、わたしがすべて取り仕切っています。夕べの会はべつにして、すべて成功させてきました。それに、夕べの騒動については、わたしにはどうしようもなかったことですもの」

「たしかにそうだ」

「ということで、ロックスベリー卿、あなたのお屋敷を東洋風に飾りつける案を考えてきたんです。日本風《ジャパニーズ》のパーティにされるのはいかがかしら？」

「日本風《ジャパニーズ》のパーティ？」ロックスベリー卿はとまどっていた。「それはどういうものなんだろう？」

「わたしにもわかりません」イザベラは笑って答えた。「でも、調べればいいことですわ」立ちあがり、壁に掛かっている東洋風の飾り布に向きなおって眺めた。「きっとすばらしい飾りつけができますわ。それと、着物《キモノ》を身につけた女性たちが前菜《オードブル》の給仕をしてまわるようにしましょう」

ロックスベリー卿に反応がないので、話を続けた。「もしくは、招待するご婦人方に東洋風に着飾ってもらうのはどうかしら。パーティの趣向にみずから加わるのは、みなさんお好きだから」

ロックスベリー卿がゆっくりと立ちあがった。「レディ・ニーリーの幽霊パーティも、きみが準備したのか？」

イザベラは晴れやかな笑みを返した。「ええ、奥様にお仕えしてからパーティはすべて取り仕切らせていただいていますが、あの幽霊屋敷パーティはとりわけ気に入っているもののひとつです」

「いったいどうやって、あんなふうに煙を立ちこめさせることができたんだ？」ロックスベリー卿が訊いた。

「言えませんわ」イザベラは誓いを立てるかのように片手をあげた。「ちなみに、あのときあなたはどなたに扮《ふん》してらしたの？」

ロックスベリー卿がにやりとした。イザベラは男性のこれほどいたずらっぽい笑みを見たのははじめてで、たちまち膝から力が抜けた。「好みの偉人に扮して来るという趣向だったから……」

イザベラは彼の腕に手をかけて言葉を遮った。「まあ、信じられない、思いだしたわ！」声がはずんだ。「あなたはナポレオンに扮してらしたんだわ。歴史上の人物と決められていたのに、ロックスベリー卿、なんていたずら好きな方なのかしら」

「広い意味では彼もすでにそう捉えてもいいはずだ。忘れられていたとはがっかりだな」

「すぐに思いだしたわ」

「忘れられないものを選んだつもりだったのに」ロックスベリー卿が言う。

イザベラは目で天を仰いだ。「ええ、たしかに誰より忘れられない扮装でしたわ」くすくす笑い、ふとまだロックスベリー卿の腕に手をかけたままだったことに気づいた。とたんに笑いがとまり、咳払いをして手を引き戻すと脇にぴたりとつけた。

今度こそロックスベリー卿に触れるのはやめなくては。ほんとうに厚かましい女性だと思われてしまう。

「ともかく」イザベラは言った。「あなたのパーティはわたしが間違いなく成功させますわ、ロックスベリー卿」

ロックスベリー卿はうなずいたが、わずかに表情が曇った。背を向けて窓のほうへ歩いていき、そこで振り返った。「ああ」ゆっくりと言う。「きみを頼りにしている、ミス・マーティン」

「でしたら、東洋風の趣向で進めるということで、いろいろと調べてみます」

「期待している」

「お急ぎですわよね」イザベラは言った。「レディ・ニーリーから、あなたがパーティの開催を急いでらっしゃると聞いています」

「正確には、二週間後だ」ロックスベリー卿が答えた。「きょうから二週間後」

「まあ、大変。ほんとうに時間がないわ。すぐに仕事に取りかかります。大まかな計画を書きだして、あす、ここに届けさせます」

「いや、きみに持ってきてもらいたい」ロックスベリー卿が言う。

イザベラはうなずいた。「承知しました」

ロックスベリー卿が微笑んだ。さらにもう一度、ますますいたずらっぽく笑いかけた。

「玄関まで送ろう」そう言って、イザベラの肘の下に手を添えた。

イザベラはその感触にふるえを抑えきれなかった。これではまるで少女のようだ。そう思っても、隣にいるロックスベリー卿の背の高さや芳しい香りを意識せずにはいられなかった。うっとりとしてしまいそうな香りなので、きっと特別な石鹼《せっけん》を使っているのだろう。もともとイザベラは香りや肌ざわりには敏感なほうだった。よい香りを好み、少し高くても好みの精油を垂らした湯で入浴している。柔らかい生地が好きで、絹地の枕カバーも手作りした。

もし自立して暮らせる日がきたら、絹地の寝具を最初に買おうと決めている。一糸まとわず、そのシーツにくるまれたい。

そんな夢想をしているうちに、ついもの憂げなため息が出た。

ロックスベリー卿にふしぎそうな目を向けられ、イザベラははっと目を上げて唇をすぼめ、視線を前方へ戻した。こんなふうにしていても、自分のためになることは何もない。ロックスベリー卿の感触を何カ月も夢にみて、ぼんやりと香りを思いだすことになるだろう。それでいったいなんになるというの？

悪ふざけが好きな不埒な放蕩者。なるべくなら関わりあいにならないほうがいい。

と思ったとたん、ぷっと吹きだした。ロックスベリー卿はパーティを計画する以外のことは何も望んではいない。自分が勝手に想像をふくらませてしまっただけのことだ。

「何か可笑しいことでも？」ロックスベリー卿が訊いた。

「ええ」と答えて、玄関に着くと彼の肘からさりげなく手を引き抜いた。「では、あすお会いできますわね？」

ロックスベリー卿がうなずいた。

「よかったわ。東洋風について、ひと通り調べておきます」

先ほど訪ねたときにも招き入れてくれた小柄な男性がどこからともなく駆けつけて、玄関扉を開いた。

イザベラはびくりとしたものの、ふたたび笑った。「ありがとう」礼の言葉をかけると、執事が頭をさげた。イザベラはロックスベリー卿の屋敷の前階段を軽やかにおりて、左方向のレディ・ニーリーの屋敷へ帰っていった。

ハーマンもアンソニーとまるで同じようにそのままじっとミス・マーティンの後ろ姿を見つめていた。アンソニーはそんな執事にふっと目を留めた。

「ハーマン、どうしてそんなふうにあのご婦人を見てるんだ？」アンソニーは訊いた。

執事はややびくりとして主人に顔を振り向けた。「旦那様、玄関扉をあけて礼の言葉をかけられたのは、はじめてのような気がいたします」

アンソニーはうなずいた。「ああ、変わったご婦人ではないかな、ハーマン？」

執事はふたたび通りへ視線を戻した。「まさしく」

「緑の間に血まみれのハンカチがあるんだ、ハーマン。誰かに見られたら……頼む」アンソニーは執事に言った。

「承知しております、旦那様」

「それと大げさに言ってるわけじゃないんだ。ハンカチはほんとうに血まみれだ」

「かしこまりました、旦那様」

アンソニーはさらにしばらくそこに立って、ミス・マーティンの大きな婦人帽《ボンネット》を見つめていた。いまも通りを遠ざかっていくその帽子がはっきりと見えた。ミス・マーティンを見ているうちにどういうわけか、彼女が計画する無益なパーティの日までに必ずキスをしなければばと考えていた。三十になる前にキスができたとほんとうに思ってもらえるように、本物のキスをするのだと。

が、ふと、それはしてはならないことなのだと気がついた。相手は自分がいつも戯れているような退屈した既婚婦人ではない。それどころか、ミス・マーティンはいままでに出会った女性たちの誰とも違っている。

ほんとうなら悲鳴をあげて平手打ちされ、わめかれるくらいはされても仕方のないことをした。それなのに、彼女は笑っていた。

アンソニーは深々とため息をついて、玄関扉を閉めた。やはり、ミス・マーティンのような女性の弱みにつけこむことはできない。あす彼女が訪ねてくる時間には留守にしようときっぱり思いなおした。

3

『……容疑者には、あまりよく知られていないミス・マーティンの名も入れぬわけにはいくまい。長くレディ・ニーリーのお話し相手《コンパニオン》を務めているので、ほかの出席者の誰より屋敷やブレスレットについて詳しく知っている。しかも、かの屋敷内での彼女の立場からすれば、ちっぽけなルビーとはいえ売り払って手に入る金銭がまったく無用と言いきれるほど豊かであるとも想像しにくい。

されど使用人の誰についても、献身的なお話し相手についてはなおのこと、窃盗を働く可能性をレディ・ニーリーが完全に否定している事実は、筆者の務めとしてお知らせしておかねばならない。加えて、ミス・マーティンの部屋を探すつもりはないこともおおやけに断言している。

つまり、ミス・マーティンが実際に手癖の悪い野心家であるかどうかは、突如ボンド・ストリートで意気揚々と散財しはじめないかぎり誰にもわからない。

ありそうにないこととはいえ、愉快な想像ではあるまいか』

一八一六年五月三十一日付〈レディ・ホイッスルダウンの社交界新聞〉より

アンソニーは懸命にミス・マーティンに気づかないふりをしようとしていた。頭がまともに働いていれば、その姿を目に入れずにいられる。装飾の一部と見なせるはずだ。

あいにく、頭はまともに働いていないらしい。レディ・ハーグリーヴズの大舞踏会に足を踏み入れたとたん、その姿を目にしていた。ミス・マーティンは数少ない椅子のひとつに坐っている。

さいわいにもばかでかい婦人帽《ボンネット》は家に置いてきたらしく、濃い色の髪の頭に可憐なつばなし帽をピンで留めている。大きな帽子をかぶっていたときには、ミス・マーティンが流行にそぐわない短い髪型であるのはわからなかった。どの部分も結い上げられる長さはない。しかも、髪の房がみな好き勝手な向きに巻きあがっているかのように見える。

アンソニーは女性と交わっているときに長い髪が揺れるさまが好きだった。ところがまさにその瞬間、短い巻き毛の女性から首にキスをされて鼻を髪先にくすぐられる感触はどんなふうなのだろうと興味が湧いた。

かぶりを振り、ミス・イザベラ・マーティンから決然と目をそらした。舞踏場の人込みのなかでこのように突拍子もないことを想像させるとは、あの女性は魔力でも持っているに違いない。それもレディ・ハーグリーヴズの大舞踏会の最中だ。レディ・ハーグリーヴズの毎年恒例の大舞踏会でみだらな想像をしたことなどこれまで一度もなかった。

アンソニーはいつものように年配の婦人に、よぼよぼの老婦人に、既婚婦人に、社交界に登場したての令嬢たちに、それぞれ手を取って口づける挨拶をしてまわった——醜聞好きの人々が特定の女性を名指しできないようにできるかぎり多くの女性たちのもとへ。

これが父の神経を逆なでしていると言う者も多いが、息子としてはあまり期待しないでくれればそれだけでありがたい。

今夜は誰の手に口づけて、誰にまだ挨拶していないのか憶えておくのに苦労していた。同じ婦人の手に二度口づけるのはもってのほかだ。あのゴシップ新聞で短くとも一週間は延々やり玉に挙げられた末、父はさっそく婚約を発表して結婚式の招待客名簿を作りはじめるだろう。

カードゲームの部屋へ消えるのが最善の策だと見きわめた。最初から来なければよかったのだろうが、レディ・ハーグリーヴズが孫たちを操り人形のように動かすところを見たいという野次馬根性が働いたのは否定できない。気の毒な子供たちで、祖母に気に入られようとみな言うがままになっている。この祖母がいちばん生き長らえそうだ。

嘆かわしいほど椅子が足りないせいで仕方なく立っている人々の群れを縫って進む途中、レディ・イースタリーを見つけた。目が合って、ウインクすると、彼女も笑顔でウインクを返してくれた。この彫像のようなブロンド美人は必ずウインクを返してくれるので、これがいつもの挨拶の仕方となっている。

実際、十二年前にこの婦人の夫が家を出ていったときに、格別に心のこもったなぐさめを申し出たのだが、丁重に断わられた。アンソニーから見るかぎり、この女性はいまも夫を想いつづけている。善良な女性なのだ。

そう考えていたところで、またしてもミス・マーティンを目にとらえた。レディ・イースタリーとは対照的に小柄で、濃い色の髪をしていて、片隅の椅子に腰をおろしている。めったにないことなのだが、アンソニーはわずかにつまずきかけた。と、そのとき、ミス・マーティンがこちらへ目をくれ、ふたりの視線がぶつかった。だいぶ離れているにもかかわらず、じつに美しいグレーの瞳をしているのがわかる。その瞳が自分をとらえてみるみる輝くのが見てとれた。

そうして、ミス・マーティンは立ちあがった。

人込みを掻き分けてこちらに向かってくるのを見て、アンソニーは立ちつくした。ここへたどり着こうとは大胆な行動だ。パーティの最中にみずから自分のほうへ近づいてくる婦人にはお目にかかった記憶がない。ミス・マーティンのように若い独身女性ならなおのこと。しかも若いだけではない。とても清廉で溌剌《はつらつ》としている。その姿を見ていると、自分が疲れきった、みじめな年寄りのように思えてくる。

ミス・マーティンがとうとう目の前までやって来た。「ロックスベリー卿！」いくぶん息を切らしている。「お会いしたかったのよ」身を乗りだし、手袋をした手をアンソニーの前腕にかけた。

「そうなのかい？」アンソニーは触れられてややふるえを覚えつつ問いかけた。彼女のほうは気づいてもいないようだ。だが、こちらは違う。はじめて対面したときと同じようにまたも肌が触れあっていることをひしひしと感じている。

心地よいが、こうしていてはならない。

第一、三十になるというのに、このように無防備なままでいいはずがない。これではどこかの男に必ずつけこまれる。レディ・ニーリーはどうして注意してやらないんだ？

「ご依頼どおり、わたしが自分で計画書をお持ちしたのに、いらっしゃらないんですもの」ミス・マーティンは笑顔で言った。「それで、時間を決めていなかったことに気づいたの。読んでくださっていたらいいんだけれど」

「ああ、もちろん、ハーマンからちゃんと受けとっている」

「まあ、よかった。それで、ご感想は？」

ミス・マーティンは小さな顔を上向かせ、グレーの瞳をきらきら輝かせて返答を待っている。一生懸命で、このうえなく幸せそうで、なんとも愛くるしい。どうしてこんなふうに幸せそうにしていられるのだろう？

「あれでいいんじゃないかな」じつはまだちらりとも見ていないのだが、そう答えた。おかげでハーマンには無愛想なまなざしを向けられていた。うちの執事はひょっとしてこの女性に恋してしまったのではないだろうか。

「それならよかったわ、このまま進めます。それで必要なものを揃えるために、わたしが注文したものの代金を引き落とせる口座を開いていただきたいの。もちろん、費用の明細はご報告します。大丈夫、自信があるわ。招待状はわたしが用意しますから、そのぶんは節約できるし。招待状についてはすばらしいことを思いついたの。きっと喜ばれるわ。紙を折って鶴をこしらえる方法を学んだので、それを招待状にします」

「ふうむ」アンソニーはじつのところミス・マーティンの話に集中できていなかった。というのも、まさに絵に描いた人形のように愛らしい唇をしていることに気づいてしまったからだ。いまは心からこのきれいな弓形になる上唇をいとおしく感じている。この女性の唇と親密に触れあえたらどんなに楽しめるだろう。

ミス・マーティンがにっこり笑いかけた。「気に入ってもらえたかしら？」

「もちろんだとも」

「まあ、ほんとうにほっとしたわ。わたしはレディ・ニーリーのところ以外では働いたことがないし、奥様はわたしの好きなようにやらせてくださるから」

「わかるよ」アンソニーは浮かない顔で答えた。本来なら、ミス・マーティンには守る人間が必要だ。このように愛らしく無防備な女性を穢そうとする不埒な男どもがいつ現われるともかぎらない。アンソニーは辺りを見まわした。「レディ・ニーリーはどちらに？」

ミス・マーティンは肩をすくめた。「ミスター・トンプソンとレディ・マティルダとお話しされていたから、わたしはさっさと椅子のところへ失礼したんです。レディ・ニーリーが消えたブレスレットの事件をどう解決するおつもりなのかなんて興味がないから、その話が出たときには離れるようにしてるのよ」

「晩餐会に出席していた人々を告発することも辞さないかまえだと聞いている」

ミス・マーティンは瞳をぐるりとまわした。「大変なことになってるのね」

「たしか、きみも容疑者に入ってるんじゃなかったかな」

ミス・マーティンがくすくす笑った。「ええ、レディ・ホイッスルダウンの記事にはそう書かれていたわね。レディ・ニーリーが使用人を疑うことはありえないのに」

ほとんどの婦人たちならレディ・ホイッスルダウンの記事に自分があたかも窃盗をしたかのように書かれれば重病のごとくベッドに臥せってしまうだろう。くすくす笑っているミス・マーティンはどうやらそれとはべつの人種らしい。

「信じられる、ロックスベリー卿？」それどころか、この女性は瞳をいきいきと輝かせている。「レディ・ホイッスルダウンの記事にわたしが取りあげてもらえるなんて。生まれてからこんなにわくわくしたことはなかったわ。誕生日が近いせいかもしれないと思うのよ。三十になるというのにやり残したことがたくさんあると気づいて、少し落ちこんでたの。そうしたら、誕生日までまだ二週間あるのに、ゴシップ記事に自分の名が載って、伯爵様のご子息にキスされるなんて！」

後半部分の発言が数人の目を引いた。

「まあ、いけない」ミス・マーティンが言う。「あんまり調子に乗りすぎないようにしないと、またレディ・ホイッスルダウンの記事に書かれてしまうものね。わたしはこれで失礼します。招待状の見本はあす、お届けするわ。あなたのお父様から出席者の名簿はいただいているから、あなたが用意なさる必要はありません」

それでは都合が悪い。「いや」アンソニーは言った。「招待客名簿はぼくが用意する。父から受けとったものは燃やしてくれてかまわない」

「ほんとうに？」ミス・マーティンは訊いた。やや間をおいて笑いだし、身を乗りだしてアンソニーの前腕に手をかけた。「あなたのお父様は、名簿に挙げた方々をどうしても招待なさりたいと強く願ってらっしゃるようだったわ」

アンソニーは黙ってうなずいた。こんなふうに女性のほうから気安く触れられたことは一度もなかった。しかも、本人にはその自覚がないのだから、よけいに始末が悪い。

目を見ればあきらかだった。ミス・マーティンは身を寄せて薔薇水の香りを男に嗅がせているとはまるで気づいていない。その香りが、男をどうしようもなくみだらな気分にさせていることにも。

「訊いておきたいことがある」唐突に言った。「きみはレディ・ニーリーの家の使用人と考えていいのか？」

ミス・マーティンがぴんと背を起こし、目をしばたたいた。「どういうこと？」

「つまり、きみが先ほどレディ・ニーリーは使用人全員を信用しているという話をしていたとき、きみは雇われ人なのだろうかと思ったんだ。以前、父から、きみがレディ・ニーリーの親族だという話を聞いたおぼえがあるんだが」

ミス・マーティンは明るく微笑んだ。「そうだったの？　前にわたしのことをお聞きになっていて、ほんとうに憶えていてくださったの？」両手を打ち合わせた。「なんて、嬉しい偶然なのかしら！」

「きみはなんでも喜べるんだな」ミス・マーティンは自嘲することにもまったく屈託がない様子で、にこやかに笑った。「ほんとうよね」「それはさておき、わたしはどちらでもあるのよ。親族であり、雇われてもいる。レディ・ニーリーからはお話し相手《コンパニオン》のお給金をいただいてるわ。同時に、奥様はわたしの母のまたいとこでもある」

「それで、きみのご両親はどちらに？」

ミス・マーティンはグレーの瞳をわずかに翳《かげ》らせ、首を片側に傾けた。「ふたりとも亡くなったわ」

「それは気の毒に」

「平気よ。両親は歳をとってからわたしを授かったの。二十年も一緒に暮らせたのは幸せだと思ってる」

アンソニーはすっと目をそらした。母は二十年前に亡くなったが、自分にはまだ父がいる。それを恵まれているとは一度も考えられなかったことを思うと、あまりに情けなくなった。辺りに目をやり、何人かが自分と穢れなきミス・マーティンを見ていることに気がついた。まずい。

「どうして？」そのとき、ミス・マーティンが尋ねた。

アンソニーは視線を戻した。「何が？」

「どうして、わたしとレディ・ニーリーの関係をお知りになりたかったの？　今度のパーティについて不安をお持ちなの？　いままでの計画書もご覧になりたい？」

「いや、違うんだ。そういうことじゃない」アンソニーは言った。「ぼくはただ興味……」自分の言いかけたことに驚いて口をつぐんだ。興味を引かれていると言おうとしたのだ。それは事実だ。ミス・マーティンという風変わりな人物に純粋に興味を引かれている。

じつのところ、アンソニーは何かに興味を覚えることがあまりなかった。それだけに、ミス・マーティンの受け答えに興味を覚えてしまうことに恐れすら感じた。なにより不可思議なのは、ミス・マーティンに、きみはほんとうにはまだキスをされていないのだとわからせてやりたくてたまらなくなっていることだ。

最後の部分だけは本来の自分らしい欲求ではあるのだが。

それにしても、おそらくは互いにとってやっかいなことになるとしか思えないにもかかわらず、どうしてこうもキスをしたくなってしまうのだろうかと考えて、いつしかミス・マーティンに目を凝らしていた。

「何かお気にさわることをしたかしら？」ミス・マーティンがまったく怯《ひる》むそぶりもなく訊いた。「まるでわたしに何か投げつけたそうな顔をなさってるわ」

「そうじゃないが、ぼくはこれで失礼したほうがいい。きみの評判に傷がつく」

ミス・マーティンが前かがみになって肩をふるわせだしたので、アンソニーは一瞬泣いているものと思いこんだ。ところがすぐに上体を起こした彼女に愉快そうに眺められ、笑っているのだとわかった。

手で口を押さえて、あきらかに笑いをこらえようとしている。「もう、ロックスベリー卿ったら、わたしに評判なんてはじめからないでしょう」手ぶりで周りの人々を示す。「ほとんど誰もわたしのことなんて知らないのよ。ほんとうはご自分の評判を気になさってるのね」にっこり笑う。

「とんでもない」

ミス・マーティンが笑った。「ほんの冗談よ。だけどわたしには、あなたがみずから評判を傷つけているように見えるわ。どうしようもない悪人に見せようとしているけれど、ほんとうは完璧な紳士なんですもの」

ミス・マーティンにどうしてもわからせてやりたいことがふたつあった。きみは正確にはキスをされたのではないし、目の前の男は紳士でもないということを。「ぼくが完璧などであるものか、ミス・マーティン、間違いない」

「なんとでも言ってらしたらいいわ。それより、大英博物館に日本風《ジャパニーズ》のすてきな装飾品が展示されているのをお知らせしておきたかったの。ご覧になれば、パーティのために生かせるものがあるかもしれないわ。こういったことは、ひとりよりふたりの知恵のほうがいいに決まってるもの」

アンソニーはこの小生意気な女性に完璧な紳士だと思われている理由をなおも解明しようと考えていた。あらためて周囲を見まわし、やはりミス・マーティンは完全に思い違いをしていることを悟った。「ミス・マーティン、ほんとうにおおやけの場で長く話しこむのはよくない」

「話しこんでいたかしら？」ミス・マーティンは声をひそめて目を大きく広げた。さらに身を寄せる。「こういうのが話しこむというのでしょう？」ぐるりと周りを見てから目を戻す。

アンソニーはからかわれているのだと気づいた。人にからかわれるのはずいぶんと久しぶりのこととはいえ、これは取り違えようがない。呆れて目をまわしてみせると、ミス・マーティンがふたたびくすくす笑いだした。

じつを言えば、もともと女性のくすくす笑いは好きではなかった。けれども、ミス・マーティンの笑い方はそれとはどこかが違っていた。甲高くはなく、不愉快でもない。それに、しおらしく見せようと、はにかんだふりをして笑っているのでもないのはあきらかだった。自分をべつの人間に見せかけようと考えたことなどないのだろう。要するに、ミス・マーティンのくすくす笑いは純粋で穏やかで胸に響く。こちらまでつられて笑いだしたくなってくる。

たかが笑い声だぞ。おれはどうかしてしまったのか。

「解放してさしあげますわ」ミス・マーティンが続ける。「いずれにしても、喉がからからになってしまったからパンチを飲みたいので。これで失礼します。まだ話しこまなければいけないことはあるでしょうけど」ぐるりと周りを見てから、茶目っ気たっぷりに眉を上げていったんアンソニーに目を戻し、爽やかに背を翻すと、歩き去っていった。

ほんのかすかに彼女の笑い声が耳に届いた。

アンソンニーは首を振り、その後ろ姿をしばし見つめた。本心では、ふたりきりになりたかった。もっと話していたかった。もう一度笑わせたかった。

おかしい。女性と会話をしたいからふたりきりになりたいとは、これまで一度たりとも思ったことはなかった。

アンソンニーは目を閉じて手の甲を額にあてがった。熱でもあるのだろうか。

4

『ハーグリーヴズ家の舞踏会で、ロックスベリー卿にキスをされなかった女性はおそらくレディ・ニーリーのお話し相手《コンパニオン》だけだったことにも触れておかねばならない。
当然ながら、筆者は唇ではなく手へのキスについて申しあげているのだが、それにしても、この御仁はもう少し節操を持つべきではなかろうか』
一八一六年六月三日付〈レディ・ホイッスルダウンの社交界新聞〉より

イザベラは目の前にあるものを描き写そうとしていた。膝の上に広げたスケッチブックを見つめ、それからあらためて博物館に展示されている着物《キモノ》に視線を戻す。オジーが見つけてきてくれた高くまっすぐな背もたれの付いた椅子の上で快適な姿勢を探して腰をずらした。ちょうどそのとき、オジーが小さな四角いクッションを手に展示室に入ってきた。「これが役に立つのではないかと思いまして」そう言って差しだした。

イザベラは青年に笑みを返して立ちあがった。「ありがたいわ、オジー。ほんとうに気が利くのね」

オジーの首がたちまち濃い赤色に染まった。たいていの人なら肌色が濃くなるか明るくなるか、黄色っぽく見えるくらいだろうが、オジーの肌は赤としか言いようがなかった。顔全体が赤らみ、そのせいでオレンジ色に染まったそばかすだけがかろうじて存在感を示している。もとはとても明るい金色の髪も熟れたオレンジのような色に見える。

イザベラはクッションを受けとって椅子の座面に置き、その上にスケッチブックを載せた。

「やっぱり、少し歩いてから描くことにするわ」

オジーが描きかけのページを見おろした。「見事な腕前だ。才能をお持ちなのですね」

イザベラは微笑んだ。「ありがとう。パーティの飾りつけを考えるときには、絵が描けることが役立ってるわ。といっても、実際にあるものを描き写すことしかできないんだけど。才能というより特技と言うべきかもしれないわね」自嘲ぎみに笑って、展示室を歩きだした。

オジーが付き添ってくれているのは心強かった。一緒にいて楽しく過ごせる青年だ。先週、日本のものについて調べるためにやって来たときに知りあった。博物館内で遺物の修復や保存を手伝う仕事をしている。なかでも東洋の工芸品についての知識が豊富で、おかげでイザベラの仕事にも大きな助けとなっている。実際、招待状にする紙を折って日本語で折り紙《オリガミ》と呼ばれているものを作る方法を教えてくれたのもオジーだ。

「あなたが飾りつけたパーティ会場を拝見できたらいいのにな」そのオジーが言った。

イザベラは足をとめた。「見に来ればいいわ。前日に飾りつけを手伝ってもらえないかしら？　そうすればすべてを見せてあげられる」

オジーが緑色の目を潤ませて、勢いこんでうなずいた。「はい、ぜひお手伝いさせてください」

イザベラはその表情が跳ねまわる仔犬のように見えて、くすくす笑った。

「どこにいてもその声はすぐにわかるな」背後から穏やかな男性の声がした。

イザベラはどきりとして、オジーは身をすくませた。「まあ、驚いた！　ロックスベリー卿、息がとまるかと思ったわ」イザベラは平然と振るまおうとしたものの、身体じゅうの神経がふるえだしているのだからそれはとてつもなくむずかしかった。

鼓動が急に速まりすぎて気を失うのではないかと不安になり、胸を手で押さえた。

「きみが教えてくれた日本風《ジャパニーズ》の展示品を見に来たんだ、ミス・マーティン」ロックスベリー卿がそう言って、ゆっくりとオジーのほうへ視線をさまよわせると、青年は意味を成さない言いわけをつぶやいて、そそくさと去っていった。

ロックスベリー卿は逃げていくオジーを一分ほど見つめたあと、イザベラに完全に注意を向けた。彼にまともに見つめられたときの威力をあらためて思い知らされた。オジーが世界じゅうでいちばん大きな猫に出くわした鼠《ねずみ》のごとく逃げ去ったのも無理はない。

いつも見惚れてしまうほど愉快そうに輝いている印象的な褐色の瞳が、目にみえて光を失っていた。不機嫌そうにすら見える。イザベラは、その無造作に額にかかっている褐色の髪を払いのけて何があったのか尋ねたくてたまらない衝動をこらえた。

用心のために身体の前で両手をきつく組み合わせた。「招待状はご覧になった？」笑顔で尋ねた。

「ああ、父ともども。父は個性的な発想に感嘆していた」

イザベラは微笑んだ。「まあ、なによりだわ。ほんとうによかった」

「ああ、ただし、ぼくの招待客名簿に父は入っていなかったはずなんだが」

「ええ、わたしの判断で、あなたの名簿とお父様の名簿を組み合わさせていただいたから、お父様にも招待状が届いたのよ」

「そうなのか？　今回のパーティの費用はぼくが払うのに、どうして父が招待客を選ぶんだ？」ロックスベリー卿が訊いた。

「でも、ぜんぶを取り入れたわけではないわ」イザベラは組み合わせた両手に力を込めた。「どちらの名簿にも偏りがあったんですもの」

「偏り？」

「ええ、つまり、あなたのお父様の名簿にはとても若い未婚の令嬢とその母親たちの名ばかり書かれていて、あなたのほうはほとんどが男性と年配の既婚婦人で埋まっていたわ」

「それで？」

「それで、偏りをなくすために、それぞれが同じ配分になるように調整したのよ。そうすれば、いろいろな方々にいらしていただけるもの」

ロックスベリー卿はうなずきはしたが長々と沈黙し、しばらくして言った。「出すぎたことをしたとは思わないか、ミス・マーティン」

「いいえ、まったく。わたしはあなたのパーティを成功させるお手伝いをしているのよ。そのためには招待客名簿についても把握しておかなくてはいけない。それが迷惑だとおっしゃるのなら、この仕事はおりさせていただくわ」

「ぼくはきみを雇ったおぼえはない」

「そのとおりね」イザベラは微笑んで応じた。「あなたのお父様がレディ・ニーリーに、あなたのお手伝いをわたしにさせるよう依頼したんですもの。だからこそ、お父様の名簿にも配慮する必要があると考えて、あなたのご要望どおりに燃やすことはしなかった。でも結局のところ、あなたのパーティなんですもの、あなたが招待なさりたい方々も同じようにお招きしたかったのよ」

「つまりは、きみは父とぼくとの仲立役を務めているというわけか？」ロックスベリー卿が訊いた。

「頑固な男性ふたりを相手に女性としてできることをしただけですわ」イザベラはさらりと返した。

ロックスベリー卿が目をしばたたいた。

まごついたときの彼は可愛らしい。ロックスベリー卿を可愛らしいと表現する者は社交界にはほかにいないかもしれないけれど、本心からそう思う。

なおも横柄に怒っているふりを懸命に続けようとしているが、まるでさまになっていない。はじめて対面したときから、これまで出会った人々のなかでも格別に善良な男性ではないかという気がしていた。

イザベラはそんなところにとても親しみを感じた。

「ところで、日本風《ジャパニーズ》の展示品をご覧にいらしたんでしょう？　ほんとうに美しい品々なのよ。東洋の文化について学ぶ機会を与えられて、心からありがたく思ってるの。ほかの文化についていろいろと学べて、わたしはとても幸せ者だわ」

ロックスベリー卿はまるで亡霊でも見ているように呆然と立ちつくしている。それとも相手が女性であることに驚いているのだろうか。このように女性から率直に話されたことがないのか、もしくは女性の話にきちんと耳を傾けたことがないのかもしれない。イザベラは笑いをこらえるために下唇を嚙んだ。「どうなさったの？」と問いかけた。「展示品をご覧にならないの？　それとも、すでに終わってしまったことについて、まだとやかくお話しなさりたいのかしら？」

あとになって考えれば、イザベラはこのとき思いあがって、なんでも知った顔の面白みのない教師のような口を利いていたに違いなかった。高慢な鼻をへし折られても仕方のない態度をとっていたのだろうが、このあとに起こることはまったく想像できなかった……心の底から楽しめることではあったのだけれど。

5

『このところロックスベリー卿がやけに品行方正になっていることに、お気づきだろうか？　ハーグリーヴズ家の舞踏会であれだけご婦人方の手に口づけしてまわったのち、修道士も同然の日々を送っている。

まる一週間、一度もパーティには出席していない。まるでこの御仁らしくない。

父上はこの変貌を喜んでおられるだろうか、はたまた落胆の涙を流しているのだろうか。陽気さの欠如は身を固める決意の表れともとれるが、いっぽうで家を出ないのでは妙齢の令嬢と出会うことすらできないのではなかろうか？』

一八一六年六月七日付〈レディ・ホイッスルダウンの社交界新聞〉より

アンソニーはミス・マーティンを見つけるまでにひどく不機嫌になっていた。レディ・ニーリーからお話し相手《コンパニオン》は博物館へスケッチをしに出かけたと聞かされ、腸《はらわた》が煮えくり返った。この女主人は、つねに自分のそばにいる、若くてそのうえとびきり魅力的な女性をひとりで博物館へ行かせて平気な顔をしている。ミス・マーティンには付添人《シャペロン》をつけるべきだ。

博物館へ馬を駆るうちにますますいらだちがつのっていった。この週末は暗澹《あんたん》とした気分で過ごしていた。知人の誰からも能天気だと思われている男がだ。おかげで父の息子であることを否応なしに思い知らされた。

気がつけば父と同じような行動をとっていた。気の毒にもハーマンに怒鳴り声で指示を出し、机に前かがみになって坐り、気を散らされると誰彼かまわず睨みつける。なにより変わったのは、水曜日以来女性と過ごしていないことだ。

この週末のあいだ、女性と話すのはおろか、触れることを考えるだけでもぞっとして、誰にも会う気になれなかった。いや、ミス・マーティンだけはいらだたしくなるほど頭のなかを占領していて、彼女に触れたい欲求に打ちのめされそうだった。

頭がどうにかなってしまったのだろうか？

父に招待状が届いているのを知り、ミス・マーティンに憤《いきどお》る口実ができたとわかって心底ほっとした。それまで抱いていた感情がなんであれ、憤っていられれば安全に思えた。

ところが彼女が博物館でどこかの男と歩いているのを見て、こともあろうにその男の首を絞めたい衝動に駆られた。ミス・マーティンは華奢でほっそりした身体つきで、小さな妖精を思わせる短い巻き毛をしている。ほかの誰にも似合いそうにないグレーの無地のドレスに合わせた淡青色の飾り帯が腰のくびれをきわだたせ、瞳は潤んでいるように見えた。襟元には小さな花飾りを留めていて、アンソニーはそばに立ったとき、その芳香に頭がくらりとした。

じつのところ、頭のなかはすっかり恋にのぼせあがった少年も同然になっていた。その状態でミス・マーティンに笑われ、相も変わらず聡明な口ぶりで率直に話されて、キスをせずにはいられなくなった。

それで、とうとう実行してしまった。

何がきっかけだったのかは判然としないが、とっさに殴るかキスをするしかないと思ったのは憶えている。そして女性を殴ることはできないので、ミス・マーティンの腕をつかんで引き寄せ、唇を奪ったのだ。

すると、キスを返されて、キスの最中に生まれてはじめてわれを忘れた。

強引に唇を奪ったつもりが、いつの間にか彼女はみずから口を開いていた。首に腕をまわされて互いの身体が密着し、触れあっている唇が柔らかく感じられた。

たちまち求める気持ちが昂《たか》ぶって、今度こそ本物の恋に溺れた少年と化していた。片手で腰を抱きかかえて身をかがめ、女性にキスをしたことのない男のように口づけた。身体以上に気持ちが先走っていた。

ようやくわれに返って、そこが公共の場で、誰かひとりにでも見られれば彼女の将来を台無しにしてしまうのだと気づいて身を離した。

まだ片腕はつかんだまま相手がしっかりと立っていられるかを確かめてから、完全に手を放し、さらに数歩あとずさった。

ミス・マーティンに黙って見つめられ、アンソニーはいたたまれなかった。自分の行動とは思えなかった。自分がどうなってしまったのか、何を考えているのかもわからないが、どうかしていることだけは間違いない。

「癪《しゃく》にさわった女性にはいつもこうするの？」ややあってミス・マーティンが問いかけた。

「違う」

「でも、これでわたしはキスをしたと言えるのよね。そうでしょう？」

アンソニーはまごついて首を振った。

「あなた、うなじに口づけられてキスをしたと思っているわたしを面白がっていたでしょう。でも、これで……」片手をひらりと振って互いを示した。「これは間違いなくキスなのよね？」

アンソニーは束の間目を閉じた。このキスの代償がどれほどのものなのか彼女はわかっていない。「ああ、これはキスだ」

ミス・マーティンはにっこり笑った。「そう、だったらよかった。ねえ、展示品をご覧にならないの？」

展示品？　アンソニーはすぐには何を言われているのかほんとうにわからなかった。いま自分たちがどこにいて、自分の立場を思いだすだけでもしばしの間がかかった。なにしろ目の前の女性を驚かそうとしたつもりが、気づけば茫然自失の状態に陥っていたのだ。

「そうか」

「こちらよ」ミス・マーティンが背を返し、先に立って歩きだした。

こちらは一度のキスで人生が一変してしまったというのに、そうさせた相手の女性はまるで気にかけていないとは滑稽ではないか。アンソニーはその場で束の間天井を見上げた。もしやこれまでの放蕩暮らしの戒《いまし》めに、天から与えられた手の込んだ報いなのか。

かぶりを振り、小さな妖精、ミス・イザベラ・マーティンのあとを追った。

「すてきでしょう？」アンソニーが追いつくとミス・マーティンは訊いた。壁ぎわを手で示している。

アンソニーは展示品を見ようとしたものの、ミス・マーティンの手に目が釘づけになっていた。ほっそりとした優美な手で、爪はきれいな丸みを帯びている。今夜は机についてこの手を思い起こしては気色悪い十四行詩《ソネット》を綴《つづ》ることになるのだろうか。これは相当にいかれている。

いや、ほかの女性との戯れでも自分を見失う状態になるのか確かめてみてはどうだろう？ひょっとして、そうすることでこのおかしな呪いが解けるかもしれない。

「ミス・マーティン、きみはいったいどうしてイザベラという名を付けられたんだ？」それはこの週末、机にうずくまるようにして考えていたあまたの疑問のひとつだった。

ミス・マーティンは急に話題を変えられたことにとまどっている表情で小さく首を振ったが、すぐに笑みを浮かべた。「あら、母が付けたのよ。わたしは母の想像力を受け継いでるの。母はよくスペインのお姫様やイングランドの王子様たちの物語を話して聞かせてくれたわ。スペイン女王のイザベラから娘に名を付けたのよ」

わかってみれば、この週末悶々と頭を悩ませなければならないようなことではなかった。

「両親はだいぶ歳がいってからわたしを授かったから、娘がまだ若いうちに自分たちがいなくなってしまうのを予想して、頼れるところを考えておいてくれたわ」

「レディ・ニーリーのことかい？」

「ええ、レディ・ニーリーはわたしをお話し相手《コンパニオン》として引き受けることを申し出てくれた。でも、何が起こるかわからないというのが、母の口癖だったの。だからわたしはいったい何が起こるんだろうって、いろんな想像をめぐらせてわくわくしていたわ」

ミス・マーティンはため息をついて、アンソニーと知りあって以来はじめてグレーの大きな瞳を哀しげに曇らせた。「何年も想像しつづけてきたけれど、もう終わりにしなければいけないのよね」

「どういうことだろう？」アンソニーは胸にわずかなざわつきを覚えた。

「だって、来週には三十になるのよ。イングランドの王子様が三十歳にもなるスペインのお姫様を馬で連れ去る物語なんて想像できない」

「だが、きみはスペインのお姫様ではない」

ミス・マーティンが笑い声を立てた。「あなたは想像力が豊かとは言いがたいわね」

それはどうだろうか。現にこうしているいまも、ミス・マーティンが全裸で自分のベッドにいる光景を想像している。

「ミス・マーティン、ぼくが言いたかったのはつまり、三十歳のスペインのお姫様よりイングランドの三十の独身女性のほうが希望は持てるということだ」

ミス・マーティンが穏やかに笑った。

その瞬間、アンソニーはふと、この笑い声をこの先一生毎日聞くのも悪くないと、いやむしろ聞きつづけられたら楽しいのではないかと思った。

ミス・マーティンがこちらに目を向けた。小首をかしげ、長く濃い睫毛《まつげ》の下から覗きこむようにして見ている。やはり、きみのご指摘に反して、想像力はしっかりと働いている。彼女の首筋に自分がキスをする光景がありありと目に浮かんでいるのだから。

そそられる顔からどうにか目をそらし、展示されている東洋の工芸品を見やった。これもまたすばらしいが、東洋の美術品の色彩や形状にはもともと心惹かれていた。だからこそ、ロンドンの住まいの装飾にも東洋のものを多く取り入れている。

それだけにミス・マーティンが作成した招待状には魅了された。完璧だった。招待客に供する料理の献立と試作品も届けられたのだが、見事な出来栄えだった。ミス・マーティンはこれまでのところすばらしい仕事をしている。これで今度のパーティが成功しないわけがない。

アンソニーはいきなりまっすぐ向きなおった。「いったいなぜきみは報酬を受けとらないんだ？」

ミス・マーティンが辺りを見まわしてから視線を戻した。「なんのこと？」

「きみは驚くべき成果をあげていて、とても熱心に働いている。そのきみにどうして報酬が払われないんだ？」

「あなたのお父様へのご奉仕でしていることだもの」

「父にはなんでも人に金《かね》を払ってやってもらう財力があるのだから、ただで手をかす必要はない」

ミス・マーティンがくすくす笑い、アンソニーもつられて笑った。

「ミス・マーティン、ほんとうにきみはこのような仕事をする才能に恵まれている。取り仕切る能力にも長《た》けているが、それぞれのパーティを個性的に演出する豊かな想像力を備えている。だから招待客たちの記憶に残るし、楽しんでもらえるんだ。それなのにどうして報酬をもらわないんだ？　かなりの財産を築けるのは間違いない」

ミス・マーティンは唖然《あぜん》としていた。しばらくアンソニーを見つめたあと、ふたりの前にある着物《キモノ》に目を移した。「できるかしら？」そう訊いたが、答えを求めているわけではないのはあきらかだった。

ふたたび顔を振り向け、しだいに顔をほころばせた。アンソニーはこの世に生を受けてからの三十七年間で、これほど美しいものを見たことがなかった。

「あなたに救われたわ。あなたはわたしのイングランドの王子様で、わたしの人生を変えてくれた。こんなことが起こるなんて思いもしなかった」ミス・マーティンは手を叩き、アンソニーの肩につかまって背伸びをすると、頬に口づけた。「ありがとう！」

アンソニーは状況が呑みこめないまま、頬に柔らかい唇が触れた衝撃から立ち直ろうとした。頬にキスをされる程度では子供の遊びにしか思えないくらいに女性たちとの戯れを経験しているというのに、こんなにも驚いている自分がふしぎでならなかった。しかも何も言えずにいるうちに、当の女性はスケッチブックと筆記具をつかむとひらりと手を振って、去っていった。

アンソニーはひとりになったことに気づいて、呆然とした。おまけに、頬にキスをされただけで山羊《やぎ》並みに性欲を掻き立てられていた。どうやら見た目には症状の出ない熱病にでも浮かされているらしい。

いつものように御者のバーニーはレディ・ニーリーの瀟洒《しょうしゃ》な四輪馬車の御者台に乗って待っていたので、イザベラはさっさと乗りこんだ。けれど鼓動があまりに速くなっていて落ち着かず、とうとうじっとしていられなくなった。そこでバーニーに頼んでメイフェアで降ろしてもらい、そこから歩いて帰ることにした。ほんの一街区《ブロック》歩いたところで、レディ・ニーリーの従僕のひとり、チャールズが全速力で駆けてきた。

「バーニーに言われて来ました」チャールズはそう挨拶して、二歩後ろについて歩きだした。いつもならこれが苦手で、レディ・ニーリーが一緒ではないときには、従僕を説得して隣を歩いてもらうのだが、きょうは少しばかりひとりで歩きたい気分だった。

頭のなかで、言葉が追いつかないくらいめまぐるしく考えがめぐっていた。ここへきてついに人生が変わろうとしている。自分にやれることを知り、できると確信し、胸を躍らせていた。

なんてすてきなの！　イザベラはほとんど走るように舗道をずんずん進んだ。レディ・ニーリーの屋敷の玄関扉を通り抜けると同時に外套《がいとう》と帽子を脱いだ。「奥様はご在宅？」外出用の衣類を受けとろうと待っていたトロッター夫人に訊いた。

「奥の居間にいらっしゃいますわ、ミス・マーティン。でも――」

イザベラは立ちどまらなかった。三十年間も待ちつづけてきて、いよいよ新たな人生が始まるというときに一分でも無駄にしたくない。

「レディ・ニーリー」奥の居間のドアがあけ放たれた戸口を入っていった。

レディ・ニーリーがティーカップを持ち上げかけた手をとめて顔を向けた。その向かいにはロックスベリー卿の父、ウェイバリー伯爵が坐り、クリストフが焼いた菓子を口いっぱいに詰めこんでいた。

「ミス・マーティン」レディ・ニーリーが言った。「ずいぶん早く博物館から帰ってきたのね」

「はい」イザベラは返事をして、口ごもった。いますぐにでもレディ・ニーリーと話がしたい。とはいえ、ウェイバリー伯爵はお茶を飲みに来るといつもなかなか帰ろうとしない。

「おや、こんにちは」ウェイバリー伯爵は焼き菓子をほぼ食べきって言った。「息子のパーティの招待状は受けとりましたぞ。見事でした。じつに想像力に富むお嬢さんだ、敬服します」

「ありがとうございます、伯爵様」イザベラは軽く膝を曲げてお辞儀をした。「じつは、レディ・ニーリー、そのことでお話があるのです。お時間ができましたらすぐに」

レディ・ニーリーはお茶を飲まずにティーカップを置いて、もの問いたげに白い眉を上げた。「あら、お坐りなさい。どんなことでも、いま話してかまわないわ」

イザベラは深呼吸をひとつして、ウェイバリー伯爵をちらりと見やった。この紳士にはむしろ同席してもらったほうがいいのかもしれない。想像力が恵みをもたらすものであると気づけたのは、今回のパーティを依頼されたおかげでもあるのだから。

小さなソファに坐っているレディ・ニーリーの隣に腰をおろした。「自分で事業を始めたいんです」すぐさま切りだした。レディ・ニーリーと話をするときには言うべきことを単刀直入に伝えるにかぎる。この老婦人がどのような反応をするかは誰にもわからない。わがままで嫌みな老人になることもあれば、うって変わって瞳の色をとても引き立てるからと新しい豪華なドレスを買ってきてくれることもある。

「ほんとうに？」レディ・ニーリーはそう答えた。あらためてティーカップを持ち上げて、今度は少しだけ口に含んだ。

「どんな事業だろう？」ウェイバリー伯爵が訊いた。

「この子はパーティを企画したいんですわ」と、レディ・ニーリー。「そうでしょう？」そう尋ねて、イザベラに目を向けた。

イザベラはうなずいた。

「そういったことにかけては、きみはまさしく天才としか言いようがない、ミス・マーティン」ウェイバリー伯爵が言う。

この紳士が居合わせたのが幸運なめぐりあわせだったのは間違いない。

「ほんとうにそうね。でも、わたくしからすれば、この子を独り占めできてどんなに助かってきたか」レディ・ニーリーが言う。「わたくしのパーティは誰にも負けはしないと誇りに思っていたのよ。前回だけはべつにして」老婦人は唇をきつく引き結んだ。

ブレスレット。イザベラは膝の上で両手を固く組み合わせ、それについてはレディ・ニーリーの頭から消えてなくなりますようにと心ひそかに神に祈った。このところ、消えたブレスレットについていったん話しだすとたちまち機嫌が悪くなり、日焼けしたイースタリー子爵がどうとか、同じ貴族を信用できなくなったら世も末だといった文句をこぼしはじめるのがつねだった。

「まあまあ、そんなに気を落とさずに。私が新しいブレスレットを贈ると言ったではありませんか」ウェイバリー伯爵がなだめた。

「ウェイバリー、あなたにそんなことをしていただいても意味がないわ」レディ・ニーリーはいまなお面立ちの美しいウェイバリー伯爵を睨んだ。この伯爵は長年のあいだに少なくとも十回はレディ・ニーリーに結婚を申し込んでいるが、そのたび断わられている。レディ・ニーリーからは、すでに結婚して三人の息子を育てたのだから、もう誰にも頼らずに生きていくつもりなのだとイザベラは聞かされていた。

その気持ちもわからないではないものの、ウェイバリー伯爵がやさしい魅力的な紳士に見えるだけに、イザベラには哀しい選択に思えてならなかった。レディ・ニーリーと同じようにこの紳士が馬丁を怒鳴っている姿もたしかに目にしているが、少なくとも自分にはいつも親切に接してくれる。

「そのうち、あなたが独り立ちしたいと言いだすだろうと思っていたわ」レディ・ニーリーが言った。

イザベラは胸のうちで天に感謝の言葉を唱えた。とりあえずいまはブレスレットの一件は忘れられている。「投資してくれる方を探さなければいけません」イザベラは続けた。「そこで、わたしが奥様のパーティを取り仕切ってきたことを、みなさんに話していただけるとありがたいのですが」

「もちろん話すわ。それに、わたくしが最初の投資者になるわ」レディ・ニーリーが告げた。

イザベラは驚いてぱっと両手を合わせた。「ほんとうですか？」

「どうしてそんなに驚くの、ベラ？　あなたが成功するために協力できることはなんでもするつもりよ。当然ながら必要なだけここにいてもらってかまわないし、出ていくときにはクリストフを連れていきなさい」

「なんだって？」ウェイバリー伯爵が声をあげた。

「よろしいんですか？」イザベラは訊いた。

「あの人がいると太ってしまうんだもの」レディ・ニーリーは片手を振って続けた。「あの人の作る焼き菓子やタルトは、老いた身体にはこってりしすぎね。しばらくは下手な料理人で我慢するわ。死ぬまでに、お気に入りの青い絹のドレスを舞踏会で着られるようになりたいの」

ウェイバリー伯爵は見るからに落胆していた。「このストロベリータルトが恋しくなるだろうな」口惜しそうにこぼし、食べ逃しては一大事とばかりに皿からもうひとつ摑み取った。

「女性も一度は自立した暮らしを経験すべきなのよ」レディ・ニーリーがイザベラの膝をぽんと叩いた。「女性にとってはためになることよ。しっかりとした考えを養えるわ。必要なものがあれば、なんでも言ってね、ベラ」

イザベラは迷わずソファに坐ったまま身を乗りだして、十年間付き添ってきた婦人に両腕をまわした。

腕のなかでレディ・ニーリーが身をこわばらせた。「ありがとうございます」イザベラは静かに言って、身を離した。

その瞬間レディ・ニーリーはめずらしくいまにも泣きだしそうに見えたが、すぐに手を振って、てきぱきと言った。「それなら、すぐにも新しいお話し相手《コンパニオン》を見つけなければね」

「それに、新しい料理人も」ウェイバリー伯爵が念を押すように言い添えた。

老婦人が顔をしかめた。「わたくしだけではご不満なの？　ストロベリータルトを食べにいらしてるの？」

「それはまあ……その……」

イザベラは即座に立ちあがった。「では失礼します。お茶をお楽しみください」そう言うとさっさと居間をあとにした。仕事に取りかかるのが待ちきれなかった。それに、ウェイバリー伯爵がまたもレディ・ニーリーにやり込められるところを見るのは忍びなかった。

6

『秘密が明かされた！　レディ・ニーリーが開いてきた伝説のパーティの数々は、この女主人の采配力（あるいは創造力）によるものではなく、すべては長年仕えてきた（というより耐え忍んできた？）ミス・イザベラ・マーティンの尽力の賜物《たまもの》だったのである。

才能豊かなミス・マーティンはようやくみずからの能力の価値に気づいたらしく、筆者が最も信頼できる筋から入手した情報によれば、社交界の女主人たちのためにパーティを企画して報酬を得る事業を始めるとのこと。

商いを始めるとなれば、むろんいまの立場から退かねばなるまい。とはいえ、長年レディ・ニーリーに尽くしてきたことを考えれば、誰にこのご婦人を責めることができようか？』


一八一六年六月十日付〈レディ・ホイッスルダウンの社交界新聞〉より

「出かけるわよ、ベラ。このところ面白みに欠けているわね。働いてばかりじゃないの」レディ・ニーリーがあのやかましいオウムを肩に乗せて厨房の戸口に立っている。

クリストフと献立表の最後の確認をしていたイザベラは目を上げた。ロックスベリー卿のパーティは翌日の晩に迫り、この一週間はゆっくり眠る間もなく働き、神経が張りつめていた。

「さあ、行った」クリストフが声をかけて、肩を押した。「外を見てみるといい！　太陽が出てる。こんなに輝いてるのは天地創造以来はじめてじゃないかと思うくらいだ。フクロウみたいな顔をしてるぞ。行ってこいって」

イザベラは瞳をぐるりとまわして、ため息をついた。「お礼を言うわ、クリストフ。あなたってほんとうに女性をどきりとさせる言葉を知ってるのよね」

クリストフは肩をすくめて応じたが、すぐに献立表を手に背を向けた。気が立っているのはクリストフも同じだった。イザベラと共同経営者として事業を始めることになっているので、ロックスベリー卿のパーティには今後の人生がかかっている。

「その鳥はおいていってくださるのなら、公園へ馬車でご一緒しますわ」イザベラはいらだたしいオウムを指さして言った。きょうはせめても、やかましい声をあげながらキスをしに飛んで来ないだけでもましだけれど。

老婦人は首をすっと伸ばし、つんと顎を上げた。「独り立ちするとなったら、ずいぶんと小うるさくなったこと」くるりと背を翻した。「だったら、この子はおいていくわ」

イザベラはにっこりして着替えに向かった。小うるさくなったというのはつい口から出たからかい言葉なのだろうが、からかいたくなるレディ・ニーリーの心情もよくわかった。この老婦人はイザベラと同じくらい事業を始めることに心浮き立っている。先日も、自分も若かったなら同じようなことをしてみたかったと洩らしていた。

そして人と顔を合わせるたび、イザベラの才能について語り、これまですべてのパーティを成功させられたのはこの若いお話し相手《コンパニオン》のおかげなのだと褒め称えた。いまのところまだ仕事の依頼はきていないが、クリストフはロックスベリー卿のパーティを成功させれば、〈ベラ舞踏会商会〉に依頼が殺到するだろうと言っている。

少なからず緊張せずにはいられない。

わずか一週間のうちに、レディ・ニーリーとクリストフとイザベラはオックスフォード・ストリートのはずれに、こぢんまりとした洒落た物件を見つけた。一階に事務所用の部屋があり、上階は小さなアパートメントになっていて、理想的な弓型の張り出し窓が付いている。ウェイバリー伯爵が投資として頭金を払い、レディ・ニーリーが机や建物の正面に掲げる看板を用意してくれた。

〈ベラ舞踏会商会〉

三十歳の誕生日の翌日に、上階の住まいに引越しを予定している。すでに女中もひとり雇った。

太陽が輝き、いつ以来か思いだせないほど久しぶりに暖かい日になった。少なくともここ最近ではいちばん暖かい。それでも毛織りの乗馬服を着てきてよかったと思った。無蓋《むがい》の二頭立て四輪馬車に乗りこんで、革張りの座席にレディ・ニーリーとともに腰を据えると、涼やかなそよ風に吹かれて思わず両手を擦り合わせた。熟練の御者バーニーが振動をほとんど立てずに小気味よい速さで馬車を走らせていく。

イザベラは陽射しを感じたくてわずかに顔を上向けた。

「予約を取り決めておくことはできないかしら？」レディ・ニーリーが訊いた。

イザベラは老婦人を見やった。「予約を取り決める？」

「毎週火曜日の午後に、お天気がよければ馬車で公園へ出かけるのよ。お天気が芳《かんば》しくなければ、家のなかでお茶を飲まない？」そう尋ねるレディ・ニーリーはどことなくわびしげに見えた。

イザベラは衝動的に腕を伸ばし、老婦人の手を握った。「もちろん、お約束しますわ。それ以外にも頻繁にお訪ねするつもりですから、どうかうんざりなさらないでくださいね」

「するものですか」レディ・ニーリーはあっさり言い返した。「あれを見て。まさか競争しているのではないかしら！　なんて不作法な」厭《いと》わしげな舌打ちを耳にしつつ、イザベラはふたたび顔を上向かせて目を閉じようとした。

と、生垣の後ろに誰かが隠れたのが見えたような気がしてすぐに目をあけた。首を伸ばした。茂みの陰でイースタリー子爵らしき人影がこそこそ動いている。イザベラは肩をすくめ、黙ってやり過ごした。この紳士の名を会話に出すのは避けたい。イースタリー子爵が話に出るや、レディ・ニーリーは間違いなくブレスレットが盗まれたという仮説を持ちだして、午後じゅう聞かされるはめになる。

イースタリー子爵のことに触れてはいけない。イザベラはふたたび目を閉じた。

「ぼくの家でパーティの準備をしなくていいのかい？」そばで声がした。

はっとして目をあけると、輝く鎧をまとった騎士がいた。いいえ、長身で浅黒く、颯爽と馬に跨ったロックスベリー卿が。無蓋の馬車の脇を並走している。

イザベラは目の上に手をかざした。

「あらこんにちは、ロックスベリー卿」レディ・ニーリーが言った。「パーティをベラの誕生日に開いてくださることになって、とても楽しみにしているのよ」

「ぼくもほんとうに楽しみにしています」ロックスベリー卿が答えた。

イザベラは言葉を口にできそうになかった。ロックスベリー卿に会うのは、人生が変わったまさにあの日以来だ。あの日、この男性は女性にキスをするのは当たり前だというように自分にキスをした。

あのキスは頭の奥に押しやったはずなのに、夜になるとまたよみがえってくる。記憶が頭のなかをめぐり、心までおりてきて、鼓動が少し大きくなり、寝つけなくなってしまう。ある晩にはとうとうロックスベリー卿の愛人になっている姿を想像していた。この男性は自分に興味を抱いている。少なくともイザベラはそう感じていた。いっぽうでいまは自立した女性として新たな人生を切り開こうとしている大切な時期だ。でもほんとうに自立した女性になれるのだろうか？

するとまた気持ちが揺らいだ。ロックスベリー卿は自分の知るなかでもとりわけ容姿端麗な男性のひとりだ。しかも話をしてみれば、噂されているようなたちの悪い遊び人には思えない。

以前、舞踏会で話をしたときにもあきらかに自分に気を惹かれているそぶりを見せていた。イザベラも同じように彼に惹かれているのは認めざるをえなかった。尋ねたいことはいろいろあるし、その答えを聞きたい。

またあのときのようにキスしてほしい。

だからといって、愛人にはなりたくない。愛人の立場に耐えられるとは思えない。はじめて対面した日、ロックスベリー卿に人違いされて触れられたときのことがよみがえった。誰かべつの女性と間違えられたのだ。愛人になれば、あんなふうに触れられるのだろう。でも、ほかの女性にも同じようにするということでもある。

やはり、愛人になるのは耐えられない。

イザベラは急に可笑しくなって吹きだした。愛人になってくれと頼まれたわけでもないのに！　なれる可能性があると思いこんでいるなんて。首を振った。時どき、とんでもない妄想をふくらませてしまう。

レディ・ニーリーはイザベラが突然笑いだすのには慣れているが、ロックスベリー卿はそうではなかった。瞬きをして、いぶかしげな目を向けた。

「何が可笑しいんだい、ミス・マーティン？」

「あら」イザベラは笑顔で答えた。「パーティのことは心配なさらないで、ロックスベリー卿。何もかも順調に進めていますから。早朝にお宅にお伺いして準備を整えますわ。立ち会っていただかなくてもけっこうです」きっぱりと言った。そもそも博物館での出来事以来、避けられているような気がする。

「ロックスベリー卿、今回のあなたのパーティについては、すでに望ましい効果が出ているのではないかしら！」レディ・ニーリーが言葉を差し挟んだ。「開く前から」すれ違う馬車に手を振った。

イザベラはいぶかって片方の眉を上げ、レディ・ニーリーに視線を移した。「望ましい効果ですか？」

「ええ、そうよ。ウェイバリー卿は、息子が無責任な放蕩者ではないことを社交界に示したくてパーティを開かせようと考えたのだもの。それを母親たちにわからせ、令嬢たちにロックスベリー卿の家を見せて、そこに住みたいと思ってもらえるように。息子の結婚を待ち望んでいるわ」

「まあ」イザベラは声を洩らした。それならば父と息子で招待したい客が分かれるのもうなずける。「そうでしたの！」あらためて声をあげた。

ロックスベリー卿がまじまじとこちらを見ている。

「だってね、ロックスベリー」レディ・ニーリーが続ける。「先日も会話を小耳に挟んだのよ。フィッツハーバート夫人がレディ・リース‐フォーブスに、あなたが最近ずいぶん落ち着いたと話していたわ。どちらのご婦人にも十五歳から二十歳のお嬢さん方がいて、いずれも相当な花嫁持参金が約束されているのよ」

ロックスベリー卿は苦々しい顔をした。「それを父に話したんですか？」

「当然よ！」レディ・ニーリーが声を張りあげた。

「ご親切に」

「ほうら、噂をすればいらっしゃったわよ。しゃんとなさい、ロックスベリー！」レディ・ニーリーが声をひそめて叱った。

イザベラは声を立てて笑いださないよう懸命に唇を引き結んだ。たしかにしゃんとしたほうがいい。

「ああら、レディ・ニーリー！」やけに大きな帽子をかぶった大柄な婦人が大きな声で呼びかけた。二台の無蓋の馬車が並ぶと、その婦人が大げさに手を振った。

「レディ・ニーリー、ぜひ娘をご紹介させてくださいな。レディ・メリシェントです」姿の見えない娘を手ぶりで示す。令嬢は母親の陰から顔を覗かせただけだったが、人見知りをしているのがイザベラにははっきりと見てとれた。

全員の紹介が行なわれているあいだも、レディ・リース-フォーブスは内気な娘をロックスベリーとどうにか話させようと努めていた。

当の令嬢は間違いなくいたたまれない思いをしているし、悪くすれば母親に叱られてしまうかもしれない。あの状態では口ごもらずに言葉を継ぐことすらできないだろう。

イザベラは彼女を救いたかった。馬車を乗り移り、抱きしめてあげたい。

代わりにロックスベリーが行動に出た。それで少なくとも令嬢は救われた。ロックスベリー卿が突如馬をおりて、レディ・リース‐フォーブスの無蓋の馬車の反対側にまわった。

「レディ・メリシェント、少しご一緒させていただけませんか？」そう問いかけた。

レディ・ニーリーとレディ・リース‐フォーブスのお喋りがぴたりとやんだ。かわいそうに娘のほうはいまにも嘔吐《おうと》してしまいそうな顔をしている。母親がようやくいま起こっていることに気づき、娘を馬車から降ろした。

ロックスベリー卿はやさしく笑いかけて、動こうとしない女性の手を自分の肘にかけさせた。

レディ・リース‐フォーブスが御者の助手の頭を小ぶりの扇子の柄でこつんと叩いた。

「あなたも降りるのよ。娘の評判に傷がつかないように後ろから歩くの」御者の助手の若者は馬車の後部からひょいと降りて、ロックスベリー卿とレディ・メリシェントのあとを追った。

ロックスベリー卿はいつもより小さくなっていた。身を縮めているらしい。背中を丸め、膝も少し曲げて、うつむき加減になっている。大きな身体で女性を怖がらせないための配慮なのだろう。

イザベラは笑みを浮かべて首を振った。前に本人にも言ったように、やはり完璧な紳士だ。完璧なキスをする完璧な紳士。心からすてきだと思う。顔がほころび、はっと、いま自分が胸のうちで言ったことに驚いて口を手で覆った。

心からすてきだと思っている。この男性を愛している。
イザベラ・マーティンは、ロックスベリー卿を愛している。
純粋な喜びを感じたとたん、このうえない胸の痛みに襲われた。
ほんとうに愛しているとすれば、喜びのぶんだけ痛みを感じるのは当然のことだった。

7

『ロックスベリー卿が身を固めるのだろうか？　レディ・メリシェント・リース−フォーブスと？　およそ考えにくい組み合わせだが、昨日、このふたりが腕を組んでハイド・パークを歩く姿が目撃された。しかもロックスベリー卿はこの令嬢に身を寄せて熱心に話しかけているように見えたという。

これ以上の憶測は控えるとしよう。すべては今夜ロックスベリー卿が催す日本風《ジャパニーズ》舞踏会であきらかになることだろう。ちなみに、この舞踏会はミス・イザベラ・マーティンが起こした事業〈ベラ舞踏会商会〉の初仕事となる』

一八一六年六月十二日付〈レディ・ホイッスルダウンの社交界新聞〉より

パーティは成功した。イザベラはパンチボウルが満たされているか、給仕役の女性たちが着物《キモノ》をきちんと着こなしているかといったことを確かめに走りまわり、そのあいだに五人からパーティの企画を依頼された。レディ・ニーリーは少なくとも二十人以上からイザベラの仕事について尋ねられたと話していた。

イザベラがあらかじめ作成しておいた名刺はすべて人々の手に渡った。

給仕役の女性のひとりが慣れない履物のせいでつまずき、オジーを巻き添えに転んでしまったのが、唯一起こったささいな騒動だった。その女性は足首に痣《あざ》をこしらえただけで無事だった。オジーにもけがはなさそうだ。というのも、その女性を送っていくと申し出て、それ以後姿を見ていない。かえって元気になっているかもしれない。

ウェイバリー伯爵にはパーティに満足してもらえたようだ。もちろん、ロックスベリー卿はこの晩も完璧な紳士らしく振るまっていた。

そして舞踏会は無事終了した。イザベラはロックスベリー卿の大きな客間にある張りぐるみの椅子に腰をおろし、ひと息ついた。クリストフはすでに帰し、これからこの晩のために雇った女中たちの片づけを指揮しなければならない。いつか従業員を雇って、清掃専門の係も育てたい。けれどいまはまだ銀食器や細かなところまで自分の目で管理しなくてはいけない。

足はどうしようもなく痛いし、くたくたに疲れていた。十分程度暗い部屋で休めば、せめて残りを片づける気力を取り戻せるだろうと思った。靴を脱いで、爪先を揉んだ。

ドアが開き、ロックスベリー卿が入ってきた。

イザベラはすばやく足を床におろしてスカートを直した。

ロックスベリー卿はまるでそこにイザベラがいることを知っていたかのようにまっすぐ歩いてきた。

「教えてくれ」

イザベラは小首をかしげて微笑んだ。「何をかしら」

「どうしてそんなに幸せそうなんだ？」

「どういう意味？」虚をつかれて訊いた。「どうして幸せそうにしていてはいけないの？わたしはこんなにすばらしいパーティを計画して、完璧に成しとげて、これからの仕事に希望が湧いているのよ」

ロックスベリー卿は片手をあげてその先を制した。「ああ、そうだろうとも。それはわかっている。だが二週間前も、きみは同じように幸せそうだった。そのときはまだ新しい事業の夢を持っていたわけじゃない。オウムにうるさく耳をつつかれていた」

イザベラは笑い声を立てた。「あなた酔ってるのね。まっすぐ歩けるだけでも驚きだわ」

「何を言ってるんだ」

イザベラはため息をついて、痛む足を見おろした。するとロックスベリー卿が、やにわにその脇に膝をついた。スカートの下へ手を伸ばしてきて片足をつかむ。その足を自分の膝の上にのせ、大きな手で揉みほぐしはじめた。いままでに感じたことのない心地よさだった。

「ううん」息をつくと声が洩れた。「ふう」

「とぼけないでくれ」

イザベラは困惑して眉をひそめた。

「どうして」ロックスベリー卿が言う。「幸せなのか教えてほしい」

イザベラは肩をすくめ、椅子に背をもたれた。尋ねられたことについて少し考え、すぐに答えた。「いまは二度とやってこない。この瞬間はこれでもう終わりなのよ」

「ずいぶんと奥深い話だな」

「答えを訊きたいのなら茶化さないで」

「茶化しちゃいない」

イザベラは目を閉じた。「流れに身をまかせていればいいときもある。いいことがあったり、楽しかったり、美しいものを見たりしたら、幸せよね。そうではないときもある。だけど、よくないときでも、いいときと同じように幸せに過ごすと決めてるのよ。ほとんどの出来事は自分ではどうにもならないけれど、自分の感情はどうにかできる。それに、わたしは幸せになりたいの。だから、どんなときでも楽しめることを見つけるわ」

「ということは、けっして泣かないのか？」ロックスベリー卿が訊いた。

「そんなことはないわ。泣くのはすばらしいことよ。もやもやした気分を洗い流してくれる。泣くのは好き」イザベラは目をあけて、にっこり笑いかけた。

ロックスベリー卿が足を揉んでいた手をとめ、イザベラはほんとうに泣きたい気分になった。なにくわぬ顔でもう片方の足を彼の膝にのせる。ロックスベリー卿が首を振り、笑った。そして差しだされた足を揉みほぐしはじめた。

「このパーティをきみの誕生日に開くことにしたのには理由があるんだ」しばらくして口を開いた。

「そうだったの？　どんな理由かしら？」

「きみが三十歳を迎える日に確実に一緒にいて、きみにキスをして、まだキスを知らなかったことをわからせたかったんだ。だがそれは先にしてしまった」

「一度しかしてもらえないの？」イザベラは間違っていることなのは承知のうえで求めずにはいられなかった。

ロックスベリー卿はただ首を振ったが、それが何を意味しているのかはわからなかった。

「そこでべつのものを用意した」上着の内ポケットに手を入れて、包みを取りだした。「お誕生日おめでとう」そう言って、差しだした。

「ありがとう」イザベラはその包みを受けとった。いったん手のひらで包みこむ。「これはわたしのたったひとつの誕生日プレゼントだわ」

「喜んでもらえるだろうか？」ロックスベリー卿が笑顔で訊く。

イザベラは笑みを浮かべた。「もちろんだわ」

「よし、それをあけて、ぼくにも同じ喜びを味わわせてくれ」

包みのなかから美しい銀の四角いケースが現われた。裏に返すと、底に〈ベラ舞踏会商会〉と彫り込まれていた。

「名刺入れだ」ロックスベリー卿が手を伸ばして蓋をあけた。なかには優美に印字された名刺の束が入っていた。自分で誂《あつら》えたものよりはるかに高価なものだ。

「ひと箱ぶん作ってぼくの書斎に置いてある。そのケースには入りきらないから」

「ありがとう、ロックスベリー卿」

「どういたしまして、ミス・マーティン」

「今度は、わたしがあなたに質問があるの」イザベラは言った。「どうして結婚なさらないの？」

「父は直系の親族に爵位を引き継ぐことにこだわっているが、ぼくにはその理由がわからない。ぼくが独身のまま死ねば、爵位は父親同士がまたいとこのリチャード・ミルハウスに引き継がれる。リチャードはとてもいいやつなんだ。誠実な好人物で、ぼくよりよほど爵位にふさわしい責任感をもってりっぱに務めを果たすだろう」

「そんな」

「ぼくはたいした父親にはなれないし、夫としての適性もない。そんな男では、妻や子供が気の毒じゃないか？」

イザベラはうなずいたものの、怒りからさっと目をそらした。めったにないことだけれど、胸のなかで怒りが燃え立ち、ロックスベリー卿の頭を叩きたいほどだった。

「卑怯者ね」口走った。

ロックスベリー卿が目をぱちくりさせた。

イザベラは彼の膝の上から足を引き戻し、靴を履いた。「爵位をいますぐにも放りだしたい重荷のようにおっしゃるんだもの。よく言うわ。あなたに授けられた遺産であり、歴史であり、伝統なのよ。あなたが子供をもうければ、それを引き継ぐことができて、その子供がまた同じように子孫に引き継いでいく。いまこの瞬間にも、あなたはお父様の家に飛んでいって手を握ることができる。お父様から学ぶことができる。話もできるわ。それがどんなに恵まれていることなのかも考えずに、放りだそうとしているなんて」

イザベラは首を振った。「まるで理解できないわ。わたしなら家族を与えてもらえるのなら、持ち物をすべて、仕事も、魂も何もかも差しだしたってかまわない。わたしは子に名を引き継ぐことはできない。きれいで想像力豊かだった母や、働き者でやさしかった父の思い出を語り継ぐこともできない。わたしが生きた証しは、死んだら消えてしまう。あなたには遺産を引き継ぐ機会が与えられている。それなのに、悪ぶって放蕩者を気どっているんだもの、結婚できるはずがないわよね」イザベラはうんざりしているとばかりにため息を吐きだした。

「どうしてそんなに恩知らずでいられるのかしら？」

「わからない。だが、これ以上恩知らずでいたくないのはほんとうなんだ。イザベラ、ぼくの妻になってほしい」ロックスベリー卿はさっと立ちあがり、イザベラの両手を取った。「ぼくは愚かだった。このままではいたくないんだ。きみと子をもうけたい。その子たちにぼくの名を、それにきみの瞳を引き継ぎたいんだ。そして、きみがぼくに教えてくれたことを子供たちにも伝えてほしい。子供たちが恩知らずなまま人生の大半を無駄にしないように。頼む」晴ればれとした笑顔を見せた。

イザベラは口の渇きを覚えた。話せなかった。喉がからからで言葉が出てこない。「だめ」ようやくそれだけを発した。

「だめ？」ロックスベリー卿が訊く。「驚いてるだけなのか、それともぼくとは結婚できないというのか？」

イザベラは目を閉じて首を振った。「できない。あなたはわたしとは結婚できないわ、ロックスベリー」

「アンソニーと呼んでくれ」

「いいえ、だめ、だめなのよ」つかまれていた両手を引き戻した。「わたしはあなたにはふさわしくない。わたしがあなたに与えられるものは何もないわ。しかも、商いをしている女性なのよ。騒ぎになるわ。あなたのお父様を哀しませてしまう。わたしたちは同じ世界の人間ではない。やっぱり、無理だわ。それもこんなときに！」

「きみに仕事をあきらめてくれとは言わない」

イザベラは黙って首を振った。彼の言葉が信じられなかった。結婚はずっと待ち望んできたことだけれど、ロックスベリー卿とはできない。この男性にはほかの女性がふさわしい。自分で彼に言ったように、ともに伯爵家の遺産を受け継いでいける女性でなければ。だって、わたしの父は靴を作る職人だったのよ！　そんな素性の女がロックスベリー卿の系譜に加わることはできない。

「あなたを愛しているからこそ、だめだと言ってるの」イザベラはそう言うと背を返し、歩きだした。

8

『ロックスベリー卿は水曜日の晩に開いた日本風《ジャパニーズ》舞踏会で、レディ・メリシェント・リースーフォーブスにまったく関心を示してはいなかったので、先日お伝えした火曜日のハイド・パークでのふたりの散歩はたわいないものだったのだと結論づけざるをえない。

　実際、ロックスベリー卿がみずから開いたこの夜会で特定の婦人と親密にしている様子は見受けられなかった（父上はさぞ落胆されたことだろう）。例外は頼もしいミス・マーティンだが、仕事として夜会の取り仕切りを依頼した相手であり、それ以上のことを推測するのはむずかしい。

　いうまでもなく、この婦人はいまや商いを営んでおり、ロックスベリーの父親である伯爵がそのような点を容認するとは想像しにくい』

一八一六年六月十四日付〈レディ・ホイッスルダウンの社交界新聞〉より

　レディ・ニーリーがささやかな宴席を設け、イザベラも使用人ではなく友人のひとりとしそこに招かれた。この男爵未亡人の甥、ミスター・ヘンリー・ブルックスの向かいに腰をおろしたときには、なんとも妙な気分だった。そこはヴォクソール・ガーデンズで、ちょうど一年前にワーテルローでウェリントン公が勝利した記念日を祝う祭典が摂政皇太子によって開かれていた。

レディ・ニーリーはあずまやのひとつを貸し切り、同じ公園でほかの人々が水っぽいパンチを飲んで見たこともないような薄い燻製肉を食べているのを尻目に、十人で鴨の蒸し焼きとクレソンのサラダ、それにイザベラの頭をくらくらさせる厳選されたワインを味わった。

新しい料理人は料理が下手で、こしらえるスコーンは食べられたものではないというので、クリストフが駆りだされていた。それでもレディ・ニーリーはだいぶ痩せられたことに満足顔だった。

かたやイザベラは泣きたい気分だった。いま自分は幸せなのだろうかと考えるたび、短剣の先にまた少し深く胸を押されるように感じた。誕生日を迎えてからの一週間、イザベラの人生はますます大きく変わった。

自分の家を持てた。絹布を買って美しい寝具をこしらえた。雲に乗っているかのような寝心地だ。仕事の予定は一年先まで埋まり、必要資金をまかなえる顧客を確保し、〈ベラ舞踏会商会〉は早くも収益をあげている。

ウェイバリー伯爵はたいそう喜んで、実際に高らかに笑い声をあげた。「きみはすごいな」先日は伯爵にこう言われた。「このロンドンでこれほど速く利益をあげた事業主はいないだろう。たいしたものだ」

イザベラはつねに笑みを浮かべているものの、何かが欠けているのはわかっていた。それが何であるかも。いつの間にか以前のように小さな出来事に喜びを見いだすことができなくなっている。

こうしていま夜の帳《とばり》がおりて、月の下でワインを飲んでいると、何も変わらないほうがよかったのかもしれないと思う。

「ちょっといいかな」頭上で張りのある声がした。笑顔で見上げると、ウェイバリー伯爵だった。「少し一緒に歩いてもらえんだろうか」

「もちろんかまいませんわ、伯爵様」イザベラは立ちあがった。陽が落ちてから急に吹きはじめた涼風に肌をさらさぬよう肩にしっかりとショールを巻きつけ、ウェイバリー伯爵の腕に手をかけた。

ミスター・ブルックスに中座を詫び、伯爵とあずまやを出て人込みのなかを歩きだした。イザベラはヴォクソール・ガーデンズに来るのははじめてだった。音楽が絶えず演奏され、手品師や曲芸師の姿もあちこちに見える。

興味をそそられ、ほんとうは立ちどまってじっくりと眺めたかった。けれどもウェイバリー伯爵は雑踏を通りすぎ、川のほうへ進んでいく。「じつは」静かな歩道に来ると伯爵が唐突に口を開いた。「きみが、私の息子の求婚を撥ねつけたと聞いた」

イザベラはごくりと唾を飲みこみ、咳きこんだ。

「大丈夫かな？」ウェイバリー伯爵が訊いて背中を叩いたので、かえって咳が悪化した。

ようやく息をつくと、胸に手をあてて背を伸ばした。

「驚かせるつもりはなかったんだが」ウェイバリー伯爵が言う。

「大丈夫ですわ」イザベラはくぐもった声で答えた。

「きみは」伯爵が続ける。「この十七年間、私が息子のもとを週に一度訪ねていたのは知っていたかね？　息子のほうからは一度も訪ねてくれたことがなかった。それがこの一週間、毎日欠かさず、私の家に来ているんだ」

「そうなんですか？」

「正直、うるさくてしょうがない。どうか私を救うために、息子と結婚してもらえんだろうか」

イザベラはよろめきながら足をとめた。「でも――」

ウェイバリー伯爵は首を振って遮った。「ああ、むろん……とやかく騒がれるのはわかっている。くだらんことだ」伯爵はすばやくまっすぐに向きあって、両手でイザベラの顔を包んだ。「息子はこれまでもすでに少々よくない評判を立てられてきた。きみがわれわれの家名を穢すなどということはありえない。きみの能力を受け継ぐ孫たちは言いようがないくらい幸運だ」その言葉を強調するかのようにイザベラの額にキスを落とした。

「ちなみに」伯爵はふたたび向きを戻して川のほうへ歩きだした。「息子には、私からはきみに何も言うつもりはないと言ってある。ご婦人の拒む権利は尊重しているのでね。おかげでレディ・ニーリーには十年も断わられつづけている」

ウェイバリー伯爵が返答を求めるように足をとめたので、イザベラは言った。「お察ししますわ、伯爵様」

「からかっているのかね」

「失礼しました」

「それにしても今夜はあのテーブルに坐っていて、どうにも解せなかった。きみがまるでお気に入りの骨を失くした犬のように見えた」

「まあ、嬉しい」

「いや、心底がっかりしたのだ」ウェイバリー伯爵が言う。

どうやら配慮という言葉の意味を知らない男性らしい。

「以前は輝いていたではないか。どうみてもその理由が見当たらないときにも。いまは当然幸せであるはずなのに雨雲みたいに見えるぞ」

そんなふうに喩《たと》えられると、自分がとんでもない不美人になってしまったように思えてくる。

「というわけで、私としてもきみに息子の求婚を受けてもらって、明るく輝いてほしい。それと、醜聞だとか、家名に傷がつくといった話はもうしたくない。息子を幸せにしてくれて、孫を授かってくれたら、それ以上望むことは何もない」

イザベラはどう答えればいいのかわからなかった。

「おお、来たか」ウェイバリー伯爵が言う。

目を上げると、少し先にロックスベリー卿の姿があった。摂政皇太子が始めようとしている見世物を川岸で待つ人々を縫ってこちらに歩いてくる。イザベラは鼓動が高鳴り、立ちすくんだ。

「彼女を連れだしてくださってありがとうございます、父上」ロックスベリー卿は言った。伯爵がうなずいた。「では、私はこれで失礼する。ブルックスに、きみはもう戻らないことを伝えておいてやらねばな」

「そんな」イザベラは急にミスター・ブルックスが気の毒に思えた。

ウェイバリー伯爵に追いすがろうとしたが、ロックスベリー卿に腕をつかまれた。「おっと、きみは行かないでくれ」

イザベラはロックスベリー卿の穏やかな褐色の目を見つめた。「わたしには承諾できません」

「そんなことはないだろう」ロックスベリー卿が言う。「言ってみてくれ、簡単だから。舌を上唇の裏に付けて口を開いて……」イザベラの呆れた表情を見て言いよどんだ。

「聞いてくれ、ベラ」ロックスベリー卿にそう呼ばれたのははじめてだったので、イザベラは目をしばたたいた。耳に心地よい響きだ。「きみを雇いたい」

「雇う？」

「そうだ。これからぼくが生涯に開くパーティのすべてを企画してもらいたいんだ。そうなると、ぼくの家に住んだほうがいろいろと都合がいいんじゃないかな。どうだろう？」

イザベラは首を振って、くすりと笑った。

「それでいいんだ、笑っているほうがいい」ロックスベリー卿が言う。「拒むのはよくない」

「でも――」

「でも、と言うのもよくない。でもはやめよう」

イザベラはくすくす笑いだした。

「それだ、それでいいんだ」と、ロックスベリー。

「ええ、わかったわ、あなたのパーティはすべてわたしが準備をお引き受けします」

「婚礼パーティからやってもらえるかい？　ぼくの妻として、きみがいちばんの注目の的になるわけだが」

イザベラはじっとしてロックスベリー卿の顔を見つめた。なんてすてきな顔をしているのだろう。善良な人。最初に対面したときからそれはわかっていた。「わたしはあなたを愛している理由を知ってるわ。でも、あなたはどうしてわたしを愛してくれるの？」

「わからない」

イザベラは眉をひそめた。

「だけど、きみを愛している。こんなふうに感じたのは生まれてはじめてだ、ベラ。結婚や家族を持つことを考えるといつもうんざりしていたんだが、きみを妻にするのは楽しみで仕方がない。きみを好きでたまらないんだ、ベラ。きみはぼくに、完璧な紳士になれると信じさせてくれた」

イザベラは微笑んだ。

「それで？」ロックスベリー卿が訊く。

「ええ、あなたと結婚するわ」逃げだ
さずにいられるうちに急いで言った。少し怖くもあるけれど、この一週間、毎日毎日時間を戻せたならと考えつづけ、こんなふうでは生きてはいけないこともわかっていた。哀しい気持ちでいつづけるくらいなら、とても怖いけれど楽しみでもある未来へ賭けてみるほうがいい。

ロックスベリー卿の目が輝き、それから急に翳った。頭をかがめて言う。「一緒に来てくれ」

イザベラは手を引かれて人込みを抜けて灯りのない道へ進みながら、笑いを洩らさずにはいられなかった。しだいに暗闇に包まれた。

イザベラはロックスベリー卿に身をすり寄せた。ヴォクソール・ガーデンズのきらびやかな喧騒が遠のき、突如としていかがわしいことが起きてもふしぎではないような場所に出た。

「ロックスベリー卿、落ち着かないわ」

「しいっ」ロックスベリー卿はさらに暗がりへとイザベラを導いていった。ついには道をはずれ、大きな草むらの陰に入った。

ロックスベリー卿はすぐさまイザベラを抱き寄せた。「もうこうしないではいられなかった」

「まあ」イザベラは言った。「でも、わたしもこうしていたい」目を閉じて、長身の逞しい身体に沈みこんだ。

「もう一度言ってくれ、ベラ。ぼくと結婚すると」

「あなたと結婚するわ、アンソニー」

喉の奥を鳴らすような声が洩れた。「約束してくれ」

「約束するわ。それでひとつ、お願いがあるの」

「なんなりと」

「自分用に新しいシーツを作っておろしたばかりなの。絹なのよ。それをふたりのベッドに敷いてもいい？」

アンソニーの身体がはっきりとこわばった。「まずひとつめに、絹のシーツを想像しただけで、きみから手を放すのがむずかしくなる。そのうえ〝ふたりのベッド〟などと言われたら、よけいに手を放せなくなるじゃないか」

イザベラはわずかに身を引いて首を傾けた。「だったら、手を放さなければいいんだわ」

「なるほど、わかった」アンソニーはにやりとした。イザベラが暗闇のなかに彼の白い歯が覗いたと思ったとたん、身体が覆いかぶさってきて、耳たぶに歯を感じた。

「まあ」はっと息を呑んで、背をそらせた。

自分の柔らかい声とは対照的に、アンソニーが洩らす声はくぐもっていた。それを耳にして爪先までふるえが走った。

舌が耳たぶをたどり、さらにその裏にもめぐると、イザベラは膝がくずおれそうだった。

アンソニーにきつく抱きしめられ、唇を奪われた。またも息を呑み、その匂いと風味に浸るうち、ふと空気や食べ物より彼が欲しいと思った。

アンソニーの胸に下から両手を滑らせ、さらに首に腕をまわし、やさしく味わうように口づけられて、自分も同じようにキスを返した。キスが深まるとアンソニーが低い声を洩らし、イザベラはこれまで知らなかった悦びを覚えた。心安らいで、愛されているのを感じながら、求められ、必要とされていることにこれまでになく昂ぶっていた。頭はぼんやりとして胸はざわついている。

口づけしやすいように首をそらせると、アンソニーが髪に手をくぐらせて頭を支えた。彼のなかに入り込みたくなって身を押しつけた。彼はびくともせず、太腿を膝のあいだに挟みこませてきたので、脚を開いた。女性の最も秘めやかな部分に逞しい筋肉を擦りつけられ、イザベラは新たな昂ぶりを掻き立てられた。身がほてり、思わずもどかしげな声を洩らした。アンソニーの指は痛いほどに髪をまさぐっていた。「だめだ、ベラ、もう耐えられない」口もとにささやきかけた。

イザベラは息を切らして笑った。「ええ、わたしも耐えられない」

「そう言ってくれると思っていた」アンソニーが喉をふるわせて言い、その言葉がイザベラの全身の神経に響きわたった。これから何かが起こることを本能ではっきりと悟り、それを欲し、渇望した。彼の息を吸いこみ、その声を聞くだけでなく感じたい。それだけでは足りない。彼とひとつになりたい。

上着の前を開き、わずかに汗ばんだシャツに手のひらを添わせた。硬く温かな胸。いますぐにもこの服を引き剝がし、彼を自分のなかに招き入れたい。

そのとき、草むらがかさかさと音を立て、ふたりだけだったはずの空間に人の姿が覗いた。

「きゃあ！」イザベラは声をあげた。

「これは失礼」深みのある声がした。イザベラは、長身の男性と細身のブロンドの女性がすぐにまた草むらの向こう側に隠れる姿をちらりと目にとらえた。

「いまのは何？」

「イースタリー子爵夫妻だ」アンソニーが答えた。

「やっぱりそうよね。じつは先日も、あのふたりがハイド・パークの草むらの陰で穴を掘っているところを見ちゃったの。最近、妙な場所でこそこそしてるのよ。レディ・イースタリーがそんなことをするような女性とは思わなかったわ」

「ああ、だが、きみだってこそこそしてたわけだよな？」

イザベラはくすくす笑った。

「きみがこそこそするような女性だとは想像できなかった」

「ええ、あきらかにあなたが悪い影響を及ぼしたのよ」

「そのとおりだとも、奥様《マイ・レディ》」

「まあ」イザベラは伯爵位を継ぐ男性の妻になるのだとあらためて気づかされ、身体がふるえた。大変なことになってしまった。

アンソニーが力強く抱きしめた。「これでまたふたりになれた。ベラ、もう二度とこないこの瞬間を楽しもう」

イザベラは声を立てて笑った。「わたしはあなたに変なことを教えてしまったみたい」

「そんなことはない」アンソニーは唇に口づけて、イザベラをぞくりとさせた。「それで、どこまでいってたかな？」

「ふたりのベッドと、絹のシーツ」

「了解」アンソニーは答えて、先ほどよりさらに上手なキスをした。イザベラは目を閉じて、そのひと時を楽しんだ。そして、これからの生涯で数えきれないほど訪れる瞬間のすべてを楽しむのは、さほどむずかしいことではないのだと心から信じられた。

最高の組み合わせ　スーザン・イーノック

おじ、ビール・ホイットロックに。あなたの笑い声が聞けないと寂しくなります。
そして、おば、キャスリーンに。かごいっぱいの抱擁とキスを贈ります。

1

『……レディ・ニーリーの不幸な供宴に関する話題はこのくらいにしておこう。貴族の大半にとってはなにぶん信じがたい話というだけでなく、ほかにも騒がれて然るべき話題はあるのだから……なかでも注目すべきはロンドンで最も鮮やかな青色の瞳を持つ伯爵、マトソンだ。

予定外に爵位を継承したとはいえ（昨年、痛ましくも兄上が逝去《せいきょ》した）、遊び人と名指しされることを気にかける様子は見えない。今シーズン早々にロンドンにやって来て以来、日ごと異なる妙齢の令嬢に腕を取らせて歩く姿が目撃されている。

しかも晩にはまた花嫁候補とはなりえないご婦人たちと歩いているのである！』

一八一六年五月三十一日付〈レディ・ホイッスルダウンの社交界新聞〉より

「でも、わたしたちは招待されてなかったのよ」シャーロット・バーリングは言った。

居間でオーク材の書き物机の後ろに坐っている母が、〈ホイッスルダウン〉の最新の記事から目を上げた。「そんなことは関係ないわ。はじめから出席するつもりはなかったんだもの。行かなくて、ほんとうに幸いだったわよ。お喋りしているところにイースタリーが入って来たところを想像してみなさい。ぞっとするわ」

「ソフィアは想像する必要もなかったのね。招待されていたんだもの」シャーロットは炉棚の置時計をちらりと見やった。もうすぐ十時だ。鼓動が速まり、刺繍《ししゅう》道具を傍《かたわ》らに置いた。母に見咎められないように窓に近づかなければいけない。

「ええ。かわいそうなソフィア」バーリング男爵夫人が小さく舌を鳴らして言った。「この十二年忘れようとしてきた人が、ようやく人生をやり直そうと思えたときにまた現われたのですものね。あなたの従姉はどれほどの屈辱を味わわされてきたことか」

シャーロットには従姉の事情について確かなことはわからなかったが、とりあえず相槌を返した。置時計の凝った装飾の長針がかちりと進んだ。この時計が遅れていたらどうしよう。いままでそんなことは考えもしなかった。彼が早く来てしまったらどうしよう。じっとしてはいられなくなって立ちあがった。「お茶はいかが、お母様？」思いつきで問いかけ、あやうく猫につまずきかけた。猫のベートーヴェンが起きあがり、ドレスの裾を前脚で掻いた。

「えっ？　そうねえ、いらないわ」

「あら、わたしは少しいただくわ」

カップに勢いよくお茶を注ぎ、正面側の窓の向こうを見やる。バーリング家の前の通りにはまだ冬だったろうかと錯覚してしまいそうな寒風に散らされた葉が舞っているだけで、ほかには何も動くものはない。ハイド・パークへ向かう露天商や馬車も見えない。書き物机のほうから新聞をめくる音がして、時計の針がまた進んだ。シャーロットはお茶をひと口含んだが、熱すぎるのも砂糖を入れ忘れたことにも気づいていなかった。

それから、呼吸を忘れた。手綱の揺れるチリンチリンという音とともに、ハイ・ストリートから黒い馬が通りに現われた。乗り手が見えて、周りの世界が、時計も馬の蹄《ひづめ》の音も自分の鼓動も、ゆっくりとなっていくように思えた。

濃い琥珀《こはく》色の髪が穏やかな朝のそよ風に吹かれ、わずかになびいている。紺青色の山高帽で目は隠れているが、曇天の日の湖のごとく深みのある水色の瞳をしているのをシャーロットは知っていた。上着は帽子の色と揃えられ、ぴったりとした灰褐色のズボンと磨きあげられたヘッセン・ブーツが、金文字の名刺さながら有閑階級の紳士であることをありありと示している。何を考えているのか、くつろいだ物腰ながら唇を一文字に結んで引き締まった表情をしている。

「――ロット？　シャーロット！　ぼんやり口をあけて、いったいどうしたの？」

シャーロットははっとわれに返って慌てて窓から顔をそむけたが、遅かった。母が娘を押しのけるように身を乗りだして、窓の向こうを通りすぎていく馬の乗り手を見つけた。

「なんでもないわ、お母様」シャーロットはもうひと口お茶を飲んで、苦さに思わず吐きだしかけた。「わたしはただ――」

「マトソン卿」男爵夫人はその姿を確認して、手早くカーテンを閉めた。「マトソン卿を見てたのね。何をしているの、シャーロット。あちらに気づかれたらどうするの？」

あら、もう五日間もこうして窓から見ているけれど、一度もこちらに顔を向けてくれたことはないのよ。マトソン伯爵、ザヴィアー。あの男性には自分の存在すら知ってもらえていない。「お母様、自分の家の窓を覗くのは自由でしょう」アラビア馬とその馬に堂々と跨《またが》った紳士は緑のビロードのカーテンに隠され、シャーロットはため息を呑みこんだ。「わたしに気づいたとしても、きっとうちの見事な薔薇を眺めているんだろうと思うわよ。ほんとうにそうなんだから」

「まあ。あなたは薔薇を見て頰を染める癖でもあるというの？」バーリング男爵夫人はふたたび机の後ろの椅子に戻った。「あんな破廉恥な人のことを考えるのはよしなさい。今夜のハーグリーヴズ家の舞踏会に備えなくてはいけないのだから」

「まだ朝の十時よ、お母様」シャーロットは口をとがらせた。「夜会用のドレスに着替えて髪を結うのに十時間もいらないわ。二時間もかからない」

「備えなくてはいけないのは見た目だけではないわ。わたしは心の準備のことを言ってるの。いいこと、ハーバート卿と踊るのを忘れないでね」

「ああ、憂うつだわ。せめてお昼寝でもしないとやってられない」

母がふたたびすばやく立ちあがり、シャーロットは胸のうちをつい声に出してしまったことに気づいた。「あなたのお父様が、花嫁探しに意欲的なハーバート・ビートリー卿をわざわざ探してきてくださったことを忘れてしまったようね」

「お母様、わたしは――」

「お行儀よく振るまうためにお昼寝が必要だと言うのなら、さっさとお休みなさい」男爵夫人はしかめ面で〈ホイッスルダウン〉の記事をくしゃりと握りしめた。「それと、一生ここで暮らしていたくなければ、口を慎むことね」

「何もしないのだから、何も起こりようがないわ」

「まあ。ソフィアの唯一の失敗は、十二年前にイースタリーと結婚したことなのよ。そのあいだひとりで十年以上も非の打ちどころのない日々を送ってきたというのに、あの男がふたたび現われたせいで、彼女の名はまたあれこれ取りざたされている。あなたがハーバート卿のことをどう思っていようと、醜聞の種になる人ではないのは確かだわ。あなたがいま見惚れていた人には同じことはとても言えない。マトソン卿はこの街に来て三週間足らずで、もう〈ホイッスルダウン〉に取りあげられているのだから」

「わたしは見惚れてなんて――」シャーロットは言いかけて口をつぐんだ。十九にもなれば、母の小言がどう運ぶのかも心得ている。いま反論しても状況を悪化させるだけだ。「部屋に戻って少し休むわ」こわばった口調で言い、居間を出た。

それに、正直に言えば、たしかにマトソン卿に見惚れていた。だからといってなんの問題があるのだろう。あの伯爵は飛びぬけた美男子で、最も近づける機会といっても、窓のこちらから見惚れるか、夜会で軽食のテーブルに行くふりをしてすれ違う程度がせいぜいだ。見目麗しい独身の戦争の英雄というだけで、バーリング家では花婿候補として認められない。ましてや、ウインクでもされようものなら大騒ぎになるだろう。

シャーロット自身も、あの男性に結婚どころかなんであれ期待しているわけではなかった。両親の世間体や礼節へのこだわりはべつにしても、花婿候補として考えるべき相手ではないことくらい承知している。容姿端麗で行動的な男性なら女性にダンスを申し込んで誘惑する。つねに次の獲物を狙っているような男性との結婚を望めば、みじめな末路は目にみえている。そもそもマトソン伯爵から思わせぶりな態度をとられたことも、ダンスを申し込まれたこともない。シャーロットは寝室に着いて、足もとのベートーヴェンを見おろし、ため息をついた。今後も期待できない。少しでも評判に傷のある男性は両親に追い払われてしまうに決まっていて、そうであるかぎり、そのような男性の気を惹ける可能性はない。

ほんの二時間前に起きたばかりなのを考えると寝られそうにないが、ベートーヴェンは早くも枕の上で身を丸め、すやすやと寝息を立てていた。シャーロットは読みさしの本を手に取り、窓ぎわの坐り心地のよい椅子に腰をおろした。いつもならガラス窓を押しあけるところだけれど、夏はまだ訪れる気にならないらしく、すでにまた霧雨が降りはじめていたので、編み毛布を膝に掛けた。

これがシャーロットなりのハーバート・ビートリー卿と対面する準備だった——どこかほかの世界に入りこむことが。お気に入りの小説に出てくる王子様や騎士たちはみないきいきとしていて、さして豊かではない侯爵の三男ですら危険を省みない勇ましさがある。おとぎ話の国に、退屈な人物はいない。

シャーロットは首を起こし、雨の筋が伝う窓にぼんやり映った自分の顔を見つめた。

ひょっとして、わたしもあの人と同じように見えているのかしら？　わたしも退屈な人間なの？　そうでなければ、どうして父はハーバート卿と似合いの組み合わせだと考えたのだろう？　目を細めて、まじまじと自分自身を眺めた。

もちろん、うっとりと見惚れられるような美女ではないものの、太めなわけでもなく、容姿をけなされたことは一度もない。自分では笑顔が好きで、わずかに赤みを帯びた濃い色の髪も気に入っている。瞳はありふれた褐色だけれど、目と鼻の配置もちょうどいいと思う。そう、容姿が問題なのではない。優雅な白鳥たちのなかでいつも騒々しい音を立てているアヒルのような気分になるのは振るまいのせいだ。

だからなおさら、マトソン卿ことザヴィアーが〈ジェントルマン・ジャクソンのボクシンググクラブ〉へ毎日馬で通う姿を眺めるのが楽しみになっていた。その姿を見るのを楽しみにしているのは自分だけではないと断言できる――といっても、ほかの女性たちのように、パーティで自分と彼の名をいたずら書きするようなことはしていない。分別はわきまえている。それでもたまに空想するのは楽しかった。

その晩、玄関広間の時計の針が九時を指したとき、マトソン伯爵、ザヴィアーは濡れそぼった厚手の外套《がいとう》を脱いで、ハーグリーヴズ家の従僕の手にあずけた。舞踏会が開かれる大広間へ案内されるのを待つ貴族たちの列に加わり、暖かさにほっとしつつ、広間から流れてくる香気がもう少し強ければ、かすかなかび臭さも気にならないものをと思った。部屋のなかが蒸し暑いのはすぐに察しがついた。この舞踏会に出ると思うだけで息苦しさを覚え、首巻《クラヴァット》をほどいて、ひんやりとした夜気のなかへ逃げ帰りたくなった。

これほど混雑しているなかでこんなにも孤独を感じているのがふしぎでならない。紳士のクラブかどこかで少人数でカードゲームをするほうがよほど楽しめるし、せめてもここが劇場なら意識を集中できるものがあるので、噂好きな大勢の人々を気にせずにいられただろう――なにしろ今夜のこの人々の大半はどうやら自分に興味津々らしい。

たしかにロンドンに来たばかりだし、いまでは相当な資産もある。だが昨年は一族の所領であり自分が受け継いだデヴォンのファーリーにとどまっていなければならなかった。喪服姿で書類仕事に十二カ月もいそしめば、誰であれいささか大胆に賭け事に金《かね》をつぎ込み、上質なポートワインでも味わいたくなるものではないだろうか？　女優のひとりやふたりと交際したからなんだというんだ？　評判を気にかけない艶っぽい笑みと長く美しい脚を兼ね備えた愛想のいい若い未亡人と戯れて何が悪い？

いっぽうでこのハーグリーヴズ家の舞踏会のような場では、花婿を探している妙齢の令嬢たちが着飾ってやって来るので、今夜はもう少し上品な獲物を追うこともできる。ザヴィアーは執事に招待状を渡し、名と爵位を高らかに呼びあげられて、舞踏場のなかへ入っていった。

「マトソン」左のほうからまた名を呼ぶ声がした。振り向くと、ハローレン子爵がつかつかと歩み寄ってきて手をつかみ、力を込めて握手した。「きみも、見物《みもの》は見逃せないというわけだな？　誰しも同じだろうがね」

「見物？」ザヴィアーはすぐになんのことか気づいたが、訊き返した。みな〈ホイッスルダウン〉を読んでいるのだ。

「ニーリー家でのブレスレットの盗難騒ぎのことさ。今夜は容疑者が全員顔を揃えるらしい」

　ザヴィアーは消えたブレスレットにはさして関心がないものの、正体不明のゴシップ記者が自分の日々の行動以外のことに言及してくれるのは少なくともありがたかった。うなずいて言った。「ロンドンじゅうの人間が集まっているように見えますがね」

「そうだろうとも。これこそハーグリーヴズ家の大舞踏会だ。前にも言ったが、花嫁候補の女性を探したいのなら、ここから始めることだ。〈オールマックス〉社交場よりよほど気立てのいい娘たちが揃うのは間違いない」子爵は身を寄せた。「ひとつ助言しておこう。シェリー酒はお勧めしない。それとポートワインは早めに確保しろ」

「ご忠告に感謝します」ハローレンがアルコール類について講釈を始める前に、ザヴィアーは礼を言って、その場を離れた。

　ハーグリーヴズ家の大舞踏会に出席するのははじめてだが、装飾はなきに等しいくらいまばらで、数学の達人でなくとも椅子が人数分の半分程度しかないのは容易に目算できた。といってもあえて数を揃えなかったのだろう。実際、招待客の大部分は飲み物や軽食には見向きもせず、寄り集まってレディ・ニーリーの悪趣味なブレスレットを誰が盗んだかについて立ち話をしている。いまロンドンで最も噂話が盛んな場所に足を踏み入れてしまったというわけだ。その話題の種が自分ではなく単なるブレスレットであるのは、せめてもの救いだ。

「お母様、レディ・ニーリーがイースタリー卿を疑ってらっしゃるからといって、わたしたちまで一緒に非難すべきではないわ」傍らから女性の声が聞こえてきた。

「何言ってるのよ、シャーロット。あのご婦人は誰もが思っていることを口にしただけじゃないの」

「誰もがではないわ」同じ声が言い返した。「だいたいブレスレットがひとつ無くなっただけじゃない。どこにいったかわからなくなったくらいで、紳士の評判を台無しにしなければならないこととは思えないわ」

ザヴィアーは顔を振り向けた。年齢も身体つきもドレスの色も様々な大勢の女性たちが群れをなして賑やかにお喋りしていて、どの女性の言葉なのか判断がつかない。だが、その言葉の主に興味をそそられたのは自分だけではなかったらしい。女性たちの群れが内側から割れ、長身で褐色の髪の紳士が現われた——記憶が確かなら、ロックスベリー卿だ。

ロックスベリーはひとりの婦人の手を取って挨拶し、褒め言葉らしきことをやさしくささやき、今度はまたべつの濃い色の髪のすらりとした婦人の前に立った。

「こんばんは、シャーロット嬢」ロックスベリーはもの憂げな声で言い、女性の手に口づけた。

「こんばんは、ロックスベリー卿」女性が微笑みを返した。

先ほど注意を引かれた声だった。その笑顔は何時間も鏡の前で練習したような完成されたものではなく、どこかぎこちない。偽物の陽気さや慎みだらけの海にぽつんと浮かんだ純粋さ。シャーロットか。ザヴィアーはいらだたしく息をついて、笑みを絶やさないロックスベリーが立ち去るのを待ち、ふたたび群れの一部となったその女性の前に近づいた。

「シャーロット、破廉恥な噂のある方々には近づかないようにと言っておいたでしょう」隣の年配の婦人が低くきつい声で言った。シャーロットの手を取って、既婚婦人らしい柄のショールの端で拭いている。

「お母様ったら、跡が残るわけでもないのに」シャーロットは褐色の瞳をぐるりと動かして言った。「それに、あの方はどなたの手にもキスされてるわ」

「だからあの方は不作法なのよ。そんなものに応える必要はないの。ハーバート卿に、あなたがほかの紳士に愛想を振りまいている姿を見られずにすんでよかったわ」

「でもべつに――」シャーロットが目を上げ、褐色の瞳がザヴィアーの目をとらえた。蒼ざめて、口を小さくあけたかと思うとすぐにつぐんだ。

ザヴィアーは何かに胸をつかまれたように感じつつ、どうにかさらに踏みだした。ふしぎとそれが少しもいやな心地ではなかった。「こんばんは」

「こん……ばんは」シャーロットは挨拶を返して、軽く膝を曲げてお辞儀をした。「マトソン卿」

「不公平だな」ザヴィアーは板並みに身をこわばらせている母親を目の端にとらえつつ、静かに言った。「きみはぼくの名を知っているのに、ぼくはきみの名を知らない」

「シャーロット」唾を飲み、肩をいからせて息を吸いこんだ。「シャーロット・バーリングです。こちらは母で男爵夫人のレディ・バーリングです」

まるで聞き覚えのない名だが、ロンドンに来てまだ三週間なのだから仕方がない。「男爵夫人」声をかけて、年配の婦人の手を取った。

「ど……どうも」

卒倒される前に手を放し、シャーロットのほうを向く。「シャーロット嬢」手を取って、先ほどロックスベリーがしたように口づけた。薄いレース地の手袋を通して温かみを感じた。挨拶の言葉はたどたどしかったが、その視線も握られた手も揺るがなかった。ふいにザヴィアーはそのまま放したくないと思った。

「今夜こちらでお目にかかれたのは驚きですわ」シャーロットはちらりと母に目をくれて、手を引き戻した。

「それはまたどうして？」

口もとに笑みが浮かんだ。「レモネードは生温かいし、お酒は水っぽくて、ケーキはぱさぱさで、音楽もほとんど聴こえないので踊れませんし」

ザヴィアーは片方の眉を上げた。「それではまるでここに来るべきではなかったと言われているように聞こえるが」顔面蒼白の母親にこちらもちらりと目をくれてから、身を近づけた。「では何が呼び物なのだろう?」声をひそめて訊いた。当然ながら、この思いがけない女性の出現を除いてという意味だ。

「噂話。それに飽くなき好奇心かしら」シャーロットはすらすらと答えた。

「噂話はぼくも耳にしているが、あとの部分について、よければ説明してもらえないだろうか」

「あら、お安いご用ですわ。レディ・ハーグリーヴズは少なくとも百歳は超えていて、孫とひ孫が七、八十人もおられるとか。相続人をまだ決めてらっしゃらないから、誰がいちばんのお気に入りになれるのか、みなさん興味津々なんですわ」

ザヴィアーは想像もしていなかったこの晩の楽しみ方を教えられ、愉快になって含み笑いを洩らした。「それで、いまのところの本命は?」

「そうね、まだ見きわめるのは時期尚早ではあるけれど――」

「シャーロット、軽食のテーブルまで付き添ってちょうだい」男爵夫人が言葉を差し挟み、ふたりのあいだに足を踏み入れた。

ザヴィアーは目をしばたたいた。周りに人がいることをほとんど忘れかけていた――人いきれがして騒がしく、ふだんは自衛本能が敏感に働くたちであることを考えると、じつに不可思議なことだ。特定の令嬢に注意を払えば、さっそく噂の種になり、悪くすれば揉め事に巻き込まれかねない――第一、ここですでにひとりに絞るのはまだ早い。「では、よい晩を」

「お目にかかれてよかっ――」

「あら、お父様よ」またもレディ・バーリングが遮《さえぎ》って、娘の腕をつかんだ。

ザヴィアーは、人込みを縫って進んでいく母娘の姿をしばし見つめつづけた。あの女性は自分を知っていた。〈ホイッスルダウン〉に取りあげられているのを考えれば、べつだん驚くことではないのだろうが、ロンドンに来て一カ月近くになろうというのに、これまで彼女に目が留まらなかったのが解せなかった。たしかに典型的な美女とは言えないが、断然好みの部類に入る。おまけに、あの笑顔とまなざしにはどうしようもなく惹きつけられる。

「ここにいらしたのね、ザヴィアー」女性の甘えるような声がして、ほっそりとした手が腕にかかった。

「レディ・イプセン」とりとめもない考えを断ち切り、顔を振り向けた。

「もう。夕べはジャネットって呼んでくださったのに」吐息を洩らし、乳房をすり寄せた。

「ふたりきりだったからだ」

「ええ、わかってるわ。それに今夜はあなたはお忙しいんだものね。ずっとあなたを見てたのよ。あなたにお似合いの花嫁候補を何人か考えてあるの。一緒に来て」

ザヴィアーは、自分を見上げているスペインの血筋を感じさせる卵形の顔と濃い色の瞳を眺めおろした。「たとえ夫がいかがわしい評判のある特定の女性と戯れていても気にしない妻になってくれる女性たちかい？」

ジャネットはふたりの逢瀬を思い起こさせる笑みをちらりと浮かべた。「もちろん」

ザヴィアーはひと息ついて、身ぶりで案内を促した。だが人込みを掻き分けて進みながら、温かい手をしていてぎこちなく笑う背の高い女性を、もう一度だけ肩越しに振り返らずにはいられなかった。

『最後に、やや地味な情報になるが、今週はじめ、ハーバート・ビートリー卿が茶の上着とズボンに合わせた茶の帽子を購入する姿が目撃された。むろん、すべて髪と目の色に合わせたものである。
おのずと疑問が湧いてくる——ハーバート卿はひいきの料理店ではやはり茶のチョコレートケーキを注文するのだろうか？　筆者にはどうもそうは思えない。この御仁の口にはこんがり焼けたポテトのほうがお似合いだ』
一八一六年五月三十一日付〈レディ・ホイッスルダウンの社交界新聞〉より

2

「おまえの従姉のイースタリー卿との過ちは、いい教訓になるだろうと思っていたのだぞ、シャーロット。シャーロット？」

シャーロットはマーマレードジャムを塗ったトーストから目を上げて、父の話がまるで聞こえていなかったことにうろたえた。「ええ、お父様」とりあえずそう答えておくのが無難だと思った。

「だが、どうやらそうではなかったらしい。おまえがマトソン卿と口を利いたばかりか、楽しそうに話していたとお母さんから聞いた」

「社交辞令でお相手しただけよ」そう答えて、ザヴィアー・マトソンを色彩豊かに空想してしまわないように会話に集中しようと努めた。

「社交辞令よりも分別を忘れないことのほうが肝心だ」男爵は力説した。「おまえの従姉が花婿選びを誤ったために、わが一族はまたしてもあやうい立場におかれている。これ以上醜聞の種になるようなことがあれば――」

「お父様、ソフィアがイースタリーと結婚したのは十二年前なのよ。わたしはまだ七歳だったんだから。どんなふうに騒がれていたのか憶えてないわ」

バーリング男爵は眉をひそめた。「たしかに、おまえは七歳だった。イースタリーがソフィアを放りだしてイングランドを去ったときにどれほど騒がれたか、わからなかっただろう。私は憶えている。この一族からはもう誰もあのような騒動を起こす人間を出してはならない。わかるな？」

「ええ、わかってるわ。ちゃんとわかってる。心配なさらないで、お父様。マトソン卿とはもうお話しすることはないはずだから」母親にあのようなとげとげしい態度をとられたのだからなおさらだ。シャーロットはため息をついた。彼の目に留まり、話しかけられたときには奇跡だと思ったけれど、それもすぐに打ち砕かれた――マトソン伯爵があのひと時を思い返すことがあったとしても、逃れられて幸いだったと考えるに違いない。

「ハーバート卿が到着する前で、あなたがほかの男性と話している姿を見られずにすんだのは幸いだったわ」母がテーブルの向こう側でつぶやいた。

今度はシャーロットが眉をひそめた。「つまり、ほかの男性とは誰とも話してはいけないというの？」

「わたしが言いたいことはわかるでしょう。意地悪で言っているわけではないのもわかってくれるわよね。あなたにできるかぎり恵まれた未来を送らせてやりたくて、わたしたちは最善を尽くしてるの。あなたのためを思えばこそ、その努力を台無しにするようなことはしないでほしいと願うのは当然ではないかしら」

シャーロットは両親の理屈が間違ってはいないのが腹立たしかった――しかも、最善を尽くしたところでハーバート・ビートリー卿くらいにしか手が届かないと思われているなんて。

「わかったわ」テーブル越しに腕を伸ばして母の手を軽く叩いた。「わたしの人生に予想外のことはそう起こりはしないもの。あまりにすてきな男性に目を向けずにいるのがむずかしいだけのことよ」

「うむ」父がふっと笑った。「努力するのだな」

「そうするわ」

ちょうどそのとき、廊下でずっときっかけを待っていたかのように、執事が朝食用の食堂のドアを開いた。

「旦那様、奥様、シャーロットお嬢様、ハーバート・ビートリー卿がお見えです」

両親が来客を出迎えようと立ちあがり、シャーロットもため息をこらえて椅子から腰を上げた。「ハーバート卿」膝を曲げてお辞儀をしつつ、心そそられることには目を向けないと約束したばかりなのに、この訪問者がロックスベリー卿やマトソン伯爵のようにすてきな男性だったならと考えていた。

退屈なのはハーバート自身のせいではない。なにしろ、この男性の家族全員に機知と想像力の著しい欠如が見受けられる。ハーバートは男爵夫妻への挨拶を終えると、シャーロットのほうに近づいてきた。感じはよく、身なりもきちんとしている。まなざしが少し……ぼんやりとしているだけで、顔立ちは整っている。

「シャーロット嬢」ハーバートはマーマレードジャムでべたついた手を取って頭をさげた。

「お買い物の付き添い役が参りましたよ」

この男性にはわかりきったことを口にする癖もある。「そうでしたわね。用意しますので、少しお待ちいただけますか」

「もちろんです」

婦人帽《ボンネット》と手袋を取りに階上へ向かうとき、父がハーバートに朝食をすませてきたか尋ねる声が聞こえた。当然すませているはずだ。この朝ハーバートは鬚《ひげ》を剃《そ》り、身支度を整えてから朝食をとり、外出先にふさわしい馬車を選んでやって来たのだろう。それが婦人を訪問する際の手順だからだ。

「もう、よけいなことは考えないのよ、シャーロット」自分にそう言い聞かせ、必要なものを手にして階段をおりていった。「あなたの人生はそんなふうに堅実なものなのだから」

それから侍女のアリスを伴い、ハーバートの四輪馬車に乗ってボンド・ストリートへ向かった。自由に外を見まわせる無蓋《むがい》の二輪馬車のほうが好きだけれど、すでに霧雨が降りはじめていたので、こちらの馬車が選ばれたのは理にかなっている。

「気分を害されていなければよいのですが」馬車を降りたところでハーバートが言った。「雨なので、無蓋の馬車は適当ではないと思ったのです」

なんてこと、同じようなことを考えていたなんて。シャーロットは必死に動揺を抑えて笑顔をつくろい、そそくさといちばん近い店の戸口をくぐった。やはり自分もハーバートと同じように退屈な人間なのかもしれない。いつもお喋りに花を咲かせている友人たちからも――全員からではないとしても――この男性のようにぼんやりしていると思われてるの？ そんな考えから逃れようとして、マネキンに気づく前にぶつかっていた。摑むより先にどっしりとした大きな金属の塊りが向こう側にいた買い物客の腕に倒れかかった。「まあ！ ごめんなさい！ わたしが前を見ていなかったから……マトソン卿」

伯爵は唇をゆがめて、マネキンを難なくまっすぐに起こした。「シャーロット・バーリング嬢」

深みのある水色の瞳で頭から爪先まで眺めおろされ、雨でも襟元のすぼまっていないものを着てくればよかったとシャーロットは悔やんだ。これではきっと地味ないき遅れの老嬢のように見えているだろう。「失礼しました、伯爵様」

「すでに謝っていただいた。いったい――」

「シャーロット」背後からハーバートのこわばった甲高い声がした。「どうしてこんなところに入ったんだい？　ご婦人の来るべき場所ではない」

シャーロットは目の前に立つ灰色と黒ずくめの放蕩者からようやく目を離し、周りを見やった。顔をしかめた。なんてこと。妙な考えを振り払いたくていくら急いでいたとしても、紳士用の仕立て屋より入りやすい場所はほかにもあったはずだ。「どうしてなの」つぶやいた。

「そこの男から逃げたかったんじゃないか？」伯爵がささやいて首を傾け、表情を窺った。

「いいえ、わたしはただ」言いかけて、顔が赤らんだ。いったいわたしはどうしてしまったの？　そのような胸のうちを、美しい男性であれ自分とは何もかもが違う、ほとんど知らない相手に打ち明けることはできない。

伯爵の目に何かがよぎったものの、何を意味しているのか想像もつかないうちに消え去った。すると驚いたことに、伯爵がポケットから名刺入れを取りだして、シャーロットの手のひらに滑りこませた。

「いやあ」なにくわぬ口調で続ける。「おそらく家に帰るまで落としたことに気づけなかった。感謝します、シャーロット嬢。それは祖父から受け継いだものなのです。雨ざらしになって、台無しにしてしまうところだった」

伯爵は手を差しだし、シャーロットは呆然としたまま名刺入れをその手に戻した。「あなたが落とされたことにわたしが気づけてよかったですわ」膝を曲げてお辞儀をして、このような洒落た気遣いをされたのははじめてだと歌いだしたい気持ちをこらえて平静な声で続けた。「ではこれで失礼します」

そうして立ち去るはずが、背後からハーバートが覗きこんでいて、もう一度マネキンを倒しでもしなければ店を出られそうになかった。背中に覆いかぶさらんばかりの男性を身ぶりで示し、やり場のないいらだちを押し隠して笑みを浮かべた。「マトソン卿、ハーバート・ビートリー卿をご紹介しますわ。ハーバート、こちらはマトソン卿、ザヴィアーよ」

いかにもハーバートらしく、わざわざシャーロットの前へ身を乗りだして握手を求めた。

「どうも」

マトソンもその手を握り返した。「どうも」

店の奥から店員が出てきた。「伯爵どの、ほかにご入用のものはございませんか？」期待に満ちた表情で尋ね、包装したものをカウンターの上に置く。

伯爵はハーバートから目を離さずに答えた。「いや、けっこう。請求書は送ってもらえるかな？」

「もちろんでございます」店員がようやくシャーロットのほうへ目を向けた。「何かご入用でしょうか？」親切な口ぶりを装いながら、いぶかしげな目つきで問いかけた。

考えてみれば、ここに入るつもりではなかったにしろ紳士の仕立て屋にはなかなか入れるものではない。せっかくなので父に贈り物を買うのもいいかもしれない。でも、マトソン伯爵とまた話してしまったことをハーバートから両親に報告されたら、言いわけを口にする間もなくつらい時間を過ごさざるをえなくなるだろう。「いいえ、けっこうですわ」と答えた。「もう出ますので」

マトソン伯爵が包みを手にして脇にかかえた。「それではぼくも」そう言うと、シャーロットとハーバートに先に通りへ出るよう身ぶりで伝えた。

どういうことなの。シャーロットは伯爵も買い物に同行するつもりなのだろうかと半ば期待し、張りだした軒《のき》の下に出てすぐに足をとめた。昨日以来現実とは思えないようなことが続いている。仕立て屋のなかで伯爵を倒してしまいそうになったあと、店員にも聞こえているのではないかと思うくらい鼓動が大きく響いている。

夕べから気がつけばマトソン伯爵の愉快そうなまなざしや、誰にどう思われようとかまわないといった涼しげな堂々とした態度を思い返している。シャーロットは七歳のときからソフィアの問題で一族の名誉を傷つけられたと両親に言い聞かされ、ほかの人々の目を気にかけず涼しげに生きられたならどんなにいいだろうと願ってきた。

「ではほんとうにありがとう、シャーロット嬢」伯爵はのんびりとした口ぶりで言った。手を取って、親指で指を撫でてから放した。「ビートリー」

「マトソン」

シャーロットは伯爵が通りを進んで菓子店に入るのを見届けた。ふと気づくと、ハーバート卿が雨空の下、帽子のつばから水を滴らせながら睨むようにこちらを見ていた。咳払いをする。「銀色のリボンがひと組欲しいわ」そう言うと、あとをついてきているかは確かめもせず通りを歩きだした。

ザヴィアーは菓子店の窓辺に立って、シャーロット・バーリングが後ろにハーバートと侍女を従えて婦人用の帽子店に入っていくのを見ていた。やはりあの美しい瞳の娘には交際している男がいたのだ。夕べは付き添っていた母親が娘と自分との会話を打ち切るためにその場しのぎで口にした嘘だろうと思っていた。

シャーロットの手を握ったときの心地よさが忘れられなかった。日がな一日、その温かな手のぬくもりを何度思い返したことだろう。何週間かぶりにすばらしいひと時を過ごせた気がする。

もともと女性の身体的な魅力に惹かれやすいので、それ自体は不自然なことではない。ふしぎなのは、シャーロット・バーリング嬢に思いがけず興味を抱いて以来、あの唇が頭から離れないことだった。先ほどもあの笑顔を見た瞬間、柔らかそうな唇にキスをして、なんであれ彼女を喜ばせることを言って、もう一度あの本物のはにかんだ笑みを見たいと思った。実現できればよかったのだが、後ろからハーバート・ビートリー卿が現われたのを見て、意気消沈した。ザヴィアーには友人になれる相手であるかを即座に見きわめる習性があった。シャーロットがおとなしく控えめにしようと努力しながら、うまくできずに苦しんでいるのも感じとれた。理解できる人間は少ないかもしれないが、ザヴィアーにはその気持ちがよくわかった。

今度は女性のふたり組が華奢《きやしや》な日傘《パラソル》を強風に煽《あお》られながら、窓の外を足早に通りすぎていく。レディ・メアリー・ウィンターと母親のレディ・ウィンターだ。娘のほうのウィンターはザヴィアーの花嫁候補リストに含まれていたが、じつのところ、そのリストについては気に入った点を見いだすより悩んだ末に名に線を引いて消すことのほうが多かった。

結婚するのは当然だと考えている。マトソン伯爵家の爵位を引き継いだからには跡継ぎをもうけなければならない。自分の家族に起こったことを考えれば、男子はふたり必要だ。長男が肺炎でこの世を去っても、次男がまるであらかじめ決められていたかのごとく、軍人として生きる道を捨ててすぐさま兄の役割を引き継げるように。

「お客様、ご入用なものはございますか？」

びくりとして、仕方なく窓から背後へ目を転じると、店員が菓子の陳列台の向こうからこちらをじっと見ていた。この店からの眺望を借りていたのだから、そのぶんの代償は払うべきだろう。陳列台に近づいていって、目を引いた小さなケーキの山を指さした。「これをひと箱ぶん」数枚の硬貨を台の上に置く。

「かしこまりました」

眺望代を払ったうえで、店員がケーキを包んでいるあいだふたたび窓の外へ目を向けた。シャーロットと小柄な侍女はまだ帽子店のなかにいる。おそらくビートリーが自身の見立てで生真面目に細かく助言を与え、シャーロットはそのすべてをやんわり聞き流しているのだろう。彼女の性格が読みとれるので、自信を持って会話の内容まで推測できてしまうのが愉快だった。たぶん、選んだ帽子を身につけて店を出てくるのではないだろうか。

　ところが想像はふくらみ、購入する帽子やリボンの色を思い浮かべるだけでは飽き足らなくなった。ついに頭のなかではシャーロットがその帽子やリボンを取り、印象的な褐色の瞳で自分を見つめてドレスを脱ぎ、ほの暗い蠟燭の灯りに温かな肌が照らしだされた。そして、ハーバート卿を花婿候補だと思っているような礼節第一の長身の女性がけっして知らないことをいくつか手ほどきしてやると、柔らかな喘ぎ声を洩らし、官能の叫びをあげる。

　ザヴィアーは唾を飲みこんだ。おれは何をしてるんだ。包まれたケーキを手にして雨のなかへ飛びだしていった。路地の片隅に、物乞いや、雨で濡れたポケットから財布を盗みとる機会を狙っている薄汚れた子供たちが寄り集まっていた。ザヴィアーは短く口笛を吹いて注意を引き、菓子の包みを放ってやった。

　家に帰って、もう少し冷静に花嫁探しの計画を考えなおす必要がある。いつもの好みとは正反対の呆れるほどお堅い娘に親しみを覚えるなど信じがたいことだが、そう感じずにはいられなくなっている。これはじつにやっかいだった。

「リボンを買いに来たのかと思っていた」ハーバートがいらだたしそうに眉根を寄せて言う。

シャーロットは店の片隅にある鉛《なまり》ガラスのネックレスが並ぶ棚から顔を上げた。「そうよ。ただ見ているだけだわ。可愛らしいんですもの」

なかでも、銀の細枠に滴型《しずく》のエメラルドが嵌め込まれ、複雑に連なる銀の鎖が付いたネックレスを手にして見入っていた。数シリング程度の品で、持っている服のどれに合わせるにしても長すぎるけれど、気に入ってしまった。

「無駄なものだ」ハーバート卿が不満そうに返した。「しかも少々派手ではありませんか？いつ身につけるんです？」

「あら」戸口から女性の甘ったるい声がした。「派手さは大切よ」

シャーロットは声の主を確かめようと帽子掛けの脇から覗いた。磁器のように白くなめらかな肌に濃い色の瞳をした婦人がこちらを見返した。「レディ・イプセン」内心でたじろいだ。

この二日間でマトソン伯爵と二回話しただけでも窮地に陥りかけている。レディ・イプセンことジャネット・アルヴィンと話したことが親に知れれば、部屋に一週間は閉じ込められかねない。かつてはイプセン侯爵の若く慎ましい妻だったが、夫亡きあとは常識はずれなパーティを催し、独身も既婚も問わず多くの紳士とつきあっていることで浮名を流している。噂によれば、最近の交際相手はほかならぬマトソン伯爵だとささやかれている。

「シャーロット嬢」侯爵未亡人は応えて、ショールから水滴を振り払い、日傘《パラソル》を侍女に手渡した。

ジャネットが現われたとたん、ハーバートはみるみる顔を赤らめた。「侯爵夫人」早口で言い、首巻《クラヴァット》を緩めた。

並みの紳士ではレディ・イプセンの前に出ればこのようにおどおどしてしまう。それにしても、わたしの前では一度も顔を赤らめたことはないのにとシャーロットは思った。この侯爵未亡人のように名を取りざたされて、見目麗しい若い紳士たちから好かれてみたいと何度想像したかしれない。「なぜ派手さが大切ですの？」ほとんど反抗したいだけの理由で訊いた。

レディ・イプセンは軽やかな足どりでネックレスの棚に近づき、ほっそりとした長い指でそのなかのひとつを取りあげた。「人目を引くでしょう」偽のルビーをランタンの光にかざす。

「それなら本物の宝石でも同じですわ」シャーロットは粘った。

「ええ、そうね。でもただ光ればいいというわけではないわ」レディ・イプセンはネックレスを首に掛けてうなじで金具を留め、鎖に手を滑らせた。ルビーがちょうど胸の谷間できらめいた。「長さも大切ね」

「いやはや」ハーバート卿がつぶやいた。そのまま気絶するのではないかとシャーロットは一瞬心配になった。

レディ・イプセンがくすりと低い笑い声を洩らし、ネックレスを棚に戻した。「見栄えも確かめなければね」低い声で言い、ルビーをはじいて、ゆっくり揺れてきらめくさまを見ている。

シャーロットは笑みをこぼした。「そうですわね」

リボンの棚に戻ると、侯爵未亡人のほうはそれから驚くほど見栄えのする青い帽子を購入し、風のように店をあとにした。その間ハーバートは不満げに低い舌打ちを立てつつ、レディ・イプセンの小柄ながらも豊満な身体からいっときも目を離さなかった。

シャーロットはため息をついて、リボンをカウンターへ持っていった。ハーバートがさりげなく窓に寄って歩き去るレディ・イプセンを見ているあいだに、すばやく身を乗りだしてエメラルド色のガラス玉が付いたネックレスを手に取った。店員に片眉を上げ、それも精算に入れてくれるよう目顔で伝えてから、マント式の外套のポケットに滑りこませた。

店員はうなずいて応じ、リボンだけを小さな箱に収めた。「八シリングでございます」女性の店員は愉快そうな声で言った。

シャーロットは支払いをすませ、箱を侍女のアリスに手渡した。店を出るとき、ハーバートは店員を渋い顔で見やった。

「もうこの店は来ないほうがいい。リボン二本で八シリングもするとは呆れる」

馬車に戻り、シャーロットは肩越しにマトソン伯爵の姿を探さずにはいられなかった。

「呆れるわよね」静かな声で繰り返し、ポケットのなかのネックレスに触れた。

3

『浮名には事欠かないマトソン伯爵が花嫁探しをしているとの噂が流れているが、真偽のほどは定かでない。つまるところ、結婚を決意した男が、レディ・イプセンと会って、いったいどのような助言を受けられるというのだろう?』

一八六年六月三日付〈レディ・ホイッスルダウンの社交界新聞〉より

ハローレン子爵はなかなか現われなかった。ザヴィアーは懐中時計で三度目となる時間の確認を終え、四十分以上読みつづけているタイムズ紙に目を戻した。

午後十二時半の紳士のクラブ〈ホワイツ〉は混んでいる。ひとりでテーブルを使い、ポートワイン一杯を注文しただけで昼食を頼みもしない客に給仕長が面白くなさそうな顔をしているのも無理はない。

とはいえ、ザヴィアーは愛想をつくろえる気分ではなく、ハローレン子爵ことウィリアム・フォードと話すまでここを動くつもりはなかった。ウィリアムとは遠戚にあたり、今回ロンドンに来るまでは一度しか会ったことはなかったのだが、いまいましい〈ホイッスルダウン〉がレディ・ニーリーのブレスレットを盗んだ犯人の探索にかかりきりで、今シーズンのロンドンを彩る花嫁候補たちについては紙面のごくわずかしか割いていない状況では、なおさら親類は貴重な情報源だ。

ザヴィアーは花嫁を見つけたかった。すぐにも。まったく目処がつかないせいで気が変になりかけている。なにしろ、魅惑的な瞳と見るからに聡明そうな唇を持つ長身で濃い色の髪の女性をふた晩つづけて夢にみてしまった。

「マトソン」

やっと来たか。ザヴィアーは新聞から目を上げ、親類に席につくよう身ぶりで勧めた。

「ハローレン。来てくださって感謝します」

「じつは断念しかけたんだ。こんな気の滅入る天気じゃ、誰も出歩けやしない。見たこともないくらい通りが馬車で混んでるんだ」

「ふだんからこんなものではないのですか？」

「とんでもない。ロンドンに来たのはいつ以来だ？」

考えなければ思い返せなかった。「六年ぶりですね。スペインへ行く前ですから」

「軍隊に六年か。そりゃ帰ってきて花嫁を見つけたくもなるだろう」

「軍隊にいたのは五年です」ザヴィアーは正した。「本邸で一年、所領主になるのに必要なことを学んでいたので」

ハローレンが驚くほど思いやりのこもった目をしてうなずいた。「兄上のことは存じあげている。アンソニーは間違っても食事代を払わせるような男ではなかった」

なんと。暗に要求されている条件であれば、のまざるをえない。訊きたいことがあって自分がこの子爵を呼びだしたのだ。食事代をもつくらいは仕方あるまい。

ふたりは料理を注文し、ハローレン子爵の前にはグラスにあふれんばかりのポートワインを用意させた。今朝はふと適齢期を過ぎた独身の男に花嫁候補の相談をするのはやや的外れのような気もしたのだが、いままでのところ頼れる情報源はこの子爵しかいない。

「どうして結婚なさらないんです？」返答が信用できないものだったなら、話題を変えて、あとは自分でどうにかするしかないと腹をくくって尋ねた。

ハローレンはげらげら笑いだした。「結婚していないのは、財産もなければ、ほれ、見てのとおりだからだ。こんなばかでかい体格だしな。若いお嬢さん方を怯えさせてしまうんだろう」

ザヴィアーは含み笑いをした。「ですが、つねに花嫁候補には目を配られているわけですよね」

「もちろんだ。財産のある女性と結婚するのが、私の唯一の望みだ」子爵はグラスを傾けて、中身の半分をいっきに飲んだ。「恵まれているきみとは違う」

ザヴィアーはグラスをもてあそびながら言った。「そんなことはない。恵まれてはいませんよ。ぼくは爵位や財産をもらうより兄が生きていてくれたほうがよかった」

「きみの憎らしいほどの容姿のよさのことを言ってるんだ。ロンドンに来てから、ひとりでいたことなどないだろう」

どうやらレディ・イプセンとの仲を知らない者はいないらしい。これもまたあのいまいましいゴシップ新聞のおかげだ。「男には決断しなければならないときがあります。そう考えて、何人かの女性たちと会ってみたんですが、自分ひとりで考えているより、あなたからより慎重な意見を伺ったほうがいいのではないかと思ったんです」

ハローレンはいきなり笑い声をあげ、そばのいくつかのテーブルで食事をとっていた人々の視線を浴びた。「ああ、日記をつけていればよかった」鼻先で笑った。「きみが私に女性について助言を求めるとはな」

「助言ではありません」ザヴィアーは否定した。「意見です。あなたはぼくより令嬢たちの家庭環境についてもよくご存じのはずですから。正しい選択をしたいんです」

正しい行動をとらなければならない。ファーリーの本邸に戻り、その屋敷も、土地も、所領に暮らす人々も、農作物も、爵位も、この一族の未来のすべてが自分の肩にかかっていると悟った瞬間から、その思いだけは胸に抱きつづけてきた。

「ああ、わかったとも。それで、最初の花嫁候補は？」

リストに挙げていない女性の名が口から出かかり、奥歯を嚙みしめた。しっかりしろ。

「メリンダ・エドワーズ」どうにかべつの名を口にした。

「うむ、すばらしい選択じゃないか？」子爵はため息をついた。「私になど見向きもしてくれないが。一族も申しぶんがない。祖父はかのケンフェルド公爵だ。兄上は速い馬に目がないが、度を越しているほどではないだろう。ああ、まあ、いいんじゃないか」

「よさそうですね。レイチェル・ベイクリー嬢はどうです？」

「可愛らしいのが好みなのか？」

「リストに挙げた花嫁候補全員についてお訊きしたいんです」

「だが、あの娘はフォックストン卿に熱をあげている」ハローレンは束の間ザヴィアーを見据えた。「きみなら振り向かせられるだろうが」

さらに二十分かけて、良家の生まれで美しく感じのよい令嬢たちを次々に挙げ、どの女性についても喜んで、あるいは口説かれれば容易にマトソン伯爵夫人になりうるという結論に達した。ザヴィアーはシャーロット・バーリングについても尋ねたかった。むろん本気ではなく、単なる好奇心からだとすれば、尋ねても差し支えないだろう。未婚の令嬢なのだから、リストにまぎれ込ませてもべつだん目立ちはしない。深呼吸をひとつして、ポートワインをひと口含む。「シャーロット・バーリングは？」

「誰だ？」

「バーリングです。シャーロット・バーリング。バーリング男爵夫妻の令嬢です」

「あ、ああ、思いだしたぞ。背の高い、おとなしそうなお嬢さんか」ハローレンは片方の眉を上げた。「本気か、マトソン？」

ザヴィアーは肩をすくめ、やや面倒そうになにくわぬ顔を装った。「ちょっとした好奇心ですよ」

「それなら関わらないことだ。彼女はレディ・ソフィア・スロックモートン、現在はイースタリー子爵夫人の従妹にあたる。知ってのとおり、ソフィアはイースタリー子爵と十二年ほど前に結婚した。ところが、イースタリーは何か卑劣なことをして——なんだったか思いだせないが国を出た。大変な騒ぎになったんだ」ハローレンは身を乗りだした。「そういうわけで、バーリング男爵夫妻は、娘にその二の舞を踏ませてはなるまいと必死なんだ。放蕩者なら見逃さないようなとびきりの美人にならなかったのが両親にとっては幸いだったな。近いうちに、だいぶ年上の退屈きわまりない安全な男にでも嫁がせるだろう。なにがなんでもこれ以上の醜聞は避けたいんだ。イースタリーには例のニーリー家でのブレスレット盗難事件の容疑もかかっているし、ぴりぴりしても当然だ」ふたたびくっくっと笑った。「つまり、おまえさんのような男は娘のそばには寄せつけない」

「どういう意味です？」

「とぼけるなよ、まったく。きみがレディ・イプセンの微笑みを独り占めしているのは、みんな知ってる。なかなかできることじゃない」

ザヴィアーは眉を吊り上げたまま、皿の上の焼いたハムにフォークを突き刺した。誰の話題であれ、男女の親密な関係についてはものを言う気になれない。それに、シャーロット・バーリングの情報をいくつか得て、たちまち深く納得がいった。自分が近づいていったとき、母親があれほど神経質になっていたのも無理はない。

ほっとすべきなのだろう。シャーロットの容貌についてのハローレンの評価には同意できないが、自分のこれまでの好みだった小柄で豊満な女性たちと違うのは確かだ。そのうえ、両親の醜聞への過敏な警戒ぶりを考えれば、男たちにとってシャーロットは目には留まっても惹かれるどころか面倒の種と見なして避けたくなる相手であってもふしぎではない。

にもかかわらず、ザヴィアーはほっとできなかった。みじんも。ほとんどの女性たちより慎ましく隠されているはずのシャーロットの美貌が自分には見える。しかもどういうわけか手を出しにくい女性だと思うと、よけいに求める気持ちを掻き立てられた。そうとも、彼女が欲しいし、温かな肌に触れ、礼節を守ろうとする意識から解き放たれて古風なドレスも、上品な婦人帽も、きっちり留めたヘアピンも脱ぎ捨てたならどうなるかを見てみたい。

「これで六人程度に絞れたんじゃないか？」ハローレンは話しつづけていた。

ザヴィアーは大きくうなずいた。「はい」

「いい選択だと思うぞ」子爵もうなずいた。「ここからひとりを決めるのがむずかしいわけだが」

「まったくです」そう答えつつ、胸のうちではとうにひとりに絞られていたが、どうすれば勝ちとれるのかは見当もつかなかった。

ポートワインをいっきに飲み干し、二杯目を身ぶりで頼んだ。にわかに酒を飲みたくてたまらない気分になっていた。どうしたものか。ばかげていると思いながら、笑えそうになかった。

「ねえ、行きましょうよ」翌朝、メリンダ・エドワーズはおもねるような声で言い、シャーロットの手をつかんでドアのほうへ導いた。「雨があがってるのよ。いま新鮮な空気を吸いに行かなければ、どうにかなってしまうわ」

シャーロットも同じように感じてはいたが、出かけるのは気が進まなかった。母の許しを得てメリンダの家を訪問したものの、早めに軽い昼食をともにしたら帰ると約束していた。午後にはエドワーズ嬢のもとに紳士たちが続々と訪れることはよく知られていて、友人の輝かしい人気の恩恵にあずかって評判を穢しかねない男性たちと対面することはけっして許されない。

とはいえ、メリンダが家にいなければ誰も訪問することはできない。しかも、まだ昼食さえとっていない。「わかったわ」シャーロットは応じた。「少し歩くだけよ」

「ええ、いいわ。通りをひとつかふたつね」

手紙を書いていたレディ・エドワーズが顔を上げた。「アナベルを連れていきなさい。それと、あまり長く歩いてはだめよ。風邪でもひいたら、週末まで家にこもらなくてはならなくなるのだから」

「わかったわ、お母様」

メリンダの侍女が駆けつけると、さっそく軽やかな足どりでホワイト・ホース・ストリートをナイツブリッジ方向へ歩きだした。いまは雨が降っていないが、いつ降りだしてもふしぎではない空模様だ。それでも、日傘《パラソル》を持たず、あるいは婦人帽を濡らす心配もなく外を歩けるのは嬉しかった。

メリンダがシャーロットの腕に腕を絡ませてきた。「きのう、思いも寄らない方が訪問されたのよ」

「どなたか教えて」シャーロットは微笑んで言った。「あなたの奪いあいをしている男性たちの話を楽しみにしてるんだから」

「あら、その方は正確には奪いあいをしているわけではないわ。ともかく、いまのところは。でも、関心を持ってくださっているのは確かね。白い薔薇の花束を持っていらしたのよ」優美な眉をわずかにひそめた。「それになんとなく……ぼんやりしているように見えたわ。わたしの思い違いかもしれないけれど」

「お願いだから、どなたか教えて！」

「ザヴィアーよ、マトソン伯爵。信じられる？　あの方はほんとうにすてきな瞳をしていると思わない？」

「ええ、そうよね」シャーロットは胸がつぶれそうな思いで静かに応じた。けれどメリンダの視線を感じて、どうにか短い笑い声を立てた。どのみち、自分の手の届く男性ではない。そんなことは誰にでもわかる。よくない評判が絶えない紳士と、滑稽なくらい潔癖な淑女が釣り合うはずもない。二度話しかけられただけで、何を期待していたのだろう。「わくわくするわ！　あなたのお父様とも話されたの？」

「いいえ、いらしたのはほんの短い時間だもの。でも、趣味や友人や、いろいろなことを尋ねられたわ――それで、あなたの名を出したら、お会いになったとおっしゃったの！　ひどいじゃない！　どうして話してくれなかったの？」

その瞬間、シャーロットは呼吸の仕方も話し方もわからなくなり、歩き方すら忘れかけた。あの男性が自分のことを話した。自分のことを憶えていた。ぞくりとする疼きが背筋を伝わった。自分は退屈な女性なのだろうし、いつかハーバート・ビートリー卿のもとへ嫁ぐ運命なのかもしれないけれど、マトソン伯爵がその名を口にした。偶然自分に会ったことを憶えていた。

ふっと、メリンダにうずうずした目で見られていることに気づいた。「あら、ハーグリーヴズ家の舞踏会でたまたま顔を合わせる形になっただけよ」必死に言葉を継いだ。「会ったとおっしゃったのは、単なる社交辞令ではないかしら」

「そうだったの。だったら許してあげる。そんなことだろうと思ったのよ。それでね、あなたはハーバート卿と婚約しているのも同じだとお話ししたら、『ああ、とても親しそうだった』とおっしゃったのよ」

これでひとつの事実があきらかになった。ハーバートと〝とても親しそう〟に見えたのだとすれば、マトソン伯爵は二度の対面の際、自分にさして注意を払ってはいなかったということだ。実際にはどうにかこうにか耐えていた状態だったのだから。シャーロットはそんなことだろうとは思っていたものの、それでも胸が痛んだ。夢想まで泥に沈めなければならないとしたらあまりにつらい。これではもう彼がひそかに自分に想いを寄せてくれていると想像することすらできないし――

「おはよう、エドワーズ嬢、シャーロット嬢」

「もちろんですわ」

その低く男っぽい鷹揚《おうよう》な声に、シャーロットはすばやく顔を振り向けて、つまずきかけた。

「マトソン卿」上擦った声で呼ぶと、伯爵は堂々とした黒い馬をゆっくりとそばへ進めた。会って当然だ。いまは午前十時前。ボクシングクラブへ行くところなのだろう。

メリンダのほうははるかに冷静に笑みを浮かべ、軽く膝を曲げてお辞儀をした。「嬉しい偶然ですわ、伯爵様！　この午前中にお目にかかれるとは思いもしませんでした」

シャーロットは思わず眉を上げそうになった。嘘もはなはだしい。メリンダは出くわすことを期待して友人を散歩に誘ったのだ。やはり平日に毎朝〈ジェントルマン・ジャクソンのボクシングクラブ〉に通う伯爵の姿をこっそり見ている女性はほかにもいた。

「これからちょっと行くところがあるのです」マトソン伯爵が答えた。「だがどうやら同じ方向のようなので、少しご一緒してもいいでしょうか？」

マトソン伯爵がさっと馬からおりると、メリンダはシャーロットの腕を放して、伯爵が入れる空間をあけた。どうしたらいいのだろうとシャーロットは胸のうちでつぶやいた。母に殺されかねない。一週間足らずのうちに三日間も、マトソン伯爵と口を利くことになってしまった。といっても当然ながら、自分と話すために馬をおりたわけではない。この男性が関心を持っているのはメリンダのほうだ。仕方のないことなのだろう。友人は細く小柄で、ブロンドの髪にきらめく緑色の瞳、それに完璧な優雅さを備えている。長く友人関係を続けてきて、シャーロットはこのときはじめてメリンダに嫉妬を感じた。

それでも、この男性が自分ではなくメリンダと歩くためにそばに来たのを知りつつ、彼が馬を侍女にあずけて片腕を自分に、もう片方の腕を友人に差しだしたとき、シャーロットは息を呑んだ。

これまでに二度手に触れられたが、ここまで近づいたのははじめてだ。ケープ付きの厚手の外套すら突き抜けてぬくもりが感じられ、自分の袖や手袋を通して肌に染み入ってきた。マトソン伯爵は背が高いが、自分も女性にしては高いほうだ。彼の顎辺りに頭がくるので、円舞曲《ワルツ》を踊るときにはちょうどいい釣り合いになる。手をかけた腕の筋肉が感じられ、肩までたどってみたくなった。

伯爵がメリンダのほうを向いて話すとシャーロットはどうしても前かがみになり、彼の匂いが香った。髭剃り用石鹸とトーストと革――意外にも酔わされる絶妙な組み合わせだった。香りを嗅いでいるのを見透かしたかのように、伯爵が深みのある水色の目を向けた。「ところで、きみたちふたりは朝からここで何をしていたんだい？」

「お散歩ですわ」メリンダがすかさず答えた。

「なるほど。それにしても、この天候で外に出るのは勇気がいる」

「わたしたちはお砂糖で出来ているわけではありませんもの」シャーロットは気を取り直そうとして答えた。「少なくとも、わたしは」

マトソン伯爵が含み笑いをした。「ああ、きみはもう少し芳《こう》ばしい香辛料がいくつか混じりあっていそうだ」しばしじっと見つめてから、ふたたびメリンダのほうへ顔を戻した。「エドワーズ嬢、きみは？　何で出来ているのだろう？」

「あら、わたしはほんとうに砂糖で出来ているのかもしれませんわ。雨が降ってきたら、溶けてしまうかも。シャーロットのように頑丈ではないんです」

「心配いらないわ、メリンダ」シャーロットは友人に牧牛のように言われたことより、伯爵に香辛料に喩えられたことだけを憶えていられるよう願った。「わたしの日傘《パラソル》をお貸しするから」思いきってマトソン伯爵の顔を見やった。「ちなみに伯爵様、あなたはどんなもので出来てらっしゃるのかしら？」

「シャーロット！」

「いや、エドワーズ嬢、もっともな質問だ」マトソン伯爵は穏やかな笑みを浮かべて眉を寄せた。「だが、人によって意見は分かれるらしい。兄からはよく熱気の塊りだと言われていた」

メリンダが可愛らしい表情で、くすくす笑った。「まあ、信じられない」

「自分としては、面白みがないようだが、単に血と筋肉と骨で出来ているとしか言えない」

「真面目でいらっしゃるのね」シャーロットはふたりに赤らめた顔を見られないようにうつむき加減で言った。こんなことをしていたら母に修道院へ入れられてしまいそうだけれど、それでも思いきって尋ねたかいはあった。マトソン伯爵と軽口を叩きあうことはおろか、不品行な評判に似合わないユーモア感覚や隠れた知性を垣間見られるとは思っていなかった。

ブリック・ストリートに突きあたったところで三人は足をとめた。「母に帰ると約束してますの」メリンダが引き返して送ってほしいといわんばかりのまなざしを伯爵に向けた。

「マトソン卿は予定がおありなのよ」シャーロットは腹立たしさを隠しきれない声できっぱりと言った。こんなにそばにいて、ほかの女性に目を向けられているのは耐えがたい。ふっと、もし伯爵がメリンダと結婚したらどうしようという考えが頭をよぎった。自分には口を出す権利のないことなのだから、考えるだけでもばかげている。でも、もしほんとうにそうなったら、マトソン伯爵の妻となったメリンダと友人でいられる自信がない。

「そういうわけで失礼しなければならないが、きみたちはあすの晩、劇場へ行くのかい？」

「ええ、もちろん」メリンダが即座に答えた。

マトソン卿はふたりから離れて馬を取り戻し、シャーロットの胸を疼かせるくらい逞しい身のこなしで鞍に跨った。帽子のつばをわずかに上げて頭をさげる。「ではそこでまた、お目にかかれるだろう」そう言うと、ほんのちらりとシャーロットと目を合わせた。それからすぐに馬に合図の声をかけて、通りを走り去っていった。

「気絶しちゃいそう」メリンダが甘えるような声を出し、自分で自分の身体を抱きしめている。

シャーロットはさりげなく目をそらした。「ばかなこと言わないで。地面は湿ってるわよ」

「もうシャーロットったら、ちょっと大げさに言っただけじゃない」メリンダはふたたび友人の手を取った。「さあ、行きましょう。急にお腹がすいてきちゃった。そう思わない？」

「そうね」シャーロットは昼食のことなどすっかり頭から遠のいていたが、反射的に答えた。いまはもう、あすの晩、劇場に行くためにどうやって両親を説得すればいいのかということしか頭になかった。マトソン伯爵はもうすぐ誰かのものになってしまうのかもしれないけれど、いまならまだその姿を見つめていられるのだから。


「夕食のあともいてくださるのかと思ってたわ」レディ・イプセン、ジャネットは蠟燭の上で指先を軽くはじくようにして炎を揺らめかせている。従僕たちは全員二十分前に食堂を出ていき、今夜はもう姿を見せないことをザヴィアーは知っていた。ジャネットは使用人たちをじつにうまく仕込んでいる。

「いつもながらすばらしい料理だった」ザヴィアーはそう返して、テーブルにナプキンを置いた。「だが今夜は劇場へ行く予定なんだ。泊まれないと言っておいただろう」

ジャネットがため息を洩らした。「ええ、わかってる。でも、人は望みを捨てられないものなのよ」テーブル越しに身を乗りだし、彼の耳の縁を舐めた。「〈ハムレット〉より、わたしのほうがずっと楽しめるわよ、ザヴィアー」

「それは間違いない。だが今夜の芝居は〈お気に召すまま〉なんだ。いくらきみでも喜劇には敵《かな》わないんじゃないか」

「そうね。だけどここなら、ひと晩じゅう、お気に召すままに楽しめるわ」ジャネットは言い返し、さらに身を寄せて指で彼の髪を絡め取った。

ロンドンに来て以来、ジャネットに誘われてこれほど長く持ちこたえられた晩はなかった。しかし今夜は、なんとなく厭《いと》わしい気がしてならない。ともかくほかの場所へ移らなくては。

「いつもならぜひそうしたいところだが」できるだけさりげなく彼女の手から逃れた。「約束したんだ」

ジャネットがさっと背を起こし、胸もとの快い眺めは赤ワイン色のドレスの深い襟ぐりに隠された。「相手の女は誰？」

ザヴィアーは椅子を後ろに引いて立ちあがった。「何を言ってるんだ？」

「あら、嫉妬してるんじゃないわよ」ジャネットは猫のようなしなやかさで立ちあがった。「でも、驚いてるわ。だって、わたしたちの関係を理解してもらえる花嫁を探しているとばかり思ってたんだもの。それなのに、お相手が誰であれ、あなたはその女性を気にかけている。しかも、興味を抱いてる」

ザヴィアーは顔をしかめ、ひとまずその場にとどまった。「ぼくは約束したと言っただけだ。ハローレンのボックス席を空けてもらっている」

「あなたはそそられる女性を探しに行くわけじゃない。今夜劇場で誰かに会うために急いでるのよ」

「違う」

「そう。わたしも覗きに行こうかしら。シェイクスピアは好きなのよね」

ザヴィアーは胸のうちで毒づいて、肩をすくめた。ただでさえこの悶々とする想いを隠すのに苦労しているのに、ジャネットに暗がりから覗かれている光景など考えたくもない。

「好きにすればいいさ」

「いつも好きにしてるわ」ジャネットが差しだした手に、ザヴィアーは口づけた。「だいたいの見当はついてるけど、あなたのお楽しみの邪魔はやめておくわ」

「ジャネット、きみ――」

「言ったでしょう、嫉妬してるんじゃないって。あなたを好きだから困らせることはしない」ジャネットは微笑んだ。「でも、もし……お相手の女性のご両親に受け入れてもらえなかったときは、わたしがここにいるわ。なにしろ、あなたは相当に浮名を流してきたんだもの、越えなければならない障壁も高い。それにわたしは気晴らしでもかまわないし」

たしかに浮名を流してきたが、そのほとんどがいい加減なものだった。嫉妬してはいないと言い、身を引く覚悟を示したジャネットを信じたい。「仮にだが、いかがわしい評判のある紳士が箱入りの令嬢の両親を説得するとしたら、どうすればいいんだろう?」

レディ・イプセンは彼の腕に腕を絡ませ、濃い色の目に考えこむような表情を浮かべた。

「そうねえ。どうすれば、あなたを信用させられるかよね?」

ザヴィアーは鼻で笑って、身を離した。「ぼくはそんなに悪い男じゃない」玄関広間のほうへ歩きだしながら言った。「どうにかやってみるさ」

実際ロンドンに来て以来、何人かの愛人と戯れ、賭け事に大金を費やし、少々酒を飲みすぎもしたが、もともと聖人のように生きられるとは思っていない。それに、デヴォンにほとんど閉じ込められるようにして、三十一で死ぬとは考えもしなかった兄が遺した書類仕事や財務整理に一年間明け暮れたあとでは、少しばかりの息抜きや気晴らしが必要だった。

「あなたが戦争の英雄だということを思いださせればいいんだわ」帽子と上着を手にしたザヴィアーにジャネットが提案した。「あ、それから、もう放蕩暮らしとは縁を切るという意思を示すこと。正直なところ、そのご両親が、自分の娘にあなたに遊びをやめさせるほどの器量があると信じられるとは思わないけど」

「きみは誰かべつの女性と勘違いしてるんじゃないか」ザヴィアーはもの憂げに言い、執事に玄関扉をあけるよう身ぶりで頼んだ。「邪魔はしないと約束してくれ」

ジャネットが指の長い手を胸にあてた。「わたしに言ってるの？　わたしが好きになれない女性だったらどうしようかしら。でも、約束するわ。邪魔はしません」

ザヴィアーは馬車に合図をして呼び寄せ、乗りこんだ。花嫁候補に挙げている女性たちなら誰も自分の求婚をはなから撥ねつけはしないだろう。理屈からすれば、さっさとそのなかのひとりを選んで跡継ぎをもうけて、一族の系譜を繋いでいくべきだとわかっている。

だが、シャーロット・バーリングを見ていると、そんな理屈などじつにつまらないもののように思えてくる。シャーロットがそこにいるだけで気分が高揚する。しかも、それはほかの誰かで振り払える単なる肉体的な欲望のせいではない。そばにいるのが心地よかった。彼女に出会って以来、兄のアンソニーが死んでからどんなに孤独だったかに気づかされ、これまでシャーロットと話しているときのような気分は感じたことがなかったと延々考えつづけていた。

だがまずは事を進める前に二分以上はシャーロットと話をしておきたいし、評判の悪い男にどの程度の興味があるのか、見込みがあるのかないのかを確かめなければならない。

4

『ニーリー家の事件について新たな情報がないので、またもやこのコラムの常連、マトソン伯爵にご登場願うとしよう。
結婚に向けて動きだしたらしいということは今週はじめにもお伝えしたが、この噂がますます真実味を帯びてきた。実際、月曜日にはメリンダ・エドワーズ嬢のもとを訪問する姿が確認されており、昨日もホワイト・ホース・ストリートでこのご婦人と（身元不明のもうひとりの婦人も同行）ぶらぶら歩いていたという。偶然出くわしたかのようにも見受けられたが、親愛なる読者のみなさまもご承知のとおり、未婚の男女のあいだに、まったく偶然の出会いなどありえないのである』
一八一六年六月五日付〈レディ・ホイッスルダウンの社交界新聞〉より

「このお芝居は何週間も前に売り切れていたと言ってたわよね？」レディ・バーリングが新たに借りたボックス席で隣に坐る娘に言った。

「そうよ」シャーロットは近くのボックス席から異を唱える人物がいないことを祈って、すぐに相槌を打った。「きっと悪天候のせいで、取りやめた方がいたのよ」

父が厚地の外套を振って雨滴を払い、ボックス席の奥へ放りやった。「われわれも取りやめればよかったな」ぼやいて、妻の後ろの席につく。

「劇場はお好きでしょう、お父様」

「ふだんならな。しかし、イースタリーがこのロンドンにいるあいだは、なるべく目立たぬようにしているのが賢明だ」

これ以上目立たないようにしていたら、自分は完全に埋もれてしまうとシャーロットは思った。「ソフィアは、あの方が戻ってきたことを気にかけているようには見えないわ」

「ソフィアは婚姻の取り消しを求めているそうよ」男爵夫人は夫と同じように周囲に目を配りつつ、声をひそめて言った。「なにしろレディ・ニーリーから盗みを疑われてもいるのだから、誰もソフィアを責められないわ」

シャーロットはどうにか沈黙を保って、戯曲集を読んでいるふりで、劇場内のボックス席へ端から丹念に目を走らせた。ほんとうは息があがるまでイースタリー子爵とソフィアを弁護したかったものの、このふたりの出来事に対しての両親の見解はすでに固まっている。じつを言えば、イースタリー子爵についてはとても背が高く、陽気に笑うことくらいしか憶えていなかった。

数列前のボックス席にメリンダが家族とともに坐っていた。こちらに小さく手を振って、すぐにまた同じように観客に目を走らせている。もちろん、目当ての男性は同じだ——といってもメリンダのほうには少なくとも探す理由がある。マトソン伯爵が悪天候にもかかわらず現われるとすれば、このエドワーズ嬢に会うためなのだから。

「シャーロット？」母が静かに呼んで、そっと手をかけた。「顔色が悪いわ。大丈夫？」

シャーロットは大きく首を振った。「ええ、平気よ。ソフィアのことを考えていただけ」

「ほんとうに、この不愉快な出来事を乗り越えてくれるといいけれど。イースタリーに捨てられたときに決断すべきだったのよ」

ソフィアがほんとうに吹っ切れているのかシャーロットにはわからなかったが、人々にそう信じさせるような振るまいをしているのは確かだった。時どき、自分もあんなふうに穏やかで優雅に落ち着いて見えるようになりたいと思う。そういった才能には恵まれていないが、あまり目立たないようにしていられるのは特技と言えるのかもしれない。

いまもたまに両親から目立たないようにと注意されるものの、年頃になり、社交界で花婿を探さなくてはならなくなって以前ほどは言われなくなった。姉のヘレンは最初の社交シーズンの終わりに結婚したが、ふだんから快活で笑みを絶やさず、大きな褐色の目をしていて、ピアノを弾くのも、ワルツを踊るのも長けている。

いっぽうのシャーロットの相手に選ばれたのがハーバート卿だった。活気のなさを理由に拒もうとしても聞き入れてはもらえなかった。両親は結婚させたがっているし、自分も結婚はしたい。でも、自分に関心を抱いて惹かれてくれている人と結婚することを夢みていた――せめて何か冗談を言えば、笑ってくれる人と。両親の目にはハーバートと釣り合っているように見えるからといって、それ以上のことを望んではいけないのだろうか？

「どうしてハーバート卿を誘うことを思いつかなかったのかしら」幕があがり、母は座席に深く坐りなおした。「劇場はお好きかしら？」

「じつは知らないのよ」シャーロットは低い声で答えた。劇場で楽しむには想像力が必要で、あの男性にそれがあるとは思えないので、考える気にもなれない。

芝居が始まる前にもう一度だけ目を走らせようとして、思いがけずマトソン伯爵の姿をとらえた。ハローレン子爵が所有するボックス席で後ろのほうの暗がりに坐り、そばには着飾った数人の女性たちが寄り添っている。母が高級娼婦と呼ぶ人々なのだろう。シャーロットはよく見ようと少し身を乗りだした。マトソン伯爵は同席者たちを気にかけるふうもなく、舞台上を見つめている。

「シャーロット、ぼんやり口をあけて観客を眺めるのはやめなさい」母がささやいた。

「ほかのみなさんも見てるじゃない」

「あなたは真似しなくていいの」

シャーロットは第一幕と第二幕のあいだずっと伯爵がどこに坐っているのかを肩越しに気にしていた。ふと、幕間《まくあい》にメリンダのボックス席を訪ねてもいいか両親に聞いてみようと思いついた。マトソン伯爵もきっと同じようにやって来るだろう。いいえ、あまりに見え透いた行動だわ。

幕がおりて、ほかの大勢の観客とともに拍手を送った。ほかの人々はみな席を離れ、堂々と集まって噂話に興じるのだろうが、自分は両親とともに品位の欠如を誰にも指摘されないようにじっと坐っていなければならない。

「シャーロット、給仕からマディラワインをもらってきてくれないかしら」母が言った。「この天候のせいで、気分が悪くなりそうなのよ」

シャーロットは目をしばたたき、立ちあがった。「わかったわ。カーテンの外に出るわよ」母が微笑んだ。「あなたが逃げるなんて思ってはいないわ。信じているもの。あなたには分別のある行動をとってほしいだけなのよ」

両親が心を砕くべきは娘の行動ではなく、気持ちではないだろうか。シャーロットはともかくうなずいて、父の座席の後ろをまわって、厚地の黒いカーテンの外に出た。階上への通路は混雑しているうえ明るく賑やかで、いったん気を落ち着けようと壁に寄りかかった。

「芝居は楽しめてるかい?」傍らで低い男性の声がした。

声の主にすぐさま気づき、全身に鈍い疼きが伝わるのを感じながら目を上げて、マトソン伯爵の深みのある水色の瞳を見つめた。「ええ。あなたは?」

マトソン伯爵はふっと笑った。「よく聞こえないんだ。ハローレンがロンドンじゅうのオペラ歌手を集めたのかと思うくらい、ボックス席に招待していて」

「あの……華やかな方々ね」遠まわしに言った。

伯爵はにやりとした。「ぼくを見てたのか」

どうしましょう。「あの、わたし――ほら――あなたが今夜お見えになるとおっしゃってたから」

「たしかにそうだ」

ああ、いつまででも見つめていられそうだった。シャンデリアに照らされた彼の琥珀色の髪は濃い金色に輝き、わずかに波打っていて、そのひと房が片方の目にかかっている。はっと目を奪われてしまっていたことに気づいて、咳払いをした。「メリンダ・エドワーズも来ているはずよ。あちらのほうにいるのではないかしら」通路の先を手ぶりで示した。

「彼女がいる場所は知っている」マトソン伯爵が言う。「ひとつ訊いてもいいかな?」

「もちろん」

知りあってからの短い期間ではじめてマトソン伯爵の落ち着かなげな表情を目にして、親しみを覚えた。自分のほうはと言えば遠くからこの男性を見ただけで、そわそわと落ち着かない気分になっていた。でも実際にこうして話しはじめてみると……気は高ぶっているものの、この世で最も自然なことのように安らげている。

「ハーバート・ビートリーは」伯爵がさらに静かな声で続けた。「きみの婚約者なのか?」

シャーロットは顔を赤らめた。「いいえ、いまのところは」

「ということは、求婚待ちか」

声がこわばっているように聞こえたが、自身がこれからメリンダに求婚するのを考えてのことだろうとシャーロットは察した。どうにか笑みをこしらえた。「そんなところですわ。この一年でわたしに好意を示してくださったのは、あの方だけですもの」

マトソン伯爵が眉をひそめた。「あの方だけ？」おうむ返しに訊く。「それはまたどうして？」

「どうしてって……」シャーロットはますます顔を赤くして、いちばん近くにいる給仕のほうへじりじりと動いた。母から頼まれたものを受けとり、両親が探しに来る前に戻らなければいけない。「そんな話をしても意味がありませんわ」ぎくしゃくとした口ぶりで答えた。伯爵がシャーロットの腕に手をかけた。軽くとはいえ、相手をとどまらせようとする力強さがある。「せめて質問に答えてくれないか。ご家族で決めたことなのかい？　許婚《いいなずけ》ということなんだろうか？」

「いいえ。いい加減になさって」伯爵が自分をからかっているようには思えなかった。むしろ、きわめて真剣そうに見える。しかも伯爵は質問に答えてほしいとはっきり言ったし、自分もこれまでどんなに現実がつらいときでも幻覚を見たことは一度もない。「わたしは……男性たちの話題にのぼるような女性ではないから」シャーロットは肩をすくめた。「ハーバートは父と以前から知りあいなんです。わたしに関心を示してくださる方がほかに誰もいなければ、自然にそのような了解が生まれるものですわ」

「つまり、ビートリーはきみの心をとらえているわけではないんだな」伯爵はなおも腕を放そうとはしなかった。

その真剣なまなざしに、シャーロットの抑えようのない心臓が跳ね上がった。「ええ、惹かれているわけではないわ。理にかなっているお相手だというだけで」

驚いたことに伯爵はぐいとシャーロットを引き寄せた。「理にかなっているとは、どういうことだ？」

「伯爵様、エドワーズ嬢とお話しされたほうがいいのでは？」シャーロットは思いきって言い、彼の手にこの鼓動が伝わっているのではないかという考えがめぐった。

「ぼくはきみと話しているんだ、シャーロット。どうして、ロンドン一つまらない男と結婚するのが理にかなったことなんだ？」

「お互いさまだからですわ」自分をどんなにつまらない平凡な女性だと思っているかはけっして口にしたくなかった。結局言ってしまったけれど。

「いったい誰にそんなことを言われたんだ？」伯爵がやや上擦った声で吐き捨てるように言った。ひとり、ふたりと、そばにいた来場者たちがふたりを振り返った。

シャーロットはこの身が石で出来ていたなら赤らむこともなく、床に沈んで顔を隠したくならずにもすんだのにと思った。「鏡くらい持ってますもの」こわばった声で言った。「耳もあるんです。頼まれたものがあるので、これで失礼します」

伯爵はようやく混雑した通路にいることを思いだしたように、びくんと反応した。「あすの午前中は家にいるだろうか？」

「なぜ？」

「訪問したいからだ。家にいるかい？」

シャーロットの顔から血の気が引いた。「あなたが……なぜ？」

伯爵の深みのある水色の瞳にちらりと明るさが射した。「いるのか、いないのかい？」

「たぶん……います。でも両親が――」

「それはぼくにまかせてくれ」腕にかけていた手を滑りおろし、指を絡ませた。目を見据え、手を持ち上げて、指関節に唇を擦らせる。「あすまでに考えておく」

シャーロットの頭には数々の疑問が湧いたが、頓狂《とんきょう》な声を出さずに訊ける言葉は何ひとつ思い浮かばなかった。だけど、どうしても……。「わからない」とつぶやいた。

伯爵が笑いかけた。「きみはほんとうにすてきな目をしている」ささやくと、人込みのなかに姿を消した。

その場に坐りこみたかった。周りの世界がまったくべつのものに見えてきた。マトソン伯爵、ザヴィアーが自分を訪問するという。わたしを。

からかわれているのだとすれば、聞いたこともない冷酷な行為だ。でも、評判どおりの放蕩者であろうとなかろうと、冷酷な一面があるようには思えなかった。顔を合わせた数回のなかで、そのようなところを感じたことはない。それに自分に得意と言えるものがあるとすれば、それは人柄を見抜く能力だ。誰も気づきそうにない部分でもすぐに読みとれる。

シャーロットは呼吸を整えてから、カーテンを引き、自分の座席に戻った。いまにして思えば、きのうメリンダと歩いていたときに偶然会ったときも、伯爵は自分のほうと多く話していたような気がする。社交辞令だったのだろうけれど――いいえ、そう思いこもうとしていただけなのかもしれない。ああ、もう、どうしたらいいの。

「ねえ？」母の声に跳びあがりそうになった。「顔が真っ赤よ。何かあったの？」

なんてこと。「給仕を探したんだけど、手の空いている人が見つからなかったわ」どこかべつの場所で気持ちを落ち着かせたいと思いつつ、言いつくろった。

父がため息をついて大儀そうに腰を上げた。「私が行ってこよう」ぼそりと言い、ボックス席の後方から出ていった。

「ごめんなさいね」母が言う。「あなたを人込みに行かせたくはなかったのだけれど、お父様もわたしもきびしすぎる親に見られてしまうと思ったの。わたしたちがいま、とてもむずかしい立場にあるのはわかってもらえるわよね」

「わかってるわ」シャーロットは答えた。でも、両親はもっときびしくしてもよかったのかもしれない――ボックス席に閉じ込められていれば、マトソン伯爵に出くわして訪問する意思を伝えられることもなかったのだから。

とはいうものの、こんなにも胸が高鳴り、緊張し……希望がふくらんだのははじめてのことだった。理由がなんであれ、伯爵があす訪ねてくれるのなら、そこにいて、ぜひ対面したい。シャーロットはちらりと笑みをこぼした。すてきな目をしていると言われた。たとえ今夜かぎりのことだったとしても、自分は魅力的なのだと心から思えた。鏡を見るか、あすマトソン伯爵が現われなければ、この喜びもたちまち萎《しぼ》んでしまうのはわかっている。だから今夜は鏡を見ないでいよう。

翌朝、着替えるには鏡を見ないわけにはいかなかった。頬が紅潮し、瞳が輝いているのがいやでも目に入った。「現われないかもしれないじゃない」自分を戒《いまし》めた。「きっと現われないわよ」

後ろで髪を結ってくれているアリスが手をとめた。「どうかなさいましたか、シャーロットお嬢様？」

「なんでもないわ。ただの独り言」

「失礼ですが、今朝はどことなく落ち着きがないように見えますわ。ラトレッジ夫人にペパーミントティーを淹《い》れてもらいましょうか？」

夕べの幕間以降、不安になったり舞い上がったりを繰り返しているのだから、何かおかしいと感じているのはアリスだけではないだろう。風邪ぎみとでも言っておけば、マトソン伯爵が来るまではいぶかしがられずにすむかもしれない。ほんとうに現われればだけれど。

「いい考えね。朝食のときにいただくわ」

侍女は膝を曲げてお辞儀をして、足早に部屋を出ていった。シャーロットはふうと息をついて、夕べ使ったリボンのもつれをほどいて鏡台の上に伸ばして置いた。冷静に考えれば、この朝、待ち人が現われようが現われまいが同じことだ。両親に対面を許してもらえるはずがない。両親は伯爵には何か思惑があると考えるに決まっている。娘に会うだけのために来るような男性ではないからだ。

窓の向こうから、雨音に混じって馬車が乗りつける音が聞こえた。心臓をきゅっとつかまれたような気がして、鼓動がどくんどくんと鳴りだした。やはりからかわれていたのではなかった。

窓に駆け寄って覗きこみたい。「だめよ、シャーロット」自分をきつく叱った。「興奮した犬じゃあるまいし」

アリスがいないとむずかしそうだが自分で髪を結い上げてしまおうと思いなおした。もうひとつピンを留めたところで、はっと手をとめた。

どうしてこんなにもマトソン卿に心ときめいているのだろう？　もちろん、颯爽としていて自信にあふれ、逞しいけれど、そのほかのことを自分はどれだけ知っているのだろう？　だいたいの日課ならわかる。議会が開かれていないときは、毎朝十時にボクシングをしに出かけ、昼食は〈ホワイツ〉か〈ブードルズ〉でとることが多く、午後は天候が許せばハイド・パークで乗馬をする。それ以外のことは、わからない。そこだけを見て心ときめかせている。美男で、甘い雰囲気で、謎めいていて、手が届かないから安心して見つめていられる人。

でも、そうだったはずの人がいま自分の家の玄関扉の前に立っている。

アリスがどたばたと寝室に駆け戻ってきた。「失礼します、シャーロットお嬢様。ですが、お客様がお見えなのです」爪先立って身を寄せた。「紳士ですわ、お嬢様」

「そう」シャーロットは曖昧《あいまい》に答えた。「髪を結うのを手伝ってもらえる？」

「かしこまりました」アリスはシャーロットが刺したピンを手早く留めなおした。「どなたがお見えになったのか、お知りになりたくないのですか？」

いけない。うっかりしていた。知らないふりをしなくてはいけなかったのに。「もちろん、知りたいわ、アリス。ボスコーはどちらへご案内したの？」おそらく執事はふだん来客を待たせるのに使っている居間へ伯爵を通したのだろうとは察していたが尋ねた。ハーバート以外、男性の訪問を受けたことはないのだけれど。

「旦那様の執務室にいらっしゃいます。バーリントン男爵はあまり歓迎されてはいないようでしたが。いらしたのはとても……すてきな紳士なので、どうしてなのかさっぱりわかりませんけれど、わたしが言うべきことではありませんわね」

そのとおりだが、シャーロットはただもう嬉しくて、小言を口にする気にはなれなかった。急がなくてはいけない。すぐに階下へおりなければ、ひと目見ることもできないうちに、伯爵は父に追い返されてしまうだろう。

ようやくアリスの手が頭の後ろから離れるや、シャーロットは階下へ駆けおりていった。ボスコーは玄関広間の所定の位置に立っているものの、つねに冷静なこの執事でさえ訪問者への好奇心を隠しきれてはいなかった。

「ボスコー？　アリスからお客様が見えていると聞いたわ」緊張からふるえがちな声で訊きつつ、ドアが閉まった父の執務室のほうへ目をくれずにはいられなかった。

「お見えになられています、シャーロットお嬢様。旦那様から、お嬢様は奥様とご一緒に居間でお待ちいただくよう申しつけられております」

胸が躍っていたのも母と一緒にという言葉を聞くまでだった。母から矢継ぎばやに質問されれば、どう答えればいいかわからない。「ありがとう」とりあえず礼を言い、ドアが半分開いている戸口から居間に入った。

「このことは知っていたの？」部屋のなかを歩きまわっていた母は足もとめずに訊いた。

「訪問者がいらっしゃること？」父が執務室に足どめしている人物が誰なのか知らないふりを通そうとした。

「マトソン卿があなたを訪問することをよ」

その名をはっきりと聞いて、もう知らないふりをする必要はないことがわかると心からほっとした。「い、いいえ。どうして、わたしが知っていたと思うの？」

「わからないわよ。けれども、前に窓からあの人に見惚れていたことがあったし、ハーグリーヴズ家の舞踏会では、あの人があなたに近づいてきたわ」

「お母様、この一年、わたしを訪問する紳士はどなたもいらっしゃらなかったから、ハーバート卿とのことだけを考えなさいとおっしゃってたじゃない。そのわたしにそんなことを計画できると思う？」

「それなら、どうして、あの人がここにいるの？」母は質問を続けた。

「シャーロットを訪問するために来たのだ」戸口に、父が見るからに不機嫌そうに堅い表情で立っていた。「会いたいんだそうだ」

男爵夫人が椅子に沈みこんだ。「なんですって？　シャーロットに？」

母の悲鳴にも似た声を耳にしながら、シャーロットも胸のうちでまったく同じ言葉を投げかけていた。それでも母の反応には胸がちくりとした。たしかに自分はおとなしく、目立たず、姉のヘレンのように快活でもなければ美しくもないけれど、両親からほんとうにハーバートが最良の相手だと思われるほど……劣る女性だと見られていたのを知って切なかった。

「そうだ、シャーロットにだ。だから、ヴィヴィアン、落ち着きなさい。本人をここへ通す」

「でも――」

「直接、娘を訪問させてほしいと頼まれては放りだすわけにもいかんだろう」男爵は低い声で妻の言葉を遮った。「それもじつに礼儀正しく言われてはな」娘に見定めるような目を向けた。「その気にさせるのではないぞ。けっして評判のきれいな男ではない。おまえの評判が傷つけられるだけのことだ」

「わかってるわ、お父様」

バーリング男爵はいったん消えて、すぐにまたマトソン伯爵を連れて戻ってきた。伯爵はいままでカードゲームでもしていたかのようにくつろいだ表情をしていて、シャーロットはその落ち着きようが憎らしかった。といっても、伯爵は頭がどうかしてしまっているのかもしれない。いきなりバーリング邸に乗りこんできて……わたしに対面を求めるなんて、そうとしか思えない。

すると伯爵が目を合わせて、笑いかけた。「おはようございます、シャーロット嬢、レディ・バーリング」

「伯爵様」男爵夫人は膝を曲げて挨拶を返した。「いったいどういうわけでこちらに？」

「バーリング男爵にもお話ししましたが、ぼくはロンドンに来て知人も多くなかったものですから、少々ぶらぶらしているうちによくない仲間といるようになっていたのです。お嬢さんにお目にかかって、思いやりのある話しぶりと、まぎれもない慎ましさに心を惹かれました」

　シャーロットは目をしばたたいた。またずいぶんとありきたりな言葉を並べている。水色の瞳の奥にきらめきが見えなかったなら、ぼんやりしたハーバート卿が喋っているのかと見間違えていたかもしれない。当然ながら、機知やユーモアの才が感じられないところまでそっくりだ。

「そういうわけで」マトソン伯爵は続けた。「バーリング男爵に、シャーロット嬢を訪問する許しを願いでたのです。ぼくの二頭立て四輪馬車《フェートン》にお乗りいただけたらと思いまして。幌《ほろ》付きですので、小雨なら濡れません」

　フェートン？　シャーロットはそのような洒落た乗り物には一度も乗ったことがなかった。つい手を叩きかけて、それとなくその手のひらを丸めて背に隠した。

「付き添い役《シャペロン》はどうするの？」母が娘よりはるかに疑い深い態度で問いただすように訊いた。

「馬丁のウィリスがいまぼくに代わって二頭の馬をみてくれています。彼に馬で付き添ってもらいましょう」

男爵夫人が眉をひそめた。「男性がもうひとり？　それでは――」

「私が承諾した」父が言葉を差し入れた。「きょうだけだ。伯爵、先ほども言ったように、正午までに娘を戻してもらいたい」

マトソン伯爵は優美な眉を片方だけ上げてみせた。「お戻しします」シャーロットのほうに目を据えて、手を差しだした。「行きましょうか？」

シャーロットはどのようなことになろうと馬足の速いフェートンに乗るのをあきらめきれそうにはなかったので、父の許しを得られたのは幸いだった。嬉しくてたまらないのを必死に隠して、うなずいた。「お望みどおりに、伯爵様」できるかぎり穏やかな声で応じた。

アリスが持ってきてくれた暖かい肩掛けにくるまった。両親が新鮮な獲物を狙うハゲワシのように玄関までついてきたので、シャーロットは差しだされた手をあえて取らず、父の手をかりて高い座席に乗りこんだ。マトソン伯爵が男爵夫妻に凝視されながらシャーロットの膝に毛布を掛け、馬車は勢いよく走りだした。

シャーロットはため息を洩らし、冷気のなかで白い息が漂った。「ほんとうにいらしたのね」

「当然だとも。来ると言ったのだから」マトソン伯爵はシャーロットを見やった。「どうしてご両親にあんなふうに言われて黙ってるんだ？」

「あんなふうに？」

「きみの母上は、ぼくがきみを訪問することに納得がいかないような態度だったし、父上のほうは、まるでぼくがきみをただ辱《はずかし》めるためにどこかへ連れ去ろうとしていると考えているようだった」

「まあ、そんな」シャーロットは口ごもった。「あれはただ……両親は慎みを重んじていて――」

「そうじゃない」

シャーロットは視線を前方に据えていた。「わたしにどう言えとおっしゃるの？　あなたのように容姿に恵まれていて、裕福で名もある方がどうして娘に興味を持つのか、両親に理解できなくて当然でしょう？　わたしですらよくわからないんだから」

伯爵は片方の眉を上げた。「どうしてなんだ？　きみのどこがいけないんだ？」

シャーロットは頬を染めた。そうならずにはいられなかった。「『きみのどこがいけないんだ？』ってどういうことかしら。そんなことを訊かれても困るわ」

「ぼくはただ、どうしてぼくがきみといてはおかしいのかを知りたいだけなんだ」マトソン伯爵は手綱を右手から左手に持ち替えて、顔をきちんと見られるように坐りなおした。「眇む癖があるのか？」

「いいえ、伯爵様。太陽がまぶしくなければ」

「だったら、きょうは心配ないな。口ごもる癖があるのか？」

「ふだんはないわね」

「手と足が一緒に動いてしまうのか？」

努力のかいなく、シャーロットは笑みをこぼした。「今朝は問題なかったわ」

「入れ歯なのか？」

「違うわよ」

「歌うとがらがら声になってしまうとか——」

「からかうのはやめて」

「からかってはいない。きみの欠点を探してるんだ。何かなければ、ご両親があんなふうにぼくを近づけることに神経質にはならない。鼻が」話を戻した。「少し上向いているとか、下唇が厚すぎるとか、目についてはきのう話したな」シャーロットをざっと眺めまわして、ふたたび目を合わせた。「見逃したところはないよな？」

「何をおっしゃってるの。いい加減にして」憤るべきなのか、笑って受け流すべきなのかわからず、そう返した。「問題を部分的にしか見ていないのは確かね」

「ということは、かつらを付けてるのか。禿《は》げてるのか？」

シャーロットはとうとう吹きだしてしまった。こらえきれなかった。「いいえ。自分の髪よ。ちゃんと頭に付いてるわ」ひと息ついて、睫毛《まつげ》や胸のことまで訊かれる前に言葉を継いだ。「わたしは美しくもなければ、とりたてて快活な性格でもないわ。あなたは容姿端麗で裕福で、ロンドンのどんな女性でも選び放題。だから、わたしの両親は理解できないのよ。率直に言って、わたしもそう」

「美しくもない」マトソン伯爵は繰り返し、ゆっくりと前方に顔を戻してすぐにボンド・ストリートに折れた。しなやかに手首を返して馬を通りの端に寄せ、手綱を引いて停まらせた。ふたたび顔を振り向けると、瞳がきらめいた。「二度とその言葉は口にしてはいけない」低くきつい声で言う。「いいな？」

シャーロットはまなざしの強さに気圧されて唾を飲みこんだ。「むやみに否定するのはおかしいわ。事実とは違うように思いこんで振るまっていても、滑稽に見えるだけだもの」

「滑稽なのは、きみが言っていることのほうだ。きみは……」言葉が尻すぼみになり、こぶしを膝に叩きつけた。「ハーグリーヴズ家の舞踏会で」低い声でまた話しはじめた。「またも名を取りざたされているイースタリー卿について噂話を広めたり相槌を打ったり、ただ黙っていることもできたのに、きみは正しいことをするために噂されている人物をかばって母上に異を唱えた」

シャーロットはしばらく黙ってじっと伯爵を見つめ、そのときの会話を呼び起こし、どういうわけで聞かれていたのだろうかと考えた。「あれは母とふたりだけで話していたことよ」そう答えるしかなかった。

「それはどうでもいい。人の評判を台無しにする恐れのある非難をすべきではないという、きみの意見が気に入ったんだ。あの晩、ぼくはほかにも何人かの令嬢や若いご婦人方と話をしたが、そのうちの誰ひとりとして広められている仮説以外のことは口にしなかった。耳にした以外のことは考えることができないのかもしれない」

「きっとほんとうに、あの方が罪を犯したと思いこんでしまっているだけのことよ」シャーロットは鼓動の速まりを感じながらさらりと返した。褒められているのがわからないほど愚かではない。

「もしぼくが空は赤紫色と緑色だと言えば、あの女性たちは同意するだろう」伯爵は目を見つめたまま、わずかに背をもたれた。「きみはどうする？」

「もし空がその色をしていたら、わたしも間違いなく同意するわ」

ひと呼吸おいて、マトソン伯爵はかぶりを振った。「雨がやんだ。買い物でもしないか？」

「あなた……いい考えだけど、一緒にいるところを見られるのは、どちらにとってもよくないわ」たいして人は見あたらないとはいえ、知人に会えば噂が広まり、この伯爵が自分と一緒にいるなんて、どうかしてしまったのではないかと思われるに違いない。

「ぼくにとってはかえってありがたいことだ。ウィリス、馬たちを頼む」

お仕着せ姿の馬丁は馬車の前へ馬を駆ってきて、手前の馬の引き具をつかんだ。マトソン伯爵はそれを確認してから、シャーロットの顎をそっと指で支え、自分のほうへ向かせた。息を呑む間も何が起きているのかを考える隙も与えず、温かい唇を触れあわせた。速い鼓動の十数拍ぶん程度のことだったけれど、このまま永遠に唇を触れあわせていられるような気がした。シャーロットはこの感触を記憶に焼きつけようとして目を閉じた。

「これで気が晴れた」伯爵がつぶやいた。「目をあけてごらん、シャーロット」

笑われているのではないかと半ば不安に思いながら目をあけた。けれど口もとをゆがめてやさしく微笑んでいる顔を見て、もうどんなことになろうと彼の腕のなかへ飛びこんでしまいたいと思った。「伯爵様、これは――」

「これは始まりだ」マトソン伯爵が言葉を継いだ。「それと、ザヴィアーと呼んでくれ」

5

『親愛なる読者のみなさまもご記憶のことと思うが、以前にも結婚に向けて動きだしているとお伝えしたマトソン伯爵が、特定の令嬢の気を惹くべくいたく熱心に励んでいる。肝心の令嬢の名をお知らせしたいところだが（実際、筆者はその名をつかんでいる）、真偽が確かめられるまでは、まったく予想外の驚くべき人物とだけ申しあげておく。しかも周囲によれば、マトソン伯爵のこの令嬢への求愛はきっぱりと撥ねつけられているという。

ああ、まったく、この令嬢は頭がどうかしているのではあるまいか』

一八一六年六月十日付〈レディ・ホイッスルダウンの社交界新聞〉より

シャーロット・バーリングは反抗心を芽生えさせていた。先週の木曜日に、マトソン伯爵、ザヴィアーは約束どおりシャーロットを正午までに家に帰した。それまでの二時間はこれまで生きてきたなかで最も輝けるひと時となった。ザヴィアーの自分への関心が長く続くとは思わないが、いまのあいだだけでも楽しもうと心に決めた。

ところが、その日両親に別れの挨拶をして去って以来、彼の姿は見ていない。いいえ、それは正しい表現ではない。雨が伝う窓ガラスの向こうにその姿が見えたことが三度あり、階下で対面を求める声も聞いていたが、どちらかが月にいるかのごとく、言葉を交わせる状況ではなかった。

それでも、これまで三度偶然に会い、さらには午前中にたった一度とりとめもないお喋りをしただけの彼が、シャーロットには恋しかった。かつてはおおやけの場で男性たちと顔を合わせても誉めそやされたり誘惑されたりといったことは想像できなかったので、つねにくつろいで安心していられたし、男性たちのほうも見栄を張らないところを気に入ってくれているように思えた。でも、ザヴィアーは違う。くつろいで気さくに話せはするけれど、けっして安心してはいられない。シャーロットはあんなふうに男性に見つめられたことはなかった。いまでもそれを思いだすたび背筋がぞくぞくする――つまりもう一週間も、しじゅうそのようなことを繰り返している。

なにしろこの四日間は毎日訪ねてくれているのだから、思いださないようにすることなどできるはずもなかった。父や母からあらゆる口実で何度断わられても、ザヴィアーはまたやって来た。荒らげた声が聞こえたことはないが、きのう馬車に乗りこむ姿をちらりと目にしたときには、堅い表情で肩をいからせ、窓枠にこぶしを叩きつけていた。

「きょうの午後も来るつもりなのかしら？」男爵夫人はドアをあけ放した娘の寝室の戸口に立ち、木曜日以来変わらない少しわざとらしい不機嫌な表情をしている。

「なんのこと？」シャーロットはきらめく偽のエメラルドのネックレスを手早く鏡台の抽斗《ひきだし》にしまった。

「とぼけないで、シャーロット。あの人をその気にさせてはいけないとお父様に言われていたでしょう」

「わたしは何もしてないわ。いつもどおりにしていたのよ、お母様。それに信じて、あの人がわたしに好意を持つなんて、おかしいと思っているのはお母様と同じなんだから」

「噂になりはじめてるわ。あのレディ・ホイッスルダウンもほのめかしてるのよ」

シャーロットは息を吸いこんだ。「ハーバートだって〈ホイッスルダウン〉に取りあげられていたじゃない」

「真面目な人柄について書かれていただけでしょう。ハーバート卿と言えば、ワイヴェンズ家の夜会にいらしてたわね。気がついていた？」

「ダンスを踊ったもの」その夜会でのほとんどの時間をマトソン伯爵の姿を探すことに費やした後ろめたさを隠して答えた。ハーバートがわざとらしく咳をしてダンスを申し込んでくるまで、その存在をすっかり忘れていた。

「マトソンもそろそろ紳士らしく、わたしたちが厚かましい行動に迷惑していて、二度と来てもらいたくないと思っていることを察してほしいものだわ」

聞き流して母が去るのを待つこともできたが、両親の自分への投げやりな発言に憤ってくれていたザヴィアーを思い返すと黙っていられなかった。「わたしがふたりの男性から求婚されたとしても、それほど困ることではないでしょう？　幸せな結婚をすることを目標にしてきたんだもの。率直に言うなら、興味を抱いてくれる方がハーバート卿しかいなかっただけのことだわ――いままでは」

男爵夫人が足をとめた。「だめ……それは違うわ……マトソン卿は放蕩者なのよ、シャーロット。そんな人があなたに熱をあげていると言われても、真剣だと信じられるわけがないでしょう」

「だけど、もしわたしがあの方を好きだとしたら？」急にこみあげた涙をこらえ、声を低くして訊いた。

「あなたはもっと物事を現実的に考えるようにしなければね。しっかりしなさい。信頼できる方から、ハーバート卿がこの午後、訪問されると聞いてるわ。わたしの新しいピアノを弾いてみたいとおっしゃってたものね」

「あら、よかったこと」

「あなたが何を考えているのかわからなくなってきたわ、シャーロット。もういつからしてもふしぎではないのよ。まともな服に着替えてちょうだい」

母がドアを閉めていった。まともな服。両親の常識からすると、大きな布袋のような服のことを言っているのだろう。シャーロットはぼんやりと、ふたたびエメラルドのネックレスをいじりだした。ひとりでいるときに一度これを付けてみたら、レディ・イプセンの言っていたことに納得がいった。このうえなく大胆な気分になれた。レディ・イプセンもマトソン伯爵と会うときにはこれと同じ派手やかな装飾品を身につけるのだろうかと考えがめぐった——そもそも、伯爵はあの未亡人のもとをまだ訪ねているのだろうか。

「そんなことを考えてどうなるの？」シャーロットは吐息をついた。「あの方はここに来ても楽しめることは何もないのよ」

そのとき、窓から陽光が射しこんだ。シャーロットは微笑んで立ちあがり、窓ガラスをあけ放して、外へ身を乗りだした。この二カ月は肌寒く、四日も雨が続いたあとなので、明るい空と暖かなぬくもりが格別に心地よかった。陽射しを浴びて目を閉じる。

「シャーロット？」

はっとして目をあけ、見おろした。マトソン伯爵が車寄せに立って、窓を見上げていた。

「こんにちは」顔を赤らめ、声をひそめて言った。

「ちょうどよかった。どこかで会うことはできないか？」伯爵がどうにか聞きとれる程度の声で言う。

こんなことがあるなんて。まるでジュリエットのような気分だ。「どこで？」

マトソン伯爵は一瞬眉根を寄せ、すぐに明るい表情に戻った。「ハイド・パークを歩くのには気持ちのいい日じゃないか？」

ええ、ほんとうに。といってもハーバート卿のピアノ演奏会をどうにか延期できればだけれど。両親にこのたくらみがばれたらどんな騒ぎになるかは考えたくなかった。いまここに、息を奪われそうなくらい魅力的な笑顔の男性が自分に会いにやって来ている。しかも、自分も心からこの男性と会うことを望んでいる。「やってみるわ」と返事をした。

「待ってる」

マトソン伯爵は馬車に戻って御者に出発を指示した。その馬車が屋敷の角を折れて消えると、シャーロットは深呼吸をひとつして、寝室を出た。ほんとうは訪問をやめてもらうよう伝えるべきだったのかもしれないが、もう一度夢のようなひと時を過ごせる機会を逃すことはできなかった。


いまのザヴィアーは、いらだっているという表現ではあまりに控えめすぎる状態だった。

持っているなかでいちばん地味な服を身につけ、葬儀屋並みの辛気臭い話し方で、一週間近く毎日シャーロットを訪ね、その姿を一度ちらりと垣間見ることしかできなかった。シャーロットの両親は突然押しかけられた日から防御を固め、娘をイングランド一社交行事に忙しい令嬢にしてしまったらしい。窓から顔を出したシャーロットを見たときには、ここぞとばかりに玄関扉をノックして、両親がきょうもまた娘はいないと言い張るのか確かめたい誘惑に駆られた。これまで、友人たちとお茶を飲みに出かけた、図書館に行った、療養中のおばの見舞いへ行ったといった理由であしらわれてきた。自分がボナパルト率いる強敵を相手に首尾よく戦い抜いた男であるのを思えば、バーリング男爵夫妻の言い逃れのうまさは称えざるをえない。

たまたま目を引いた女性にちょっと気をそそられた程度のことだったなら、もはや気にかけもしなかっただろう。誤解されがちだが、相手の女性に労をとる価値を見いだせないと思えばあっさり手を引く自制心は十二分に備わっている。だが、今回はいたって真剣だった。シャーロットと二時間の会話を終えて帰宅し、花嫁候補のリストを破り捨てた。いまこそ自分のために駆け引きの才智を発揮するときだ。

そこで、バーリング邸の方角から誰か来ればすぐに気づけるように、ハイド・パークの端に馬車を停めて待つことにした。シャーロットが誰を連れて来るかはわからないが、かまいはしない。ふたたび会えればそれでいい。抱きしめて、キスをして、触れた瞬間に情熱と活気できらめく瞳を見つめたい。楡の木の陰で待つあいだに公園はしだいに人で混みあってきた。みなきょうの陽射しを楽しみたくてやって来たのだろう。好都合だ。そのほうがシャーロットも両親に怪しまれずに外に出てきやすくなる。

亡き兄のアンソニーがこの花嫁探しの奮闘ぶりを見たら、なんと言うだろうかという考えが頭をよぎった。なによりもまず、完璧な妻を娶れば爵位を継ぐ領主として一人前になれると思い立ち、軍隊での前途有望な出世の道を捨てなければならなかったいらだちも、新たな立場に満足できそうもない不安も消し去れると信じて花嫁候補のリストを作った弟を笑っているだろう。だが、あの兄ならシャーロットを気に入ってくれるはずだ。ザヴィアーには本能的にそれがわかった。もともと人を見る目がある男だった。

木に寄りかかりつつ、より快適な姿勢を探して身を動かした。それにしても、もしシャーロットが両親に外出をとめられるようなことがあれば、誘拐でもするしかないのだろうか。

もしもの場合に備えて計画を練りはじめたとき、シャーロットの姿が見えた。侍女を後ろに従え、付き添い役の腕に手をかけている——ハーバート・ビートリー卿の腕に。

「まぬけ男め」思わず口走ったが、どちらかといえば彼女の両親のほうに腹が立った。シャーロットをハーバートと結婚させるなど、蝶を甲虫《ビートル》にくれてやるようなものだ。ぷっと笑った。ビートリーとはまたいかにも甲虫らしい名だ。

こうなったら、数分でもあの虫男からシャーロットを引き離す手立てを考えなければならない。それが叶わずキスができなければ、この身が破裂してしまう。公園内の道をのんびり歩きはじめたふたりを、低木の茂みに隠れつつ追った。ハーバートは草を食べずにはいられない甲虫の習性でも説明しているのか、だらだら喋りつづけている。ザヴィアーは低く垂れさがっていた枝にあやうく頭をぶつけかけて、どうせなら虫男にぶつかってくれと願った。だがそうなる前に、無蓋の馬車が通りがかった。「レディ・ニーリーとお話し相手《コンパニオン》の女性だ」ハーバートは幸運にも頭をぶつけずに向きを変え、走り去る馬車を見送った。「あのご婦人は、ブレスレットを盗んだ罪でイースタリーを捕えてもらいたがっていると聞いている」

「ばかげてるわ」シャーロットが手を放した。

ザヴィアーは忍びやかに侍女の背後にまわった。アリスの口をふさぎ、喋らないよう合図してから、ふたりのすぐ後ろへ進ませた。アリスの手をハーバートの腕にかけさせるのと同時に、シャーロットを背後からつかまえて草むらのほうへ引きずっていく。

シャーロットがつまずき、倒れる寸前にザヴィアーが抱き起こした。「しいっ」ささやいて、さらにハーバートから遠ざかった。人どおりの少ない小さな草地に着いて、足をとめた。シャーロットは息を切らし、婦人帽《ボンネット》が肩にずり落ちているが、心から嬉しそうな笑みを浮かべている。ああ、なんて愛らしい女性なんだ。

「こんなことをしたら――」

ザヴィアーはシャーロットの肩をつかんで身をかがませ、唇を奪った。手の下で彼女が身をこわばらせ、やがてやわらぎ、低くかすれた声を洩らすと、ザヴィアーの身体は張りつめた。「ようやくきちんと挨拶できた」ささやいて、もう一度キスをした。

「いいえ、不作法な挨拶だわ」シャーロットは誤りを正して、ザヴィアーの脇の下をぎゅっとつかんだ。

彼女をこの草地に押し倒し、自分のものにしてしまうのはたやすい。こらえろと自分に言い聞かせ、どうにか身を離した。礼儀をとても重んじている淑女を怖がらせたくはない。この午後だけ満足できればいいというものではなく、生涯にかかわってくる問題だ。

「マト……ザヴィアー……わたし……こういったことを戯れではできないの」シャーロットは言いよどみ、ザヴィアーの口もとを見つめた。「これが――ほんとうに戯れなら――そう言って」

男というのはたまにどうしようもない愚か者になる。ザヴィアー自身も、顔や人気や髪の色ばかりを気にするそのような男たちのひとりになりかけていた。「戯れじゃないんだ、シャーロット」静かな声で答えた。「でも、もしぼくを不快に感じたり、きみの心がどこかべつのところへ向いたりしているのなら、どうか教えてほしい。そうしないと――」

シャーロットは小さく息をつくと下襟に手をまわしてきて伸びあがり、みずからキスをした。取り違えようのない返答だ。ザヴィアーは腰に腕をまわして抱き寄せた。

「ならば、もっとふたりだけでいられる時間を作れないだろうか」低い声で言い、彼女の下顎に視線を落とした。

シャーロットが顔をしかめた。「国王より厳重に警護されてる気分だわ」

ザヴィアーはくっくっと笑った。「心配いらない。ビートリーには、後ろからついてきてくれていると思っていたら道に迷ってしまったと言えばいい」

「悪知恵が働くのね」

「必要なときには」

シャーロットがわずかにあとずさり、温かな褐色の瞳で視線を合わせた。「あなたにいくつか質問があるの、ザヴィアー」

ザヴィアーはわずかにたじろいだ。「言ってくれ」

「メリンダ・エドワーズにも交際を求めるつもりだったの？　なぜかと言うと、メリンダはわたしの友人だから、彼女を傷つけるようなことはしたくないのよ」

適当に口実をつくろえても、見透かされてしまうだろう。それに、その口ぶりには誠実に答えなければと思わせる率直さがあった。「友人に助言を求めたんだ」ゆっくりと言葉を継ぐ。「ロンドンには長いあいだ来ていなかったので、自分に最もふさわしい女性が誰なのか知りたかったからだ」

「ふさわしい？」シャーロットが訊いた。

ザヴィアーはふっと笑った。「きみは駆け引きは好きではないよな？」

「ええ、そうね」シャーロットはため息をついた。「ばかげたことだと思うし、わたしはそれほど繊細ではないけれど、どこかへ出かけたときに男性に声をかけられると、その人の友人をメリンダと話させるためだったということが何度かあったの。気慰みの相手をさせられるのはいい気はしないわ」

ザヴィアーは彼女の頰に触れ、一本の指でなめらかな肌をたどった。「気慰みどころか、きみに気をとられずにいられるものか。しかもとてもすがすがしい気分にさせてくれる。ぼくは戯れなど求めていない。花嫁を見つけにここに来たんだ。たしかに当初はメリンダ・エドワーズもその候補に入れていた。だが、もう違う」

シャーロットの頰から赤みが消えた。「でも――」

「ぼくが軍隊にいたのは知ってるね」真剣な考えなのかといった無用な疑問を投げかけられる前に遮った。「しかも順調に出世の道を歩んでいた。中尉として入隊し、二年で少佐に昇進していた。その人生に満足していた。イングランドはつねにどこかで戦争をしている」

「それで、何があったの？」

「昨年、兄のアンソニーが死んだ。家に呼び戻されて、どうにか葬儀には間に合った。流感のようなものだったらしい」親友でもあった兄に先立たれてからいまも消えない怒りと寂しさが声に表れていないだろうかと考えつつ、咳払いをした。「兄は未婚で跡継ぎがいなかったから、ぼくが爵位を継いだ」含み笑いをつくろった。「伯爵になるくらいなら、戦っているほうが楽なものだ」

「どうして、わたしなの？」

「どうして、きみなのか？」訊き返して、ふたたびその顔に手を触れずにはいられなかった。

「きみは従姉の夫をかばって、母親に楯突いていた」

「でも――」

「世論に逆らうためでも、無実かどうかを知っているからでもなく、何も証明されていないからという理由で。なかなかできることじゃない」

「そういうところが気に入ったのね」

「シャーロット、自分らしくいたいと思わないか？　ハーバート卿と一緒にいて、楽しいのか？　仮にだが、あの男に結婚を申し込まれてそれを受けたら、ほんとうに幸せになれると思うのか？」

シャーロットは鼻に皺を寄せた。「もちろん、そうは思わないわ。わたしが七歳のときに起きた、わたしとはなんの関わりもない事件のせいで、両親の目をつねに気にしながら行動しなければいけないのはつらい。そんな生き方を好む人がいるかしら？」

「わからない。だが、ぼくはこのような人生を送ることになるとは思わなかったから、もしワーテルローでの栄光の瞬間に立ち会えて、兄がいまも生きていて責務のすべてを担っていてくれたなら、どんなに幸せだったろうかと思う。ただひとつのことを除いて」

「それはどんなこと？」

「きみだ」

シャーロットはザヴィアーを見つめた。この男性を遠くから見ていたときには戦争でどんなに勇敢に戦ったのだろうと想像し、ほかの人々と自信にあふれた態度で気さくに話す姿に見惚れていた。哀しみや孤独を感じているとは思いもしなかったし、まして自分に振り向いてくれるとは想像できなかった。ところがいまは自分を見ていて、ふたりはどちらもいまいる場所に納得できずに懸命にもがいている似た者同士だと思ってくれているらしい。なによりふしぎなことに、自分もまったく同じように感じている。

どうして。「歩きたいの」唐突に言い、ハーバートがいる辺りとはおおよそ逆の方向へ歩きだした。

すぐにザヴィアーも追いついてきた。「きみを怒らせるつもりはなかったんだ」静かな声で言う。

「怒ってないわ。考えてるのよ」

「いいことなのか、それとも悪いことだろうか？」

思いがけずくすりと笑っていた。「それではまるでわたしが――」

誰かがぶつかってきて、息を呑む間もなく地面に倒れこみ、すぐ鼻先には――

「シャーロット！」友人のティリーことマティルダ・ハワードが驚いた声をあげた。「ほんとうにごめんなさい！」

起きあがり、せめてもスカートが腰までめくれあがっていなかったことにほっとした。品位は台無しだけれど。「いったい何をしてたの？」強い調子で訊き、婦人帽《ボンネット》を頭に戻した。

「じつは、競争をしてたの」ティリーは恥ずかしそうにぼそぼそと答えた。「母には言わないで」

「わたしが言わなくても」これほど混みあった公園で、誰に見られていてもふしぎはない。

「これが、あなたのお母様の耳に入らないわけが――」

「ええ、わかってる」ティリーがため息まじりに言った。「太陽のせいで気が動転していたとでも母があきらめをつけてくれることを祈るわ」

「あるいは、太陽に目がくらんだとでも？」ザヴィアーが言葉を挟んで、シャーロットを立たせた。面白がっているような表情を見て、きっと彼は転ばされたことなどないのだろうとシャーロットは感じた。

ただでさえ、きょうの行動を耳にすれば母を卒倒させてしまうかもしれず、それでも誰も何も責めようがない。「レディ・マティルダ、こちらは、マトソン伯爵よ」

「お目にかかれて……」ティリーは長身の黒い髪の男性がそばに来ると言いよどんだ。

「ティリー、大丈夫か？」男性が訊いた。

レディ・マティルダはそれに答えて、男性の手をかりて立ちあがったが、シャーロットの注意はザヴィアーに引きつけられていた。その紳士が現われたとたん、ザヴィアーはわずかに表情をこわばらせ、すばやく身を寄せて手を握った。シャーロットはぞくりとした。もしかして嫉妬しているの？　わたしのことが心配だから？

ティリーがピーター・トンプソンを紹介し、今度はシャーロットがザヴィアーを紹介しようとしたとき、ミスター・トンプソンがうなずいて先に言葉を発した。「マトソン」

「お知りあいなの？」シャーロットが言うより先にティリーが訊いた。

「軍隊で」ザヴィアーが答えた。

「まあ！」ティリーが赤毛を揺らして声をあげた。「わたしの兄をご存じ？　ハリー・ハワードを」

ザヴィアーの目の表情にほんの束の間変化が見えた。それが何を意味しているのかはわからなかったものの、シャーロットは深みのある水色の瞳を見つめて手を握る力を少し強めた。

「すばらしい男だった」ひと呼吸おいてザヴィアーが答えた。「誰からもとても好かれていた」

「ええ」ティリーがうなずいた。「誰からも好かれる兄でしたわ。そんなふしぎな魅力があったんです」

ザヴィアーはうなずいた。「亡くなられたのはとても残念だ」

「みな同じ気持ちですわ。お心遣い、ありがとうございます」

シャーロットはミスター・トンプソンに目をくれて、さらにまじまじと見やった。この男性もザヴィアーも、互いに強敵から牝馬を守ろうとする牡馬同士のように睨みあっている。大変。「同じ連隊にいらしたの？」ふたりの気をまぎらわせようとして訊いた。

「ああ、そうなんだ」ザヴィアーが言う。「トンプソンは幸運にも、あの戦いを生き抜いた」

「あなたは、ワーテルローにはいらっしゃらなかったの？」ティリーが訊く。

「ちょうど家の事情で帰っていたもので」

「残念でしたわね」ティリーが低い声で言った。

ふいにシャーロットは、走ったあとで頬をほんのり染めた胸の豊かな友人がとても魅力的に見えることに気がついた。なんて女らしいの。「ワーテルローと言えば」話題を変えた。「来週の再現劇は観にいらっしゃる？　マトソン卿は栄光の場面を見逃したと残念がっていらしたのよ」

「シャーロット」ザヴィアーがふたりにしか聞こえない程度の低い声で言った。

「見て楽しめるようなものじゃない」ミスター・トンプソンがつぶやいた。

「そうだったわ」ティリーがすかさず妙に陽気な声を張りあげた。友人も空気を変えようとしているのだろう。「皇太子《プリニー》が取り仕切る再現劇ね！　すっかり忘れてたわ。ヴォクソール・ガーデンズで上演されるのよね？」

「一週間後よ」シャーロットは母につねづね言われているように口を閉じなければと思いつつ、うなずいた。「ワーテルローで勝利した記念日に皇太子《プリニー》も相当に意気込んでいると聞いてるわ。花火も上がるんですって」

ミスター・トンプソンはさほど期待してはいないようだった。「戦いをそういうものだったと思わせたいんだ」

「どうあれ、皇太子《プリニー》は忠実に再現しようとしているだけのことだろう」ザヴィアーが冷ややかに言い添えた。

「それなら、銃撃戦も演じるのね」ティリーがぎこちなく言葉を差し入れた。「ミスター・トンプソン、あなたはいらっしゃる？　付き添っていただけたら嬉しいわ」

シャーロットは落ち着きなく身を動かした。思っていた以上に神経を使う話題だったようだ。ティリーとミスター・トンプソンが観に行くかどうかでやや揉めはじめたので、話題を切り替えようと口を開きかけたとき、ザヴィアーに手を引かれた。顔を見やると、ザヴィアーがわずかに首を振り、ティリーに驚くほど思いやりのこもったまなざしを向けた。「かまうな」シャーロットのほうに目を戻して小声でそう言った。

「でも――」

「わかった」ミスター・トンプソンが口もとをこわばらせてとうとう応じた。

「ありがとう」ティリーは顔を輝かせて言った。「ご親切に感謝するわ、だってほんとうは――」

友人がとたんに気詰まりな表情になったのを見て、シャーロットはとっさに口を開いた。

「では、わたしたちはそろそろ失礼するわね。そうしないと誰かに――」

「向かうところがあるので」ザヴィアーがすかさずあとの言葉を引きとった。

「競争に巻き込んでしまって、ほんとうにごめんなさい」ティリーは詫びて、シャーロットの空いているほうの手を握った。

シャーロットは微笑んで友人の手を握り返した。このくらいのことではふたりの友情は変わらない。「もう気にしないで。わたしが目標地点だったということにすれば、あなたの勝ちね」

「すばらしい考えだわ。どうして自分で思いつけなかったのかしら」

シャーロットはザヴィアーに導かれるまま来た道を戻っていった。いま頃ハーバートは公園じゅうを探しまわっているはずで、騒ぎが起きているとすれば、自分のせいだ。

「きみには興味深い友人がいるんだな」少しして下生えの茂みに向かいながら、ザヴィアーが言った。

「あなたにも」

「トンプソンは友人とは呼べない」

シャーロットはふたたび人目につかない草地に導かれようとしているのを察し、手を振りほどいた。「ハーバートのところへ戻らなくちゃ」

「わかってる」ザヴィアーは大きな一歩でふたりの距離を詰めた。「ぼくはまあいろいろと……華やかな噂を取りざたされてきたが、きみのご両親に認めてもらうために、行儀よく振るまおうと最善の努力を尽くしているのはわかってほしい」

シャーロットの鼓動が速まった。この男性と出会って以来、自分がこれまでになく大胆になりつつあるのを感じていた。「でも、ほんとうに？」

ザヴィアーに両手で両肩をつかまれ、抱き寄せられた。唇が重なったとき、触れあった部分から爪先にまで熱さがめぐり、太腿のあいだに思いも寄らなかった温かな疼きを覚えた。この人は本気だ。真剣に自分に好意を抱いている。嬉しくてたまらない反面、頭の片隅の理屈っぽい部分が、その理由を訊きたがっていた。どうして、わたしなの？　メリンダのように美しくしとやかで洗練された女性ではなく？　どうして――

彼の両手が肩から腕をとおって胸の脇に滑りおり、親指がモスリンの布地の上から乳首をさりげなく、それでいてキスは単なる始まりにすぎないのがはっきりとわかるように撫でた。

「ザヴィアー」シャーロットはかすれ声で呼び、前のめりに倒れかかった。

「しいっ」

「シャーロット！」

びくりとして、熱情で霞がかった頭をどうにか働かせ、ハーバートの声がすぐそばではなく、あきらかに互いの姿が見えない遠くから聞こえているのを判別した。「行って、ザヴィアー」けれど最後にもう一度荒々しいキスを求めずにはいられなかった。

「ハーバートとのことはきっぱりと片をつけてほしい」ザヴィアーは語気を強めて言った。

「でも、どう言えばいいの？」喜び半分、いらだち半分の思いで尋ねた。「以前から両親には、あの方のまるで楽しめないお人柄については不満をこぼしてきたわ。それでも父はヴォクソール・ガーデンズへわたしに付き添いたいというあの方の申し出を承諾してしまった」

「何か手を考えよう」ザヴィアーは続けた。「こんなふうにこそこそ会うことに耐えるのにも限界があるんだ、シャーロット」彼女の顔を両手で包んだ。「ヴォクソール・ガーデンズへは、ハーバート卿とは行かせない。ぼくが付き添う。信じてくれ」

たとえそれでもっとよくない事態になっても、今度ばかりはかまいはしないとシャーロットは覚悟を決めた。ハーバートの声が近づいてきて、ザヴィアーは暗がりへ姿を消した。ザヴィアーに言われたとおり、うっかり道に迷い、ひとりになってしまって驚いたと弁解した。想像力に欠けるハーバートはその嘘を信じた。侍女のアリスについてもその愉快そうな顔から、なんであれ他言するつもりはないことが見てとれた。

ザヴィアーが言っていたように我慢が限界に達したら、どのようなことが起こるのか想像もつかない。でも、ひとつだけ確かなことがある。それは来週の火曜日にヴォクソール・ガーデンズに出かけるということだった。

6

『もう明かしてもよいだろう。マトソン伯爵が好意を抱いている相手は、誰あろうシャーロット・バーリング嬢で、じつのところ本コラムではこれまで一度も取りあげていなかったご婦人である。

このふたりが昨日、ハイド・パークでじつに仲睦まじく腕を組んで歩く姿が目撃された』

一八一六年六月十二日付〈レディ・ホイッスルダウンの社交界新聞〉より

シャーロットは鼻歌を奏でながら鏡に向きあった。夕べは食事がほとんど喉をとおらず、あまり眠れもしなかったけれど、それでも……全身に稲光でも流れ込んだかのように活気づいている。おかげでけっして悪いことは起こらないと恐ろしいほどの自信が湧いている。以前は何かにつけうまくいくはずがないと心配ばかりしていたはずなのに。

少なくとも朝の身支度を整えて朝食の席で両親の小言を聞くまでは機嫌よくしていられそうだった。「おはようございます」すたすたと朝食用の小さな食堂に入って、焼きたてのパンの香ばしい匂いを吸いこんだ。

「おはよう」母が今朝の〈ホイッスルダウン〉から目を上げて答えた。「まずはこれを読みなさい」

「ほかの方々の発言や行動に興味はないわ」シャーロットは食器台の上から桃と厚切りのパンを選びとった。「またきょうも雨が降ろうと、かまわないし」

父がタイムズ紙をテーブルに置いて娘を見やった。「どうしてこうも軽率なシャーロットになってしまったのやら」

父の声には目を向けずにはいられない強い響きがあったものの、なにげないふうに聞き流した。この数日で自分が変わったからといって、両親までもが変わるはずもない。でも、マトソン伯爵と将来を歩むつもりなら、両親にも変わってもらわなければいけない。そしてもうその決心はついている。「わたしをからかってるのね」

「からかってやしませんよ」母が言った。

口答えをしてはだめ、と頭のなかで理性が小さな声で諭していた。けれど今朝は、歌いながらワルツを踊りまわりたいくらい浮かれた心の声のほうがはるかに大きかった。「毛虫から蝶に孵《かえ》った気分なのよ」

席についてすぐに、自分の発言に両親がどちらも黙りこんでいることに気づいた。目を上げると、ふたりが視線を交わしている。何かおかしい。

「どうかしたの？」シャーロットは訊いた。

母がゆっくりと娘の前にゴシップ新聞を押しだした。「蝶の気分になっても仕方がないわね」静かに言う。「けれども、それは自立するということであって、あなたがいましていることは――」

「――自分以外の誰のことも考えていない行動だ」父が言い終えた。「おまえが間違っているのは、誰からみてもあきらかではないかね」

シャーロットは唾を飲みこみ、〈ホイッスルダウン〉の記事に目を落とした。そんな。「わたし――」

「言いわけをするつもりなら、慎重に言葉を選ぶのだな」男爵はふたたび遮って言った。「おまえとハーバートから、きのう公園ではぐれた顛末《てんまつ》についてはすでに話を聞いている。マトソンの名は一度も出てこなかったはずだが」

シャーロットは一瞬目を閉じた。あっという間にまた毛虫に戻ってしまった。しかもこのままでは今度こそ繭《まゆ》のなかに閉じ込められてしまう。永遠に。自分でどうにか飛びださないかぎり。「マトソン卿が好きなの」静かに言った。「あの方に機会さえ与えてもらえれば、お父様もきっと好きになるわ」

「あの男の評判は、われわれが作りだしたものではないのだぞ、シャーロット。あの男自身の行動の結果だ。その責任はみずから負うべきだ――自分ひとりで」

「わたしの評判はどうなの？」シャーロットは父に言い返した。「七歳のときから評判で身を滅ぼしかねないと言い聞かされて、びくびくしながら生きてきて、自分から何かをしようとしたことはなかったわ。そのわたしが〈レディ・ホイッスルダウン〉に載った。でも、これでわたしの人生は台無しになるのかしら？　ならないわ」

「それはこれからわかることだわ。あの人と会うために公園に行ったの、それとも偶然だったの？」母が新聞を取り戻した。何かあればまたすぐにお説教をする口実に使えるように、しまっておくつもりなのだろう。

シャーロットは顎を上げた。「お会いするつもりだったわ」

「シャーロット！」

すっくと立ちあがった。「わたしには美貌も華やかさもないわ、お母様。信じて、それはわかってるの。ハーバート卿といるときには、自分が地味で平凡なつまらない人間のように感じるわ。でも、ザヴィアーに見つめられて話していると……自分は魅力的なんだと思えるの。それを忘れろと言われても無理よ。ほんとうは善良な方で、これまでその気にならなかっただけで、いまは社交界にも認めてもらえるように努力なさってるわ」

「つまり、おまえは歯の浮くような褒め言葉に乗せられて、あの男の評判をよくするためにわれわれの家名を利用させてやるというのか」

「お父様、それは違――」

「何が違うんだ？　ほかにあの男がおまえに言い寄る理由がどこにある？」

やっぱりそうだ。両親の目にはそんなにも魅力のない平凡な娘に映っているのだろう。ザヴィアー・マトソンのように容姿に恵まれた裕福な男性が、なんの思惑もなく、そんな娘とつきあいたがるはずがないと。「そんな」ぽつりと漏らし、喉がつかえた。

「エドワード、そこまで言う必要はないでしょう」驚いたことに母が席を立ってシャーロットの肩を抱きすくめた。「あなたを傷つけたくはないのよ。でも、誰もがあなたのように思いやりがあって誠実なわけではないことも知っておかなければね」

「それに、同じ屋根の下で暮らそうが暮らすまいが、おまえの行動はわれわれに、一族全体の評判に影響する」男爵は口もとをゆがめた。

「そのことは胸にとどめておくわ、お父様。もう部屋に戻っていい？」

「ハーバート卿が昼食をともにするために迎えに来る。それまで部屋で自分がしたことについてよく考えるのだな」

シャーロットはばたばたと階段を駆けあがりながら、ザヴィアーと会うことをこのまま両親に許してもらえなければ、どのくらいのあいだ彼は自分を想っていてくれるのだろうかと考えていた。通じあうものを見いだせたといっても、こちらは繋がれたままで、向こうは自由の身だ。

どのように行動しても自分以外の誰に迷惑がかかるわけでもなく、男性でしかも富もあるのだから、たいがいのことは許されてしまう。かたや自分はと考えると、父の言うとおりだ。両親と同じ屋根の下で暮らし、同じ名を持ち、両親とともに社交界の催しに出席している。それについては不満はなかった。

問題は、ロンドンの淑女に求められる行動規範が自分には合わないことだ。合わせるには人の三倍の努力が要る。そのうえ、人を圧倒させるほどの美貌も、自分の周りに張りめぐらされた頑丈な壁を打ち破る勇気もない。

ザヴィアーはそのような短所に気づいていないようだが、思うようにならない状況にいらだっているのはシャーロットにも感じとれた。メリンダ・エドワーズ、レイチェル・ベイクリー、レディ・ポーシャ・ホリングス、ほかにも何人もの若い令嬢たちがザヴィアーの目を引こうとしているというのに、自分はベッドに坐ってわびしく不運を嘆いている。

「シャーロット？」母が閉じたドアをそっと叩く音がした。

「どうぞ」

男爵夫人は部屋に入ってドアを閉めると、娘の鏡台へ歩いてきて椅子に腰をおろした。母は怒っているようには見えないが、シャーロットは沈黙を保った。みずから言いあいをけしかけることはもうしたくない。

「きのう、ヘレンから手紙が届いたの」母が言う。

「よかったわね。お姉様とフェントンと子供たちは元気かしら？」

「みんな元気そうよ。来月、ロンドンに来たいと書いてあったわ。長居はできないでしょうけど」

「お姉様に会うのが楽しみだわ」

レディ・バーリングはうなずいた。「ソフィアのもとからイースタリーが去ったのは、ヘレンが十二歳のときだった」

「ええ、憶えてるわ」

「でも、あの子は二歳のときからフェントンに嫁ぐことが決まっていたから、醜聞のせいで結婚の望みが絶たれる心配はなかったのよ」

「でも、わたしは誰とも婚約していない」

「ええ、そうね」男爵夫人はスカートの皺を伸ばした。「わたしたちだって娘に毛虫のような思いをさせたいわけじゃないわ。ただ、ちゃんと結婚できるように分別をわきまえた行動をとってほしいだけなの」

シャーロットはベッドの上掛けの精緻な刺繍を指でたどった。「わかってるわ。でも、敬意を抱けない男性と結婚するなら、結婚しないほうがましだと思っていることはわかって」

「ハーバートのことを言ってるのね」

「いい人だとは思うわ」シャーロットはすぐに答えて、褒め言葉に受けとってもらえそうな言いまわしを探した。「それに、きちんとなさっているし。お母様がわたしにふさわしいお相手だと考える気持ちも理解できる。わたし自身は……そうは思えないけれど」

「マトソン卿がどれだけ真剣にあなたを想ってくれているのかしら？」

シャーロットは目を上げた。母は陰鬱《いんうつ》な表情で鏡台の鏡に映る娘を見つめている。「自信があるとは言えないわ」ゆっくりと言葉を継いだ。「でも、あの方が評判を上げたくてわたしを利用しているのではないことは確かよ。考えてもみて、容姿にも富にも恵まれていて、わたしでなくても相手を選び放題なのだから」

「そういう言い方はやめなさい」

「どうして？　お母様もいつもそういう言い方をするじゃない」

「シャーロット、あなたを理解しようとしているのよ。わたしを侮辱するのはやめて」

シャーロットはその言葉に虚をつかれた。「理解？　どういうふうに？」ベッドから腰を上げた。「ザヴィアーの訪問を許してくれるかもしれないってこと？」

「わたしたち親としての姿勢は変わらないわ。ハーバート卿にはお断わりすることをわたしからお父様にお話ししてもいいと言いたかったのよ。あなたがほんとうにあの方と結婚するよりはひとりで生きるほうがましだと思うのなら」

「ほんとうにそう思ってるわ」シャーロットは力を込めて答えた。

「もうお相手が現われないかもしれないことはわかっているのね。年を経るごとに、可能性は少しずつ減っていくのよ。それと、マトソン卿に期待をかけるのもやめなさい。あなたが言うように、たとえいまはあなたに惹かれていたとしても、あの人にはいくらでも選択肢があるのだから。いいわね」

「お母様、この一年毎日お母様に言われてきたことを忘れるわけがないでしょう。自分のことはよくわかっているし、若い男性たちの目を奪うような女性ではないのも知ってるわ。でもハーバートがわたしを特別な存在と見てくれているとも思えない。結婚するのなら、美しいとまでは思ってもらえなくても、せめて自分を退屈だとは思っていない紳士としたいわ」

男爵夫人は立ちあがった。「それで、マトソン卿はあなたをどう見ているのかしら？　それとも、それもわからないというの？」

シャーロットは微笑んだ。「わたしはすてきな目をしているとおっしゃってたわ」

「お父様にお伝えしておくわ」レディ・バーリングは歩きだし、ドアを開いた。「お父様が同意なさったら、マトソン卿とここで会うのは許します。ただし外出や、おおやけの場でご一緒するのはだめよ。いずれにしても、ソフィアの問題のほとぼりが冷めるまでは。わかったわね？」

その瞬間、シャーロットは鼓動が速くなりすぎて気を失ってしまうのではないかと思った。

「よくわかったわ」必死で嬉しさをこらえた。これでともかくザヴィアーにもう一度会える。

きょうもまた午後にバーリング邸を訪れる頃には、ザヴィアーの頭にふたたび誘拐計画がめぐっていた。シャーロットと話してから二十四時間が経ち、弓弦よりもぴんと引き伸ばされているような苦しさを味わっている。シャーロットに家に引き入れてもらうことについてはもはやあきらめたが、これ以上時間が空いては呼吸もままならなくなりそうだ。この苦しみようを天国の兄はきっと大笑いしているだろう。

玄関扉をノックする。扉があいて、またも訪問を拒まれたら赤い薔薇の花束と名刺を執事に渡そうと身がまえた。ところが、お仕着せ姿の執事は後ろへさがった。

「居間でお待ちいただけますでしょうか、伯爵どの」

一瞬、間違えてほかの屋敷をノックしてしまったのだろうかと思った。気を取り直し、老執事に案内されてこぢんまりとして快適そうな居間に入ると、ドアが閉まった。バーリング男爵は自分を閉じ込めるつもりなのかもしれないとも考えたが、鍵が掛けられた形跡はなかった。花束を握って暖炉のほうへ歩いていき、戻ってきた。また男爵に追い返されるのだろう。だがシャーロット自身に来るなと言われるまでは何度でも通いつづけてやる。

ドアが開いた。向きなおると、居間に入ってきたのはシャーロットだった。部屋の真ん中まで戻って、彼女の後ろから女中が入ってきたのに気づいた。ザヴィアーは心ひそかに毒づいて、足をとめた。シャーロットがそこにいる。たとえその後ろに曲芸師の一団が控えていようとかまうものか。

「こんにちは、伯爵様」シャーロットが膝を曲げてお辞儀をした。

ザヴィアーは首を傾け、ゆったりとした足どりでふたりの距離を縮め、花束を手渡した。

「こんにちは。きみは……元気そうだ」

「ええ、おかげさまで。坐りません？」シャーロットは薔薇の花びらに顔を近づけ、濃い睫毛の下からちらりと目を向けた。「それと、花束をありがとうございます」そう続けて花束を女中に渡すと、女中が戸口へ戻ってさらに従僕に手渡した。

シャーロットは長椅子に腰をおろした。ザヴィアーもその隣に坐って手を取りたかったが、人目があるかぎり礼儀正しく振るまわなければならないので、向かい側の椅子に腰かけた。

「どういたしまして」

「お茶をご用意しましょうか？」

ザヴィアーはわずかに身を乗りだした。「どうなってるんだ？」

シャーロットの口もとが引き攣《つ》った。「あなたにお目にかかるのを許されたんです」

ザヴィアーは心臓がひっくり返ったように思えた。「ほんとうに？　それでいったい――」

「でも、条件があるの」

「条件」繰り返して、背を椅子に戻した。「条件とは？」

「あなたと一緒に家を出てはいけない。おおやけの場で、あなたといるところを人に見られてもいけない」

「きみとダンスを踊ることもできないのか？」

「ええ」

「ということは、キスは問題外か」

シャーロットが頬を染めた。「ええ、そのとおり」

「何があったんだ？　むろん、文句を言うつもりはないんだが」ほんとうは言いたいことはいくつかあるが、こうして話せるようになったのなら、ほかのことも少しのあいだなら耐えられる。ほんの少しのあいだなら。

「〈ホイッスルダウン〉に載ってしまったのよ」

ザヴィアーはうなずいた。「ぼくも読んだ。誰だか知らないが、まったく頭にくるご婦人だ。ご両親にはなんと説明したんだ？」

「あなたに会うために公園に行ったと」

ザヴィアーは片方の眉を上げた。これはあきらかに前進であり、目の前に坐っている魅力的な令嬢の努力の成果としか考えようがない。「ご両親にそう言ったのか？」

「ええ」声が低くなった。「ちょっと腹が立ってしまったから」

「ぼくたちにとっては状況が好転したのではないかな」

「いままでよりは」

「ハーバート卿とは？」

シャーロットはわずかに顔をゆがめた。「あの方は何も知らされていないわ」

この取り決めによって得られたものは思ったほど多くはないらしい。「つまり、ぼくのきみに対する気持ちが真剣であるとは思われていないわけだな。それで、きみたちの婚約が発表されたら、ぼくはお払い箱なのかい？」

「ザヴィアー、わたしがハーバートと結婚するつもりがないことは両親も知ってるわ。でも父は、あなたが……本気であるはずがないと言い張ってるわ。それでできるだけ婚約を取りやめるのを引き延ばそうとしているのよ」

シャーロットとの結婚が決定的になったあかつきには、バーリング男爵に娘を過小評価していることについて釘を刺しておかねばならないと、ザヴィアーは胸に留めた。だがその前にせめて、おおやけの場でダンスを踊る許しをどうにかして得ておく必要がある。

「条件が多いのよ」シャーロットが言葉を継ぎ、ちらりと目を向けてすぐにそらした。「だから、ほかにも独身の令嬢は――」

「それくらい耐えられる」ザヴィアーは鋭い声で遮った。「ハーバートのことだって我慢するさ。だが、ぼくの気持ちは真剣だし、それをきみの父上にわかってもらいたいんだ」

「ほんとうに？」

「当然だ」いくぶん声をやわらげ、笑みをこしらえた。「ぼくは軍隊で戦略についてはじゅうぶん学んだ。成功の見込みのない作戦は立てない」

「でも、わたしがイースタリー卿をかばわなかったら、こんなことにならなかったのよね？」

ザヴィアーはふっと口もとをほころばせた。「そのおかげで、ぼくの頭がきみを見つけた。そのあとは耳と目と口で」もはや心もとらわれているのはわかっていたが、シャーロットに自分にとってどれほど特別な存在なのかを言葉だけで怖がらせずに伝えるのはきわめてむずかしい。なにしろそんなことを口に出したら、自分のほうが気絶してしまいそうだ。放蕩をきわめたザヴィアーが、おとなしく控えめで機知に富む聡明な女性に恋してしまうとは。

シャーロットが女中をちらりと見やって、口もとをゆがめた。「あなたの唇の能力はたしかに認めるわ」低い声で言う。

こんな表情を目にしながら触れることができないのは、ザヴィアーには耐えがたい苦しみだった。「ぼくの唇の能力をわかってもらうのはこれからだ、シャーロット」ささやくように言った。「そんなことを言われたら、こんなばかげたことに耐えられる時間が大幅に短くなってしまいそうだ」

シャーロットが束の間じっと見返した。「ほんとうに本気なのね？」

「きみのことかい？　ああ、もちろんだ」彼女が問いかけている理由も、自分の返答が何を意味しているかも承知していた。だが意外にも、少しも迷いはなかった。それどころか……すっきりとした気持ちだった。自分の決意に満足している。そうでなければ、彼女の両親に自分の真剣さをわからせるのにこれほど時間がかかっていることにもっといらだっていただろう。

「疑っているように聞こえたなら、ごめんなさい、ザヴィアー」シャーロットがゆっくりと続けた。「でも、父はわたしをどうにか結婚させなければと考えて、ハーバート卿を探してきたの。いままでわたしに結婚を申し込んでくれる男性はいなかったから。わたしは――」

「いままでの話だ」ザヴィアーは遮った。

シャーロットがしばし自分の手に視線を落とし、すぐにまた目を上げて見つめ返した。この女性は必ず目を見る。そういうところが好きだ――もちろん、ほかにもその人柄に急速に惹かれていったのにはいくつも理由があるのだが。

「姉のヘレンは」少し間をおいて話しだした。「とてもきれいなの。窓からよじ登って求婚しようとする人までいたのよ。姉のことはとても愛しているけれど、気になってしまう点もあったわ――読書は嫌いで、噂話や流行の衣装のことしか話したがらないし、誰から見られても恥ずかしくない方に誘われないかぎり劇場には足を運ばないの――どうすれば人気者になれて好かれるのかを知っていて、目を引かないと気がすまない」

「若いご婦人方はみな同じようなものだ」ザヴィアーは答えて、これまで出会ってきたシャーロットの姉のような大勢の女性たちを思い返した。シャーロットだけは誰とも違う。

「わたしにはあてはまらないけれど」シャーロットが心を読んだように言った。「お姉様が興味を持つことにはどれも興味が持てないの。そういう楽しいことを拒んでいるから、紳士の方々から訪問してもらえないのだと自分に言い聞かせてきたような気がするわ。でも、ほんとうは違うのもわかってたわ。わたしはとてもきれいというわけではないし、人をときめかせる魅力もない。それでもわたし……あなたがわたしの両親に誠意を疑われて、それを見返したいだけの理由で本気だと言ってくれているのではないと信じたいの」

ザヴィアーはゆっくりと微笑んで、こらえきれず指で彼女の頰をたどった。「見返してやりたいと思ってるとも。くだらない男たちがきみをひと目見て興味が湧かないと言ったとしても、ぼくにはなんの関係もない。ぼくはきみを二度見返して、ほんとうのきみのことがわかったんだ」

シャーロットの頰がじわじわと染まっていく。「どんなふうに？」

「ぼくのものだと」

「ザヴィアー――」

男爵夫妻はなんの前触れもなく部屋に入ってきたので、頰に触れていたのを見られてしまったのは間違いなかった。なんなんだいったい。堅物なうえに詮索《せんさく》好きとは、これほど始末の悪い取り合わせがあるだろうか。

「ご機嫌よう、マトソン卿」

ザヴィアーは立ちあがり、軽く頭をさげて挨拶した。「バーリング男爵夫妻。シャーロット嬢との対面を許していただき、ありがとうございます」

「まだきみを信用したわけではない」男爵はそっけなく言った。「だがシャーロットが、単なるきみの気の迷いだとあきらかになるまでは納得しそうにないのでな」

ザヴィアーの傍らで、シャーロットが身をこわばらせた。さすがに両親から女性としての魅力を見くだされていることに気づいたのだろう――そして少なからずいらだっていた。

「マトソン卿には条件のすべてをお話ししたわ」きつい口調で言った。「従っていただけるそうよ」

いいや、従ってなどやるものか。「がっかりさせて申しわけありません」ザヴィアーはふと、この親たちはこの場で娘が求婚されたらどうするだろうかと思った。だが、あやうい橋は渡りたくないし、渡ることはできない。もし撥ねつけられたら、そうなるのはほぼ間違いないが、食ってかからずにはいられなくなる。そうすることに自分にはなんのためらいもないが、シャーロットを苦しめたくはない。

「シャーロットは事実上、ハーバート・ビートリー卿と婚約しているようなものなんですよ」男爵夫人が言葉を差し挟んだ。

「はっきりさせておきたいのですが、男爵夫人。失礼ながら、彼女は実際には求婚を受けてはいませんし、むろん答えてもいない。つまりは誰でも彼女に好意を抱き、交際を求めることもできるというわけです」

男爵が目をぱちくりさせた。「そうかもしれんが、きみが本気だとしても、名乗りをあげるのが遅すぎたな。私は人間性に申しぶんのないハーバート卿を信頼している。きみのことはどうにも信用できん」

「勝敗がつくまでには、あなたの不安はすべて消し去ってみせます」もう少し強い態度に出ることもできたが、シャーロットが顔を蒼ざめさせて、緊張からふるえているのが見てとれた。ザヴィアーはその手を取って、指関節に唇を擦らせた。「所用がいくつかあるので失礼します。あすまた訪問するよ、シャーロット」

「ザヴィアー」

彼女の指から速くしっかりとした脈動を感じた。おかげで男爵夫妻のあからさまな非難に沈みかけていた気持ちが大いに励まされた。堂々とした足どりでバーリング男爵夫妻の脇を通り抜け、玄関扉を出ていくとき、ひそかに胸のうちで誓った。シャーロット・バーリングと結婚する。そののちは彼女に心ない言葉をかける人間は自分が許さない。

7

『マトソン伯爵のバーリング嬢への求愛はいまだ困難に直面している。

それにしても、拒んでいるのはバーリング嬢本人、あるいは両親のほうなのだろうか？　マトソン伯爵の華麗な容姿から考えれば、恋路の邪魔立てとなっているのはやはり年配のバーリング男爵夫妻のほうとしか思えない。いかに箱入り娘のバーリング嬢とはいえ、そこまで頑《かたく》なではないだろう』

一八一六年六月十四日付〈レディ・ホイッスルダウンの社交界新聞〉より

「条件を守ることで合意したはずだわ」シャーロットは母の書き物机の前を行きつ戻りつしていた。「マトソン卿がわたしを訪問することは許されているのよね」

「シャーロット」レディ・バーリングはペンを置いて答えた。「許されているわ」

「それならどうしてお見えにならないのかしら？」

「マトソン卿はお仕事やら人づきあいでお忙しいのよ。あの人のあなたへの誠意は信用できないと言ったでしょう。あなたがもてあそばれて飽きられたというような噂が立つ前にそれがわかって、むしろよかったじゃないの」

時どき、晩にベッドでひとりになったときにはとりわけ自分もそう考えることがあるけれど、日中はさいわいにも現実的な思考がそんな迷いを消し去ってくれる。「お会いしてもいないのに、どうして飽きられるの？」

「きっともうとうに飽きられていたのよ」母は無理やりといったふうに笑みを浮かべた。「そういえば、きょうはメリンダ・エドワーズと昼食の約束をしてるんでしょう？　遅れてはだめよ」

シャーロットは頭をもたげた不信感を押し隠した。この数日はうんざりするほど予定が入っている。〈ホイッスルダウン〉に取りあげられたせいなのかもしれないが、友人たち、親類、母、あまたの人々から食事や買い物や小雨の合間の散策に誘われている。ふと、もしや外出させてザヴィアーと会わせないための両親の策略ではないかという疑念が湧いた。訪問は許されているとはいえ、自分が家にいなければ会うことはできない。まさか。「メリンダから今朝、取りやめたいと書付が届いたのよ」嘘をついた。「鼻風邪をひいたのではないかしら」

「鬱陶しい天候だものね」レディ・バーリングが立ちあがった。「あなたも具合を悪くしてはいけないわ。階上《うえ》で少し休んだら？」

しばらくひとりで戦略を練ってみるのはいい考えだ。「そうするわ、お母様」

策略に嵌められたことに怒ればいいのか、ザヴィアーに避けられているわけではなかったことを喜べばいいのかわからないまま、シャーロットは階上の寝室に戻って、読書用の椅子に腰かけた。ベートーヴェンが膝に飛び乗ってきたが、飼い主の沈んだ顔をちろりと見上げて窓敷居に移動した。まさに両親の考えそうなことだ。ザヴィアーに訪問の許しを出しておきながら、会えないようにして、その隙にハーバートに求婚をけしかける。

窓ガラスがカタカタ鳴った。ベートーヴェンが哀れっぽい鳴き声をあげて床におりてベッドの下に逃げこみ、シャーロットはとっさに首を振り向けた。窓枠に、髪から肩に花びらと花粉を貼りつけたザヴィアーがしがみついていた。

「入れてくれ、シャーロット、首の骨が折れる前に」窓ガラスを通してくぐもった声が聞こえた。

シャーロットは慌てて掛け金をはずして窓を開き、ザヴィアーの肘をつかんで部屋のなかに引き入れた。「いったい――」

ザヴィアーは床に転がってシャーロットを膝の上に抱き寄せ、激しく深いキスをした。シャーロットはその腕のなかに身をゆだねた。母に言わせれば夢想かもしれないけれど、これはたしかに現実だ。うっとりとなって、その顔を見つめずにはいられなかった。

「やあ」しばらくしてザヴィアーが言い、親指で彼女の下唇をなぞった。

シャーロットはどうにか冷静な思考を取り戻そうと目をまたたいた。「こんなところで何をしていたの？」

ザヴィアーは彼女の指の一本一本が尊いものであるかのように撫でていた。「最初は玄関扉から訪問したんだ」低くのんびりとした声で言う。「でも、きみの家の執事にきみは流感にかかっているから取り次げないと言われたんだ。病気じゃなかったのか？」

同じ病気で親族を亡くした者にはなおさら冷酷な嘘だ。「ええ、わたしは病気ではないわ」

ザヴィアーの顔がほっとしたようにやわらいだ。「よかった。でも、それならどうしてぼくを避けていたんだ？」

「来てくださらないのに、どうやって避けるというの？」

ザヴィアーが見つめた。「ぼくは毎日来ていた。どこかへ行ってしまっていたのは、きみのほうだ。だからきょうは格子垣をよじ登ってきたんじゃないか」

シャーロットは息を吸いこんだ。「毎日いらしてたの？」

「そうすると言っただろう」

「あなたは来ていないと聞かされていたのよ。それでわたしはいろいろな方々と出かける予定を入れられた。ほとんど面識のなかったおばたちとまで」

ザヴィアーはゆっくりとうなずいた。「ぼくたちが釣り合わないと思いこんでいる人間たちが、その思いこみを現実のものにしようと奮闘しているらしい」手でやさしく頬を撫でて、もう一度キスをした。

「でも、うまくいかなかったわ。あなたは格子垣を登ってきたんだもの」シャーロットは温かな腕にくるまれ、彼の黄褐色の髪に付いた花びらを払い落とした。

「しかも、もう少しで首の骨を折るところだった。あんなものを梯子《はしご》代わりに使った者はいないんじゃないか」

シャーロットは微笑んだ。「いないわね」

「もしまたこんなばかげたあしらい方をするようなら、今度は大工道具を持ってきて、梯子を掛けてやる」

その光景がシャーロットの頭に浮かんだ。両親には首尾よく対面を阻止したと思いこませておいて、真夜中にザヴィアーが寝室に忍びこみ、ベッドに上がる。太腿のあいだが温かな湿り気を帯びるのを感じ、彼に身をすり寄せて両腕を背にまわした。「いい考えだわ」

「そんなふうに動くのはよくない」その声はややこわばっていた。「きみを奪いに来たんじゃない。ともかく、いまはまだ」

シャーロットはどう答えればいいのかわからなかった。かえってみだらな気持ちをそそられた。両親は娘からマトソン伯爵を引き離すために、さらに強硬な手段をとってくるだろう。もちろん、それは伯爵がより大胆な方法で訪問しはじめたことがばれた場合のことで、みずから両親に伝えるつもりはない。

「きみのご両親はぼくに訪問を許し、ふたりが顔を合わせないようにきみを外出させて、きみにぼくが興味をなくしたと思いこませようと考えたんだ」

シャーロットは深く息を吸った。「両親は……悪い人たちではないのよ。わたしがあなたに熱をあげすぎていて、その気持ちに応えてはもらえないと思いこんでいるのよ」

ザヴィアーは片方の眉を上げ、きょうはこれから彼女の部屋で一緒に坐っていられると思うだけで自分が心から満足していることに気づいた。一生こうしていてもいいくらいだ。

「ご両親は間違っている」

シャーロットはため息をついた。「あの人たちはけっしてそれを認めないわ。ヴォクソール・ガーデンズでの催しまでに、ハーバートに求婚させるつもりよ」

ザヴィアーは怒りに胸を掻きむしられた。「だめだ、そうはさせない」シャーロットを少しだけ後ろへさがらせて頬に触れ、穏やかな褐色の瞳をひとしきり見つめた。「結婚してくれ、シャーロット」ささやきかけた。

シャーロットは愛くるしい唇を開き、すぐに閉じた。「できないわ。両親の許しがなければ」

このように心の底から善良で清廉なところも彼女を好きになった理由なのだと思い起こし、大きく息を吸った。「ぼくがご両親の許しを得たら返事をくれ」

「でも、無理よ。許してはもらえない。自分の娘に男性を惹きつける魅力があるとは信じていない両親でも、わたしは愛してるの。あの人たちは、たとえ自分たちの思いこみにすぎないとしても、一族の名誉を傷つけると思うことには同意しない。わたしがいくら望んでいることであっても」

それこそまさにザヴィアーが聞きたかった言葉だった。「同意さえしてもらえれば、きみは求婚を受けてくれるんだな」

シャーロットはゆっくりとうなずいた。「お受けします」

「あとは、ぼくにまかせてくれ」

シャーロットは苦悩の表情で、ザヴィアーの上着から最後に残った花粉を取り除いた。

「たぶん、あなたは欲しいものを手に入れることに慣れているのでしょうけど、これについては——」

ザヴィアーはふたたびキスをして反論を遮った。彼女とのキスはこの世でいちばん役立つ発明品のように思えた。いや、二番目かもしれない。いっそ貞操を奪ってしまえば、バーリング夫妻は娘を自分に嫁がせざるをえないだろうという考えが頭をよぎった。だが、そのような手に頼りたくはない——選択肢として残してはおくが。シャーロットを求めるこの想いを妨げられるものはない。なんとしてでも解決策を見いだし、ほかの男に奪われるのだけは阻止しなければ。ましてやハーバート・ビートリーなどに渡すものか。


一時間近く話したところで、アリスがドアを擦るようにノックする音がした。シャーロットは慌てた声を洩らし、よろめきながら立ちあがった。「何かしら?」

「奥様がお呼びです、お嬢様」

「すぐにおりていくわ」

「ベッドの下にでも隠れているとするか」後ろに立っていたザヴィアーが言った。

「ずっといたら、飢え死にしてしまうわ」シャーロットは彼と結ばれるむずかしさを思いながらも、嬉しさをこらえきれずに微笑んだ。なんといっても、ザヴィアーに求婚されたのだ。

「約束してほしい、シャーロット」ザヴィアーが静かな声で言い、シャーロットをふたたび抱き寄せた。

「何を?」

「きみのご両親やビートリーから何を聞かされても、あきらめないと。ぼくがきっとなんとかする」

シャーロットは居ても立ってもいられずに、伸びあがってキスをした。こんなことを言われて舞いあがらずにいられる? たとえ、失敗に終わるとわかっていても。もちろん、何事にも成功する見込みがまったくないわけではない。「約束するわ」

ザヴィアーはするりと窓の外に出て、格子垣の状態の悪さに文句をこぼしつつおりていった。その姿が裏庭の垣根の向こうに消えるのを見届けて、シャーロットは母に会うため階下へ向かった。すると驚いたことに従姉のソフィアから今夜泊まりで招待されていることを知らされた。

「伺ってもいいの?」シャーロットは目を見開いて訊いた。歳は離れていてもソフィアとはいつもお喋りを楽しんでいたが、イースタリーがふたたび姿を現わして以来、ほとんどまともに顔を合わせていない。

母がため息をついた。「きのうから、このご招待についてはお父様と話しあっていたのよ。気は進まないけれど、彼女は親族だものね。なるべく誰にも知られないことを願うしかないわ。ただし、マトソンのことを話してはだめよ。もう醜聞に巻き込まれることだけは避けなくてはね」

母は娘に紳士の訪問者を近づけないためには少なくとも昼食会や買い物よりさらに確実な手段を講じることが必要だと気づいたのに違いない。そのうちいきなりバースのバーリングおばあちゃんの家で一週間過ごして来いと言いだすかもしれない。なんであれ、できるだけ慎みを保つつもりとはいえ、シャーロットにとってソフィアはなんでも打ち明けられる気がする相手だった。それにいまはザヴィアーの話を聞いてくれる友人がほしい。「わかってるわ、お母様」

泊りがけの訪問の荷造りをしているあいだじゅう、今夜もしザヴィアーがまたやって来て、窓をあけてくれる人がいなければ格子垣で首の骨を折ってしまうのではないかと考えていた。どうしたらいいの。落ち着かずに荷物を十二回も見直し、アリスがおやつに持ってきてくれた焼き菓子をひと皿食べきってていた。

お気に入りの青い訪問用のドレスに色調を合わせた帽子とリボンを身につけ、ようやく車道に四輪馬車がまわされるとすぐに乗りこんだ。二十分後にはソフィアの家に着き、玄関広間で従姉本人に迎えられた。イースタリー子爵夫人ソフィア・スロックモートン・ハンプトンはいつ見ても冷静で涼しげに落ち着いていて、この日はそれがシャーロットには妬ましく感じられた。自分もザヴィアーとのことで気を揉んではいるが、ソフィアもおそらく新たな人生を思い描いていた矢先に長く姿を消していた夫が戻ってきたのだから、気がかりは少なくないはずだ。

従僕が荷物をあずかるやほとんど間をおかずにソフィアが近づいてきて、シャーロットをしっかりと抱きしめた。「来てくれて、ほんとうに嬉しいわ！」明るい声で言う。「善良で聡明な女性の話し相手を心から求めていたのよ。お腹はすいてない？　七時に軽い夕食をとれるように頼んであるわ」

シャーロットはおやつに焼き菓子を食べてきたのを後悔しはじめていた。「大丈夫よ」と答えた。「お茶を飲んできたばかりで、まだ食べられそうにないから」

「それならよかった。食事は部屋に運ばせましょう。あなたに会うのをとても楽しみにしていたんだけれど、今回は守ってほしいことがあるの」

シャーロットは眉を上げた。「守ってほしいこと？」

思いがけずまたもソフィアに抱きしめられた。ほんとうに友人との触れあいを求めていたのだろうと思うと、従妹としてもっとできることがあったのではないかと後ろめたさを覚えた。「ええ、ひとつだけ」ソフィアが続けた。「話題にするのは、衣装、帽子、手袋、ドレスの裾の長さ、宝石類、靴、馬車、馬、舞踏会、食べ物、同じご婦人方のこと、最近いちばん楽しめたダンスでもいいわ。でも、男性のことだけはだめ」

そんなことって。シャーロットはどうにか笑みをこしらえた。「守れると思うわ」

「よかった！」ソフィアが手を取って階上へ導いていく。「買ったばかりのドレスをぜひ見てね。ロシア風の飾りが付いた青いドレスで、ほんとうにすてきなの。そう、それと、可愛らしい赤い薔薇飾りが付いた淡いピンク色の絹地のドレスもあるんだけど、それがあなたに似合うのではないかと思うの」

シャーロットはすてきなドレスだろうと考えながらふと、それを着た姿をザヴィアーに見せる機会があったなら彼はどう感じるのだろうかと思いめぐらせた。「わたしに？　わたしにはとても――」

「あなたならきっと似合うわ。先月気まぐれで買ってしまったものなんだけど、わたしには似合わなくて、無駄にしたくないし」

ふたりでドレスを見てしばらく楽しくお喋りしつつ、シャーロットは自分も店でそのようなドレスを見て気に入れば、噂好きな人々の目を引いて浮ついた女性に見られてしまうなどと心配せずに買えるようになりたいと考えていた。夕食を運んできたことを知らせる家政婦の静かなノックの音でわれに返った。

お喋りは楽しいものの、食べ終わり、ソフィアがお茶を淹れているあいだも何をしていてもマトソン伯爵のことが頭を離れなかった。できることなら彼のことを打ち明けてソフィアにこの気持ちがわかってもらえるのか確かめ、すべてを失う危険を冒しても彼とともにいる価値があるのか相談したい。

やがて会話が途切れた。シャーロットがソフィアとの約束を破ってしまおうかと考えはじめたとき、従姉が口を開き、気が変わったのかすぐに閉じた。

シャーロットはティーカップを口もとへ持ち上げかけた手をとめた。「どうしたの？」と言葉を促した。

「なんでもないわ。ただ――なんでもないの」

仕方がない。シャーロットはお茶を飲んだ。いまや気をまぎらわしてくれるものがなくなり、何かべつのことを考えようとするたび彼の深みのある水色の瞳と、温かい穏やかな笑みに頭のなかが塗り替えられてしまう。娘の女性としての魅力を認められず醜聞を恐れる両親に、幸せになる機会をふいにされようとしていることに納得がいかなかった。それに、ザヴィアーをもっとよく知れば、生来の放蕩者というわけではなく、ロンドンに来てすぐのときは哀しみと寂しさから少しばかりのなぐさめを求めただけだったことをわかってもらえるはずだ。悪いのはザヴィアーでも自分でもない。ザヴィアーは自分の力で解決してみせると言っていたけれど、いっぽうでハーバート・ビートリー卿もすでに求婚の準備を進めている。

ソフィアが受け皿の上にカップを置く音がした。「そんなに深刻そうに何を考えてるの？」シャーロットは顔を赤らめた。「それは――」いいえ、やっぱりソフィアから言いださないかぎり、約束は破れない。「たいしたことではないわ。ちょっとぼんやりしてただけ」

「ひょっとしてまたご両親に何か言われたの？　あなたを結婚させたがってらっしゃるものね。ヴィヴィアンおば様にはわたしのことでまた歯がゆい思いをさせてるでしょうし」

「あの、母に悪気はないのよ。ただ――」

「よかれと思ってしていることでも、正しいこととはかぎらないわ。ヴィヴィアンおば様とエドワードおじ様に、わたしから結婚を急ぎすぎる危険性についてお話ししておいたほうがいいかもしれないわね。わたしのみじめな結婚生活を教訓にしてくだされぱいいのに。女性がそのような決断をくだすにはせめて二十五歳を過ぎてからのほうがいいのよ」

シャーロットは目をしばたたいた。「二十五歳？」両親が選んだ男性とはべつの相手との結婚を望んではいても、みじめな暮らしの始まりを先延ばししようとしているわけではない。

「もっと年上でもいいと思うわ」

「もっと年上？　二十五歳より？　少なくともあと六年あるわ！　だけど――正しいお相手と出会えたなら、というか正しいお相手だと思える人と出会えたなら、待つ必要はないのではないかしら」

必死さを隠そうとしているシャーロットをソフィアがじっと見返した。「ええ、正しいお相手と出会ったなら、待つ必要はないのかもしれない。問題は、それを確かめる方法がないということよ。知ってのとおり、わたしは愛する人と結婚したわ。時にはそれさえ簡単なことではないのよ」ひと呼吸おく。「いったん約束事はなしにして、率直に話したほうがよさそうね――男性について、特定の男性のことでも、一例として話してもいいことにしましょう」

「名は言わずに」シャーロットは母の忠告を思い返して言った。「あのとおり、母はわたしが噂に関わるのをとてもいやがるから」これでザヴィアーのことだと知られずに、いま心から求めている正直な意見と助言を訊くことができる。

「わかったわ」ソフィアが応じた。

シャーロットはソフィアの両手を取り、嬉しさのあまり涙がこみあげた。「率直に話せるって、なんてすてきなことなのかしら！」

「ほんとうにそうね！　わたしたち女性は本心を率直に口に出すのがむずかしいから、男性たちに苦しめられることがどうしても多くなるのよね」ソフィアは心得顔で従妹を見やった。「あなたにも男性たちがあまりに誇り高くて困った生き物だということはわかるでしょう」

そのうえとても傲慢でもある。「ええ、ほんとうにそうだわ」

「あの人たちはみんなそう」ソフィアはふたたび間をおき、言葉を——つまり助言を——慎重に選んでいるらしかった。「なにより始末が悪いのは、頑固な男性たちね」

シャーロットはうなずいた。「特に、いまこそ冷静にならなければいけないというときでさえ、理屈に耳を傾けようとしないのは困るわ」

ソフィアの表情が熱を帯びた。「そうなのよ！」

「あとで自分でなんとかできるからって、事を荒立てて楽しんでしまう男性たちもいるのではないかしら。なんとかできると自分で思いこんでいるだけかもしれないのに」

「一理あるわね。わたしは女性たちを永遠に自分のものにできると思っているような男性たちもいや——」ソフィアが顔を赤らめて、目をまたたいた。「ごめんなさい。つい——」

「いいえ、そのとおりよ」シャーロットも頬を紅潮させていたが、せっかくザヴィアーについて率直に語れる機会を逃すわけにはいかなかった。「あの人たちはつねにキスを狙ってるのよ。それもできるだけ不適切な場所でしようとするわ。言葉にするのはたいして意味のないことばかり」もしかしてわたしもザヴィアーに舞いあがらされているだけなの？　ハーバートを追い払えて勝負がついたら、一週間後にはザヴィアーに捨てられてしまうの？

従姉が沈んだ表情で立ちあがった。「そんな男性たちなら、レディ・ニーリーのやかましオウムと暮らすほうがましね」

ああ、ソフィアの気分をまた沈ませてしまった。「ライザ・ペンバリーがとても可愛がっているお猿さんでもいいわ」空気をなごませようとして続けた。「嚙みつくんですって」

「そうなの？」

「見たわけではないんだけど、ほんとうだとしたら面白いわよね」シャーロットは少し笑って答えた。「あのお猿さんに嚙みつかせたい方が少なくともひとりはいるわ」ハーバート卿だ。そうすれば、いっときであれ少しくらい表情の変化が見られるかもしれない。

ソフィアが口もとを引き攣らせた。「やんちゃなお猿さんを意のままにしつけられたら、とても重宝しそうね」

「誰にも予想できないから、犬よりいいかもしれないわ」それにもしお猿さんを連れて歩けたら、きっともう誰にも地味で平凡な女性には見られない。シャーロットはため息をついた。「お猿さんが嚙みつくなんて、やっぱりほんとうとは思えないわ。とても従順な動物に見えるもの」

「そうね。でも、お猿さんの気持ちはとうていわからないわ。男性たちの気持ちも」

「そうなのよね」シャーロットは眉をひそめた。「時どき思うんだけど……男性たちって……なんでもわかってるような顔をするわよね」

「自尊心を持て余しているのね。雨のあとのテムズ川みたいに、あふれだしそうなくらいなのよ」

何かが窓に軽く当たった。シャーロットはふたたびため息をついた。絶妙な頃合で雨が降りだすものだ。

ソフィアが窓ガラスをちらりと見やって、顔を戻した。「男性たちが間違いを認めようとしないところもいや。わたし――」

今度は二回、窓を叩く音がした。ふと、ひょっとしてザヴィアーがここまで追って来たのだろうかとシャーロットは思ったが、すぐにその考えは打ち消した。女性を醜聞に巻き込む危険を冒してべつの家の窓にまでよじ登ってくるとは思えない。「雨？　違うのかしら？」

またも音が響いた。「雨じゃないわ」ソフィアが見きわめて言った。「わたしの部屋の窓の下から、どこかの愚か者が石を投げてるんだわ」

ソフィアにはさほど慌てているそぶりはない。そういえば、イースタリー子爵と婚姻の取り消しの合意に達ししだい、べつの男性と結婚するらしいと噂されている。「まあ、きっとミスター・リドルトンね」シャーロットは言った。「あなたにご執心なんでしょう？」

「それは思い違いだわ」ソフィアが説明し終わらないうちに、小石らしきものが窓に浴びせられた。

「大変！」シャーロットは声をあげ、眉をひそめて窓を見つめた。やはりザヴィアーではなさそうだ。ソフィアならきっとなんであれ事をうまく収められるだろうけれど。「少しむきになっているのかしら。大きめの小石を投げているみたいだし」

従姉がため息をついた。「窓を壊される前に、ご用件を伺ったほうがいいかもしれ――」

窓が割れた。窓を打ち砕いた石がソフィアの足もとに転がった。

「もう！」ソフィアは石を拾い、犯人に投げ返しそうな勢いでつかつかと割れた窓ガラスに歩み寄った。「まさかトマスがこんな――」足をとめ、窓の外へ身を乗りだした。

「どうしたの？」シャーロットは息を詰めて訊いた。ザヴィアーではない。そんなはずがない。

ソフィアは下にいるのが誰なのかをはっきりと見きわめたらしかった。さらに身を乗りだし、野蛮な犯人と小声で話しはじめた。シャーロットは耳を澄ましてまもなく、その相手がイースタリー子爵本人であるのを悟った。このことが母に知れれば、もうどこの家への訪問も禁じられてしまうだろう。

それにしても、イースタリー子爵が窓を割ってまでソフィアの注意を引かなければならないとすれば、ふたりの関係に進展はないということなのだろう。ソフィアは誰にいつ会おうとすべて自分で決められる立場にある。かたや自分はというと、ザヴィアーに会いたいし、キスをしてキスをされて、まだほのめかされただけのこともしてみたいのに、誰もがそれはだめなのだと言う。あきらめていないのはザヴィアーのみで、当然ながら両親については一緒に暮らしてきた自分のほうがずっとよくわかっている。

シャーロットは新しい網地のドレスの薔薇飾りに触れた。ザヴィアーは男爵夫妻から結婚を許してもらえると信じているかもしれないが、シャーロットにはそうは思えなかった。

バーリング家は豊かで、娘を富裕な男性と結婚させる必要はなく、ザヴィアーよりハーバート卿のほうがはるかに一族の品位を高めてくれると信じている。

これまでの自分ならあきらめていただろう――シャーロットはふいにそれでも望みを捨てられない理由に思いあたった。愛しているからだ。ザヴィアー・マトソンを愛している。その姿を目にして以来見惚れるようになり、はじめて言葉を交わしてからは憧れを抱いた。そしていまはその人柄を知り、愛している。

「おいこら！　ご婦人の部屋の窓に石を投げこむとはどういうわけだ？」

「あら、助かりますわ！」ソフィアが叫んだ。

シャーロットははっとして、のろのろと立ちあがった。ソフィアの肩越しに外を覗くと、イースタリー子爵が夜警の制服姿の男たち三人に囲まれているのが見えた。おおごとになっている。

イースタリー子爵がひどく不機嫌そうに窓を見上げた。「嵌めたんだな。きみは――」

「こらこら、だんな！　ご婦人方の前だってのに。一緒に来るんだ。牢に入ってもらわんと」

「私が誰だかわかってるのか？」

シャーロットは笑いを嚙み殺した。誰であろうと、夜警たちが気にかけるとは思えない。

自分とザヴィアーは、ソフィアとイースタリーとリドルトンよりは恵まれているのかもしれない。少なくとも、互いの願いは一致している。かたや従姉は、別居中の夫をつかまえて連れ去ってもらうことを願っているらしいのだから。

そう考えるとふしぎとまだ希望が持てる気がしてきた。自分とザヴィアーは同じことを望んでいる。ザヴィアーはその望みを叶えるためにどんなことでもするつもりでいる。それなら自分にはいったい何ができるのだろう?

8

『ハーバート・ビートリー卿か、マトソン伯爵か？
ご令嬢方、あなたならじつのところ、どちらを選ぶ？』
一八一六年六月十七日付〈レディ・ホイッスルダウンの社交界新聞〉より

ザヴィアーがバーリング邸の玄関扉の前に立つのと同時に、ハーバート卿の馬車が屋敷の前の車道につけられた。一瞬出直そうかと考えたが、きょうの午後はいくつか用事をすませなければならないうえ、シャーロットと付き添い役より早くヴォクソール・ガーデンズに着いておく必要がある。それに敵の本陣で戦いの狼煙《のろし》をあげるつもりはない。ザヴィアーはすでに戦場を胸に定めていた。

執事が玄関扉を開き、ハーバートも玄関先の柱廊に到着したのを見て、ふたりの紳士に二度うなずいた。「よくいらっしゃいました」

ハーバートがじろりと目を向けた。「きみはここでは歓迎されていないぞ、マトソン」

「そうかもしれないが」ザヴィアーは自分にだけ真っ先にシャーロットは留守だと告げられ

る前に、薔薇の花束をかかげて執事に手渡した。「ぼくの花束のほうがきみのより美しい」

「ぼくは花束は持ってきていない」

「あれ、そうだったかい？」ザヴィアーは帽子のつばをわずかに傾けた。「楽しい午後を」

ハーバートをそこに残していくのは腹立たしかった。シャーロットは早まったことはしないと約束したが、両親が平凡などころか称えられて然るべき娘を正当に認められず、ハーバートの退屈さは欠点ではないのだと言い聞かせようとするのは目にみえている。

この玄関扉の前に来るたび、男爵夫妻が娘を自分から引き離そうとしているのを思い知らされてザヴィアーは打ちのめされた。それでもけっしてあきらめないことを夫妻にわからせるために通いつづけた。シャーロットにはすでにその決意を伝えてあるし、信じてくれていることを祈っている。

どうあれ今夜まで待てばいいのだと自分に言い聞かせた。聞いたところによれば、ワーテルローで勝利した一年目の記念日にヴォクソール・ガーデンズで上演される再現劇には、数千人の観客が集まると予想されている。摂政皇太子はその催しのために返済できそうもない多額な借金をしたという話だ。そこでシャーロットに会えるのならば、その浪費にも目をつぶらざるをえないが。

「マトソン卿！」

ザヴィアーはびくりとして、馬の歩調を緩め、女性の声がしたほうを見やった。「おはようございます、ベイクリー嬢」帽子のつばを傾けて挨拶した。

ベイクリー嬢はその後方で手をつないでくすくす笑っているふたりの友人を従えて、近づいてくる。「おはようございます。今夜はヴォクソール・ガーデンズにいらっしゃいますの？」

「ええ、その予定ですが」

「大変な混雑になりそうですわね。花火が上がって、湖上での戦いが披露されるそうですわ！」

「ぼくもそう聞いています」ワーテルローで実際に水ぎわの戦いがあったかどうかは定かでないが。「あなたも観に行かれるのですね？」

「ええ、参ります」

「では、そちらでまたお目にかかれるかもしれませんね」暗に付き添い役を頼もうとしているようだが、あいにくこちらにはべつの予定がある。シャーロットを腕に抱きたいと焦がれながら、愛想ばかりがいい浮ついた娘の相手をすることにはとうてい心そそられない。

「両親が円形広間《ロタンダ》の東端に仕切り席を取りましたの。両親もあなたにまたお会いしたがっているはずですわ」

いや、そんな言葉に乗せられてそこへ現われたら最後、いわば鼠《ねずみ》捕りに引っかかってしまう。とはいえ、数週間前ならすなおに誘いに乗っていただろうと思うと妙な心地だった。この女性は花嫁候補リストに載っていたし、そのときには煩わしい思いをせずにすむなら、誰と結婚してもかまわないとさえ思っていた。いまではすっかり考え方が変わった。「お目にかかれることがあればぜひ」と言葉を濁した。

シャーロットは、あなたが好きで一緒にいると楽しいと言ってくれた。求婚に応じられない理由は、両親に許してもらえないことだけだ。彼女には心から納得して求婚を受け入れてもらいたい――両親の賛同を得さえすればそれが叶う。それこそが頭の痛い難題だった。礼儀正しく控えめに振るまおうと努力したが、男爵夫妻の態度は頑なだった。穏やかに愛想よく接してみても効果はなかった。こちらは駆け落ちをしてもかまわないが、シャーロットがそこまで両親に反抗できるとは思えない。彼女に触れ、その声を聞くことがもはや空気のごとく自分にとって欠かせないのは間違いない。

ザヴィアーは低く毒づいて、去勢馬を南へ向かせた。何が起ころうとも、シャーロットが自分のものになるのなら、立ち向かう以外にない。


ハーバート卿の馬車がヴォクソール・ガーデンズの縁沿いを橋のたもとの入口までたどり着くまでに二十分を要した。ハーバート卿は革張りの座席に退屈そうにもたれていたが、シャーロットは浅く腰かけて、馬車の小さな窓から人々の巨大な群れを眺めていた。紳士淑女、呼び売りをする商人たち、高級娼婦たち、女優たち、商店主たち――二シリングの入場料を払えるあらゆる人々がガーデンズのなかへ入ろうと寄り集まっている。

「これほど大勢が一カ所に集まった光景は見たことがないわ」シャーロットは思わずそう声に出して、いったいどれだけの友人が来ていて、マトソン伯爵が来ていたとしても見つけられるのだろうかとひそかに思いめぐらせた。ザヴィアーは来ると言っていたけれど、それから数日が経っている。金曜日以来、窓へよじ登って現われてはいないし、自分もバースの祖母の家への旅は避けられたとはいえ、両親の計略に阻まれて家でザヴィアーの訪問を受けることはできていない。

「入場料を値上げすれば、これほど込みあわなくてもすむんだ」ハーバートが不満げに言った。「手提げ袋《レティキュール》はしっかりと持っていたほうがいい。こういった催しにはスリまでもが金を払って入ってくる」

「あなたがそばにいてくださるのだから何も恐れる必要はないわ」今夜はこの男性と一緒にいなくてはならないのなら、せめても勇猛果敢な人物だと思いこんでいたい。

「きみの不注意で貴重品を盗まれても、ぼくはむやみに危険は冒さない」ハーバートは馬車が停まると先に降りて、シャーロットが降りるのに手をかした。「きみもそんなばかげた逸り気は好きではないと思っていたが」

「好きではないわ。だけど、わたしのために何も行動を起こしてくれる気がないのなら、付き添っていただく意味があるのかしら？」

「きみに付き添っているのは、それがぼくの務めだからだ。やっかい事に巻き込まれないように注意するのが、きみの務めだろう」

シャーロットはすばやく手を振りほどいた。「まるで気遣いが感じられないわ」

ハーバートがしばしじっと見返した。「きみがぼくに隠れてマトソン卿をその気にさせているのを知らなければ、もっと気遣いもできたかもしれないな」

ハーバートにもその程度の知性はあったらしい。「わたしはあなたにやましいことは何もしてないわ」

「ふん。今度はあのけばけばしいまがい物のネックレスでも買いかねない」

あら、おあいにくさま。ちょっぴりみだらで奔放な気分にさせてくれる派手なエメラルド色のガラス玉のネックレスなら、今夜も手提げに忍ばせている。「レディ・イプセンが身につけていたものには見惚れてらしたのに」

ハーバートが頬を赤らめた。「ばかばかしい。きみと言い争うためにここに来たんじゃない。さっさと予約した観覧席について夕食を頼もう。豪華な花火が上がるそうだ」

「そのようね」

アリスをすぐ後ろに伴い、はぐれないように気をつけながら庭園の中央のいちばん大きく開けた場所へ進んでいった。信じられないことに、円形広間《ロタンダ》や天幕席《パビリオン》は庭園の周辺以上に込みあっているように見える。混雑がもたらす唯一の恩恵は、少しは暖かく感じられることだ。夜気はとても冷たい。

シャーロットはソフィアから贈られた薔薇飾りの付いたピンク色のドレスを着ていた。もちろん両親からは襟ぐりの広さと目を引く生地を非難されたものの、こんなにも自分が艶やかで活気づいているように感じられたのははじめてだった。あとは傍らにハーバートではなく、ザヴィアーがいてくれたなら完璧な夜になるのに。

「特等席を取ってある」ハーバートが先ほどの意見の食い違いなど何もなかったかのように続けた。「このガーデンズのなかでもいちばんいい席ではないかな」

「楽しみね」と応じた。「少しお腹がすいたわ。坐りましょうか？」

「そうしよう」

すでに広い草地の向こう側にはフランス軍役の人々とイングランドの兵士たちが並んで戦いを始める合図を待っている。円形広間の前に摂政皇太子とウェリントン公が席を並べているが、大勢に囲まれていて、どうみても戦いの指揮を執れそうには見えない。

給仕係たちが紙のように薄い冷製の鶏肉やハムを載せた皿を配りはじめる頃には日が暮れていた。中央の円形広間《ロタンダ》で管弦楽団の演奏が始まり、シャーロットが椅子の背にもたれて眺めているうちにシンバルが打ち鳴らされ、歩道や木々のあいだに吊るされたガス燈がいっせいに灯された。

シャーロットは周囲の観客と同じように拍手を送りつつ、人込みのなかに目を配って見慣れた美しい男性の顔を探した。いない。ふと、これまでの人生もずっと同じようなことをしてきたように思えた。平凡な日々に甘んじて、刺激的な何か――誰か――が訪れて、すべてがいまよりよくなるのを待ちつづけていた。今度こそ、待つのはやめなくては。

「戦いが始まる前に、化粧室に行っておくわ」シャーロットは立ちあがった。

「誰かに席を奪われてしまう」ハーバートがしかめ面で不満そうに言った。

「ここにいらして。アリスに付き添ってもらうわ。すぐに戻ります」

仕切り席から出てまもなく、戦いの開始を告げるトランペットが高らかに鳴り響いた。人々が草地の広場の周りに押し寄せ、歓声をあげ、興奮して手を叩いている。

「ワーテルローの戦いを見逃してしまいますわ、シャーロットお嬢様」アリスが寄り添うようにして言った。

かまわないわと言おうとして口を開きかけたとき、その姿を目にした。灯りの乏しいドルイド遊歩道の入口で、黒と灰色の服を身につけたザヴィアーがこちらを見ている。鼓動が速まった。ザヴィアーが近づいてくる。

「少し風にあたりたいわ、アリス。このフェンスのそばで待っていて。すぐに戻るから」

「あなたをおひとりにはできません！　バーリング男爵夫妻にわたしが叱られます！」

「両親にはわからないわ。約束する。そこならあなたも戦いが見られるでしょう。わたしは大丈夫。安心して」

「いいえ、シャーロットお嬢様、いい考えではありませんわ」

「すばらしい考えよ。ここで待ってて」

なおもいたく不安そうな表情で侍女はうなずいた。「わかりました、お嬢様」

シャーロットは天幕席《パビリオン》のあいだの通路を抜ける際に何人かから好奇の目を向けられたが、ほとんど気にならなかった。今夜のわたしはいままでとは違う。今夜は怖いもの知らずの奔放なべつの女性になったような気分で、付き添いの女性も連れず、すてきな放蕩者と噂される男性と暗がりの道を歩こうとしている。

「とてもきれいだ」ザヴィアーがそばに来たシャーロットに低い声で言った。

「従姉のソフィアからもらったドレスなの」

「よく似合っている」

「半裸の気分だけど」

深みのある水色の瞳でシャーロットの深い襟ぐりを見おろし、ふたたび顔に視線を上げた。

「もっと出してもいいくらいだ」ザヴィアーがつぶやいた。

なんてことを言ってくれるのかしら。ハイド・パークでむさぼるようにキスをされたときと同じ貪欲《どんよく》な目つきだ。シャーロットは唾を飲みこんだ。「来てくれて嬉しいわ」

「一緒に歩いてほしい」ザヴィアーが強いまなざしで顔を見つめた。「だが、警告しておく。ぼくと一緒にいれば、すべてがいままでとは変わってしまう。だから、シャーロット、慎重に決断してくれ。ビートリーが観覧席で待ってるんだろう。彼なら安全だ。ぼくとは違う」

「わたしはこれまで安全な人生を歩んできたわ、ザヴィアー」緊張ぎみに笑みをこしらえて彼の肩越しに前方の道へ視線を投じた。「その先の道には暗がりだけではなくて、もっとすばらしいものが待っているのではないかしら？」

ザヴィアーはゆっくりと男っぽい笑みを浮かべた。「行ってみればわかる」

ドルイド遊歩道を歩いているのはふたりだけではなかった。道沿いにはいくつかあずまやがあり、すぐ近くに響いている戦いの音にも負けじとささやきあう声や、まぎれもなく唇が触れあう音が聞こえてくる。母がもし娘がヴォクソール・ガーデンズの悪名高い暗がりの道を、こともあろうにマトソン伯爵と歩いていることを知ったら気を失うだろう。

　またひとつ角を曲がると、砲撃を事前に告げる花火が暗闇をほのかに照らした。「あなたはほんとうに再現劇を観なくていいの？　実際の戦いの場にいることができなかったと言ってらしたでしょう」

「過ぎたことだ」ザヴィアーはそう答えて、低く垂れさがった枝の向こうへ導いた。「いまはもう将来への新たな希望ができた」

　自分のことだとシャーロットは読みとった。これ以上鼓動が速くなったら、心臓が飛びだしてしまいそうな気がする。彼にとってそのような存在になりたいと願い、望んでいるし、この男性とともにいたいと願い、望んでいる。「どこまで行くの？」

　ザヴィアーの穏やかな含み笑いがシャーロットの腕を伝わってぞくりとさせた。「すぐそこだ」

　角を折れると、うまい具合に枝に引っかけた毛布で囲われた空き地に入った。ザヴィアーがあらかじめ用意していたのだ。「もしどなたかに見られたらどうするの？」

「策は講じてある。ウィルソン？」

「はい、旦那様」

　ザヴィアーの従僕のひとりが道端に立って、ふたりが来た道をじっと警戒している姿を見ても、シャーロットは驚かなかった。「いつから計画を立てていたの？」内心の緊張をなるべく声に出さないようにして尋ねた。

「数日前からだ。といっても、出会ったときから想像していたことなんだが」毛布の囲いのなかで、ザヴィアーはシャーロットと向きあい、抱き寄せた。「ぼくは戦略を立てるのが得意だと言っただろう」低い声で言い、そっと彼女の顎を上向かせて口づけた。

シャーロットはやさしく唇を奪われて心が舞いあがった。誰にも見られず、誰にも邪魔されず、ふたりの思いどおりにできる。ザヴィアーの求めているものはわかっていた。わたし。そして自分も、数週間前には自分にあるとは思いもしなかった勇気と情熱を掻き立てられて、同じように彼を求めている。だけど、もし両親に知れたら……。

「賢明なことかしら？」唇でゆっくりと下顎をたどられる感触にふるえながらささやいた。

「いや。でも、自分を抑えられない。外の世界のことはすべて忘れるんだ、シャーロット。ぼくと一緒にいてほしい。きみがそうしたいのなら」

「そうしたいわ」ほんとうにそうしたいのだから、立ち去れば後悔する。手提げにあのガラス玉のネックレスを入れていたことを思いだして、取りだした。「レディ・イプセンがこれをわたしに勧めてくれたの」落ち着かなげに言う。

ザヴィアーがネックレスを取りあげた。「ジャネットが？　いつ？」

「少し前よ。ハーバートが派手だと言ったら、それが大切なのだと言ってたわ」

ザヴィアーが官能的な唇をゆっくりとほころばせ、シャーロットのうなじでネックレスの金具を留め、鎖を指でたどって乳房のあいだのエメラルドに行き着いた。「派手というほどじゃない」ささやいて、背後にまわった。

「何を――」

ドレスの背中の留め具がはずされ、肩から滑り落ちた。シャーロットは息を呑み、胸もとで身ごろを押さえた。いったいわたしは何してるの？　あきらかに正気を失っている。けれどザヴィアーが目の前に戻り、ふたたび深く心地よいキスをされると、頭によぎった考えはたちまち消し去られた。自然と手から力が抜け、ドレスは足もとまでさがった。

遠くから騒ぐ声や歓声や銃撃音が響いていて、ワーテルローの戦いを再現している演者たちも観衆も満足のときを過ごしているようだけれど、きっと自分ほどではないとシャーロットは思った。ハーバートはおそらく華やかな輝きに目を奪われていなければ、そろそろともに来た女性はどこにいったのかと不安になりはじめているかもしれないが、気にしてはいられなかった。今夜は、いまは。ザヴィアーと一緒にいられるあいだは。

夜風を遮ってくれるのは薄いシュミーズだけになっていた。寒くなりそうなものなのに、ザヴィアーに綿布をやさしく剝ぐように肩から腕へ引きおろされて感じたのは熱さと期待と昂ぶりだけだった。キスがさらに激しく貪欲になり、シャーロットは彼の肩に腕をまわして引き寄せた。

「ザヴィアー」息を切らし、自分がしてもらったように喉にキスをした。「わたしだけこんなふうに脱がされているのはいや」

ザヴィアーが唸るような声を洩らした。「きみが欲しい」息をつき、シャーロットにされるがままに上着を脱いだ。首巻《クラヴァット》もだらりとした塊りとなって地面に落ちた。シャーロットのシュミーズもじわじわと乳房の下まで引きおろされ、月明かりと花火に照らされたほの暗さのなかで腹部が、さらには脚まであらわになった。素肌に重くひんやりと掛かっている偽のエメラルドにザヴィアーがふたたび触れた。「こんなふうに身につけるべきものなんだ」

乳房を巧みに撫でられ、シャーロットはまた息を呑んで背をそらした。「どうしたらいいの」

ザヴィアーが含み笑いをして、親指と人差し指で乳首をいじった。「今夜は悪い子になりたいのか、シャーロット？」

「そのためにここに来たんだもの」シャーロットはふるえがちな息を吸いこんだ。「でも、お願いだから急いで。誰かにとめられたら……」満足できずに終わってしまうと言いかけて、あまりにふしだらで破廉恥な言葉に思えて口をつぐんだ。

ザヴィアーのシャツをズボンから引きだし、手で温かな胸をたどる。肌はなめらかだけれど、まるでその下に鋼《はがね》が通っているかのようだ。筋肉がぴくりと反応し、自分と同じくらい敏感に感じてくれているのがわかった。

ザヴィアーはシャーロットの手もかりて、シャツを頭から脱ぎ去り、ふたりで毛布を敷いた地面に横たわった。自分のためにここまで用意してくれていたのだと思い、シャーロットはいっそう胸を熱くした。男性の欲望が満たされたなら、そのあとはいったいどうなってしまうのかと尋ねたかったけれど、仰向けに寝かされ、左の乳房を口に含まれたとたん、このあと何が起ころうと気にならなくなった。身体が熱を帯び、なかで何かがとぐろを巻いているように感じられ、彼にしか与えられない何かを求めてどんどん張りつめていく。

乳房に吸いつかれ、ザヴィアーの黄褐色の髪に手を差し入れて頭をさらに抱き寄せた。自分のものとは思えない切なげな声を洩らし、そもそも自分がこんなふうにしていることが信じられなかった。ザヴィアーが空いているほうの手でズボンをおろして脱ぎ捨てると、のしかかるようにしてふたたび深く口づけた。

太腿に彼の大きくて硬いものがあたり、身体のなかでとぐろを巻いているものがますますきつくなっていく。「ザヴィアー、きて」懇願するように言い、どうしようもなく身悶えた。ザヴィアーはそっと膝を開かせ、脚のあいだに腰を据えた。「ぼくと結婚すると言ってくれ」いつもの声がかすかにふるえている。

「でも、わたし――」

「誰にどう思われようとかまわないじゃないか、シャーロット」遮って言い、彼女の脚のあいだに下腹部を擦らせるようにわずかに腰を落とした。「ぼくと結婚すると言ってくれ」

シャーロットはほとんど思考が働かず、まして意味の通る言葉など口にできなかった。

「ええ」かすれ声で答えて、腰を上げた。

ザヴィアーがゆっくりと腰を押しだし、なかに入ってきた。シャーロットがあげかけた声は彼の唇にふさがれてくぐもった。「しいっ。力を抜いてごらん。ゆったりと」

痛みがやわらぎ、彼がゆっくりと奥へ滑りこんだ。どんなものとも比べようのない感触だけれど……このうえなく心地よく、もっとどうにかしてほしくてたまらない。「ザヴィアー」

すぐさまザヴィアーが動きだし、そのゆっくりと安定したリズムにシャーロットの切迫は強まっていった。大きな歓声とともに、偽の戦いの勝利を祝う花火が打ち上がる。シャーロットは暗がりのなかで黒みがかった濃い水色の瞳にまじまじと見つめられながら、突かれるたび喘ぎ声を洩らした。花火、人々の歓声、熱気、汗、温かい彼の重み、逞しい筋肉に包まれながら、急激に快感の極みに達して砕け散った。「きみはぼくのものだ」ザヴィアーも唸るようにつぶやきながらすぐに解き放たれた。「ぼくの」

しばしのあいだ、ザヴィアーは動く気になれなかった。当初はとてつもなく突飛な計画に思えたし、半ばやけになっていた。実際に落ちあえる場所を考え、人目を遮れる空間も確保した。だが、シャーロットが現われ、自分を探してくれたからこそ実現できたことだ。

シャーロットにあまり重みをかけないようにラベンダーの香りの髪に顔を埋め、呼吸と鼓動がふだんのように鎮まるのを待った。ここが自分の居場所なのだと感じた。求めていたのはワーテルローで数千人の命を犠牲にして栄光を勝ちとることでも、ファーリー・パークにひとりぽつんと坐って兄が生きていて所領も爵位も背負っていてくれたならと嘆くことでも、紫煙に巻かれた暗がりで賭け事をしたり、家にひとりでいたくないばかりに誰かと戯れたりすることでもない。

シャーロットがその人生に何かを、自分に欠けているとわかっていながら見つけられなかったものをもたらしてくれた。そばにいると、彼女を腕に抱いていると……満たされる。言いようのないくらい幸せな気分になる。

天幕席《パビリオン》側の大規模な管弦楽団がヘンデルの〈王宮の花火の音楽〉を演奏しはじめ、空にこれまで以上に色鮮やかな花火が打ち上げられた。だいぶ時間が経ってしまったので、シャーロットと来たあの男も気を揉んでいるだろう。問題は、いまとなっては彼女を一時的であれ手放す気にはなれないということだ。

「ヴォクソール・ガーデンズに住むわけにはいかないわ」シャーロットが考えを読んだかのように言い、ザヴィアーの背中を手でゆっくりとたどった。「ロビン・フッドと乙女のマリアンになれる？」

ザヴィアーは笑いを洩らしてしぶしぶ彼女の上から脇にずれると、起きあがって髪を掻き上げた。「そそられるが、ちょっとやりすぎかもしれないな」

「そうよね」

シャーロットがわずかに身をふるわせたので、ザヴィアーは手を伸ばしてシュミーズを拾い上げた。「凍え死ぬ前にきみを帰さなければ」

「ハーバートのそばにいても、心は温まらないわ」シャーロットが言う。

その声に不満の響きを聞きとって、ザヴィアーは身を乗りだし、長めに深々と口づけた。「そんな思いをするのも今夜かぎりだ。ぼくに約束してくれただろう」

穏やかな褐色の瞳がザヴィアーの視線をとらえた。「純潔を失ったことを言わずに、両親を説得できるとは思えない」シャーロットは彼の喉に唇を擦らせた。「あなたがわたしの存在に気づかなかったほうがよかったのかもしれないわ」

ぞっとした。時どき、無意識のうちにシャーロットの前を通りすぎていたらと想像しては恐ろしくなる。「それは違う。きみと出会う運命だったんだ、シャーロット。レディ・ニーリーと、あのご婦人の消えたブレスレットにはいくら感謝してもしたりない」シャーロットがドレスを身につけるのを手伝い、背中の留め具をかけるときには我慢できずにうなじにキスをした。

「もう」シャーロットが甘えるような声を洩らし、頭を垂れた。

それが最後のあと押しとなった。彼女と離れることなど耐えられない。「シャーロット、ほんとうにいったいどうしたら、ハーバートとのばかげた縁談をきみの両親に断念させることができるんだ？　もちろん、あのうすのろを殺す以外に」

「わからないわ。わたしの言いぶんはまったく通らないのよ、ザヴィアー。両親はわたしを信じていない。あなたも信頼を勝ちとれない」

「だが、きみに助けてもらうことはできる」ザヴィアーは力を込めて言い、ドレスの胸もとにさげられたエメラルド色のガラス玉を手に取り、ふたたび乳房のあいだに戻した。ああ、きっとシャーロットは自分と破廉恥な噂を立てられても仕方のない関係になりたくてこれを買ったのだろう。彼女をつまらない男の手に渡しはしない。「きみはもうぼくと結婚したも同然なんだ」

「ねえ、ザヴィアー」シャーロットは息をついて、目を大きく開いた。「やっぱり現実と願いのあいだには大きな隔たりがあるように思えるわ」

「ぼくがその隔たりを埋めてみせるさ、シャーロット。何か手立てがあるはずだ」そう言うとズボンを穿いた。「ぼくは勝ち方を知っている」

「でも、わたしの両親は――」

「きみのご両親に愛されようというわけじゃないんだ、シャーロット」穏やかな声で遮り、彼女がネックレスをはずして手提げに入れるのを見つめた。これでまた礼儀作法のお手本のような令嬢に戻った。ほんとうはそれだけの女性ではないのを自分は知っているが。「ぼくが愛しているのはきみだ」

「あなた……」息を吸いこみ、ひとしきり見つめ返した。「あすの晩はフロビシャー家の舞踏会に出席するわ、ザヴィアー。あなたもいらっしゃる？」

「あとに延ばしたところで得になることがあるのかな？　今夜、きみのご両親に会いに行こう」

「だめよ。もう一度だけ、わたしに説得する機会を与えて」

「シャーロット――」

「少しはわたしを信じて、ザヴィアー」シャーロットは穏やかに微笑んで言った。

ただ単に彼女が信頼できる人物かと問われれば、ためらわず同意していただろう。長引かせるのは危険を伴うとはいえ、その返答が彼女にとって重要な意味のあることなのだとその目が告げていた。それもおそらくは自分が想像している以上に。「きみを信頼している、シャーロット。これは現実だ」

最後にもう一度未練がましいキスをしてから、手を取って遊歩道へ導いていった。あとは従僕が毛布を片づけ、そこに人がいた形跡を消し去ってくれる。道の出口に近づくにつれ、花火の輝きも喧騒もはっきりとしてきた。

「見て、中国風の塔《パゴダ》が燃えてるわ」そう言うシャーロットにさりげなく軽くもたれかかられ、またもやいまいましいハーバートにいっときでもあずけたくないという考えがよぎった。

「せめてもこれでいくらか暖かくなるだろう。シャーロット、きみが望むなら今夜はずっとそばにいてもいいんだ」

「わかってるわ。でも、あなたはもうじゅうぶんなことをしてくれたもの。今度はわたしの番だわ」シャーロットは背伸びをして耳もとにささやいた。「あすの晩、会いましょう」

「必ず行く」

9

『昨夜最大の注目を浴びたのは（恐れながら本来の目玉である再現劇よりも）燃えあがる中国風の塔《パゴダ》だったが、筆者の目を引いたのは、今回の催しのあいだじゅう見るからに腹立たしげな顔つきで仕切り席にぽつんとひとりで坐っていたハーバート・ビートリー卿である。めずらしく感情をあらわにして仕切り席の椅子を持ち上げ、地面に叩きつけてから大股で歩きだしたのだが、足もとに目を配らなかったばかりに颯爽とした退場とはならなかった。草地で派手に転んだうえ、気の毒にもミートパイを投げつけられてしまった。聞いたところによると、問題のパイは騒いでいたロンドンっ子が放り投げたものらしい』

一八一六年六月十九日付〈レディ・ホイッスルダウンの社交界新聞〉より

「どうやら、もはやどこへ行くにもわれわれのどちらかが付き添うしか手はなさそうだな」バーリング男爵はそう言うと、フロビシャー家の従僕に厚地の外套をあずけた。「それにしても、ヴォクソールではぐれて無事ですんだのは幸いだった。スリやら追いはぎやらが、どこにいてもふしぎではない場所なのだぞ」

「しかも、あの中国風の塔《パゴダ》が焼け落ちるなんて！　あなたが近くにいなくて、ほんとうによかったわ」母が言い添えた。

シャーロットは束の間目を閉じた。同じようなやりとりをまる一日ねちねちと繰り返し聞かされている。それに対して、ハーバート・ビートリー卿とは結婚するつもりはないこと、加えて想いを寄せている男性がほかにいることもきっぱりと宣言しつづけている。母は理解を示そうとしているものの、両親ともども、その想いにザヴィアー・マトソンのように華々しい男性が応えるはずがないと考えているのはあきらかだった。

ザヴィアーの想いの誠実さを知ったいま、両親の根拠のない心配や疑念に配慮しようという気持ちは失せていた。男性に――それが彼であることが重要なのだけれど――求められ、ともに人生を歩みたいという意志を互いに同じくらい強く抱いているのだから。

説得を試みる忍耐力もそろそろ限界なので、もっと思いきった行動に出るしかない。

もちろん、そのためにはザヴィアーにいてもらわなければ――と、そのとき、彼の姿を目にした。混雑した舞踏場の片端に立って、こちらを見ている。濃い青色の上着が瞳の青さをよけいにきわだたせていて、長らく忘れられていたギリシア神がフロビシャー家の舞踏場に舞い降り、人間たちのあいだを歩いているかのようだ。シャーロットの鼓動が高鳴った。きみはぼくのものだと言われたけれど、その逆もまた真実だ。あなたはわたしのもの。

「シャーロット、もう二度と言わせないでちょうだい、口をあけて男性を見るんじゃありません」

「ええ、お母様」シャーロットはうわの空で答えてショールを取ると、彼のほうへまっすぐ歩きだした。今度はわたしが行動を起こす番だと約束した。いまこそそれにふさわしいときであり機会に思える。

シャーロットが歩きだすや、ザヴィアーも歩きだし近づいてきた。他人のブレスレットや、ソフィアの醜聞や、ほかの人々の意見などどうでもいいと思う気持ちは両親には理解できないだろう。ロンドンの社交界やバーリントン家にふさわしいかどうかではなく、自分が正しいと思う行動をとりたい。

「ご機嫌よう」舞踏場の真ん中でゆっくりと足をとめて向きあうと言った。

「こんばんは」ザヴィアーは挨拶を返して、彼女の全身を眺めおろした。「うまくいったかい？」

「まったくだめ」シャーロットは答えた。

一瞬ザヴィアーの目が怒りと不満の光を放った。「だとすれば、きみはここで待っていればいい。ぼくがご両親と少しばかりお喋りしてこよう」

シャーロットは首を振った。「いい考えがあるの」

ザヴィアーが片方の眉を上げた。「どんな考えかな？」

「あなたを愛してるわ」ささやいて、さらに小さく一歩近づいた。心臓が胸から飛びだすのではないかと思うくらい鼓動が大きくなっている。あなたならできるわ、と自分に言い聞かせた。やらなければ。彼のために、ふたりのために、自分のために。

「きみを愛している」ザヴィアーが言葉を返し、考えを推し量ろうとするように首をわずかに傾けた。

深呼吸をひとつして、呼吸を整え、彼の肩につかまって爪先立ちになると、キスをした。周りにいた招待客たちが口を押さえ、驚きの声をあげ、くすくす笑いだし、がやがやとざわつきはじめた。シャーロットは気にしなかった。

ザヴィアーは驚いたらしく束の間身をこわばらせたかと思うと、すぐにみずからも熱っぽいキスを返してから顔を離し、嬉しそうな目で見おろした。「きみは大変なことをしでかしたんだぞ」ささやきかけて、にっこり笑う。「まったく、すばらしいよ」

ザヴィアーはシャーロットの手を取って両親のほうへ向きなおらせた。「バーリング男爵夫妻、取り急ぎ婚約の発表をお認めくださってありがとうございます」よくとおる声で言い、ゆっくりと近づいていった。「それと、シャーロットをぼくにくださったことにも感謝します。お嬢さんは……」

その声がわずかにつかえて、シャーロットは彼の顔を見上げて、手を握った。「わたしたちはとても幸せです」

男爵が口をあんぐりあけて、やっとといったふうにその口を閉じた。「ああ、その、早く発表したがっていたことは承知していた」蒼ざめた顔でたどたどしく応じた。

「挙式も待てないんです」ザヴィアーが目つきをやわらげ、にこやかに笑った。「きょうの午後、カンタベリー大主教から結婚特別許可証を授与されました。今週中にはお嬢さんに妻になっていただくつもりです。ぼくはシャーロットを心の底から愛しています。彼女がこれほどご両親思いでなければ、駆け落ちしていたでしょう」

男爵夫人が生気を取り戻した。「ええ、そうしないでくれてほんとうによかったわ。どんな騒ぎになっていたか知れないもの」

シャーロットはくすくす笑いださずにはいられなかった。成功した。もちろん両親は——少なくとも父は——怒っているだろうが、ザヴィアーなら自分を納得させてくれたときと同じように両親の気持ちも解きほぐせると信じられた。それに誰が何を言っても、ふたりを引き離すことはできない。

「シャーロット」ふたりを祝おうとする人々と早くもその状況に順応しはじめたらしい両親に囲まれながら、ザヴィアーが言った。「きみには敬服する」

「あなたがこうさせたのよ」シャーロットは言葉を返した。

ザヴィアーは首を振った。「ぼくはたぶんほんとうのきみに気づかせただけのことだ。きみはぼくを驚かせ、魅了する。きみと離れることなど想像できない」

「少しは黙って、もう一度キスして」シャーロットにそう求められ、含み笑いをしてすなおに従った。

かけがえのないあなた

カレン・ホーキンス

1

『レディ・イースタリーとミスター・リドルトンが社交界でいま最も注目されている男女のひと組であるのは間違いないだろう。どちらも見目麗しく、気も合っていると見えて似合いのふたりなのだが、レディ・イースタリーは……遠まわしには言いようがない……既婚者だ。ご存じないと？

いや、たしかに結婚している。レディ・イースタリーは十二年ほど前、イースタリー子爵と結婚し、その事実は教会なり裁判所なりに記録されている。だが、結婚して数カ月後には、カードゲームに関わる不愉快きわまりない醜聞が取りざたされ、子爵が妻をおいて大陸へ渡った。

以来レディ・イースタリーは独りで家を守ってきた。その評判には一点の曇りもなく、振るまいにも非の打ちどころがないのだが、憶測せずにはいられない……このご婦人も恋に落ちるのだろうか？　そのときにはどのようになるのだろう？』

一八一六年五月二十三日付〈レディ・ホイッスルダウンの社交界新聞〉より

「それでは殺人行為だわ」イースタリー子爵夫人、ソフィア・スロックモートン・ハンプトンは、レディ・ニーリーのほかの招待客たちに聞かれていないかと周りを窺った。さいわいにも、ほとんどの人々が部屋の向こう側に集まり、招待主の新しいブレスレットを鑑賞している。「火搔き棒を胸に突き刺してやるから、おまえが蠟燭《ろうそく》で火あぶりにすればいい」

ソフィアの兄、スタンドウィック伯爵、ジョン・スロックモートンが獲物をけげんそうに見やった。「どのくらい炙《あぶ》ればいいんだろう？」

「せいぜい二、三分ね。レディ・ニーリーのペットはたいして大きくないもの」

「そうだな。アフトン卿が飼っているオウムはあの二倍は大きい。炙り焼きにするならあちらのほうが向いてるな」ジョンは首を片側に傾けた。「たぶんニワトリの肉と似たような味がするんだろう」

ソフィアはお腹を手で押さえた。「レディ・ニーリーは晩餐《ばんさん》を始めないのかしら——もう一時間も待たされてるのよ。そろそろ案内してくださらなかったら、ほかにもあの鳥を焼いて食べてしまおうという人が現われて、先ほどの話も冗談ではすまなくなるわ」

「リチャードがいたらやりかねなかったな。それも手ぎわよく」ジョンは懐かしむような声で言った。

ふたりにとってリチャードは、いたずら好きでわんぱく者の無鉄砲さが魅力の弟だった。昨年、だいぶ酔った状態で血気盛んな馬を強引に走らせていて、乱暴な手綱さばきに怯えた馬がフェンスの前で急停止したせいで振り落とされた。その翌日、弟は息を引きとった。

ソフィアは咳払いをした。「リチャードは役に立たない知識が豊富だったわよね」

　兄も妹と同じように曖昧な笑みを返した。「一年経っても、あのドアからけろっとした顔でいまにも入ってきそうな気がしてならない」笑顔がわずかにゆがんだ。「あんな馬に手を出させなければ、あいつはいまも生きていたはずだ」

　ソフィアは兄の腕に手をかけた。「どうせ聞く耳を持たなかったわよ。けっしてりっぱな人間ではなかったけれど、きょうだいにはいつだってやさしい子だった」

　ジョンはいっとき押し黙り、憂うように妹と視線を合わせた。「あのとき以外は」

　ソフィアは胸を締めつけられた。誰もがリチャードの死を深く悼《いた》んではいたが、驚く者はいなかった。何年も自堕落な暮らしを送っていたからだが、死の床での告白を聞くまで、誰もその理由には気づけなかった——罪悪感に苛《さいな》まれていたとは。その何年も前に、リチャードはカードゲームで不正行為を働き、その罪を着せられたのが当時結婚してまだまもなかったソフィアの夫だった。

　たった一度のカードゲームがソフィアの人生を打ち砕いた。その事件とその後マックスが去ってからの数カ月についてはもう考えないようにしている——幾晩も眠れず、耐えがたい中傷を耳にし、人と顔を合わせるたび大げさで鼻につく見せかけの同情をかけられ、暗く恐ろしい日々がいつまでも続くように思えた。

　ソフィアはかぶりを振った。「もう昔のことだわ」

「そんなことはない。あいつは道義心を売り払い、おまえと夫の仲を引き裂いた。あのような行ないは許されるものではない」

「わたしとマックスがほんとうに愛しあっていたなら、リチャードにも誰にも引き裂かれずにすんだはずよ」

「だがこの目で見るかぎり、おまえとマックスは――」ジョンは首を振り、唇を引き結んだ。「ともかく、マックスに不正行為の罪を着せたリチャードは卑劣だ」

「それでも、亡くなる前にすべてを打ち明けてくれたわ。ねえ、こんな話で今夜を台無しにするのはやめましょう。わたしたち、お腹がすいているせいで不機嫌になってるんだわ。もっと楽しいことを話しましょうよ」

兄はため息をついた。「たしかにそうだ。どんな話がいいかな？　天気についてか？　レディ・ニーリーのろくでもない宝石類のことか？」鈍い音を響かせた腹に手をおき、部屋を見まわした。「ほかにも炙り焼きにできそうなペットがいそうだよな。プードルなんてのもいいな」

「鳥ならまだしも、小型犬となると話はべつだわ」

ジョンの青い瞳が妹を見据えた。「小型犬と言えば、おまえの友人のミスター・トマス・リドルトンはどうしたんだ？　どこに行くにも荷物持ちのあの男を連れているのかと思っていたが。あれではまるで首巻《クラヴァット》を付けた大きな手提げ袋《レティキュール》だ」

「知りたいのなら言うけど、あの方はいま田舎のお母様を訪ねてらっしゃるのよ」

「さしずめ、そろそろ婚礼にこぎつけると睨んで了承を取りに行ったんだな」

「婚礼？」

「おまえの友人のトマスが結婚を決意したともっぱらの噂だ。しかも最新の噂によれば、その相手はおまえらしい」

気が沈んだ。「考えすぎよ。わたしたちはただのお友達だもの」

ジョンの目が真剣みを帯びた。「気をつけたほうがいいぞ、ソフィア。私にはおまえの気持ちがわかっていても、ほかの人々は憶測でものを言う」

「そんな噂を立てられるようなことはしてないもの」少なくとも、故意には。ソフィアはため息を呑みこんだ。たしかにトマスといる時間が長くなっていたかもしれない。顔立ちもよく博識で、どちらかと言うと女性には不器用で、けっして威圧的な態度はとらない。このところ、一段と寂しさを感じるようになっていたせいもあるのだろう。とはいえ、ほんとうに自分と合う男性でなければひとりでいるほうがいい。「ミスター・リドルトンが戻ってきたらすぐにでも話してみるわ」

「それがいい」ジョンはためらい、それから付け加えた。「おまえが惹《ひ》かれはじめているのではないかと心配していたんだ」

ソフィアは眉を上げた。「トマスを気に入っていたのではなかったの？」

「よくいる気どり屋のまぬけ男たちに比べれば、だいぶましだ」ジョンは少年の頃から抜けない癖で長い腕を組んで背をそらせた。「ただ、マックスが戻る前にははっきりさせておいたほうがいいだろう」

「マックスは戻らないわ」

「おまえは婚姻の無効を求める手紙を送った。快く応じるとは思えない」

「きっとこちらから申し出てもらえたことにほっとしてるわ。わたしはこの形式だけの結婚を終わりにしたいし、彼も同じ気持ちなのよ。どうにもならないことに時間と労力を無駄にするような人じゃないもの」

「彼は変わったかもしれないだろう、ソフィア。おまえも」

「よいほうにだと思いたいわ。ええ、そうね、マックスもきっと変わったのよね。十二年も経っているのだから」いったん口をつぐみ、自分の言葉を反芻《はんすう》した。「いまも絵を描いてるのかしら。ほんとうに才能があって――」何を言ってるの？　マックスがいま何をしていようと、もう自分には関わりのないことなのに。

「彼の絵は一度しか見たことがないな」ジョンが思い返して言う。「だが、すばらしい腕前だという話は聞いている」

「見たの？　どこで？」

ジョンは目をしばたたいた。「ええと、いつだったかな。おまえたちが結婚してすぐじゃないか」妹に話す間を与えずに続けた。「おまえの手紙はマックスのもとに着いただろうか？」

「もう届いている頃よ。二週間くらいで返事がくれば、夏の終わりには自由の身になれるんだわ」もちろん、計画どおりに事が進めばだけれど。マックスが突如姿を消してから何年ものあいだ、ソフィアは晩にベッドに横たわってからのあり余る時間をいなくなった夫の性格を仔細に分析することに費やしてきた。そして、マックスウェル・ハンプトンを動かしているものは感情ではなく、自尊心なのだという結論に至った。なんの混じりけもない純粋な自尊心。あの手紙を読めば、その自尊心が婚姻の取り消しに応じざるをえないはずだ。そう思うと笑みがこぼれた。

「ソフィア？」ジョンが呼び、眉をひそめた。「その笑いは……解せないな。おまえ、何をしたんだ？」

「たいしたことじゃないわ……マックスに、速やかに婚姻の取り消しに応じなければ、シオドアおじ様の日記を競売にかけると書いたのよ」

ジョンが驚いて背をぴんと起こした。「マックスはあの日記を置いていったのか？」

「急いでロンドンを離れようとして忘れたのね。いつか役に立つときがくると思って、ずっと大事に持っていたの。とうとうそのときがきたのよ」

「ソフィア、だめだ！　どんな騒ぎになるかわかってるのか？　シオドアは貴族の女性の半分とベッドをともにしたと言われてるんだぞ！」

ソフィアはとりすまして微笑んだ。「つまり、ベッシングトン伯爵がイースタリー子爵家の鼻をしている理由もあきらかになるんだわ」

「何言ってるんだ、ソフ！　今頃マックスは激怒してるぞ」

「自尊心が傷つけられたでしょうね」わざと余裕たっぷりなそぶりで答えた。

「ああ、だが……」ジョンは片手で髪を掻き上げて、無意識にくしゃくしゃに乱した。「マックスはこれまで一度も返事を書いてきていない」

「ええ、そうね。でも、今回は書かないわけにはいかないはずよ。この件については、事務弁護士からの書付ではすまされないんだから」哀しいことに、それが夫とのこれまでの連絡方法だった。共有の財産に関して何か問題が起きたときに――たいていは土地の売却や投資の利益といったことの事務処理だった――ソフィアが手紙を書いても、マックスは返事をよこさなかった。それで仕方なく自分の判断で解決するしかないとあきらめた頃に必ず、ミスター・プリチャードから問題は処理しておきましたという書付が届いた。

ソフィアのお腹がふたたび低く鳴った。「招待主のご婦人はどちらにいらっしゃるのかしら？　お腹がぺこぺこ」

ジョンが顎を上げ、部屋じゅうを見渡した。「レディ・ニーリーはドアのそばでレディ・マティルダと話している。それで――」とたんに眉をひそめて伸びあがり、視界を晴らそうとでもするようにぱちくりと瞬きをした。

「どうしたの？」ソフィアは訊いた。

兄は眉をもとの高さに戻し、真面目くさった顔を振り向けた。「たしかに、おまえの手紙は効果があったようだな、じゅうぶんに。来ているぞ、ソフィア。マックスが戻ってきた」

ソフィアは口を開き、閉じて、また開いたが声は出なかった。頭に血がのぼって周りの何もかもが遠ざかり、ロンドンで最も上流の住宅街の客間にいるのではなく、丘を駆けのぼったあとのように鼓動が早鐘を打っている。ともかく信じられなかった。思考がぐるぐるめぐり、この事実を認めることがなかなかできなかった。

ジョンが肩に手をかけて、身をかがめて瞳を覗きこんだ。「ソフィア？　聞こえて――」

「聞こえてるわ」息をついて、ふるえる手で額を押さえた。マックスがここにいる。なんてこと。「でも――どうしてなの？　まだ手紙が届いたばかりのはず――」

「わからない」ジョンが言い、妹の頭越しにマックスのほうを見やってから、その肩をぎゅっとつかんで放した。「気持ちを鎮めておいたほうがいい。こっちに来る」

ソフィアは振り返った――そのとたん、お腹がすいていることも、そばに兄が立っていることも、新しいきつい靴を履いて長い時間立っているせいで足が痛くなっていたことも忘れた。頭にあるのはマックスのことだけだった――自分が愛していると思っていた男性で、けっしてきみを放さないという約束を破り、二カ月間はすばらしい夫だったのに何も言わずに目の前から去った人――そのマックスが部屋の向こう側からまっすぐこちらに向かって歩いてくる。

とても背が高くて、肩幅が広く、相変わらず髪は夜闇のように黒く、夢にみていたのと同じ銀色に光る目をしている。感情がこみあげてきて、喉が苦しいほどに締めつけられた。再会のときを何度も想像してはいたけれど、こんなふうにどうしようもないくらい胸がいっぱいになるとは思いもしなかった。驚いてるだけよ。必死にそう自分に言い聞かせた。そう、驚いただけのこと。あの人がほんとうにここにいて、こちらへ歩いてくることをしっかりと認識できさえすれば、冷静に行動できるはずだ。

兄が腕に触れた。「大丈夫か？」

気力をふりしぼってマックスから視線をそらした。「大丈夫」部屋を見渡し、マックスに気づいているのは自分だけではないのを知って気が沈んだ。何人かがその姿を見て、指をさしてささやきあっている。そのあとに起こることは想像がついた――この人々が彼の妻である女性もここに来ていることを思いだせば、自分はまた醜聞や中傷の荒波に呑みこまれる。

「失礼してはいけないかしら」

「かまわないだろう。おまえが夫と同じ部屋にいたくない気持ちはみなわかって――」

ソフィアは怒気を含んだ視線を兄に突きつけた。「マックスウェル・ハンプトンをわたしの夫だなんて呼ばせないわ。夫ではなかったんだもの。たしかに最初は愛されていると――」またもとたんにこみあげた感情で喉がつかえ、今度は涙で目が潤んだ。

どうしてなの！　マックスのことを話しながら、しかも大勢の人々の面前で涙ぐむ姿など見せたくない。涙は怒りで振り払えるだろう。ソフィアはマックスが消えてしまったときのことを、この長い年月を必死に思い起こそうとした。ひそひそ声でささやかれ、哀れみの目で見られ、独りで過ごし、独りで眠り目覚めて、独りで朝食をとり、教会へ行くむなしさを忘れられはしない。そのようなことになったのもすべて、夫が家を出て帰らなかったせいなのだと思うと腹立たしかった。身になじんだ怒りが徐々に沸きあがってきた。

「ご機嫌よう、スタンドウィック」マックスの低く響く声が空気を満たし、温度が上がっていくように思えた。

ジョンが軽くうなずきを返した。「イースタリー。元気かい？」

きわめて形式的な礼儀正しい挨拶だった。周りの人々が会話を聞きとろうと耳をそばだてている状況では無難な受け答えだ。交わされた言葉はすべて繰り返され、噂の種になり、解釈が添えられることになる。ソフィアは深呼吸をしてマックスのグレーの瞳と目を合わせ——すぐに見なければよかったと思った。

遠くから目にしたときには何も変わっていないように見えた。でも近くで対面してみて、表情が以前より険しくなっているのが見てとれた。ありうるとするなら、頬骨が高慢そうに鋭角になったような気がする。髪の生えぎわに混じる白いものがどことなく陰気な印象を与えている。痩せて、もう成長しているはずもないのになぜか背が少し伸びたようにも思える。けれどなにより——冷静そうなまなざしのなかに怒りの烈火が覗いていた。それがソフィアの身を貫き、肌が燃えあがるがごとく熱くなった。

「マックス」たちまち乾いてしまった唇をどうにか動かした。「お、お目にかかれて嬉しいわ」

マックスはうなずき、ソフィアの髪から目、唇へとゆっくり目でたどった。見られた部分へ次々に火は飛び移り、全身が炎に包まれてふるえ、動じずにいなければという決意が揺らいだ。非情にも自分のもとを去った男性のほうへ踏みだしたい衝動をこらえた。機会を与えればきっとまたあっさり振り払われて、結局は心を打ち砕かれることになるのだから。

そう気づくと憤りが発火し、いらだちもまた自然に戻ってきた。憎らしい相手だ。ソフィアはどうにか作り笑いをこしらえて、急激にこわばってしまった唇から言葉を発した。「お久しぶりね」

マックスは軽くうなずいた。「ほんとうに」

その声を聞いただけで、ソフィアはふるえを覚えた。

マックスが手を伸ばし、ソフィアの力なく脇に垂れた手を取った。身をかがめ、手袋の上から手の甲に唇を擦《こす》らせる。ソフィアは一瞬にして欲望を掻き立てられ、肌が粟立ち、乳房が張り、乳首が期待するかのようにそそり立ったことに激しく動揺した。

目を閉じて、その波が全身に伝わるままにまかせた。忘れることなどできなかった。ふたりのあいだにはかつてつねに荒々しく肉体を求めあう欲求が存在していた。ごくふつうの挨拶にすぎないのだと思いなおして身体を抑えつけ、ひとしきり続く沈黙を埋める言葉を探した。

何か言うのよ！　自分を叱咤《しった》した。みんなが見ている。待っている。けれど頭も口も動いてはくれず、それどころかまるで引きとめるかのように彼の手を握っていた。

ふたりは手をつないだまま、互いに怒りと欲望を同じくらい感じとりながら見つめあった。ジョンが咳払いをした。「ええと……ソフィア？」

ソフィアはぱっと頬を赤らめて手を脇に引き戻した。なんてこと、どんなに愚かしく見えていたことだろう！　冷ややかな笑みを見るのは耐えられないので、あえてマックスには目を向けなかった。「わたし――ごめんなさい。ちょっと――ごめんなさいね――ちょっと――」

「腹が減ってるんだよな」ジョンがさりげなく言葉を継いだ。「みんな同じだ。晩餐はいつ始まるんだ？」

「もうすぐでしょう」マックスが答えた声は先ほどより低く、しかもふるえているように聞こえた。目はなおもソフィアに据えられていた。「髪型を変えたんだな」唐突に指摘した。

ソフィアは髪に手をやった。そのとおりだ。昔この男性にいつも髪を長く伸ばしたほうがいいと言われながら、結うのに時間がかかるからと聞く耳を持たなかった。でも、マックスが去ってから、ばかげた言いわけだったと思うようになった。「切ってないのよ――」いつからなのかをあやうく言いかけて口をつぐんだ。心をさらけださせてまた踏みつけるつもりなのかもしれないのだから気をつけなくてはいけない。そう簡単に乗せられるほど愚かではないもの。「だいぶ前から」唾を飲みこむ。「それで、マックス、どうしてロンドンに？」

マックスの目に炎らしきものが揺らめいた。われを失いかねない強烈な怒りを懸命に抑えつけているかのように。「ぼくが来た理由はよくわかっているはずだ。ふたりできちんと話しあわなければならない。あすの朝、訪問させてもらう」

なんなの！　どうしてこんなふうに強引な言い方をされなくてはいけないの？　ソフィアはすっと顎を上げて、冷ややかに言い放った。「あすの朝は家にいないわ」

マックスがいぶかしげに目を細めて足を踏みだし、広い肩で燭台《しょくだい》の光を遮《さえぎ》った。「十時に伺う」

「十時には予定があるの」

「それなら九時に行く。朝食をとりながら話そう」腹立たしさで身をこわばらせたソフィアに陽気さを欠いた笑みを向けた。「すんなり応じるともで思ってたのか？　もしそうなら、とんでもない思い違いだ。あいにく、ぼくに脅しは通用しない」

「顔を合わせなくても、速やかに返答をいただけると思ってたのよ。それに、脅してはいないわ。取引だもの」

「いずれにしても、そういった類いの取引には応じられない」

「そう。それでも、あす来ていただいても困るのは同じよ。わたしは九時にも家にはいないから」

マックスは眉を吊り上げた。「きみは何か忘れている」

「なんのこと？」

「ぼくはきみを知っている。早起きはしない。なかなかベッドから離れたがらないし……」脅しも取引も沈めてしまいそうな深みのある温かな声が静かに途絶えた。

ジョンがふたたびわざとらしく咳をした。「そうか……では……そうだな――」目顔でソフィアに助けを求めた。

「わたし……わたし……」もういや。なんて言えばいいの？　何を言おうと、どうせ遅かれ早かれマックスと顔を合わせなければならないのは変わらない。「わかったわ。朝食のときに会いましょう。ただし、わたしはものすごく早い時間に朝食をとるわ」

マックスが目をすがめた。「どれくらい早く？」

ソフィアは六時と言いかけてすぐに思いなおした。マックスを困らせてやりたいけれど、太陽も昇りきっていない時間に起きるのもいやだ。「八時よ」気が進まないながらもそう答えた。それでもまだふだんの朝食の時間よりまる四時間も早い。使用人たちの機嫌を損ないそうだ。

「わかった。八時に伺う」マックスにふたたび手を取られ、先ほど以上にしっかりと口づけられると、今度はそれだけで唇のぬくもりが手袋の柔らかい布地を通して熱く感じられた。呼吸が浅くなり、膝がふるえた。もう何年も会わず、つらさを覆う怒りの壁を着実に厚く築いていたはずなのに、いまいましいこの男性にはほんの少し触れるだけでくずおれさせられてしまう力がある。なんて人なの。

レディ・ニーリーが悲鳴をあげた――ブレスレットの金具がはずれたというようなことをわめいている。マックスは仕方なさそうにソフィアの手を放すと、ジョンに礼儀正しく頭をさげ、招待主の傍らへ戻っていった。

マックスが声の届かないところまで離れるとすぐにジョンが言った。「ソフィア、ここにいたくないのならいる必要はない。みんな理解してくれるだろう」

いいえ、それは違う。たしかに理解を示して励ましの言葉すらかけるだろうが、そのいっぽうで扇子の陰で笑っている。捨てられた妻が世間からどう思われているかはよくわかっている——誰かを哀れみながら優越感を抱いて啜《すす》れるスープほど芳《こう》ばしく美味なものはない。

ソフィアは顎を上げた。「たかがハンプトンに挑発されたくらいでスロックモートンが戦場から逃げだしたなんて言われたらたまらないわ」

ジョンが急に息苦しくなったというそぶりで首巻《クラヴァット》を直した。「彼は婚姻の取り消しに応じるだろうか？」

「なんの代償も払わずにとはいかないでしょうね」

ジョンが気遣わしげに顔をゆがめた。「どんな代償だ？」

「それが」ソフィアは表情を曇らせた。「問題ね」

2

『ブレスレットの盗難騒ぎについてだけではもの足りない方のために、筆者がいち早くお知らせしよう――

イースタリー子爵がロンドンに帰ってきた！

この放蕩貴族はレディ・ニーリーの不運な晩餐会に突如姿を現わし、招待主のブレスレットが折悪しく消えさえしなければ、おそらくこの晩いちばんの話題の的となっていただろう。どうやらレディ・イースタリーは夫の出席を知らされていなかったらしい。数人の目撃者の話によれば、食事のあいだじゅう、ふたりはまぎれもなく睨みあいを続けていたという――といっても、この晩餐会がお開きとなる前に招待客が口にできたのはスープのみなのだが。

実際、某ご婦人は、晩餐会が早々に切り上げられたのはじつに残念だと語っていた（筆者には非情な発言に思える）。たしかにイースタリー夫妻のいがみあいが続けられていれば相当な見物《みもの》となっていただろう。前述のご婦人も、ほかの噂話をすべて一掃するほどの話題になったはずだと付け加えていた』

一八一六年五月二十九日付〈レディ・ホイッスルダウンの社交界新聞〉より

翌朝、ミスター・プリチャードは家具がまばらな事務所の前の控え室に足を踏み入れ、窓ぎわに来訪者が立っているのを見て足をとめた。うつむき加減で下の通りを眺めている。つばの大きい帽子をかぶっているので顔は影に覆われ、逞《たくま》しい体躯《たいく》で早朝の陽射しが遮られている。

「失礼ですが」プリチャードは驚きを隠して問いかけた。自分より先に事務所に待ち人が来ているのはまれなことだ。「何かご用でしょうか？」

男性が振り向いて、陽射しがその顔を照らした。

プリチャードは思わず足を踏みだした。「子爵！　なんと喜ばしい——いつこちらに——私は——」声は続かなかった。

子爵は喉の奥からこぼれでるような笑い声をあげ、暗い表情がたちまち格別に明るい笑みに取って代わられた。帽子を取ると、彫りの深い顔が陽光に浮かびあがり、黒い髪が輝きを放った。「帰国を一刻も早くあなたに知らせたくて来たんだ」腕を大きく広げた。「覚悟してくれ、放蕩息子のお帰りだ」

事務弁護士のプリチャードがイースタリー子爵をイタリアに訪ねたのはもう何年も前のことだった。その後の年月で子爵は変わっていた。肩幅は逞しさを増したが、身体はより引き締まっている。口もとと眉間の表情がきつく険しくなり、三十二歳にしてはずいぶんと威厳が加わっている。もっとも、これまでのことを考えれば、このような顔つきになって当然なのだろう。ミスター・プリチャードはやりきれない憤りで胸が詰まった。「あなたが姿を消す必要はなかったのです。あのような屈辱――」言いよどんだ。子爵が握手を求めるように手を差しだしている。

プリチャードは唾を飲みくだした。「私は――私はそのような立場では――」

マックスはプリチャードの手を取って、固く握った。ひとりで生きるなかで学んだことはいくつかあるが、そのひとつが信頼できる人間のいるありがたみだ。「何言ってるんだ、プリチャード！　ぼくはいわばあなたに魂を託したも同然なんだ。せめて握手くらいさせてくれ」

ミスター・プリチャードの細い顔が紅潮した。「しかしあなたのお父上がお許しには――」

「父はぼくが十六になるまでに一族の財産を失った。尊敬すべきところは多いが、見習ってはいけない点もある」かつては父について不愉快な事実を認めるくらいなら舌を抜かれたほうがましだと思っていた。だが体面を気にしなければならないときはとうに過ぎた。「あなたがもっと器の小さい人間だったなら、ぼくがいないあいだに財産を盗みとられていたかもしれない。心から感謝している」

プリチャードは否《いな》む言葉を呑みこんで、身ぶりで事務所のなかへ促した。

マックスは帽子を脇にかかえて事務弁護士より先に温かみのある明かりの灯った部屋に入り、机のすぐそばの椅子を選んだ。窓越しに懐かしい煤《すす》けた建物が並ぶロンドンの街を眺め、玉石敷きの通りで挨拶を交わす露店商人たちの賑やかな声を心地よく聞いて、腰をおろした。

プリチャードは机の向こう側に腰かけ、興味深げに目を輝かせてこちらをつくづく見ている。「お目にかかれてほんとうに嬉しいですよ！　ご夫人には会われたのですか？」

「一応は、夕べ晩餐をともにした」そこで騒動が起こった。レディ・ニーリーが、見せびらかしていたブレスレットが消えたとわめき立てたせいで、招待客は全員まともな食事にありつけずにその場をあとにした。マックスにとっては幸いだった。あのままソフィアのすぐそばで思うように見つめられもせず坐っていなければならなかったとしたらまさに地獄だった。

いらだちで膝が疼き、椅子の上で腰をずらした。「とても元気そうだった」元気なんてものではない。いきいきと輝いていた。

「子爵夫人もさぞ喜ばれたでしょう」

「部屋を逃げだしはしなかった。励まされる兆候だ」ポケットから折りたたんだ書簡を取りだして、プリチャードに差しだした。「読んでくれ」

事務弁護士は針金の柄の眼鏡を胸ポケットから取りだしてかけると便箋に目を凝らした。

「あなたのおじ上の日記をお持ちなのですか？　王妃とも交際されていたという方ですね？」

「ああ。あの日記は金庫に入っていたから、この街を発つときには急いでいて頭に浮かばなかった。ソフィアがそれを見つけたんだろう。あの日記の内容がおおやけになれば、貴族のおよそ半分の血筋をたどりなおさなければならなくなる」

事務弁護士は書簡をマックスに返した。「あのご婦人がそのようなことをなさるでしょうか？」

マックスはうっすら笑った。「彼女はぼくに負けずとへそ曲がりなんだ」

「お似合いのおふたりということですな。私はつねづね、夫人をおいて去られたのは少々性急なご判断だったと憂いておりました」

「ではどうすればよかったというんだ？　妻を連れて逃げろと？　自分が咎められたからといって彼女にも同じ思いをさせろと？　そんなことはぼくにはとても——」マックスはぴたりと口を閉じた。まったく、もう十二年も経ってるんだぞ。喪失感や、裏切られた悔しさはとうに感じなくなっていてもいいはずなのだが、どういうわけかそうではなかった。「レディ・イースタリーはみずから決断をくだしたのだし、それはぼくも同じだ」

「私はあなたが去ったことを責めているのではありません。やむをえないことです」弁護士は椅子の上でもぞもぞと身を動かした。「ただしどのような状況であれ、奥様へのご送金の額は寛大すぎるとしか申しあげようがない。この不安定な時代に、いったいどのようにあれほどの資金を工面されているのか興味を抱かずにはいられません。いっさい説明してくださらないのですから」

「ああ」マックスはあっさりと答えた。「説明はしない」

プリチャードはいったん口をすぼめ、用心深い表情でゆっくりと言葉を継いだ。「先月、シャロウフォード卿のもとを訪ねました。膨大な絵画のコレクションをお持ちなのです」

マックスは顔色ひとつ変えなかった。「敬服する」

「そのコレクションを大変誇りに思ってらっしゃいます。地所にお邪魔して、最近手に入れられたばかりだという絵を拝見しました」プリチャードはいわくありげに間をおいた。「イタリアから取り寄せたとか」

「イタリアから輸入された絵は多い」

「それはほかの絵とは違いました。十年ほど前、あなたのお住まいでお見かけしたのとそっくりの田園風景だったのです。私の記憶が正しければ、あのときはまだ描きかけだったはず。たしか、木の配置で悩んでらっしゃった」

まったく、つまらないことを憶えているものだ。

「シャロウフォード卿によれば、その絵の画家はペラコルテと名乗っているとか」プリチャードはそれとなく咳をした。「あなたのご一族にも同じ名の方がいらっしゃいましたよね」

「曾祖母はイタリア人なんだ。知ってるだろうに」

「もちろんです」プリチャードは謙虚な態度で認めた。「シャロウフォード卿はその絵の価値も口にされていました。あなたも絵の腕前は高い評価を得ておられたのでは？」

「おかげさまで、得意なほうではあるな」得意どころではない。どんなことより自信がある。

弁護士は咳払いをした。「ご夫人の婚姻取り消しのご要望に応じるおつもりですか？」

「いや。とりあえず、まだいまのところは」マックスは椅子の背にもたれ、ブーツを履いた脚を組んだ。「それを判断する前に、すべきことがある」

「ですが日記はどうなさるのです？」

「ぼくがここにいるあいだは、彼女が行動に出る心配はほとんどない。軽率な行動に出ないよう目を配っている程度でじゅうぶんだろう。それはそうと……」マックスは唇をすぼめた。「リドルトンという男についてはどう思う？」

プリチャードの目に影が射した。「たいして知りません。周囲の方々からは好かれていますす」

「くだらないことを喋りまくる癖があるだろう。それにひどく悪筆だ」

「悪筆？　リドルトンがあなたに手紙を書いたとおっしゃるのですか？」

「ぼくが妻との婚姻の取り消しに応じるべき理由を四枚にわたって長々と書いてきた」マックスはむなしい痛みを覚えて無意識に胸を手で押さえた。ソフィアが自由の身になることを望む日がいつかくるだろうと思っていた。この街を去ったときからそれはわかっていた。だが、ソフィアがほかの男を見つけたのだとすれば、どのような男なのかをどうしても確かめておかずにはいられない。

「もしミスター・リドルトンが財産目当てなのではないかと心配されているのなら、ご安心ください。とても裕福な方です」

マックスはいぶかしげに目をすがめた。「すでに調べてあるのか」

プリチャードはかすかに顔を赤らめた。「イースタリー子爵夫人のもとへ頻繁に足を運んでいるという話を耳にして、調べてみたのです。あなたもそれを望んでおられるのではないかと思いまして」

「何がわかった？」

「たいしたことではありません。つまり……子爵夫人に相当熱をあげられているようです」

当然だろう――どうして惹かれずにいられるものか。ソフィアは聡明で、生気にあふれた美しい女性だ。たったひとつの要求を説明するのに四枚も紙を費やさねばいられない男にはもったいない。そもそもそんな要求をできる立場だろうか。その厚かましさがマックスにはどうしても我慢ならなかった。「まずいな、予定より長居してしまった」プリチャードの肘の脇にある時計に目を落とした。「子爵夫人と朝食をとることになっているので行かなければ」立ちあがった。

弁護士も続いて席を立った。「そうですか。イングランドに身を落ち着けてくだされば嬉しいかぎりです」

「それはわが美しき妻しだいだな」マックスは言葉少なに答えた。いまも目を閉じれば、昨晩目にしたのと同じものが見えるのはわかっている。その前の晩も、そのまた前の晩にも見たソフィアの顔が。濃い褐色の睫毛に縁どられた明るい瞳と、わずかに開いた柔らかい唇。レディ・ニーリーの屋敷でその姿を実際に目にしたときには、抱き寄せてむやみにキスを浴びせ、唇を味わいたくてたまらない気持ちをこらえるだけで精いっぱいだった。ほんとうは彼女を情熱の極みとその先までも導き、ともにそこへ達して、伏目がちに睫毛をはためかせる表情を見たかった。

このような気持ちになってしまうのは最初に出会ったときから変わらず、だからこそ結婚を急がずにはいられなかったのだ。昨夜目にしたソフィアは身体に程よい丸みを帯び、年を経て女らしさも増し、呆れるほど誇り高く顎を上げていて……その瞬間にマックスは事実を突きつけられた。リドルトンという男がソフィアにふさわしい相手かどうかを確かめるためにイングランドに戻ってきたつもりだったが、実際はそうではなかった。夫としての権利を主張するために帰ってきたのだ。ソフィアは誰のものでもなく自分のもので、目の前でどこかの恥知らずな男にその役割を奪われるようなことは断じて許せない。

ソフィアの自分への気持ちが完全に消えたわけではないというそぶりが――ひとつでも――見えたなら、どのようなことをしてでも取り戻す。そう心を決めて、弁護士の事務所を出て、ソフィアの家へ向かった。

八時十五分に、ソフィアはお気に入りの青いモスリンのドレスに髪をきちんと結い上げた姿で朝食の席についた。目の前の皿には、食器台で湯気をあげていた料理のすべてが少しずつ盛られている。ソフィアはお腹を手で押さえた。気分が落ち着かず食欲も湧かないが、マックスが到着したときに不自然なそぶりは見せたくない。

ほんとうに現われればだけれど。いらいらと睨みつけるように時計を見やった。すでに十五分も遅れている。驚くほどのことではないと思いつつ、あきらかに神経は張りつめていた。いつまでも待っていると思っているのなら――

ドアを軽く擦る音がした。鼓動が三倍にも速まった。慌ててフォークをハムに刺す。「どうぞ」

ドアが開き、新しい執事が姿を現わし、その後ろから兄がのんびりと入ってきた。「スタンドウィック伯爵がお見えです」

フォークをばたんと皿の上に落とした。「ありがとう、ジェイコブズ」執事がドアを閉めて出ていくなり剃刀《かみそり》並みに鋭い視線を兄に向けた。「何しに来たの？」

「おまえと食事をしに」ジョンは軽やかに食器台へ歩いていって次々に銀製の蓋を持ち上げ、静かな金属音が部屋に響いた。「燻製鰊《くんせいにしん》はないのか」

そんな言葉にごまかされはしない。「マックスには、わたしひとりでじゅうぶん応対できるわ」

「そうだろうとも」兄は蓋を戻してテーブルへ歩いて来ると、妹の皿を目にして足をとめた。山盛りの料理に目を見開いた。「なんだそれは！　ぜんぶひとりで食べるのか？」

「全種類を味わうの」

ジョンは妹の向かいの席に腰をおろした。「信じてはもらえないかもしれないが、気分が落ち着かなくて食欲が湧かないんだ。眠れもしなかった」

「あらそう、わたしはぐっすり眠れたわ」ソフィアは嘘をついて、てきぱきとハムを小さく切りはじめた。

「眠りたかったんだが、あの晩の夢にうなされた。ほら、マックスが去った晩の夢だ」兄はテーブルに肘をついて身を乗りだした。「おまけに、やましさのせいなのか怒りのせいなのか判断がつかない」

ソフィアには兄の言いたいことがよくわかった。どちらにしても、喜ばしいことではない。その問題については話す気になれない。いまはともかくマックスが到着したときに備えて感覚を研ぎ澄ましておきたい。「何か、ほかのことを話さない？」

「そうだな」ジョンは片手で顔をさすった。「この夢のいちばんの問題は、いまはマックスが潔白であるとわかっているのに、自分が何も言えないということだ。まるで舌が上唇の裏側にくっついてしまったみたいに――」

「ジョンお兄様。その話はしたくないの。もうやめて」

「ああ、そうだったな」兄はたちまちどこか遠くを見るように考えこんでしまった。

沈黙が垂れこめた。ソフィアはフォークの先で卵のなかに絵を描きながら、前にもこんなふうに朝食のテーブルでマックスを待っていたことがあったのを思い起こしていた。そして結局帰っては来なかった。喉が締めつけられた。思い出とは本来、人を傷つけるものではないはずだが、ソフィアは長いあいだの繰り返しから思い出が鋭利なナイフのごとく心を切り裂くものであるのを学んだ。

「やっぱり違うぞ、ソフィア！」ジョンがいきなり背を起こしたので、椅子がぎしぎしと音を立てた。「話さなくてはいけないことなんだ。いまになってあの晩の出来事を思い返してみれば、完全に理屈がとおる。だがあのときは、チャドロウ卿がカードを広げてマックスを見たから……みんなてっきり彼が勝ったんだと思ったんだ。マックスが勝ったんだと。そして彼はそこに身じろぎもせず冷然と坐ったままで、ひと言も口を開こうとしなかった。まるで誰かが声に出して言うのを待っているみたいに」兄はいきなり立ちあがり、腹立たしげに部屋のなかを歩きまわりはじめた。「どうして何も言わなかったんだろう？」

「誇りよ」ソフィアは疲れたように答えた。「それしか頭にない人だもの」

「ばかげてる！　たったひと言、口にするだけでよかったんだ。そうすればリチャードは――」ジョンは言いよどみ、唇を引き結んだ。

ソフィアはフォークを皿の脇に戻した。「リチャードと同じように、わたしにも責任があるのよ。マックスがチャドロウからいかさまを非難されたとき、わたしには状況を変えることが何かできたはずだもの。何か言って、マックスを擁護すればよかったんだわ。それなのに、わたしはどうしてなのかと問いただした。どうなっているのかではなく、どうしてなのかと。そうやってあの人を貶《おとし》めたのよ」

「ソフィア、おまえがマックスをかばったところで、妻だからだと思われただけさ」

「妻だからこそ、言わなければいけなかったのよ。誰よりあの人を信頼し信じなければいけないわたしが――」涙がこぼれてきてうろたえた。

ジョンがすぐさまそばに来て、ハンカチを手に握らせた。

「ありがとう」ソフィアは目をぬぐった。流せる涙がまだ残っているとは思わなかった。

「過去を振り返っても仕方がないわ。マックスとわたしのあいだにあったものは消えてしまったんだもの。ほんとうにあったとしたらだけれど」年月が過ぎるほどに、そのことにさえ自信が持てなくなっていた。きのうまでは。会った瞬間、何かが……掻き立てられた。かつてはあったはずのものの記憶、おそらくは感情の名残りのようなものなのだろう。でも、きっとそれ以上のものではない。

兄の表情が険しくなった。「たとえひどい目に遭わされたとはいえ、おまえをおいて出ていったのは納得がいかない。ひとりで中傷に耐えさせたことも」

ソフィアは口を開こうとして、ドアをノックする音を聞いた。その音が小さな部屋に反響しているように聞こえた。

ジェイコブズが入ってきて、ソフィアはすばやくハンカチを隠した。「何かしら？」

「奥様にお目にかかりたいと紳士がいらしているのですが――」執事は眉をひそめた。「奥様、その紳士はイースタリー子爵と名乗られているのです」

「お通しして」

ジェイコブズは眉を上げたが、すぐに一礼をして来客を呼びに向かった。ソフィアは立ちあがり、ほとんど走るように炉棚の鏡の前へ急いだ。髪を直し、頬をつねって赤みを戻そうとした。

「何をしてるんだ？」ジョンが愉快そうな口調で訊いた。

「何も。もう行っていいわよ。わたしが話すから」

「もちろん、それでいいとも」ジョンは食器台へ歩いていき、温められた皿にハムと卵をたっぷりと盛った。「食べたらすぐに帰る」

「お兄様」ソフィアは目をきつく細めた。兄のことはとても愛しているけれど、これほど頑固な人間はほかに知らない。マックスを除けば。「お願いだから――」

ドアが開き、マックスが入ってきた。肩幅が広く、すらりとした体型の兄と比べるとその筋肉質な身体がいっそう逞しく見える。部屋が暖かくなってきたように感じられ、ソフィアはいつの間にか肺を空気で満たそうと呼吸に懸命になっていた。訪問用の礼装をした姿は昨夜以上に見栄えがする。

マックスは執事がドアを閉めるのを待って向きなおり、濃い眉の下で銀色がかって見える目をソフィアに据えた。「遅れて申しわけない。荷馬車やら手押し車で道が混雑していて思うように進めないんだ」

「何も問題ないわ。こちらこそ、あなたを待てずに食事を始めていたことをどうか悪く思わないで」

マックスの視線がソフィアを通り越し、テーブルの上のたっぷりと料理が盛られた皿をとらえた。その目が愉快そうな光を放った。「あれ」ソフィアにさっと目を戻す。「朝は苦手だっただろう」

「お昼まで寝ていたのはもう何年も前のことだわ」ソフィアは兄の含み笑いをものともせず、とりすまして言い返した。兄へ諫める目をくれた。

「まだまだ変わった点は多そうだ」マックスが言う。

「そこでだ」ジョンが口を挟んだ。「マックスウェル、リチャードの件については、ほんと

ません」

「過去を振り返っても仕方がないでしょう。ぼくはもうそのことについてはなんとも思ってうに申しわけないことをしたと――」

マックスはくつろいでいて、とても……落ち着いている。ソフィアもほんとうはそんなふうにしていたかった。実際は鼓動がいつもの千倍は速くなっているし、身体の反応にも気づかずにはいられなかった。マックスがこんなにも魅力的な男性であるのをどうして忘れたと思いこんでいられたのだろう？　なんて逞しく、男っぽさに満ちあふれているの？　涼しげなグレーの瞳にいたずらっぽさが覗いたときにはとりわけどきりとする。それが最も危険な兆候なのだとソフィアは思い返した。

「ソフィア？」兄の声でわれに返った。「坐ったほうがいいだろう」

「あ、そうよね」頰の熱さを少しでも鎮めたくて考えをめぐらせた。「マックス、朝食はいかが？」

「いや、けっこう。少し前に食べてきたんだ」ソフィアが坐るのを待って、その左側の椅子に腰を落ち着けた。

ジョンも席につき、料理の皿を前にしてフォークとナイフを手に取った。「豪勢な料理を逃すのはもったいないぞ。ここの料理人の卵料理は絶品なんだ」

「そのようですね」マックスが静かに言い、ソフィアはその声を聞いて湿った肌をビロードで撫でられたように感じた。

必死にふるえをこらえた。

ジョンが声高らかに続けた。「それにしても、イースタリー、ソフィアがこうして話す気になっただけでも運がいいぞ。きみは勝手に出ていったのだから、妹が怒るのも無理はない。それが婚姻の取り消しを求めている理由なんだ」

ソフィアはテーブルの下で兄の足を蹴った。

「いてっ！」兄はテーブルクロスの下をちらりと覗いた。「何かいるのか？」

兄などリーズでもハロウゲートでも、いっそ冥界《めいかい》や、それくらい不快な場所へ行ってしまえばいい。「きっと何かに膝がぶつかったのよ」

ジョンは脛《すね》をさすった。「なんであれ、先が鋭く尖《とが》ってるものだな」

「その頭みたいにね」ソフィアはそう返した。

「まるで変わっていないものもあるんだな」マックスが乾いた声で言った。

「ソフィアはもともととんでもなく怒りっぽいからな」ジョンが同調し、食事に戻った。

マックスが笑みを浮かべた。「彼女がよこした手紙を見ればわかります。ぼくの祖先を虫まで遡《さかのぼ》って書かれていたのは傑作でした。それも色つきインクが使われていた。額に入れて取ってありますよ」

ソフィアはじろりと目を向けた。「嘘ね」

「ほんとうなんだ」マックスはさらりと答えた。「いまも机の脇の壁に飾っている」

ソフィアは不服そうに言った。「はじめのほうの手紙はたしかに少しいらいらして書いていたかもしれないけど――」

「いらだっていた」マックスが正した。腕組みをして、椅子に背をもたれる。「怒っていたし、いきり立ってて、敵意が剝きだしで――」

「いらいらしてたのよ」ソフィアはきっぱりと言いなおした。

ジョンが口を開いて――

「だめ」ソフィアはきつい視線で兄を射抜いた。「額にスプーンを埋めこんで帰りたくないのなら、会話に口を挟まないで」

ジョンは口を閉じたが、愉快そうに瞳を動かした。

「ありがとう」ソフィアは自分たちを見て薄笑いを浮かべているマックスに顔を振り向けた。

「兄が口に出したから訊くけど……婚姻の取り消しには応じてくださるの？」

マックスはソフィアの顔を眺め、唇に目を据えた。しばし間をおいて、静かな声で答えた。

「たぶん」

たぶん？　どう受けとればいいの？「わたしは日記を持ってるのよ」

「わかっている。きみのもとに残していったぼくが悪いんだが、きみがこのように卑劣な使い方をするとは思わなかった」

「卑劣ですって？」ソフィアの頰が紅潮した。「わたしは、こんなばかげた結婚を終わらせたいだけだわ」

マックスの表情が凍りついた。ややあって、口を開く。「じっくりと考えて答えを出したい」

ソフィアはもどかしさを押し隠した。どうしてこんな気分になるのか自分でもほんとうによくわからなかった。十二年も待っていられたというのに、どういうわけか急に行動を起こさずにはいられなくなっていた。「一週間しか待てない。それまでに応じてもらえなければ、あなたのおじ様の日記を競売にかけるわ」

マックスの目に怒りの光が灯った。「ソフィア、無理強いは――」

「ふたりとも、落ち着くんだ」ジョンがハムを切りながら言う。「マックス、知っているかもしれないが、ソフィアが婚姻の取り消しを急いでいるのは花婿候補が現われたからなんだ」

ソフィアはテーブルの端を両手でつかみ、兄の横っ面を張りとばしてやりたいのをぐっとこらえた。どうしてそんなことを言いだすの？　元来礼儀作法の見本にはなりえない兄だけれど、今回は限度を超えている。

「花婿候補？」マックスの口ぶりは非難がましさを含んでいた。「早すぎやしないか？」

「十二年も経ってるのよ」ソフィアは語気鋭く言い返した。

「だが、ぼくがきみから婚姻の取り消しを求める手紙を受けとってからまだ一週間だ」

「わたしはほかの方とおつきあいしたいから婚姻の取り消しを求めているのではないわ。自由の身になりたいだけよ」

「また結婚するために？」

またですって？「まあ！　またこんな思いをするくらいなら、川岸の干からびた土手にぽとんと落とされた卵みたいに野垂れ死んだほうがまだましだわ！」

マックスがひそめていた眉を開き、ジョンはむせてくっくっと笑いだし、ナプキンで口を押さえた。それからナプキンを口からはがし、かすれがかった声で言った。「おまえには感心するよ、ソフィー。そんな言いまわしを考えられる人間はなかなかいない」

「事実を言ったまでだわ」ソフィアはやや言いわけがましくつぶやいた。たまに、それも思いも寄らないときに心のどこか奥のほうから怒りが唐突に噴きだしてきて、周りの人々と同じくらい自分自身も驚かされることがある。わけがわからない。

ジョンが含み笑いを洩らし、マックスを見やった。「ところで、イースタリー！　いつまでこちらにいられるんだ？」

マックスは肩をすくめた。「さあ。夕べの晩餐会で、社交界には少しも未練がないことを思い知らされました。レディ・ニーリーのおかげで、イタリアが恋しくなってしまった」

「同感だ。これまで一度も出席したことがなかったんだ。たいてい極上の料理が並ぶというから、招待主が無礼なばあさんでもみんな出席したがるんだよな」

「自分の甥を調べさせたのは理解できません」

「まったくだ。あの晩餐会の出席者のなかから、くだらん宝石を盗んだ人間を突きとめようとしているらしい。ちなみにマックス、きみはレディ・ニーリーをほとんど知らない不利な立場なのだから、疑われずにすんだのはむしろ幸いだ」

「マックスを疑う？」ソフィアは思わず口走った。「そんなことはさせないわ！」

ふた組の目がソフィアに据えられた。

「ソフィア！」ジョンが目一杯眉を上げた。

いけない、もう少しで愚かしくむきになってしまうところだった。ソフィアは咳払いをした。「ごめんなさい。でも、あまりにばかげたお話なんですもの。レディ・ニーリーにそんな失礼な噂を流されたら、リチャードが亡くなってからお兄様とわたしで信頼を回復しようとしてきた努力がすべて台無しになってしまうわ」

「そのとおりだ」ジョンも同意して皿の脇にフォークとナイフを置き、口惜しそうに空《から》の皿を眺めた。

「心配いらない」マックスは言った。「ぼくは誰に何を言われようと気にならない」

「気にするべきだ」ジョンが言い、いらだたしげな目をちらりとマックスへ向けた。「きみがどう思われるかは、私の妹にも関わってくる」

「ばかばかしい」ソフィアは続けた。「わたしはただ、事実ではないことを取りざたされるのがいやなだけよ。そういったことに散々振りまわされてきたんだから」

「哀しいかな、それには同感だ」ジョンが言った。口をぬぐってナプキンをテーブルに置き、席を立った。「ソフィア、楽しかったよ。まだいたいところだが、〈ホワイツ〉で約束があるんだ」

マックスも立ちあがった。「ご一緒させてください。ぼくも予定があるので、そろそろ出なければならない」

これだけなのかと思うとソフィアは急に気が沈んだ。ともかくマックスから婚姻の取り消しについて考えるという了承は得られた。最低限の用件は果たせた。それなのにどうして落胆を覚えているのだろう。

ソフィアも黙って立ちあがり、ぼんやりとナプキンを手にしたままふたりのあとからドアへ歩きだした。「ジョンお兄様、あとで寄ってもらえないかしら」

兄は身をかがめてソフィアの頬にキスをした。「わかった。妹よ、よい一日を」ウインクを一度して部屋を出ていった。ジェイコブズに外套を持ってくるよう頼んでいる声が聞こえた。

マックスもそのあとに続きかけたが戸口で立ちどまり、振り返った。「もうひとつ尋ねたいことがある」

ソフィアは手のふるえを隠そうと背中で組んで、ナプキンを握りつぶした。「どうぞ」

マックスがふたりのあいだの距離を詰めた。手を伸ばし、指先でソフィアの頬に触れ、顎までたどった。まなざしが強くなった。

ソフィアはその感触に身体じゅうの神経が目覚めるのがわかった。「な、何をお尋ねになりたいの?」つかえがちに訊いた。

その問いかけが束の間宙を漂い、マックスが身をかがめて唇に口づけた。

控えめなキスで、唇がかすかに触れあっただけだった。けれどその状態は長くは続かなかった。昔と同じように、マックスに触れられたとたん変化が表れた。肌が熱を帯び、呼吸が浅くなり、焦がれるように身がしなった。とても自然に思えた。信じられないほどに。男性に触れられ、キスをされ、とろけてしまいそうに感じられたのはずいぶん久しぶりだ。ソフィアはそのキスに身を投げだし、心もゆだねた。彼の首に腕を巻きつけ、唇を開いた。マックスがくぐもった声を洩らし、さらに深く唇を触れあわせた。焦らし、いたぶるように口づけて、舌を唇のあいだから滑りこませた。ドレスの布地の上から両手で尻をつかみ、しっかりと引き寄せる。

ソフィアの喉からも低い悶え声が洩れた。悔しいけれど、この男性はなんてキスが上手なのだろう。自分はこれほどまでこのときを、彼を求めていたのだろうか。どうにかしてもっと近づきたくて自分のほうに引き寄せたものの、ふたりを遮る布地だけはどうにもならなかった。スカート越しに逞しい脚を押しつけられ、みぞおちとさらに下にもほのかに火が燃えついたように感じられ……と同時に身体が目にみえてふるえだし、キスが打ち切られた。マックスは荒い息で胸を上下させ、紅潮した顔で手を放した。

ソフィアは全身が燃え立っていた。天に助けを求めたいほど彼を欲している。頭から爪先までふるえていることに気づき、片手で頬を押さえた。

ああ、どうしてこんなふうになってしまうの。きっと身体が勝手に反応しただけのことだ。焼けた炭にうっかり触れて熱さに驚くのと同じだと必死に自分に言い聞かせた。

マックスの視線を感じ、何か言わなければと気づいた。いまの出来事を掻き消せる言葉を探したが、唇が動かなかった。

「いまので知りたかった答えを得られたようだ」マックスの声を聞いて、ソフィアはうっとりとなっていた神経を毛羽立った布でいきなり擦られたような気がした。

「答え？　何を知りたかったの？　わたしがまだキスを楽しめるかということ？　それなら何も感じなかったわ」

マックスが燃えるような目を向けた。「そうではないのはわかっているはずだ」

「なんのこと？　どうしてそんなことが言えるの？」

「ナプキンを落とした」

ソフィアはマックスの視線を追って床を見やった。足もとに白い布の塊りがある。嘘よ。知らぬ間に手の力が抜けて落としてしまったのだろう。「なんの証しにもならないわ」どうにか言葉を継いだ。「手の感覚がなくなってたんだわ。わたし――よくあるのよ」

ああもう、何を言っているのだろう？　マックスの呆れたような表情から、少なくともつけ入るきっかけを与えてしまったのを察した。

マックスの目がややいたずらっぽく温かにやわらいだ。「手の感覚がなくなることがよくあるのか？　いつからそうなるようになったんだ？」

「ええと……何週間か前よ」この言いわけで押し通そうと決めて、明るく答えた。「じつを言うと、ほんとうによくあることだから、ほとんど気がつかないくらいなの」

マックスがくっくっと笑った。「ぼくに気をそそられたことを認めるくらいなら、鼻を切り落とされたほうがましだとでも思ってるんじゃないか？」

　思考を働かせようとしても、気が取り散らかっている。「わ、わたしにキスしたからって、日記を渡してもらえるなんて思わないで。わたしは本気で婚姻の取り消しを求めてるのよ、マックス。聞き入れてもらえなければ、いちばん高い値をつけてくれた人に日記を売るわ」

　マックスが高慢そうに満足げなゆがんだ笑みを浮かべた。「ハーグリーヴズ家の大舞踏会には出席するのか？」

　だからなんだというの？「たぶん」ソフィアは用心深く答えた。

「そこでまたその件についてはじっくり話しあうとしよう」マックスは愉快そうにいっそう熱っぽく銀色に光る目でしげしげと見つめた。「ではそのときに、ソフィア」最後にまた微笑んでから背を返し、歩き去った。

　ソフィアは部屋の真ん中に立ちつくし、いまも疼きを感じる唇に触れた。身体がふるえている。何年も離れていて、たくさん傷つき、それでも結局はマックスと唇を触れあわせただけでとろけて欲望の溜まりと化してしまったのだと思うと、めまいに襲われた。

　頭が混乱し、来客の応対といった当たり前のことすらできそうにないので、寝室にさがることにした。

　けれど自分の部屋に入るとよけいに頭のなかの声は大きくなった。ベッドと暖炉のあいだを行き来しながら、考えをめぐらせた。どうしてあんなふうにマックスのキスに応えてしまったの？　よそよそしく落ち着いていようと思っていた。でも彼の熱情の激しさにそんな考えは吹き飛ばされた。

両手で頬を押さえる。かつてふたりはつねに肉体的な結びつきを感じていた。でもそれがきわめて強く、感情にも影響を及ぼすものであることをいつしか忘れていた。「たいしたことではないわ」歩いていてもその感触が呼び起こされるたびそう唱えて、キスでふくらんだ唇や赤みの射した肌のことは考えないように努めた。「これもそのうち消えて、何もかも元どおりになるわ」マックスみたいに。

激しくざわついている胸に片手をあてた。どう考えてもおかしい。マックスにはもうなんの感情も抱いてはいないはずで、こんなふうになることはありえない。意表をつかれて、思った以上に強い反応が表れてしまっただけなのだろう。かつてこのうえなく情熱的に激しく身を重ねた相手であるうえ、心から楽しめる本物の交わりのすばらしさを経験してから十二年もの月日が経っている。マックスに触れられて身体が過剰に反応してしまったとしても仕方がない。

そうして論理的な説明がつくとなぐさめられた。いまだ彼の唇の感触が残る唇を指先でなぞる。ふたりの別離で失われたものがいまも恋しい――男性と思いのままに触れあえる心地よさと悦び。その記憶がいままで以上に生々しく痛烈によみがえり、部屋の真ん中で足をとめると、胸を高鳴らせる彼の手の感触、唇の快いぬくもりがありありと呼び起こされた。それに、あの焦らされているように感じられる甘美な肌の味わい――

「だめ！」ソフィアはうつむいて、これまで以上に力強く歩きだした。すべては過去のことで、そんなことを考えていても得るものはない。実際に触れあえるぬくもりをまた求めるのなら、どうにかしてマックスに婚姻の取り消しに応じてもらわなければ。未来はけっして自分を捨てない相手と築きたい。一族の恥をさらすと脅されなければ戻って来ないような人とではなく。

ほんとうは卑怯にもこんな手を使うのは気が進まなかった。でも、気にかけてくれない男性と婚姻関係を続けることに疲れはてていた。もう自分を気遣ってくれているとはとても思えない。

ふっとまた先ほどのキスと、思いやり深い手つきが頭によみがえった。あの男性《ひと》は何を証明しようとしたの？　自分の男の魅力でまだわたしをどうにでもできることを示したかったの？　弱みを握ったと思われていないことを心から願った。一度のキスで、そんなふうに決めつけられてしまってはたまらない。ソフィアはベッドの端にどすんと腰をおろし、腕組みをして心を決めた。この朝何があったにしろ、もう二度と弱みは見せない。

次にマックスウェル・ハンプトンに会うときには絶対に……動じない。

3

『筆者がロンドン一勇敢かつ用意周到な記者であることが、これであらためておわかりいただけるだろう。レディ・ニーリーの失敗に終わった晩餐会の招待客名簿をここに披露する。
キャンビー伯爵夫妻と、令嬢のレディ・マティルダ・ハワード
レディ・イースタリーの兄、スタンドウィック伯爵
イースタリー子爵夫妻（ほかの出席者の話によれば別々に到着したとのこと）
ロウ卿夫妻
アルバートン卿
レディ・マークランド
子爵家子息、ミスター・ベネディクト・ブリジャートン
同、ミスター・コリン・ブリジャートン
招待主の甥、ミスター・ブルックス
ストートン卿の子息、第五十二近衛歩兵連隊のミスター・トンプソン
ミスター・ダンロップ夫妻と、その子息で第五十二近衛歩兵連隊のミスター・ロバート・

ダンロップ
未亡人のフェザリントン夫人と、その令嬢ペネロペ・フェザリントン
未亡人のウェアホース夫人
招待主のお話し相手《コンパニオン》、ミス・マーティン
そしてもちろん、レディ・ニーリー
以上の名は容疑者リストとして挙げたわけではないが、当然ながらレディ・ニーリーはこのなかの誰かが犯人だと主張している。しかしながら、レディ・ニーリー自身もまたそのなかに含まれることを指摘しておかねばなるまい』

一八一六年五月三十一日付〈レディ・ホイッスルダウンの社交界新聞〉より

レディ・ハーグリーヴズの大舞踏会までマックスと会う機会はなかったので、ソフィアは冷淡に振るまえるときが少し待ち遠しくさえ思えた。きわめて重要な意思を伝えるのにふさわしい身なりをしようと、目を引く紫がかった青いドレスに白い絹編みのショールを羽織り、ブロンドの髪は耳の前に少し巻き毛を残して結い上げ、歩くたびきらめくビーズ飾りの付いた白いきらびやかな靴を履いた。馬車に乗るために玄関広間に出ていって従僕の口がわずかにあいたのを見て、美しく着飾れていることを実感した。

十時きっかりに着くと、暗闇のなかで煌々《こうこう》と明かりの灯った屋敷の前の通りに馬車が長い列を作っていた。レディ・ハーグリーヴズはその一年に招かれる数多くの催しへの返礼とし

て、社交シーズンの最盛期に年に一度だけ質素に形ばかりの舞踏会を開く。派手さや豪華さや気晴らしに費用をかけるのは嫌いな女性なので、軽食や余興はたいして用意されていない。それでも恒例の大舞踏会に人々が押し寄せるのは、この老婦人のけちぶりを見たい者、多くの孫のなかで誰が目下のお気に入りとなっているかを知りたがっている者たちがいるからだ。レディ・ハーグリーヴズは思いも寄らないことに立腹する困った癖があるため、いちばんのお気に入りの座を射止める孫は毎年変わる。老婦人の死のまぎわにその座にいられた者が遺産の相続人になると言われている。いわば悪趣味な椅子取りゲームだ。

ソフィアは大きな舞踏場に入って、レディ・ハーグリーヴズが雇った見るも乏しい規模の管弦楽団を目にした。音楽家たちのどこかおざなりの演奏は招待客たちの話し声に掻き消され、ダンスを踊るのもむずかしそうだ。どの部屋もすでに蒸し暑く、多くの招待客たちの人いきれのせいだけでなく、一年にこのときしか使われないためかわずかなかび臭さも漂っている。しかもその招待客たちがみな手持ち無沙汰に退屈をまぎらわそうと噂話にやたら熱を入れている。

ソフィアは知人の顔を見つけるたび笑顔で挨拶をして舞踏場のなかを進んでいった。ロックスベリー卿とすれ違い、ウインクで挨拶されたときには頬を染めた。この紳士は懲りない放蕩者だ。マックスがいなくなったあと何度か誘いをかけられたものの、その頃はまだ男性の誰もに頑なになっていてそのたび撥《は》ねつけた。それでも、きわだって魅力的な男性なので、にこやかな目を向けずにはいられない。

歩いているうちに、部屋の向こう側のテラスに出る扉のそばで兄が壁に寄りかかって、手にした皿に載ったものをいぶかしげに見ている姿が目に入った。

そばにたどり着くと、兄がその皿を差しだして見せた。「こんなぱさぱさのケーキははじめてだ」

ソフィアは爪先立って、ひと口ぶんの焼き菓子を覗きこんだ。「乾いてしまったのね」

兄はフォークでケーキをつついた。「石みたいに硬い。足の上に落としたら、か弱い爪先に痣《あざ》ができてしまうな」

ソフィアは困惑顔で首を振った。「レディ・ハーグリーヴズはこの催し全体に二十ポンドもかけていないのではないかしら。裕福だからこそあちこちに招待されているのに、自分が招待した方々には新鮮なケーキを出す気遣いもないんだわ」

「演奏は下手くそだし、部屋は蒸し暑いし、料理は……」兄は周りを見やり、人目を盗んで内ポケットからフラスコ瓶を取りだし、ケーキにかけて、皿全体を液体で満たした。そうして瓶から直接ひと口飲んで、ポケットに戻す。満足げに大きく息をつき、液体に浸されたケーキを食べた。「うまい！　ラムケーキだな。好物なんだ」

「そんなもの、よく食べられるわね」

「なかなかだぞ」兄はなおも楽しげに答えて、残りも嬉々としてたいらげた。食べ終わると空《から》になった皿をさっさとそばのテーブルに置き、期待するように部屋を見まわした。「マックスには会ったか？　どこにいるのかと探してたんだ」

ソフィアもそれは同じだった。でも兄への手前、たいして気にしていないそぶりで肩をすくめた。「見てないわ」

「ほんとうに？　てっきり――」ジョンが唇をすぼめた。

「てっきりなんなの？」

「なんでもない。たいしたことじゃない」兄は両手をポケットに入れ、細い身体を前かがみにして壁にもたせかけた。「ここに到着したとき玄関広間で何を聞いたと思う？　レディ・ニーリーが聞こえよがしに、よくよく考えてみたらブレスレットを盗んだ犯人がわかったと話していた」

ソフィアは動きをとめた。兄は緊急事態だとでもいわんばかりの目つきをしている。「ほかにはなんておっしゃってたの？」

「人込みに遮られて聞こえなかった。だが、マックスの名を口にしていたとしてもふしぎはない。そういう口ぶりだったんだ」

ソフィアは猛烈な怒りに駆られて身をこわばらせた。「レディ・ニーリーがそんなばかげた噂を広めようとしているのなら、大きな間違いだわ。マックスもわたしたちと同じでただの招待客で――」

「落ち着けって！　ここで怒るなよ。聞いたことを伝えてるだけなんだから」

「でも、間違ってるんだもの」

「それはそうだが」

「マックスがそんなことをするはずがないわ」

「たしかに想像できない」

「そんな言いがかりをつける人は撃たれてしまえばいいんだわ」

「拳銃に弾を込めるのは手伝おう」ジョンがにやりとした。「今夜はほんとに怒りっぽいな。愛犬のリドルトンくんが恋しいのか？」

「トマスは愛犬じゃないわよ」ソフィアはなおもいらだちを鎮めきれず肩をいからせて言った。「友人で、とてもいい方だわ」

ジョンは唇をすぼめて静かに口笛を吹いた。「気の毒に。口説こうとしてる相手に〝とてもいい方〟と言われちゃ男はおしまいだ」

「口説かれてなんていないもの！　だいたい、お兄様に男女の交際の何がわかるっていうの？　どなたとも真剣なおつきあいをしないで、料理上手で評判のふくよかな女性たちのあとをついてまわってるだけなんだから」

「〈ホワイツ〉の会員なんだぞ」兄が気どったふうに言う。「男たちの苦悩はじゅうぶん承知している。毎日耳にしているからな」

「ただの酔っ払いが秘め事の愚痴を言うのを聞いてるだけじゃない」

「〈ホワイツ〉にただの酔っ払いはいないぞ。酒に酔った貴族たちはいるが。入会審査は非常にきびしいんだ」

「それほどきびしいとは思えないわね。お兄様が入れるくらいなんだから」

「おまえ――」ジョンはふっと妹の頭越しに目を上げ、その先を見つめた。「いやあの……」

「ソフィア」背後からマックスの声がした。上から浴びせられるように聞こえてきて、頭から爪先がじんわり温まった。何も感じていないふりをするのよ、とソフィアはざわつく胸に言い聞かせた。気にかけていないふりをしなさい。なんとも思っていないんだから。もうじんも興味を持っていないふりをするの。無理やり涼しげな笑みをこしらえて向きなおった。今夜のマックスは身体にぴたりと合った黒い上着に髪もきちんと整えられていて、とても洒落た装いをしている。でもどのような身なりであろうと、文明人の姿に野性を隠しているかのように危険な雰囲気が漂っているのは変わらない。

「イースタリー」いかにも平静なふりで言った。「お目にかかれて嬉しいわ」

「ぼくもだ」マックスは軽く頭をさげて、ちらりとジョンを見やった。「スタンドウィック。楽しんでますか?」

「もちろん。ラム風味のケーキを食べて、妹とお喋りしていたところだ。きみもこのすばらしすぎて呆れる催しを楽しんでるか?」

「ぼくもラムケーキを味わって、妹さんとお話しできれば、いまとは比べものにならないほど楽しく過ごせそうです」

「あいにく、ラムケーキは品切れだ。私が最後のひと切れを食べてしまった。これがまた絶品だった」ジョンは壁にもたせかけていた身体を起こした。「だが、ソフィーと話したいのなら、お好きにどうぞ。私はカードゲームの部屋を覗いてくる」

ソフィアはぎょっとした。いったい兄はどういうつもりなのだろう？　兄の腕をつかみ、作り笑いを浮かべて言った。「カードゲームね！　名案じゃない！　わたしもぜひご一緒したいわ。ピケットをやりたいのよ」

ジョンは自分の腕から妹の手を引き離した。「ピケットは嫌いだろ」

「大好きよ」

「いや。レミントン家の夜会で、ピケットなど本物のカードゲームを楽しめない愚か者がやるものだと言ってたじゃないか。それで〝大好き〟だとはとても信じられない」

ソフィアは兄を殺したくなった。それさえできれば平穏に楽しく暮らせそうだ。これほど大勢に囲まれていてもそれを実現できる方法を考えつく前に、マックスに腕を取られた。

「ダンスを踊りませんか？」

触れられた瞬間に身体をめぐった熱い疼きは気にしないようにして、首を片側に傾けて管弦楽団の演奏に耳を澄ました。聴きとれない。「音楽が聴こえないわ」

「では、テラスに新鮮な空気を吸いに行こう」

テラスなんてだめよ！　マックスとふたりきりになってはいけない。ジョンのほうを見ると、すでにその背中は人込みのなかへ消えかかっていた。もう、役立たず！　次に顔を合わせたときにはひと言言ってやらなければ。いいえ、皮肉の二言三言は口にしなければ気がおさまらない。

マックスが自分の肘に手をかけさせた。「行こう」

ソフィアはその場に踏みとどまった。「テラスに出る気にはなれないわ」

マックスの口もとにうっすら笑みが浮かんだ。「婚姻の取り消しについて話したいと言っても？」

婚姻の取り消し。それは認めてほしい。ここで少し話をして合意に至れば、きっと速やかに立ち去ってもらえるのだろう。「それなら――」

「よかった」マックスはソフィアを導いて歩きだし、なめらかな動作で扉を開いて外へ連れだした。

扉が閉まると同時に舞踏場の喧騒《けんそう》は途絶え、ひんやりとした夜気に包まれた。マックスが手を放してただ並んで歩きはじめたので、ソフィアはほっとした。

湿気を含んだ庭園の爽やかな香りのおかげで頭がすっきりして、速まっていた鼓動が落ち着いてきた。庭園へおりる幅の広い階段の最上段まで歩いてくると、月明かりに照らされた景色を眺めた。「きれいな場所ね」

マックスがそばの大きな円柱に肩を寄りかからせた。「じつにきれいだ」そうつぶやいた声を聞き、彼が庭園を見ているのではないことをソフィアはなぜか感じとった。

無性に何かささやきたい気持ちを掻き立てられ、唾を飲みこんだ。とても静かで、のどかに感じられる場所だ。そばにいる男性の存在をこんなにも意識せずにいられたなら、ほんとうにそう思えただろう。ふいに懐かしさに胸を突かれ、さりげなくちらりとマックスを見やった。いま本人がそばに立っているのを考えれば妙なことだけれど、昔の彼が思い浮かび、ともに過ごしたわずか数カ月の輝いていた日々が恋しく感じられた。

マックスが視線に気づき、けげんそうな表情をよぎらせた。「何を考えてるんだ？」

ソフィアはため息をついた。「もしあのときリチャードがカードゲームで嘘をついていなかったら、どうなっていたのかしらと思うことがあるわ」

静かな声が湿気を含んだ空気に漂った。マックスはソフィアを見つめた。優美な顔が月光に照らされ、頬から喉の輪郭をきわだたせ、その目のなかにはかすかな悔しさがはっきりと見てとれた。胸が詰まり、正面から顔を見られるように向きなおった。「リチャードの裏切りがなかったとしても、何かべつのことでぼくたちは引き裂かれていたかもしれない。ふたりとも若すぎたし、愚かだった」

ソフィアがさっと向けた目は翳《かげ》っていて、気持ちは読みとれなかった。「わたしたちの結婚は間違いだったと言いたいのね」

「結婚を急ぎすぎたのが間違いだったんだ」マックスは正した。「お互いをわかっていなかった。じゅうぶんには。だから困難を乗り越えられなかったんだ」

「愛しあっていたのなら、ちゃんと乗り越えられたのではないかしら。情熱だけで、ほかには何もなかったのよ」ソフィアのつらそうな笑みに、マックスの胸の痛みは増した。「あなたは荷造りしながら、わたしにそう言ったのよ。けっして忘れられない」

「忘れてくれたらいいと思っていた。あの晩、あんなことを言うつもりはなかった。傷ついていたんだ。大好きな女性にいかさまをするような情けない男だと思われているのが、つらかった」

ソフィアは首を振った。「信じたくなかったわ。でも……リチャードは兄とわたしで育てたようなものなの。それに、あなたは否定しようとしなかった。だから――」顔をわななかせ、唇を噛んだ。「マックス、あなたをかばわなかったことは謝るわ。そうすべきだったのに。あのときに戻れるなら、違う行動をとるわ」

「そうかな？　ぼくはあのときに戻れたとしても、まったく同じことをする。愚かでどうしようもない人間たちの言いぶんを相手にする必要はない」

「それでまた、わたしをおいていくの？」

「もうきみに肩身の狭い思いはさせない。ぼくが負うべきことだったんだ」

「それはどうかしら。一緒に連れていってほしいとあなたに言ったわよね。わたし――一生懸命頼んだのに」

薄明かりのもとでも、ソフィアの頬が紅潮しているのがわかった。「国外へ一緒に逃亡してくれと頼めばよかったというのか？　家も、家族も、友人たちも捨てて生きてくれと。ぼくにはそんなことはできなかった。それに……きみが選択したんだ」

ソフィアの顔がぱっと赤らんだ。「あれはごめんなさい。言いわけはできないわ。だって……愛する人たちを見捨てては行けないでしょう」

「そこに残れば、その人々をよけいに傷つけてしまうこともある。ぼくはきみを愛していたんだ、ソフィア。きみが同じ気持ちでいてくれなかったのは残念だ」

薄暗いなかで蒼ざめたように見えた顔をソフィアがそむけた。「あなたのことを想っていたのは間違いないわ」

マックスは過去形を使われたことに心を切り裂かれ、その瞬間、自分がどれだけいまもソフィアを求め、欲しているかに気づかされた。この長い年月に何度も何度も、もう自分のものではないのだと言い聞かせてきた。彼女がいなくても生きていける、ひとりのほうが気が楽だと。ぜんぶ嘘だ。いまこうして月明かりに染められたテラスで、手を伸ばせばすぐ届くところにソフィアがいると、自分がほんとうに求めているものがわかる。ソフィアだ。だが遅すぎるのだろうか？　昔のように想ってはもらえないのだろうか？　今度こそほんとうに愛していることを証明できるのか？　ソフィアと同じように自分も強くなれているのだろうか？

マックスはその問いのひとつでも答えが欲しいと願い、ため息をついた。「きみがいつか婚姻の取り消しを求める手紙をよこすだろうと思っていた」

「考えてなかったわ。いままでは」

「何があったんだ？」

ソフィアはしとやかに肩をすくめた。「わからない。人生が目の前を通りすぎていってしまうように思えたのよ」

「リドルトンという男のことと関係があるのか？」

「あの方はただの友人だわ」

「安心した」マックスはぶっきらぼうに言った。「きみにはふさわしくない」

ソフィアが深く息を吸い、薄い絹地のドレスの下の胸が持ち上がった。「トマスのことを悪く言わないで。親切にしていただいてるの」

マックスは答えなかった。乳房の動きにそそられて熱くなった身体を鎮めるのに必死だった。ソフィアの乳房、素肌、唇の味わいが呼び起こされた。そのすべてがかつては自分のものだった。両手をポケットに押しこみ、触れたい欲求をこらえた。

ソフィアが気ぜわしげに言った。「この話はもういいわ。婚姻の取り消しについて話すために出てきたんだもの。それと、あなたのおじ様の日記について」

「競売にかければいい」マックスは肩をすくめた。「ぼくは気にしない」

ソフィアが唾を飛ばしかねない早口で言った。「だめよ――気にしなさいよ！」

「自分がいかさま師だと疑われても平気な男が、死んだおじがどう思われようと気にすると思うか？」

「それなら……どうしてここに来たの？」

「ぼくたちがほんとうに終わったのか確かめたかった」

「どうすれば確かめられるの？」

マックスは足を踏みだした。「ぼくにキスしてくれ、ソフィア。きみがなんとも思っていないことをわからせてくれ」

ソフィアはその腕のなかに飛びこんでしまわないように渾身の力をふりしぼらなければな

らなかった。かつてみた夢とほとんど同じように、マックスは自分のもとへ戻ってきた。愛してくれてはいないだけで。いまも愛しているという言葉は一度も口にしていない。ソフィアは身を硬くした。「いやよ。あなたがわたしの人生に帰ってきて、一度捨てたものを取り返そうとすることは許されない。わたしは自由の身になりたいんだから、それを手に入れられるまではあきらめないわ」

マックスが顎をこわばらせ、ソフィアを抱きすくめてぐいと引き寄せた。彼の身体は岩のように強固で、筋肉が盛りあがっていて、下腹部が押しあてられた。マックスは挑発するように軽く笑った。「ぼくにキスをするのが怖いのか？　どうなってしまうのかわかるのが怖いんだろう？」

その言葉に反発している心とは逆に身体はすでに反応しはじめていた。「すでに一度キスをしたわ。まだ足りないの？」

マックスは身をかがめ、互いの唇をぎりぎりまで接近させた。「どうだろう。足りないのかな？　きみはどう――」

「痛いっ！」

背後から女性の柔らかい声が聞こえた。

マックスはすぐさまソフィアを放し、声のしたほうを振り返った。薄明かりのなかにレディ・マティルダ・ハワードとミスター・ピーター・トンプソンが立っているのが見えた。

気まずい沈黙が流れ、ほどなくミスター・トンプソンの陽気な声に救われた。「こんばんは」

マックスは深く息を吸いこんだ。「ああ、気持ちのいい晩ですね」

その陳腐な返答に、ソフィアは思わず吹きだしそうになって笑いを呑みこんだ。マックスは世間話というものができない。

「まったくです」ミスター・トンプソンが言うのと同時にレディ・マティルダの明るい声がした。「ええ、ほんとうに！」

ソフィアはこのふたりが気の毒になった。テラスに出てきたくなるのも当然だ。混雑した舞踏会ではなおさら、わずかでもふたりきりになるのはとてつもなくむずかしい。しかもレディ・ハーグリーヴズにはダンスに適した管弦楽団を手配する配慮すらないのだから、若い男女には逃げ場がない。ソフィアはマティルダにやさしく微笑みかけた。「レディ・マティルダ」

若い令嬢はわずかに上気したような声で挨拶を返した。「レディ・イースタリー。楽しんでらっしゃいますか？」

「ええ、おかげさまで。あなたは？」

「おかげさまで、とても。ただ、なんだか少し蒸し暑くて」マティルダは片手をひらりと振って庭園のほうを示した。「新鮮な空気を吸えば、気分が回復するのではないかと思いましたの」

「あら」ソフィアはこの女性の頬が赤いのはミスター・トンプソンと蒸し暑い舞踏場、どちらのせいなのだろうと考えつつ言った。「わたしたちもまったく同じ理由で出てきたのよ」

マックスも同意の言葉をつぶやいた。

「ところで、イースタリー卿」ミスター・トンプソンがその隙をついて言葉を差し挟んだ。「お耳に入れておきたいことがありまして」

マックスはいぶかしげに首を傾け、年下の男性の顔をじろりと見やった。

「レディ・ニーリーが、あなたが盗みを働いたのだと公然と非難しているんです」

「なんですって?」ソフィアは怒りがこみあげ、訊き返した。

マックスがさっと鋭い視線をソフィアに投げてから、ミスター・トンプソンのほうへ目を戻した。「公然とだと?」

トンプソンはあっさりうなずいた。「失礼ながら、いたって率直に」

レディ・マティルダも熱心な調子で付け加えた。「ミスター・トンプソンがあなたを擁護したんです。ごりっぱでしたわ」

「ティリー」ミスター・トンプソンはあきらかに決まり悪そうに低い声で呼んだ。

「礼を言います」マックスは言った。「疑われていたのは知っていました。あのご婦人ははっきりとそのような態度をとっていましたから。しかし、公然と非難することまではしていなかった」

「いまは違います」

「残念ながらそうなんです」レディ・マティルダが言う。「ひどい話ですわ」

ひどいどころではすまされない。ソフィアは苦々しげに言った。「料理人の評判を耳にしていなければ、ご招待は受けなかったのに」

マックスがちらりとミスター・トンプソンを見やった。「ご忠告に感謝する」

ミスター・トンプソンはうなずきを返した。「レディ・マティルダをパーティにお戻ししなくてはなりません」

「妻もご一緒させていただいたほうがいいだろう」

ソフィアは妻という言葉がマックスの口から出たことにはっとして目を向けた。なんとなく……親しみが込められているように思えた。口を開きかけて、ほかのふたりの前で話すべきではないと思いなおした。それに、マックスの言うとおり、レディ・マティルダに付き添って舞踏場へ戻るほうが賢明だ。

「願ってもないご提案です、子爵どの」ミスター・トンプソンもそれを暗に求めたのだろう。そっと引いて、ソフィアのほうへ進ませた。ミスター・トンプソンがレディ・マティルダの腕をそっと引いて、ソフィアのほうへ進ませた。マティルダにさりげなく身を寄せて小声で言い添えた。「あす、お会いしよう」

マティルダは目を輝かせ、愛らしくはずんだ声で問いかけた。「ほんとうに？」

「ああ」ミスター・トンプソンがそう言って最後にもう一度目をくれると、ソフィアはマティルダの腕を取って扉のほうへ導いていった。年若い令嬢を先に入らせて、マックスのほうをちらりと振り返った。翳った目で無表情にこちらを見ている。ほかの人の名が傷つくことを慮《おもんぱか》り、レディ・ニーリーにどこで自分の名を穢《けが》されていようと気にかけないのは、いかにもマックスらしい。

　とはいえ、マックスがかまわなくとも、ソフィアはそういうわけにはいかなかった。過去にかばうことができなかった負い目もある。密かな決意が頭をもたげた。今度ばかりはどうしてもマックスが傷つくのを放ってはおけない。どのような手を使っても、マックスがレディ・ニーリーに貶められるのを阻止しなくては。

　その瞬間、ソフィアは自分がいかに過去の罪を悔いているかを思い知らされた。償う以上のことをしたい。新たな目標に気を高ぶらせて顔を正面に戻し舞踏場へ入ると、そそくさとレディ・マティルダに別れの挨拶をして、兄を探しに向かった。

4

『ニーリー家の事件の容疑者についての考察は（といっても二十二人全員について述べると長くなるので五人に絞った）当夜の意外な来客、イースタリー子爵で締めくくるとしよう。この子爵に関する情報はたいしてないが、ここ十二年間は大陸で、より具体的に言えばイタリアで過ごしていた。ご存じのとおり、過去の芳《かんば》しからぬ騒動によって国外へ脱出せざるをえなかったわけだが、カードゲームで不正を働いたと言われているわりに窮乏の気配はまるで窺えない。

第一、この紳士がルビーのブレスレットを欲しがるとは想像しづらい。それとも妻の気持ちを取り戻そうとでもしているのであろうか？』

一八一六年五月三十一日付〈レディ・ホイッスルダウンの社交界新聞〉より

ひと晩じゅう寝返りを打ってはマックスのことを考えないようにしながら、ソフィアは手始めに取り組むべきことを思案した。日の出とともに起きて着替え、かつてない七時という時刻に朝食をとる支度を整えて使用人たちを驚かせた。慌てて厨房に呼ばれた料理人が寝間着にエプロンをつけながら、太陽が空にまともに昇る前に起きだす人々について悪態を口にしていたことなど知る由もなく、ソフィアは気力をみなぎらせて朝食用の食堂へ向かった。

マホガニーの長いテーブルについて、ジェイコブズに筆記具を持ってきてほしいと頼んだ。執事は言われたとおり用意したが、その鬘《かつら》は傾き、首巻《クラヴァット》はぞんざいに結ばれていた。

ソフィアはそうした点にまるで気づいていなかった。ぴんと張った紙にインクが垂れないよう慎重に、レディ・ニーリーの晩餐会に出席した二十二人の招待客全員の名を書きだした。それから、思慮深い表情でペンの端を噛みつつ、そのひとりひとりについて考えをめぐらせた。このような名だたる面々を集められたのも、驚くべき料理の腕前を持つとの誉れ高い料理人のなせる業だ。

ソフィアはペンをインク入れに差した。高貴な招待客が多ければそれだけ作業は楽になるはずだ。このなかからブレスレットを盗む理由がありそうな人物を抜きだしていけばいい。つまり早急に金目のものを必要としている人々だ。そうして結局、五人の名に丸を付けた。

ジェイコブズがドアをノックして、朝食の準備が整ったことと、兄が部屋へ入る許しを求めていることを伝えた。ソフィアは眉を上げた。兄が来る時間には早すぎる。案の定、これから家へ帰る途中であるのがわかった。夜会服姿のままで、妹の家の前を通りかかり、広間に明かりが灯っているのを見て、厚かましくも朝食が用意されているかもしれないと判断したという。

「まるで豚さんね」皿に燻製、卵、ベーコンを山盛りにしている兄に言った。「そのうち太るわよ」

「それはない。屈強な体質なんだ。それに鰊《ニシン》には目がなくてな」ジョンは妹の隣に腰をおろし、脇に置いてある名簿に目をやった。「それはなんだ?」

「レディ・ニーリーの晩餐会の出席者よ。ブレスレットを盗む動機がありそうな人にしるしを付けたの。もちろん疑っていることは悟られないように話をして、あんなものを盗んだ犯人の手がかりを探してみるつもり」

「名案だな!」兄は卵に塩を振りかけながら言った。「誰から取りかかるつもりだ?」

ソフィアはため息をついた。「何かわかるとはかぎらないけど、レディ・ニーリーから話してみようと思うの。マックスが犯人だと決めてかかってるんだもの」

「何か新たな情報を聞けるかもしれないしな」

「彼女から話を聞いてみないことには何も始まらないわよね」ソフィアはみずから書いた名簿を眺めた。「レディ・ニーリーの次は、ロウ卿を訪ねてみるわ」ロウ卿は愛想がよく陽気な話し好きの男性で、始末の悪い賭け事好きとして知られている。ほかの紳士たちなら身を滅ぼさないよう見切りをつける局面に及んでも、この紳士は考えなしに賭けから引かず、家族に救貧院暮らしをさせる寸前まで追いこまれたことも一度ではない。さいわいにも大金を失うたびそのぶんを取り戻し、これまた生来の根気強さでほかの人々ならくじけてしまいそうな苦境を乗り越えてきた。

「ラバー・ロウか?」ジョンは卵を食べ終え、今度は燻製鰊に取りかかった。「金持ちになったり貧乏人になったりを繰り返していて、金貨を恵むべきか、小銭を借りていいものか迷う相手だ」考えこむ表情で口のなかのものを噛み砕いてから、うなずいた。「もしまた資金繰りが苦しくなっているとすれば、有力な容疑者になるな」

「ええ。でも賭け事好きだからといって泥棒ではないし、とってもいい人だわ。犯人であってほしくないけど、考えられることはすべて調べておきたいの」ソフィアは立ちあがった。

「手遅れになる前に訪問を始めなくちゃ。やるべきことはたくさんあるんだもの」

「気にせず始めてくれ」兄はフォークとナイフで食べ物を示しながらのんびりと言った。

「私はこれを片づけてしまう。もちろん、付き添ってほしいと言うのなら、話はべつだが」

「どうせレディ・ニーリーの家に着く前に馬車のなかで眠りこんでしまうでしょう」

「とんでもない」ジョンは穏やかな口調で言った。「おねむの時間に入るまでにはまだゆうに二時間はある」

「あと二分の間違いでしょう。ベッドが遠すぎると感じたら、客間を自由にお使いになって」ソフィアは身をかがめて兄の頬にキスをしてから食堂を出て、馬車の手配に向かった。

レディ・ニーリーとの対面は予想どおり不愉快なものとなった。この老婦人は良心の呵責《かしゃく》を感じているふうもなく頭から一方的に非難の言葉をまくしたてた。ソフィアはこの容赦ない言いがかりに歯を食いしばって反論した。「レディ・ニーリー、証拠もなしにそのように人を非難されるのは信じがたいことですわ」

「証拠ですって？」レディ・ニーリーはお茶に添えられたビスケットのかけらをオウムに差

しだした。オウムは耳ざわりな甲高い声で鳴き、生意気そうに菓子屑にそっぽを向いた。

「かわいそうな子！　大好物を食べないなんて、どうしちゃったのかしら！　この二週間、様子がおかしいのよ。いつもそわそわして鳴いてばかりで、わたくしのお気に入りのリボンを盗んで」

ソフィアは鳥についてはよくわからず、興味もないので、さらりと答えた。「お天気のせいでみな調子が悪くなってるんですわ。レディ・ニーリー、わたしは消えたブレスレットについてお話を伺うために来たんです。なぜ、イースタリー卿が盗んだと思われるのですか？」

「おそらく、お金がないんでしょう」レディ・ニーリーは答えた。

ソフィアはこの十二年にマックスからじゅうぶんな送金を受けとってきたことを思い返した。「いいえ、あの方はお金に困ってはいませんわ」

「そう。それならきっと、ご婦人方の宝石集めでもしてらっしゃるのね。わたくしには女性のシュミーズを集めている従兄がいたのよ。亡くなってから百五十着以上ものシュミーズが見つかったわ」レディ・ニーリーは身を乗りだした。「葬儀のとき、その遺品と一緒に埋めてほしいというのが故人の希望だと伯母が頼んでいるのを聞いてしまったの。教会に許してもらえなかったのだけれど」

「イースタリー卿はほかの方々の宝石を集めてなどいませんわ。シュミーズも」少なくとも、自分の知っているかぎりは。

「だとしたら、出来心でブレスレットを盗んだのかもしれないわね」レディ・ニーリーは興味はないといったそぶりで続けた。「盗人の心理なんてわからないでしょう？」

ソフィアは席を立った。「イースタリー卿は盗人ではないわ！」

部屋がひとたび静まり返り、やがてオウムが甲高い鳴き声をあげた。レディ・ニーリーはとまどいがちに笑い声を洩らした。「あらまあ、ずいぶんと熱心にイースタリー卿の肩を――」

「肩を持っているわけではないわ。わたしは真実を突きとめたいんです。レディ・ニーリー、わたしがブレスレットを探しだして、あなたが間違っていることを証明してみせます。それまでは証拠もないのに、わたしの夫について根も葉もない噂を広めないでいただきたいわ」

「誓いを破ってあなたを捨てたような人をよく信用でき――」

「わたしとイースタリー卿とのことは、あなたにはなんの関わりもないはずですわ」穏やかな口ぶりで言いはしたが、ソフィアの怒りは冷たいさげすみの塊りと化していた。老婦人に詰め寄りたいところを岸壁にしがみついている心地でこらえた。

レディ・ニーリーが顔を深紅に染めた。「もちろんもう言わないわ。誰にも尋ねられなければだけれど」それだけ言うと、オウムに視線を戻した。

ソフィアはもっとはっきりとした約束の言葉がほしかったものの、それ以上のことを望めないのはわかっていた。速やかにその屋敷をあとにして、ロウ邸へ向かった。

馬車を降りると、スカートが涼やかな風に吹かれた。雲の合間から陽が洩れ射していて、ささやかでも思いがけない嬉しい出来事に気持ちが奮い立った。

ロウ卿夫妻は在宅していたが、屋敷のなかは大変な騒ぎとなっていた。夫妻は新しいピアノを据えるため、屈強な従僕数人に忙しく指示を出している最中だった。ロウ卿は窓ぎわに置きたがっていたが、夫人は午後の焼けるような陽射しを避けて自分のハープのそばに置くべきだと主張し、気の毒にも従僕たちは相反する矢継ぎばやの指示に右往左往させられていた。

その後十分もしないうちにピアノが実際に到着し、この騒動は決着をみた。届いたのは美術品さながらに優美な造りの楽器で、ソフィアが知りたかったことの答えを簡潔に示していた――ロウ卿夫妻の財務状況は相当に上向いている。新しい絨毯、見るからに揃えたての家具調度から判断すれば、ここしばらくは裕福な暮らしが続いている。ブレスレットをひとつ買うくらいの資金は十二分にある。

ソフィアは別れの挨拶をして屋敷を出て、名簿のなかから次に訪ねる人物を選んだ――ウェアホース夫人。晩餐会の招待状すらお世辞を浴びせて手に入れなければならないところまで逼迫している未亡人だ。この高齢の未亡人は、みすぼらしいとしか言いようのない下宿屋にお喋りな遠縁の女性と暮らしている。ソフィアはいかにも急いでいるふりをしたが、ウェアホース夫人の親類は、少なくともぬるいお茶をカップ一杯ぶん飲みきるまでは帰してくれそうになかった。この女性は散々曖昧な返事を繰り返したあと、ようやくウェアホース夫人が帽子を作りなおすのに必要なリボンを買いに出かけていると明かした。

ソフィアは御者にボンド・ストリートへ向かうよう指示した。それからすぐに、小さな包みを片手に店から出てくる老婦人の姿を見つけた。ウェアホース夫人はソフィアに呼びとめられると顔を輝かせ、通りを散策してから自宅まで快適な馬車で送るという申し出に喜んで応じた。ソフィアはこの誘いをすぐに後悔した。老婦人は愛想笑いを浮かべてお世辞を並べ立てずには話ができず、その合間には自分の身の上を嘆いて深いため息をつき、あからさまに（しかもじれったそうに）同情を誘い、あわよくばなぐさめの言葉を得ようとする。

ソフィアは見え透いたお世辞に奥歯を噛みしめ、巧みに隙をついて打ち切られた晩餐会についての質問を差し挟んだ。未亡人はさっそく記憶していることを語りだした。残念ながら、憶えているのはほとんどソフィアのドレスがどのようにすばらしかったかということばかりだったが。ソフィアはあまりのばかばかしさに口をつぐみ、万一何か重要な情報がまぎれ込む可能性に期待して、好きなように話させてみることにした。いっこうに何も出てこない。とうとう延々と続くお喋りに耐えられなくなった。話を遮り、風が強くなったからと馬車に戻ることを提案した。それでも話を聞いていてひとつだけわかったことがある。ウェアホース夫人は容疑者にはなりえない。ずうずうしく盗みを計画できる大胆さも知恵もない。温かくなってきた風にともにスカートをなびかせ、ウェアホース夫人のほうは婦人帽の羽根飾りも飛ばされながら、ボンド・ストリートを引き返した。馬車が見えるところまで来たとき、それとはべつに息を呑むほど美しい鹿毛の二頭の馬に引かれた馬車を目の端にとらえた。見惚れずにはいられなかった。自然と手綱を握っている人物に視線を移した――それは真鍮《しんちゅう》のボタンとケープが付いた新しい外套《がいとう》をまとったマックスで、後ろの座席に洒落た帽子が置かれていた。濃い髪を風になびかせ、やや傲慢にすら思える自信を漂わせた目がソフィアの目とかち合った。

束の間、気を抜いた瞬間に嬉しさが湧きあがり、雷に打たれたかのように頭から爪先が活気づいた。もう少しでにっこり笑いかけてしまうところだった。ありがたいことに、その寸前にウェアホース夫人が大きな声を発した。「まあ、レディ・イースタリー！　あなたのご主人でしょう？　あら、いけない。こんなに長いあいだ、あなたをおひとりにしていたんですもの、〝ご主人〟と呼んではいけなかったかしら。でも、泥棒をするような人だったのだから、かえってよかったのよね」

ソフィアは身を硬くし、いきなり足をとめたせいで後ろを歩いていた男性が背中にぶつかりかけた。その男性の文句を聞き流し、隣の老婦人に冷ややかな声で言った。「イースタリー卿が泥棒だとおっしゃるの？」

その冷淡な態度に、未亡人の笑みが消えた。「わたし――わたし――みなさんおっしゃっているから――」

「わかっているのは、レディ・ニーリーのブレスレットが消えて、誰が盗んだのか手がかりすらないということだけですわ。何もわかってはいないのよ」

「ええ！　そ、そうね。そのとおりだわ。わたし……わたしはただレディ・ニーリーがおっしゃってたことを――つまり、わたしはべつにそう思っては――」ウェアホース夫人のせっぱ詰まった目がソフィアの肩越しに向いた。「なんてこと！　イースタリー卿がいらっしゃるわ」

ソフィアが振り返ると、マックスが混雑した通りを縫うように二頭立て二輪馬車をこちら側の歩道へ進ませようとしていた。先ほどマックスを目にしたときに湧きあがった嬉しさがたちまちよみがえり、ぐっと奥歯を嚙みしめた。強情このうえない夫とはいまは会いたくない。レディ・ニーリーのマックスへの非難が濡れ衣だと示す証拠をつかむまでは。

どうしてそれを証明することに自分が懸命になっているのかはわからない。たぶん、長いあいだの後ろめたさを晴らしたいだけなのだろう。そう、そうすれば、何年も胸に燻りつづけてきたマックスへの負い目を償える。これはどうしてもやりとげたい。

「ねえ、レディ・イースタリー」ウェアホース夫人が曖昧な笑みで言った。「イースタリー卿は通りを横切ろうとされているようだわ。こちらにいらっしゃるおつもり――」

ソフィアは老婦人の腕をつかみ、気の毒にもほとんど引きずるようにして前進しはじめた。「あれはイースタリー卿ではないわ。人違いよ」

「それにしてはあまりにもそっくりだわ」ウェアホース夫人は買い物の包みを片手にさげて懸命に歩調を合わせた。ソフィアに腕を引かれながら、淡い青色の瞳に好奇心をあらわにして肩越しをしきりに振り返った。「あれが誰であれ、わたしたちが去っていくのを見て、ご気分を害してらっしゃるようよ」

ソフィアは老婦人が人込みのなかで引っぱられて苦痛の声をあげてもかまわず足を速めた。

ようやく馬車にたどり着き、ほっと安堵の息をついた。

「どちらへ行かれますか、奥様？」従僕がウェアホース夫人を座席にのぼらせながら尋ねた。

「ここ以外ならどこでもいいわ！」ソフィアは従僕が手をかすのを待たずに馬車に足をかけ、乗りこむと扉を閉めた。「出して！」

その声の勢いに、従僕がただちに反応した。「かしこまりました、奥様！」馬車の前へ走っていき、ソフィアの指示を御者に伝えると、ぴしりと鞭《むち》の音がして、馬車は混みあった車道に合流してマックスから遠ざかっていった。


ウェアホース夫人を家に送り届けたあと、ソフィアはアルバートン卿に話を聞きにいこうと決めた。活動的な男性で、とりわけ天候に恵まれた日とあって、探すのはロウ卿やウェアホース夫人のときよりはるかに苦労した。居場所を聞いて追いかけても、着いたときには十分か二十分前には当の紳士が次の場所へ消えてしまっていることの繰り返しだった。昼もだいぶ過ぎ、疲れて空腹を覚え、追跡をあきらめて家に戻った。

階上の居間であらためて名簿を眺め、いつも元気をよみがえらせてくれるお茶とケーキを味わっているとき、ジェイコブズが戸口に現われた。

「奥様、イースタリー卿がお見えです」

ソフィアはカップを受け皿にすばやく戻した。「いないと言ってもらえないかしら」

「かしこまりました、奥様」ジェイコブズがお辞儀をしてさがり、階段をおりていった。

そこにいる。それだけのことよ。ティーカップを口もとに持ち上げ、玄関扉の開閉音がしてマックスが出ていったとわかると息を吐き、手がふるえているのに気づいた。わずかな安堵とともに、胸が鈍く疼く落胆を覚えて、カップをテーブルの皺の寄った容疑者リストの脇に置いた。

マックスが訪問を断わられてこれほどすんなり引きさがるとは思わなかった。以前の彼ならとめられても抗って、自分の意思をとおしていただろう。以前なら……ソフィアは吐息をついた。かつてあの人はわたしを愛していた。少なくとも、本人はそう言っていた。

ため息をつき、急に気分が落ち着かなくなって、カップの脇にあるリストに視線を落とした。アルバートン卿に会うには、兄の助けを借りるべきなのかもしれない。野外競技に夢中の男性の行き先を教えてもらえる相手がいるとすれば、兄だ。ソフィアは立ちあがり、ドアのほうを向いて、息を呑んだ。「マックス！」

浅黒く、危険な匂いを漂わせ、戸枠に寄りかかって手をポケットに深く入れている。片方の眉を吊り上げた。「驚いてるみたいだな」

「わたしが？　あら、違うわ！　そこにいるとは思わなかったけど、その前は――」言葉が途切れた。「驚いて当然でしょう」

「そんなことはないだろう」マックスはソフィアを眺めおろし、まじまじと見やった。「体調はどうだ？　ボンド・ストリートを必死に走って疲れたんじゃないか？」

ソフィアの身につけているドレスは淑女にふさわしいものとはいえ、最近の流行の型で襟ぐりは広く、肩口までふんわりふくらんだ薄地の袖の先は腕が剝きだしで、布に覆われていないところもだいぶある。マックスにじっと見つめられると、あらわになっている肌が触れられているかのように熱く疼いてきた。そわそわとドレスのスカートの皺を伸ばした。「ボンド・ストリート？　なんのお話かしら？」

マックスの目が面白がるように銀色にきらめいた。「なんの話をしているかはわかっているはずだ。気の毒にどこかの鼠に似たご婦人を引きずっていくのを見たんだぞ」

ソフィアは顎を上げた。「何をおっしゃっているのかまるでわからないわ。たいして知りたいとも思わないけれど。ところで、なんのご用でいらしたの？」

マックスは首を片側に傾け、伏し目がちな瞳が不穏な灰色に翳った。「なんだったかな。思いだせたら答えよう」

その後ろにジェイコブズが現われ、細い顔をぎょっとさせた。「イースタリー子爵！　どちらからこちらに？　どのように入られたのです？」

「ふつうに」マックスは動じずに淡々と答えた。ポケットの奥を探り、大きな真鍮の鍵を取りだした。そっと揺らすと、精緻な装飾が陽射しにきらりと輝いた。

「鍵？」ジェイコブズは驚きをあらわに女主人を見やった。

「それをどこから手に入れたの？」ソフィアは強い口調で訊いた。

マックスは日焼けした顔で白い歯を見せて笑った。「この家の購入契約書に署名したときにもらったんだ」

予備の鍵として渡されたものなのだろう。「返すべきものだわ」

「前に持っていた家の鍵は出ていくときに返した」マックスが目をすがめた。「きみには満足できない家だったんだものな」

ソフィアは頬が熱くなった。「満足してたわよ！　思い出に耐えられなかっただけだわ。だからあなたに手紙を書いて売却の承諾をもらったんじゃない」

「ああ、承諾したとも」マックスは見定めるように家のなかを見まわした。「さすがにきみには見る目がある。この家は以前のふたりの家よりずっと明るい。しかも大きいし」

ソフィアはマックスの手にある鍵を物欲しそうに見ないよう気をつけた。マックスに昼も夜もこの家に自由に出入りされるといったことは考えたくない。とりわけ夜は。

マックスが鍵をポケットに戻した。「それでこうして入ってこられたというわけだ」

ジェイコブズが細身に怒りをみなぎらせて進みでた。「奥様、従僕を呼んでイースタリー卿にお引きとり願いますか？」

心惹かれる提案だった。マックスと目が合った。マックスは広い肩を軽くすくめ、にやりと笑った。「無駄だろうけどな」さらりと言った。

そのとおりだとソフィアは思った。従僕たちを呼んで連れだしてもらうことはできるが、その場しのぎにしかならない。マックスはほとぼりが冷めたらまたやって来る。それがこの男性のやり方だ――いったんこうしようと決断したら、結果がどうなろうと実行する。ソフィアはため息をつき、向かいの椅子を身ぶりで示して不機嫌に言った。「もういいわ。ご自由になさって」

「ありがたい」マックスはうっすら笑みを浮かべて応じた。

ジェイコブズは眉をひそめたが、女主人に異を唱えることはできなかった。ぎくしゃくと頭をさげた。「では失礼いたします、奥様」頭を起こし、マックスに突き刺すような視線を投げてから踵を返して立ち去った。

マックスはこのときを待っていた。あの大舞踏会以来、ソフィアの唇をもう一度味わえる機会を待ちわびていた。今回は長く、じっくりと味わいたい。あのキスの味がいったん呼び起こされてしまってからは、ほかの記憶も憶えているとおりなのか確かめたくてたまらなくなっていた。肌の感触、尻の丸み、寝ているときに絡みあっていた脚のぬくもり。息苦しくなるほど詳細に憶えているものがどれも、いますぐそこにある。歯がゆかった。

近づいていくと、ソフィアが落ち着きなく唇を湿らせているのに気づいた。湿った唇は午後の陽射しを受けて艶めかしく潤っている。ああまったく、このような女性をおいて出ていくとは、いったい自分は何を考えていたのだろう？　だが当時は、それほどたやすく判断をくだせる状況ではなかった。どうしてもソフィアを連れていくわけにはいかなかった。

「お坐りになって」と、ソフィア。

マックスは彼女の膝に長い脚を添わせるように並んで坐った。ソフィアが火にでも触れたかのようにびくんと身を引いた。

「何が望みなの？」ソフィアがそっけなく言った。

「きみがいったい何をたくらんでいるのかを知りたい」

ソフィアがほんのり頬を染め、マックスはそこを唇でたどりたい欲求をそそられた。「わたしが何かたくらんでいるなんて、どうして思うの？」

「きみはそうせずにはいられないんだ。そういう性分なんだ。おじの日記をぼくへの取引条件に使ったように」

ソフィアの頬がますます赤く色づいた。「あの日記を持ちだしたのは、婚姻の取り消しを承諾してもらうために仕方がなかったのよ」

十二年ものあいだ、この女性に会わずに耐えられたことがいまでは信じられなかった。いまこうして肌をピンク色に染め、青い瞳を疑わしげにきらめかせ、金色のたっぷりとして柔らかそうな髪を結い上げて坐っている姿を見ると、それほど長い時が経ったようには思えない。それにしても、美しい。美しく、聡明で、そのほかにも……はじめて出会ったときから自分を虜にした魅力がある。それはなんなのだろうかと、マックスは思いめぐらせた。横に並べれば、いままで出会ってきた女性たちの誰もがかすんで見えてしまう何かがある。ソフィアの視線が、鍵を入れた自分のポケットに向けられているのに気づいた。「もう断りもせずにこれは使わない」

ソフィアが睫毛を上げ、いぶかしげに見やった。「どうかしら？」

「どうしてもこの家に入りたいと思ったら、鍵は必要ない。無理やり押し入ることもできるし、石炭の配達人か何かに変装すればいい」

「誰もあなたが石炭の配達人だとは思わないわ」ソフィアが苦笑した。

「泥棒には見えるのにな」

ソフィアが艶やかな唇の両端をさげた。マックスはその顔から、その目によぎった隠しようのない感情から、視線をそらせなかった。

ソフィアが膝の上で両手を組み合わせた。「マックス、ごめんなさ――」

「やめてくれ。きみに謝られたくはない」ならば何を望んでいるのかはわからないが、同情されたり心配されたりすることではないのは確かだ。「もうすんだことだし、その話は二度としたくない。レディ・ニーリーからの非難も、ほかの愚かな人々の噂話も、相手にせずに放っておくのがいちばんだ」

その言葉がソフィアの怒りに火をつけた。「相手にせずに放っておいてすむことじゃないわ！」熱を帯びた鋭い目つきで憤然と言い放った。「みな証拠のかけらもなしにあなたに疑いをかけて、非難してるのよ。わたしには耐えられない！」

これだったのかとふいにマックスは悟り、驚異の念に満たされた。はじめて出会った瞬間から自分がソフィアに惹きつけられてきた理由は――この情熱だったのだ。それはマックスのみならず、彼女自身が正しいと思うこと、大切だと思うことのすべてに向けられる。この生気、感性豊かな気質に、胸が揺さぶられる。なにより皮肉なのは、そうして自分を惹きつけ、心を奪ったものが、結局はふたりの結びつきを断ち切る原因にもなったということだ。その情熱的な義務感が、夫を失っても弟のリチャードを守ろうとする行動に駆り立てた。

「ああ、ソフィア。ぼくたちはばかだったんだ、ふたりとも」

「何を言いだすのよ。そういえば、鍵の問題がまだ解決していなかったわ。いますぐ返して」

マックスは片方の眉を上げた。「ぼくに渡された鍵なのだから、ぼくが持っている」

「どうしてそんなものを欲しがるの？」

「欲しいさ」マックスはきつい口調で言った。「どうしてきみが住む家の鍵が欲しいかだって？　きみの夫なら当然じゃないのか？　それだけでじゅうぶんだろう」

ソフィアは胸の前で腕を組み、互いの鼻が触れあいそうなほど身を乗りだして、けんか腰に顎を上げた。「わたしたちは名ばかりの夫婦で、あなたに夫の権限はいっさい認められないわ。さっさと鍵を返して！」

マックスはもったいをつけてゆっくりとポケットから鍵を取りだし、テーブルの上に置いた。

「ありがとう」ソフィアは手を伸ばしたが、その指が鍵に触れる寸前に大きな手が重ねられた。ソフィアは彼の手に包まれた自分の手を呆然と見つめることしかできなかった。マックスの親指の先が絵の具で汚れているのにぼんやり気づいた。結婚したばかりの頃に、ふたりで外出する前には必ず手や靴に絵の具が飛び散っていないか調べていた思い出がよみがえった。ふだんは隙のないマックスが絵を描くときにだけそんなふうにほかのことに気がまわらなくなるのをソフィアはいつも微笑ましく見ていた。

それも、ずいぶん昔のことだ。胸に痛みを覚えて手を引き戻そうとしたが、放してもらえず、よけいに強く握られた。「やめて」きつい声で言った。

マックスはその言葉に微笑み、ゆっくりとからかうように笑みを広げ、かつてふたりが暗がりでシーツにくるまってささやきあい、鼓動を高鳴らせ脚を絡ませていたときの笑みをソフィアの頭によみがえらせた。記憶を振り払うように声を荒らげた。「やめてと言ってるでしょう！」

マックスが眉を上げた。「何をだ？」

「すべてよ……からかわないで。こんなことにつきあうつもりはないわ」

「いいだろう。取引しよう。鍵と――」

「日記ね」

「いや、キスだ」

「キス？」ソフィアは唖然とした。「やっぱりからかってるんじゃない」

「違う。一度キスをすれば、鍵はきみのものになる」

ソフィアは唇を噛んだ。心は大きく傾いていた。ところが答える前に、ジェイコブズがドアをノックして部屋に入ってきた。「スタンドウィック伯爵がお見えです」

「マックス、放して」ソフィアは執事の鋭い視線をひしひしと感じながら小声で言った。

マックスの大きな温かい手に手を押さえられていて身動きがとれない。

「奥様、どうかなさいましたか？」ジェイコブズはいくぶんためらいがちに言った。

「どうもしないわ」ソフィアは答えた。「スタンドウィック伯爵をお通しして」ドアが閉まるとすぐに、マックスに向きなおった。「放してくれないと困るわ」

「いやだ」

「でも、兄が来たら――」ドアが開き、ジョンが部屋に入ってきてドアを閉めた。

「やあ、ソフィー！　ちょ――」ジョンは目をしばたたいた「いや、ふたりとも、そうだな、一緒に散歩にでも出るってのはどうだろう？」

「けっこう！」ふたりは声を揃えて答えた。

ジョンが笑い声を立てた。「いったいなんだって、手を握りあいながら、宿敵同士みたいに睨みあってるんだ」

ソフィアはくいと首を起こした。「お兄様、この人はこの家の鍵を持ってるのよ」

ジョンはマックスを見やった。「そうなのか？」

「この家はぼくの名義になっている」マックスは平然と答えた。

「なるほど」ジョンは顎をさすった。ややあって、続ける。「ソフ、彼がここに来るのは仕方のないことだ」

ソフィアは肩をいからせた。「この人の側につくの？」

「どちらの側にもつく気はない。彼はこの家の持ち主なのだから、鍵を持っているのは当然だと言ってるんだ」

「わたしの住まいなのに？」

ジョンは目をすがめてマックスを見やった。「その鍵を使うつもりか？」

「彼女が招待してくれるのなら」

ジョンはしばしマックスを見つめ、真剣な目つきに納得したふうに言った。「ソフィア、その鍵は使わないと言ってるんだ。それに、嘘を言う男ではないだろう」

ソフィアは靴下まで焦がしかねない目でマックスを睨み、手を引き戻そうとした。「なんて人なの！　その鍵を持っていればいいわ。あすの朝には家の鍵を取り替えるから」

「ならば、今度ここに来たくなったら、掛け金の緩い窓から入るとしよう」

「わたしの許しを得ると言ったじゃない！」

「それはこの鍵で入れる場合だ」マックスはとりすました笑みで言った。「玄関から入れないのなら、窓を使うしかない」

「撃たれても知らないわよ。使用人は全員武装させておくから」

「ばかばかしい」ジョンが言い、茶器の盆の脇にあるフラシ天張りの大きな椅子にゆったりと腰かけて脚を組んだ。「武器を持つ人間の気が知れないと、これまで何千回も言ってたよな――ためになるどころか害があるだけだと」

ソフィアはできることならマックスの手を振りほどいて兄の顔を殴りたくて、射抜くような視線を突きつけた。「いつ会話に入ることを認めたかしら？」

「認めたも同じだろう。そっちから質問を投げかけて――」

「だからといって認めたおぼえはないわ」マックスに顔を振り向けた。「鍵と日記を交換してほしいの」

「ぼくの取引条件は伝えたはずだ」

「条件？」ジョンが訊いた。

ソフィアは憎々しげな目を向けた。「マックスはどうかしてるのよ。あの日記がおおやけになれば、この街じゅうの広間や居間で一族の名が取りざたされることになってしまうのに」

マックスは肩をすくめた。「いまさら痛くも痒くもない」

「日記を取り戻すためでなければ、どうしてイングランドに戻ってきたの？」

「きみに頼まれたから戻ってきた」

ソフィアは虚をつかれて一瞬言葉に詰まって見つめ返した。「それだけの理由で」

「そうだ」

「まあ！」ソフィアは地団駄を踏んでさらに強く手を引き戻そうとした。「だからいやなのよ！」

マックスが眉をひそめた。「何がいやなんだ？」

「あなたはそうやってなんでもわたしのせいにするじゃない！　わたしをおいて出ていったのも、いまこうして帰ってきたのも、わたしのせい！　マックスウェル、あなたは――あなたは――」いったん口を閉じて大きく息を吸いこみ、いっきに吐きだした。「あなたは獣《けだもの》よ！」とうとう手を振りほどき、勢いよく立ちあがり、すたすたと部屋から出て、ばたんとドアが閉まった。

マックスは呆気にとられてドアを見つめた。ほんとうのことを口にしただけのことだ。

「やれやれ」ジョンは椅子から身を乗りだして、半分空《から》になっている茶器の盆を覗きこんだ。

「妹さんは生粋《きっすい》の頑固者です」

ジョンは小さな焼き菓子をつまみ、むしゃむしゃと食べきってから言った。「お互いさまだろう。きみだって温厚な人物とはとても呼べない」

マックスはむっとしたが、すぐに自分を戒めた。「あなたの言うとおりなのかもしれない。ソフィアとぼくはどんなに話しやすい状況にあっても冷静さを保てない」

「いや」ジョンは新たな菓子をつついて鼻に皺を寄せた。「これはラズベリー風味だな。ずっと同じってことはないさ」

マックスはけげんそうにジョンを見やった。「彼女を怒らせるためにここに来たわけじゃない」

「わかってるとも。ソフィアはきみのこととなると少々感情的になる。かっかしてしまうから、例のブレスレットの事件を追っかけてることについても兄として心配しているわけだ」

「追っかけてる？」

「泥棒をつかまえて、きみの容疑を晴らそうとしている」

「ばかげてる！　誰がそんなことを頼んだんだ？」なんにでも向こうみずに猛然と突き進む、いかにもソフィアらしい行動だが。

「誰も。償いをしようとしているのかもしれないな」

「そんなことをする必要はない」

「それはソフィアに言ってくれ」ジョンはため息をついて、ソフィアが残していったティーカップの脇にたたんで置かれた紙に触れた。考え深げにその紙を開く。「妹が書いた容疑者のリストだ。もし実際にブレスレットを盗んだ人物を突きとめてしまったら、危険な状況に追いこまれやしないかと心配なんだ」

マックスは低く悪態をついた。「早まったことを」

「まったくだ」ジョンは紙を置いて、指の厚さほどもないサンドイッチをつまんだ。そのひと切れを不安そうに見つめ、くんくん匂いを嗅いだ。

マックスは片手で髪を掻き上げた。「危険に巻き込まれずにすんだとしても、探りまわるうちに新たな騒動を引き起こしかねない」

「そうなんだ」ジョンは陽気に相槌を打った。サンドイッチを口に放りこみ、にっこり笑う。

「プラムジャムか！」

マックスはテーブルに置かれた紙に視線を落とした。「ぼくが見張っていたほうがいいな」

「誰かがそうすべきだろう」ジョンがなにげなくその紙を手に取った。「ふうむ……アルバートン卿、ロウ卿、ウェアホース夫人、レディ・マークランド、それにレディ・ニーリーの甥のミスター・ヘンリー・ブルックスか」

「ヘンリー・ブルックス？　しかしレディ・ニーリーはあの晩餐会でその甥っ子を調べさせ

ていた」

「ソフィアは何か見逃されている点があるかもしれないと考えてるんじゃないか。きみが妹についていてくれれば安心だ、イースタリー。妙なことを聞きまわらないよう見ていてやってくれ」

マックスは鋭い視線を向けた。ジョンがサンドイッチを持ったまま言う。「自分でやりたいところなんだが、忙しくて手が空かないんだ。フランスのラック伯爵からホイストの対戦を申し込まれている。あの老紳士を落ちこませるわけにはいかないから、しばらくはカードゲームを繰り返すことになる。少なくとも今後二週間はホイスト三昧だな。というわけで、そろそろ行かないと」サンドイッチを食べ終えて、空の皿に指を滑らせ、わずかなジャムの残りをかすめ取ると口惜しそうにため息をついた。「おっと、ほんとうにもう行かなければ。こんなことをしている場合じゃない」腰を上げ、腹を叩いた。「茶菓子はうまい」

マックスは首を振った。「あなたには敵わない」

「感謝してくれてもいいんじゃないか」

「してますとも」マックスは即座に言った。ドアのほうへ歩いていき、大きく開いた。「引きあげるとしますか、スタンドウィック？　この天候では、ソフィアはしばらく家から出られないでしょうから安心です。それに、われわれは〈ホワイツ〉でのほうがずっと歓迎されそうだ。うまい仔羊のあばら肉でもごちそうしますよ」

ジョンがぱっと目を輝かせた。「仔羊のあばら肉？　もう一度訊かれるまでもない」機嫌よく鼻歌を鳴らしながら足どり軽く部屋を出た。

マックスもソフィアがすなおに自分に従ってくれることを祈りつつジョンに続いてその家をあとにした。だがソフィアの場合には、こんなふうに仔羊のあばら肉程度でやすやすと気持ちを変えてくれるとはとても思えない。もう一度ソフィアの心を開かせるために自分に求められていることを見つけださなければならない。そしてその秘密の鍵を見つけられたときには、もう二度と扉を閉めさせはしない。

5

『〝イースタリー家物語〟は続いている。目撃者の話によれば、土曜日の朝、イースタリー子爵がボンド・ストリートで妻を追いかけていたという。これだけではもの足りない方々のために、レディ・イースタリーがこのときウェアホース夫人を引きずって歩いていたこともご報告しておく。

親しい間柄ではないはずのふたりなのだが、レディ・イースタリーはまるでふたりで目的地に無事たどり着けるかどうかに命運が懸かっているかのように未亡人の腕をつかんでいた。

痛ましきはウェアホース夫人だ。なにしろ〈プロザー・アンド・カンパニー〉に入る手前でレディ・イースタリーに連れ去られてしまったのだ。

それでも腕の立つ帽子職人たちならば、どうにか似合いの婦人帽を仕立てられればよいのだが』

一八六年六月三日付〈レディ・ホイッスルダウンの社交界新聞〉より

ソフィアがアルバートン卿から話を聞く機会にこぎつけるまでにはだいぶ時間がかかった。

アルバートン卿は熱気球が打ち上げられる野原で、多くの見物客が混みあうなか二頭立ての二輪馬車に乗っていた。ソフィアは熱気球を見物に来たふりで窓越しに話しかけようと思い、御者にすぐ脇に馬車をつけるよう頼んだ。アルバートン卿は話し相手ができたのを歓迎し、たいして言葉を投げかけずとも自分の暮らしぶりについても気さくに話しだした。

　残念ながら、この紳士もロウ卿と同じく喜ばしい財運を引きあてたところであるのがすぐに判明した。「その馬の名が、冷たい心を持つ敗者《コールド・ハーテッド・ルーザー》というんだ」アルバートンはご満悦顔で言った。「ロウと私が目を付けたのだから、負けるはずがない」

　ソフィアはそのように不可解な論理にはついていけず、歯を食いしばっていらだちを抑えて笑顔で相槌を打った。それから話題は打ち上げられる気球のことに移り、ほとんど興味のない知識を延々学ぶはめとなった。アルバートンの馬車の向こう側に彼の友人の馬車がつけられ、会話が打ち切られたときには心からほっとした。

　少し気をくじかれて、その場で馬車の窓からとりわけ大きな気球がふくらんでいくのを見ているうち、隣に一台の二輪馬車が停まった。振り返らずとも、マックスだとわかった。間違いない――これほど身体にぞくりと刺激が伝わってくる相手はほかにいない。

　ソフィアは意を決して脇へ目をくれた。

　マックスが帽子に触れ、つばを目の上に斜めに傾けた。「こんにちは」

　ソフィアは冷ややかにうなずきを返しながらも、みぞおちが熱くなって引き絞られるように感じていた。家で手を握りしめられて以来、その姿はちらりとも目にしていなかった。流行の先端の装いにいらいらと視線が向いた。あきらかに熟練の仕立て屋が誂えたケープ付きの外套をまとい、喉もとにさりげなく結ばれた首巻《クラヴァット》にはサファイアのピンが留められている。いつからこのように洒落た着こなしができるようになったのだろうと驚かされた。昔のマックスはつねにきちんと身なりを整えてはいたけれど、さほど流行にこだわる男性ではなかった。

いまのマックスは以前より筋肉質になって身体が引き締まり、目に影が射していて笑みが堅く、まるで別人のようだ。わずかな動揺を隠して、できるかぎり平静な声をつくろった。

「ご機嫌いかが？」

マックスが眉を上げた。「例のほうはどうなってる？」

ソフィアはいぶかしげに見返した。「例のほうってなんのこと？」

「地獄に落ちろとでもいう声で、とぼけたことを訊くんだな。『機嫌はいいが、胸が痛くてしょうがないから、あと一日身がもつかわからない』とでも答えてほしいのか」

ソフィアは鼻先で笑った。「それくらいでは満足できないわね」

「そうなのか？」

「ええ。あなたの馬車は邪魔になってるの。いまその馬車に何かぶつかりでもしたら、誰かに片づけてもらうまで、わたしは立ち往生してしまうわ」

マックスがため息をついて、空を見上げた。「どうしてぼくがそんな目に遭わなきゃならないんだ？　まだ描きかけの人物画があるってのに」

その言葉に興味をそそられた。「人物画？　いつから人を描くようになったの？」

マックスは肩をすくめ、ソフィアの後方の野原で徐々にふくらんでいる気球へ目をやった。

「十二年前からだ」

ソフィアはもっと詳しく訊きたかったものの、その間の暮らしにも関心を示さずに尋ねられる方法は思いつけなかった。「あなたがこういったものを観に来る方だとは思わなかったわ」

「見物に来たんじゃない。きみに会うために来たんだ。きみはどうしてここに？」

うすうす推測していたとおりだった。マックスはジェイコブズから行き先を訊きだしたのだろう。帰ったら執事に釘を刺しておかなくては。「そんなにお知りになりたいのなら言うけど、アルバートン卿とお喋りをしに来たのよ」

マックスは、ソフィアの向こうで反対側の馬車に乗っている男性と熱心に話しこんでいるアルバートンへ視線を投げた。「きみには少々年嵩《としかさ》じゃないか？」

「あの方に興味があって話しに来たわけではないわ。わたしが訊きたかったのは――」寸でのところで口をつぐみ、伏目がちにマックスをちらりと見た。

「何を訊きたかったんだ？」その声はソフィアが子供の頃、父が栽培していたクローバーの花蜜のようになめらかで深みがあった。

気がやわらいで、すべてを打ち明けたい気持ちに傾いた。唇を噛み、しばらくじっとマックスを見つめた。得られる助けをすべて使ってよいものかどうか決めかねていた。そもそも、この人のためにしていることでしょう？　少なくとも、この人のためというのも理由のひとつだ。正直に言えば、マックスと何かを一緒にすることにもいくぶん気を惹かれていた。もちろん、夫婦としてではない――もうそんなふうに戻れはしない。でも、協力者としてなら、そう、そうなるのが望ましい。友達のような協力者がちょうどいい。「レディ・ニーリーのブレスレットを盗んだ人を探してるのよ。あなたの名誉を守るためにはそれしか方法がないわ」

マックスがため息をついた。「どうして放っておくことができないんだ？」

ソフィアが期待していた反応ではなかった。「あなたを助けようとしてるんじゃない」

「それは考え方しだいだ」マックスが感情を欠いた声で言う。

「あなたが何もしないのなら、誰かが行動を起こさなくてはいけないわ」ソフィアは両手を握りしめ、むきになって言い返した。なんて頑固な人なの！「あなたがそしられているのに、じっとしていられないのよ」

「どうしてきみが気にするんだ？」その問いかけが銃の発砲音のごとく宙に響いた。

ソフィアは唇を湿らせた。「気にしているとは言ってないわ」

「気にしていないのなら、こんなことはしていないだろう」

「わたし――」喉がつかえて、とりとめのない考えが頭をめぐり、何ひとつ言葉らしきものは口にできなかった。もう、いや！　マックスと話すだけでどうしてこんなふうに頭が混乱してくるの？　どうかしている。ほかの誰にもこんなふうにはならない――思うように舌が動かず、雑多な考えや記憶で頭がぼんやりとして、駆けたあとのように鼓動が速く響いていて、どうしても気を鎮められない。ほかの男性といるときには、トマスといるときでさえ、このような状態になったことはない――そう考えて、はっとした。ハーグリーヴズ家の大舞踏会の晩以来、トマス・リドルトンを思いだすことは一度もなかった。といっても、トマスがしばらくロンドンを離れるのはわかっていた。毎年この時期には母親の家を訪れ、一カ月以上は滞在する。旅立つ前の数カ月は頻繁に会っていたので、寂しくなるだろうと思っていたのに。

マックスがあきらめたようなそぶりで見返した。「気の毒なアルバートン卿のほかには誰を疑ってるんだ？　ひょっとして皇太子か？　それともウェリントン公か？」

「どちらもレディ・ニーリーの晩餐会には出席されてないわ」ソフィアは、いまも反対側の馬車の人物と話しこんでいるアルバートンを肩越しに振り返った。「それにアルバートン卿は気の毒でもなんでもないわ。ロウ卿と一緒に、競馬でひと財産築いたところなのよ。そうでなければ、どちらも有力な容疑者だったんだけど」

マックスが眉を上げた。「きみの容疑者リストにはほかに誰がいるんだ？」

「レディ・マークランド」

「ありえない」マックスは即座に否定した。「レディ・ニーリーの晩餐会で、レディ・マークランドはぼくの隣に坐っていて、兄上が死んだという話を三回も聞かされた。アメリカのばかでかい土地を相続したんだそうだ。そこからかなりの収入が見込めるはずだ」

そんな。となると、リストに残された名はあとひとり――ミスター・ヘンリー・ブルックス。ソフィアは唇を嚙み、彼が犯人の可能性を考えて眉根を寄せた。晩餐の席で甥を調べさせたレディ・ニーリーの直感が正しかったというのだろうか？　ミスター・ブルックスが浪費家なのは有名で、長年伯母がしぶしぶ与えてくれる小遣いで食いつないでいることは誰もが知っている。それにもまして、この男性にはどこか……腫《は》れぼったい目のせいなのか、貧弱な顎のせいなのかはわからないが、信用できないように思えるところがあった。いずれにしても、注意が必要だ。たとえレディ・ニーリーの甥を地獄の底まで追わなければならないとしても、あの忌まわしいブレスレットを見つけださなくては。

問題はこの男性が実際にその地獄の底に入り浸っていることだった。ブルックスは幾つものいかがわしい賭博場の常連と噂されている。ソフィアは唇をすぼめ、睫毛の下からそっとマックスの表情を窺った。賭博場へ行くとなれば、誰かに付き添ってもらわなくてはならない。兄のジョンはけっして承諾してはくれないけれど、マックスは兄のような気どり屋ではないから――

「その目つきは気に入らない」マックスが唐突に言い、座席の背にもたれて腕を組み、銀色にきらめく目をすがめた。「いったいまたどんなやっかい事を思いついたんだろうな」

こんなとき、ふつうの紳士なら、力になれることがあるならなんでもしようとすぐに申し出てくれるのだろう。もちろん、ここにいる筋肉質でやたら逞しい男性はその〝ふつうの紳士〟には当てはまらない。マックスを表現する言葉はいくらでもあるけれど、〝ふつう〟といったありふれた言葉を使うのは冒瀆《ぼうとく》にすら思える。いわば毛並みのよい屈強なライオンを〝小さくて毛がふわふわの仔猫〟だと偽るようなものだ。ソフィアはため息をついた。「リストに残っているのはあとひとりだけよ」

「ヘンリー・ブルックス」

「どうして——そうよ。なぜわかったの？」

マックスは肩をすぼめた。「それ以外に誰がいる？」

そのとおりだ。はじめから容疑者は多くない。「話を聞かなければいけないけれど、わたしがよく行くようなところではつかまりそうにないわ。賭博場が好きな方なのよね」

「ああ、そうだな」マックスはためらわず答えた。「それと、付き添ってほしいというのなら、断わる」

互いを知りすぎている者同士の会話にはあきらかに難点がある。ソフィアはマックスに鋭い視線を向けた。「ほかにどうやって話を聞けというの？　おばさまに強制されないかぎり、催しらしいものには顔を見せない方なのよ」

「きみはまたレディ・ニーリーから晩餐会に招待されるだろう」

ソフィアはレディ・ニーリーに話を聞きにいったときのことを思い返した。「それはどうかしら」

マックスが口もとをゆがめた。「顔を合わせられないことを言ってしまったのか？」

「いいえ、そうじゃないわ。ただ、証拠のかけらもなしに人を咎めるような人たちとは、おつきあいしたくないだけよ」

「ううむ」マックスが手綱を引き寄せた。「御者に帰るように言うんだ。きみはぼくの馬車に乗れ」

肋骨の三段目まで鼓動が響いた。「乗れ？」

「ブルックスは今夜テュークスベリー家の音楽会に現われる。いますぐに発てば、きみを家に送っていくからふさわしい衣装に着替えて、ふたりで音楽会に出席することができる」

「どうしてそんなことを知ってるの？」ソフィアは驚いて訊いた。

マックスが謎めいた笑みを浮かべた。「そんなことはどうでもいいんじゃないか？　それより急がなければいけない。あとにレディ・ノートンの舞踏会を控えている者もいるから、音楽会は八時には終わる」

ソフィアは一考した。断わるには惜しい申し出だ。「どうして自分の馬車で家に戻ってはだめなの？　あなたも着替えなくてはいけないでしょう？」

「ああ、だがぼくなら二倍は速く馬車を飛ばせる。それに、ぼくの用意はすでに整っている」マックスは外套の一番上のボタンをはずし、黒い夜会服をちらりと覗かせた。

ソフィアの目が疑念で翳った。「わたしのリストにある人物をすでに知ってたのね！　ジョンお兄様が――」

「行きたくないのなら、それでかまわない」マックスはすかさず遮った。「賭博場に付き添ってくれる人物が見つかって、ブルックスに会えることを祈ろう。だが、ひとつだけ忠告しておく。シェリー酒は飲むなよ。きみがふだん口にしているものよりはるかに安酒だから、すぐに酔いがまわってしまう。おっと、それとぼくなら装飾品を身につけるのも控える。賭博場があるのは治安のいいところではないので、どこから暴漢が現われるかわからない」

ソフィアは無表情な目でじっと見つめた。「そんなところならイノシシがいてもおかしくないわね。悪くすれば、汚らしい流れ者に身ぐるみはがされてしまうかも」

マックスはしばし考えこんでから、首を振った。「悲鳴をあげれば、放してもらえる。そういう輩《やから》は大きな音が嫌いなんだ」

ソフィアは顔をかすかに引くつかせ、こみあげた笑いをすばやく呑み込んだ。「とんでもない人ね。わたしの秘密をあなたに聞こえるところで洩らした兄に感謝しなきゃいけないのかしら。卑怯な手だと思うけど、選択の余地はないんだもの、あなたの申し出を受けるわ。ブルックスと話をしなければいけないから」

ソフィアが御者に予定の変更を告げると、マックスは手綱を放して軽やかに馬からおりて、馬車の扉を開いた。ソフィアは腰を上げ、低い天井に頭がぶつからないようかがんだ。マックスがにっこり笑いかけて手を差しだした。「きみはやはり物分かりのいい女性だ。冷静に論理的に判断できるのは、昔からきみの長所のひとつだからな」

ソフィアは彼に手をあずけ、扉口へ進むにつれその手に力がこもった。「ご機嫌をとろうとしてるの？　わたしがいま気がかりなのは――」

マックスはつかんだ手をぐいと引いた。ソフィアが息を呑み、前のめりに馬車から腕のなかに落ちてきて、自分の黒い外套の上で彼女のブロンドの髪が金色に輝いた。

マックスは胸にあたる柔らかなふくらみを痛いほどに感じながら、驚いたふうの表情をしばし笑顔で見つめた。自分を懸命に抑えてソフィアを地面におろし、身を離す。多くの好奇の目に囲まれているのが残念でならない。できることなら、今度は十回でもキスをしたいところだった。それどころか湿った草地にふたりで倒れこみ、スカートを捲《まく》って、人目もはばからず彼女を心地よくさせてやりたかった。

猛烈に湧きあがってくる熱い欲望を強引に抑えつけ、ソフィアを自分の馬車の座席に坐らせた。

「後悔しそうな気がしてきたわ」ソフィアが顔を上気させてつぶやいた。

マックスはその隣に乗りこみ、手綱を緩めた。「そうなるかもしれない。だが、そのときまではせめて楽しいことだけを考えようじゃないか」ソフィアにゆっくり考える間を与えずに馬車を出し、すぐさま目的地へ向かって進みだした。


ふたりは音楽会が始まる直前にテュークスベリー家に到着した。時間に気を揉んでいたソフィアとは対照的に、マックスは終始くつろいで機嫌よく昔やいまの共通の知人について話しつづけ、ソフィアもつい何度か笑い声をあげていた。けれどなごやかな空気のなかにもどことなく漂う高揚感にソフィアは身体が熱くなり、じっとしてはいられなかった。

ふたりがテュークスベリー家の大広間で並んで坐るとほどなく、レディ・マリア・タウンズブリッジが美しい声で華々しくアリアを歌いはじめた。ソフィアは二列前に坐っているブルックスが気になって、その歌声にほとんど集中できなかった。貧弱な顎くらいしか特徴のない印象の薄い男性だ。

音楽を楽しむひと時は速やかに七時に終了した。レディ・テュークスベリーが緑の広間に軽食が用意されていることを伝えた。そのときソフィアは目の端にレディ・ニーリーの甥が部屋の後方にいる誰かとうなずきを交わしたのをとらえた。

マックスに身を寄せてささやいた。「挨拶した相手は誰？」

マックスがそちらをちらりと見やった。「アフトン卿だ」

「そう！」気が逸った。アフトン卿は、みだらな装飾の嗅ぎ煙草《たばこ》入れを集めたり、希少種の鳥を飼育したり、女性っぽいベストを仕立てたりと風変わりな趣味の持ち主で、貴族たちからはけむたがられている存在だ。暇ができれば、社交界の富裕な子息たちを賭博場へ案内していることでも知られている。十九歳の誕生日の十日前に賭けカードゲームのファロで全財産を失って頭を撃ち抜いたチョーンシー・ヘンドリクソン卿の堕落にも関与していたと噂されている。ブルックスがこのアフトンと深く関わっているとすれば、借金で首がまわらなくなっている可能性もあり、そうであれば完璧な動機になる。

まずアフトン卿を見て、それからブルックスに目を移すと、すでにさりげなくドアのほうへ歩きだしていた。ところがソフィアは寄り集まっている人々に阻まれて進めなかった。もどかしさを無言でこらえ、標的がアフトン卿と密談をするために戸口を出ていくのを目で追った。ふたりの会話をどうにかして聞きたい。廊下に出られさえすればきっと――

誰かに肘をつかまれた。視線をさげると、ため息が出た。見覚えのあるしなやかな男らしい手。「マックス、放して。廊下に出たいのよ」

「本気なのか？　そうだとすれば、ぼくの助けが必要だ」

「あなたの助けはいらないわ」そう思っていた。でもふと自分のほうだけがなぜこれほど意気込んでいるのだろうと考えずにはいられなかった。マックスの一族の名を名乗らなければならない立場だから？　そうなのだろうか？　ほかに理由が考えられる？　こうしてマックスの隣に立って、剝きだしの腕を温かい手でつかまれているのがなにより自然で、経験したことのないような安心感を覚えているのはいったいどうしてなのだろう？

そんなことを考えているあいだに、頭にオレンジ色のターバンを巻いた背の高い老齢の既婚婦人が扇子でマックスの肩をぽんと叩いた。「イースタリー！　ほんとうに帰っていらしたのね」

マックスは応じなければならず、ソフィアはその隙をついて逃れた。わずかに向きを変え、腕を引き戻すと人込みのなかを縫うように歩きだし、マックスは慌てて目を向けたがすぐに老婦人に呼び戻されてしまった。

ソフィアは戸口を出たものの、ブルックスもアフトンも見あたらなかった。忍びやかに廊下を進み、時どき足をとめて耳を澄ました。ようやく聞こえた――大きなオーク材のドアの向こう側から男性同士の低い話し声がする。

左右を見てそばに誰もいないことを確かめてから、ひんやりした木製のドアに耳を押しつけた。懸命に言葉を聞きとろうとしていると、靴の底から大理石の床の冷たさが伝わってきた。いわくありげな低くくぐもった話し声はするけれど、それ以上のことは聞きわけられない。

いらだちがつのってきた。耳を押しつけつつ、もっとよく聞こえるようにもう片方の耳を指でふさいでみたが効果はなかった。ドアが厚すぎる。

何かが腕をかすめ、はっと身がすくんだ。

マックスがいたずらっぽい目で見おろした。「グラスをひっくり返して使ったほうが、はるかに効果がある」とささやいた。グラスを差しだし、ドアにあてる。「耳をあてて、試してみるといい」

ソフィアはささやき返した。「あなたのグラスはいらないわ、ありがとう」

「ほんとうにいいのか？」マックスは愉快そうに銀色にきらめく目で見つめた。「試す価値はある」

なんともそそられる手つきでドアに押しあてられているグラスに目を引かれた。たしかに効果がありそうだ。いらだたしげにため息をついて、グラスを受けとり、ドアにあてた。

マックスはにやりとして、ドアの向こう側の壁に寄りかかって場所を空けた。「きみがどうしてこんな面倒なことをしたいのか理解できないが、じつを言うと少し面白くなってきた」

ソフィアはからかい言葉は相手にせずに、ひんやりとしたなめらかなグラスの底に耳をあてた。部屋のなかからブルックスの癖のある話し声が聞こえてきた。「ばれたら、あのご婦人に殺される」

「そこまではしないだろう」アフトンが答えた。

「あれが消えたときの騒ぎようは知ってるだろう？　正気で言ってるのか？」

ソフィアは目をしばたたいた。レディ・ニーリーとブレスレットのことについて話しているに違いない。

「おばは好きなものには骨に食らいつく猟犬も同然なんだ」ブルックスが話している。「だから、もとのとそっくりな偽物を見つけなければならなかった」

ソフィアの鼓動はますます速まった。偽物？　つまり、ブレスレットはふたつあったということ？　ブルックスはそのふたつをすり替えようとして、失敗したの？

マックスも話を聞こうと前かがみにドアに身を寄せた。

ブルックスが大きなため息をついてドアのほうへ近づいてきたので、ソフィアは思わず飛びのきかけた。「あの箱はちゃんと隠したんだろうな？」

「大丈夫だ」アフトンはなだめるような口調で言った。「誓って、あれを探しだせる者はいない。ハイド・パークの南端の雑木林の陰に埋めたんだから」

「誰にも見られなかったんだな」

「誰にも」

「よし。おばに知られれば、二秒とかからずに相続人候補からはずされてしまう。従兄弟のパーシーの思うつぼだ」

「知られることはない。偽物が目の前にありさえすれば、前のと同じように大事にするだろう」

「違いに気づかなければな。どうもぼくは心配性なんだ――ほんとうに、きみには借りができたよ、アフトン。どうやってこの借りを返せばいいんだろう」

やっぱりそうだったんだわ！　ソフィアは嬉しさでわずかに跳び上がりかけた。ブルックスはアフトン卿に借金があったのよ！「ハイド・パークに隠されてるんだわ」興奮ぎみにささやいた。「南端の林の陰に埋められてるの」

マックスに肘をつかまれた。「誰か来る」廊下の先へ顎をしゃくった。革靴の踵が床を打つ音が近づいてくる。「テュークスベリーだ」

ソフィアが一歩あとずさると同時にドアが小さく開いた。マックスと目が合い――ふたりは逃げ場を失った。と、マックスが即座にソフィアの手をつかんですぐそばの狭い戸口の前に引き寄せた。そのドアを開くと、収納庫らしきものだとわかった。マックスは無言でそこに入り、ソフィアも引き入れてドアを閉めた。

なかは暗く、ドア下から入る光だけがふたりの靴を金色に縁どっている。狭いので、廊下に出てきたアフトンとブルックスがテュークスベリーと話しているあいだ、互いの腰が擦れあうほど身を寄せあった。

「もう」ソフィアはひそひそ声でこぼした。「何時間ここにいればいいのかしら」

マックスが下を見ても、ソフィアの頰の輪郭がぼんやりわかる程度だった。もう三時間以上ソフィアと一緒にいて、苦しみに耐えつづけている。血は煮えたぎり、身体はすでに切迫している。そのうえ今度は暗闇で、レモンの香りがほんのり漂うなか、ソフィアの髪に鼻をくすぐられている。身をかがめて大きく息を吸いこむと、彼女の豊潤な香りに満たされた。

ソフィアがそわそわと身じろぎすると互いの腰が擦れ、マックスは顔をゆがめた。ソフィアは自分が何をしているのかわかっていない。まるで自覚がない。たまらなくそそられて、このままでは気が変になってしまう。

「大変」ソフィアが消え入るような声で言った。「わたし――わたし、くしゃみが出そう」

ソフィアはいったん沈黙するとすぐにまたせっぱ詰まった小声を発した。「やっぱり、くしゃみが出そう！　見つかったら、どうしてここにいるのかと問いつめられてしま――」

「我慢しなければと思うからだ。考えないようにすればいい」

マックスはその顔を上向かせて口づけた。前回のようにためらいがちに探りながらではなく、情熱と切望と欲求に衝き動かされた激しいキスだった。ソフィアをしっかりと抱き寄せると、何かまたさらなる感情が噴きだしてきた。そしてソフィアが、心からいとおしいソフィアが、かつてと同じ奔放な情熱をよみがえらせて上着をつかみ、柔らかな声を洩らした。ソフィアにつかまれて首巻《クラヴァット》がねじれ、マックスもドレスを皺くちゃにしたが、気にしてはいられなかった。ふたりの唇はより深く激しく擦れあった。のめり込むにつれ、マックスの舌はソフィアの唇のあいだに滑りこみ、手は布地の上から乳房をつかんでいた。親指で硬くなった乳首を撫でる。ソフィアがかすれがちな声でマックスの名を呼び、胸をそらし、後ろに背をもたせかけた。

その衝撃でドアが開いた。

真っ暗ななかで熱情を昂ぶらせて立っていたはずのふたりが、次の瞬間には明るい廊下に投げだされ、乱れた身なりで目を細くせばめた。

アフトン、ブルックス、テュークスベリーはふたりを見て、呆然と目をしばたたいている。ソフィアはややあってようやくばつの悪い状況に気づき、恥ずかしさで身の縮む思いがした。それでもどういうわけかマックスの腕の心地よいぬくもりだけはしっかりと感じていた。

マックスはすでに上着の皺を伸ばし、首巻《クラヴァット》を直しつつ、ソフィアの前に立った。「やあ、みなさん」掃除用具入れから転がりでてきたとは思えない、なめらかな口調で言った。「ご婦人用の化粧室を探していたのです。妻のドレスの襞《ひだ》飾りが破れてしまったもので」

テュークスベリーが廊下の先を指さした。

マックスは頭をさげて、ソフィアの手を肘にかけさせ、アフトンとレディ・ニーリーの不出来な甥には目も向けずに化粧室へ向かった。沈黙が緊張を高めた。ソフィアはマックスにちらりと目をくれ、そのいかめしい表情を見てたじろいだ。「マックス、わたし――」

「なかに入って、身なりを直すんだ」

「でも――」

マックスがソフィアの唇に指をあて、指の温かさが肌に伝わった。「反論は受けつけない。きみがくしゃみをしそうだったから、ぼくは気をまぎらわせようとしたんだ。それだけのことだ」手を脇に戻した。「ぼくはそう理解している。これ以上の説明は不要だ」

そんなことはわかっていたはずだった。愚かにもいったい何を期待していたのだろう。ソフィアはにわかに気力を奪われてうなずき、化粧室に入って、鏡に映る自分を見て動きをとめた。唇は腫れ、結い上げた髪はほどけかけていて、ドレスは斜めにずれている。それなのにふしぎと安堵を覚えた。愛されたあとの女性の風情だ。ほんとうにもう少しでそうなるところだった。

ソフィアはできるかぎり毅然と背を起こし、マックスのもとへ戻った。それからすぐに屋敷を出て、馬車に乗りこみ、マックスが手綱を握った。

マックスがなぜか黙りこんでいるので、ソフィアは会話を切りだした。「古いドレスに着替えて、厩《うまや》からシャベルを持ってくるのにたいして時間はかからないわ」

マックスが片方の眉を上げた。「こんな時間にハイド・パークに行くつもりなら、どうかしている」「あのブレスレットを取り戻さないと――」

「あすだ」マックスがぴしゃりと遮った。「十一時に迎えに来る」

「十一時？　遅いわよ！　八時ではどう？」

「地面を掘り返すだけのために八時に起きようとは思わない」じろりと険しい目を向けた。

「それと、奥様、くれぐれもひとりでは向かわれぬよう」

「でも、そんなに遅い時間に行けば、人が大勢来てるわ！」

「雑木林にはいないさ。それにたとえいたとして、どうだというんだ？　土いじりしているとでもなんとでも、言いわけはいくらでもできる」

ソフィアは落胆している自分に呆れた。先ほどの密やかな出来事の甘い余韻をマックスに掻き消されてしまったのが切なかった。まもなく家に着き、玄関扉の前まで送ってもらい、手を差しだした。「ご協力に感謝するわ」

マックスがその手を軽く握った。「付き添わせてくれたことを感謝する」

ソフィアは音楽会の前までのようにまた気さくに話してもらえるよう、なごやかな雰囲気を取り戻せる言葉を探したが、思いつけなかった。玄関扉が開き、明るい灯火に照らされた。

「それならあすね。八時に」

「十一時だ」マックスは頭をさげ、あとずさって、自分の馬車へ戻っていった。ためらわず乗りこんで手綱をつかむ。

「九時はどう？」ソフィアは問いかけた。

「十一時だ」マックスは声を張りあげて言い、馬に声をかけて馬車を出した。またたく間に二頭立ての二輪馬車は玉石敷きの通りを進んで角の向こうへ消えた。

マックスは家に戻ったものの、寝つけなかった。身体は熱を帯び、ソフィアを抱いたときの興奮は冷めやらず、下腹部はいまだ欲望で張りつめていた。身体じゅうに熱情がみなぎっていること以上に問題なのは、あのときドアが開かなければ、間違いなく窮屈な掃除用具入れのなかで妻と愛しあっていたという事実だった。婚姻の取り消しを承諾させたいがために脅しをかけて自分を呼び戻した妻と。

ともにいる時間が長くなるほど、ソフィアを求める気持ちが強くなっていく。寝室に入って今夜は眠れないだろうと悟り、ため息をついた。そこで、眠れないときにいつもすることをした。絵を描きはじめたのだ。描写、色彩、陰影、風にそよぐ木の葉、草の葉の形を思い浮かべてカンバスに描きだすことに没頭した。描くことに熱中しているうちに気がつけばすでにしらじらと夜が明けはじめていた。とたんに疲れを感じ、ソフィアの姿や唇の感触がいっきに呼び起こされて、ベッドに沈みこんだ。

しばらくして目を覚まし、厚地のカーテンの隙間から細い光が洩れ射しているだけの暗い部屋で伸びをした。ため息を吐いて、炉棚の上の時計を見て――はっと跳び起きた。十一時十分。ソフィアがいまどこにいるかは神のみぞ知るだ。マックスは上掛けをめくって、近侍を呼んだ。手早く顔を洗って着替え、ベストのボタンを留めながら玄関前の階段を駆けおりた。

まっすぐ公園へ向かい、南端の小さな雑木林の脇にソフィアの馬車が停まっているのを見つけた。手綱を馬丁にあずけて馬車を飛び降り、刈り整えられた草地を先へ急いだ。さほど離れていないところで、ソフィアがすでに土を掘り起こしていた。道側を背に古びたドレスを着て歩きやすそうな靴を履いている。乗馬用の革の手袋をはめた手には柄の長いシャベルを握っている。マックスに気づいて、にっこり笑みを広げた。「やっと来たわね！」

その無邪気な笑顔に温かいものが胸をよぎったことには気づかないふりをした。「寝過ごしてしまった」

「あら、シャベルはひとつしかないから、あなたはいてもいなくても同じよ」

マックスがシャベルに手を伸ばしても、渡してはもらえなかった。ソフィアは無言でその手を見て、眉を上げただけだ。

マックスは苦笑した。「シャベルの女王にでもなったつもりか」

「ブレスレットが隠されている場所の手がかりをつかんだのはわたしなんだから、掘り起こす権利があるはずよ」

「いいだろう。きみが掘るのなら、ぼくは何をすればいいんだ？」

ソフィアはシャベルに寄りかかって考えている。「見張りかしら」

「見張り？　やりがいのなさそうな仕事だな。いったい何を見張るんだ？」

「ブルックスやアフトンが来るかもしれないでしょう」

「ブレスレットを掘り起こしに来るというのか？　いまさら？　真昼間《まっぴるま》に？」

ソフィアが考えこんでいるふうに鼻に皺を寄せた。「それもそうね」

マックスは腕組みをして木に寄りかかった。「ぼくにもやるべきことがあるだろう。きみに指示を出すとか」

ソフィアは作業の手をとめて髪を顔から払いのけ、片方の頰に土が付いた。「指示を出すですって？　そんな必要があるとは思えない」

マックスは笑みを隠し、馬丁頭を真似た口ぶりで言った。「さあ、そこだ、せっせと掘れよ！」

「まあ、ありがたいこと」ソフィアはとげとげしい視線を向け、迷惑そうな表情を装いつつ笑いをこらえているのがわかった。「正しい場所を掘っていることを願うわ。新たに土をかぶせたように見えるのはここだけなのよ」

「だったらそこに――」

「やあ、ここにいたのか！」雑木林の反対側から声がして、ジョンが小さな空き地に出てきた。乗馬服に流行の洒落た帽子を合わせ、鼻がほんのり赤く日焼けしている。「おまえたちだろうと思ったんだ」

「通りから見えたんですか？」マックスは訊いた。

「馬に乗っていれば見える。ピクニックか何かしているんだろうと思ったんだ」ジョンは首をめぐらせた。「たしかにレモンの菓子の匂いがする」

「食べ物のことばっかり」ソフィアは呆れたふうに言った。「ピクニックをしてるんじゃないわ。レディ・ニーリーのブレスレットを掘ってるのよ」

「正しくは」マックスは申しわけなさそうに続けた。「あなたの妹さんが掘ってるんですけどね。ぼくは指示役で」穴を指さした。「慎重にやれよ、ソフィア。丸くではなくて、楕円形に掘らないと――」

ドサッ。シャベル一杯分の土がジョンの足もとぎりぎりに放りだされた。

「おっと！」ジョンは両手をあげてあとずさった。「乗馬を続けるとするか。イースタリー、妹を頼む。皇太子や高貴な方々に土を投げさせないように」ジョンはウインクをして立ち去った。

「ほんとに癪にさわるわ」ソフィアは言い、ふたたび土を掘りはじめた。穏やかな静けさのなかで何分か作業は続いた。突如、軋《きし》るような音が響いた。ソフィアはさっとマックスのほうを向き、期待に目を見開いた。

マックスは木に寄りかからせていた背を起こし、前かがみに穴のなかを覗きこんだ。小さな木箱の端が見える。「たいして深くないところに埋めたんだな？」

「ええ」ソフィアはシャベルを脇に放り、手で土を掻きだした。箱の全体が現われるとすぐに両手でつかんで取りだした。なかに何が入っているにしろ、片側に寄ってしまっている。ソフィアは眉をひそめて立ちあがった。「ブレスレットが入っているとは思えない音だわ」

「何かにくるんであるのかもしれない。あけて見てみよう」

留め金をはずすのに少し手間どった。

「何してるんだ！」大きな声が響きわたった。

マックスがくるりと振り返ると、ブルックスが立っていた。大きな真鍮のボタンが付いた青いビロードの滑稽なほど仰々しい乗馬用の外套をまとっている。

ソフィアは木箱を抱きかかえ、あとずさった。「この箱のことはもうわかってるのよ、ブルックス。アフトンがあなたに手をかしたのも知ってるわ」

ブルックスの紅潮した顔がみるみる蒼ざめた。「そうか！　従兄弟のパーシーだな？　あいつがここを教えたんだな」がっくりと肩を落とした。「こうなるだろうと思ったんだ――アフトンに大丈夫かと訊いたのに――大丈夫だとは言っていたが――ああ、まったくなんてことだ！」手で顔をぬぐった。「まっすぐ、おばのところへ行くんだろう？」

「そうさせてもらうわ」ソフィアは言った。「イースタリーへの疑いを晴らさなければいけないんだもの」

ブルックスが目をしばたたいた。「イースタリー？」途方に暮れた顔でマックスを見る。

「きみとおばのオウムにどのような関係があるんだ？」

水を打ったような沈黙が落ちた。

「オウム？」ソフィアが訊いた。

「ああ、そうとも」ブルックスが眉をひそめた。「きみたちはいったいなんのことだと――」表情がぱっとやわらいだ。「ブレスレットか！　きみたちはおばがなくしたブレスレットがここにあると思ったんだな！」

ソフィアはわけがわからずマックスを見やった。マックスが踏みだした。「きみが隠したものがブレスレットではないとするなら、その箱のなかには何が入ってるんだ？」

ソフィアは顔色を失い、その箱をゆっくりと身体から離した。「レディ・ニーリーのオウムだなんて言わな――」

いだろう？」

「まさか、そうじゃない！」ブルックスが遮った。「そんなおぞましいことをするはずがな

マックスは手を伸ばし、ソフィアの力の抜けた手から箱を取りあげ、地面に置いた。「ブルックス、きみに説明してもらったほうがいいだろう」

「そうしたほうがよさそうだな。おばの鳥には長椅子のクッションの上で寝てしまう困った癖があった。だからいつもおばからクッションの上にいきなり坐るなと注意されていたんだ。ある日、ぼくはそれを忘れて、あのいまいましい鳥の上に腰をおろしてしまった。鳥はものすごい剣幕で怒りだした。ぼくに飛びかかってきて髪をついばもうとするんだ」ブルックスはぶるっと身ぶるいした。「必死に逃げまわった。部屋を出て玄関扉を飛びだした。問題は、あの鳥も追っかけてきたことだ」

マックスは顔をしかめた。「きみを？」

「ああ。一マイル近くもキイキイ鳴いて、ぼくの頭をつついていた。目を失わずにすんだのがふしぎなくらいだ」

「それで、オウムは逃げてしまったんだな」

「消えてしまった。あちこち探したんだが、見つからなかった」ブルックスはため息をついた。「そのうちに、おばが大切なペットがいなくなっているのに気づいて、大騒ぎになった。あのいまいましい鳥がぼくを追いかけて外に出たのは誰も知らないし、ぼくもけっして誰にも、ましてや従兄弟のパーシーには絶対に言うつもりはなかった」

「でも誰かがレディ・ニーリーに密告するかもしれない」ソフィアが言葉を挟んだ。

「あいつならやりかねないが、ぼくは先手を打った」ブルックスは得意げに背筋を伸ばした。「何日探しても本物の鳥は見つけられなかった。そこで、アフトンからべつの鳥を手に入れたんだ。彼はたくさん鳥を飼っていて、そのなかにおばの鳥にそっくりなのがいたんだ。その鳥をおばの家に連れていき、あけ放した窓からなかに入れた。おばに鳥がみずから帰ってきたと思わせるために」

「完璧な計画だ」マックスが言った。

「ああ。だが」ブルックスが決まり悪そうに続けた。「ひとつ難点があった。新しい鳥もやはり少し変わってるんだ。前の鳥が使っていたものは、止まり木も、おもちゃも使いたがらない。おばが前の鳥を呼ぶのに使っていた銀のベルの音すらいやがるんだ」

ソフィアがじりじりと箱に近づいた。「つまり、それがこのなかに入ってるのね?」

「鳥のおもちゃや寝床や、身のまわりのものすべてだ。おばの家のそばに捨てるわけにはいかなかった。確かめたければ、ご自由に」

ソフィアは留め金をはずして箱の蓋をあけた。「まあほんとう」雑多な品々を見て声を洩らした。

「おばはそんなものに金を使ってるんだ」ブルックスは情けなさそうに首を振った。「おかげで新しい鳥のためにまったく同じものを買い揃えなければならなかったのは、正直なところ痛手だった」

ソフィアは箱の蓋を閉じると、どっと腕に疲れを覚えた。「埋めなおすべきね」

ブルックスがほっとした表情を見せた。「そうしてもらえるかい？　パーシーは卑劣な男で、ぼくを相続人候補からはずすためならどんなことでもやりかねない」

「わかったわ」ソフィアはそう応じてから、ブルックスが最後の容疑者だったことを思い起こした。またもマックスにかけられた疑いを晴らせなかった。喉を締めつけられるように感じた。箱を拾い上げ、もとの穴のなかに置く。

そのとき、温かい手で腕を軽く押さえられた。「ぼくがやろう」マックスが箱を受けとり、きちんと置きなおしてから、シャベルで丁寧に穴に土をかぶせはじめた。

そのあいだブルックスは新しいオウムの問題点や奇行についてぶつぶつ話しつづけた。いまのオウムはレディ・ニーリーのお話し相手《コンパニオン》の女性を追いかけまわしていて、前の鳥の好物だったぱさついたクッキーの屑を食べようとしないのだという。ソフィアはそれをうわの空で聞きながら、公園内の道を馬で通りすぎる人々を眺め、ため息をついた。ふと、頰をピンク色に染めた可憐な装いの従妹、シャーロットが見えたような気がした。ぱっと気分が華やいだ。今度シャーロットを泊りがけで夕食に招待してみよう。なるべく忙しくして誰かと話すようにしていればきっとマックスのことばかり考えずにすむし、彼に難なくかけられてしまった魔法のようなものを解くこともできるかもしれない。どういうわけかマックスと会っているとその魔法がどんどん強まり、自分がとてもちっぽけな存在になっていくような恐ろしさを感じはじめていた。

マックスがシャベルで仕上げの土を盛った。「これでいい。前よりきれいなくらいだ」

「ありがとう」ブルックスが言った。「それであの……このことは口外しないでもらえるだろうか？」

「もちろんだ」マックスはソフィアの肘を取り、最後にもう一度ブルックスにうなずいてから、馬車へ導いていった。シャベルを従僕に渡し、ソフィアを座席に坐らせて、開いたままの扉の脇に立って、もの問いたげな視線を向けた。

ソフィアはいまのみじめさを言葉にする気になれなかった。「帰って土を洗い落とすわ」スカートを広げて見せた。「もう着られないかもしれないわね――」このドレスは、と続けようとして言葉が喉につかえた。

マックスがいらだたしげにため息をついた。「ソフィア、そんなにがっかりした顔をしないでくれ。べつにレディ・ニーリーのブレスレットが見つからなくとも――」

「わたしには大事なことなのよ。わたしが昔とは違うことを証明する唯一の機会だったのに。わたしはもう――」自分が言おうとしていることに驚いて口をつぐんだ。

「どうしたんだ、ソフィア？」マックスが静かに真剣な口ぶりで訊いた。

それに答えるのは自尊心が許さなかった。無防備に自分の感情をさらす言葉を口にして、哀れみは受けたくない。長い年月をひとりで生きてきて学んだことがひとつある――哀れまれたくなければ、自分の弱さを認めてはいけない。

ソフィアは大きく空気を呑みこみ、気を取り直してマックスの視線を受けとめた。「なんでもないわ、マックス。イースタリーの名を使っているのは、あなただけではないということをお忘れのようね。わたしが守ろうとしているのは自分の名でもあるのよ」

マックスの表情がこわばった。「きみはまだ婚姻の取り消しを望んでいるのか」

胸の痛みを押し隠し、唇を動かしてぎこちない笑みをこしらえた。「当たり前よ！　いまいちばん望んでいることなんだから。あなたが承諾してくれたらすぐに新たな人生をやりなおして、愛する人を見つけるわ」

マックスの口の両端に青い筋が浮きあがった。「ぼくたちはやりなおせると思っていた。お互いをもう一度わかりあって――」

「婚姻の取り消しを望んでるの」ソフィアは繰り返した。

マックスが馬車から離れ、ソフィアの心は深く沈んだ。「それがきみの願いなんだな」そっけなく言い、背を返して歩き去った。

ソフィアはけっして見せられない涙を心のなかで流しつつ、その後ろ姿を見送った。乾ききった目で御者に家へ戻るよう告げた。

『信じがたいことだが、昨日の朝、ハイド・パークでレディ・イースタリーがシャベルを手にしている姿が目撃された。しかも公園の南端のわりあい大きな低木林の陰で、そのように粗野な道具で穴を掘っていたというのだから驚きだ。

それだけにとどまらず、イースタリー子爵もそこにいたのだが、気の毒にも作業に励むご婦人に笑いながら指示を出していただけだったという。

このふたりが何を探していたのか、あるいは実際に何を見つけたのか、筆者には知りようもない』

一八一六年六月十二日付〈レディ・ホイッスルダウンの社交界新聞〉より

6

翌朝には、ソフィアはますます憂うつな気分に沈んでいた。家から出ずに、手を背に組んで居間のなかを背で手を組んで歩きつづけた。またも行き詰まってしまったブレスレット探しについて考えようとしても、頭をめぐるのはマックスのことだった。

どうしてマックスのこととなると冷静ではいられなくなってしまうのだろう？　思いきっ

て行動できたらという気持ちと、これ以上傷つきたくないという恐れの狭間で心は揺れていた。必要としているのは約束の言葉だ。いいえ、それでは足りない——マックスはけっして離れないと誓いながら、わずか数カ月後にその約束を破ったのだから。約束よりもっと強力なものがほしい。

ソフィアは涙がこぼれそうになって、自分の身を抱きしめた。かつてのように、疑念や恐れを抱かず思いのままに堂々とマックスを愛したい。でも、どうしたらそんなことができるのだろう？　マックスへ何かしらの感情を抱けば、必ず心の平穏を脅《おびや》かされる。一緒にいると、内面をさらさずにはいられず傷つきやすくなる……まるで一度目に愛したときと同じように。

同じ過ちは繰り返さない。誰かがいるところでしか会わないようにすればいいのだろう。といっても、テュークスベリー邸でも招待客が大勢いたのに、思いがけない状況に陥った。ソフィアはため息をついた。マックスのことはなるべく考えないようにしなければ。週末には絶対に従妹のシャーロットを招待しよう。そう、とてもいい思いつきだわ。

さっそく書付を送ろうと思い、書き物机のほうへ足を向けたとき、静かなノックの音がしてジェイコブズが姿を見せた。「奥様、ミスター・リドルトンがお見えです」

トマス！　嬉しい驚きとはいえ、そろそろトマスが戻ってくることをほとんど忘れかけていた。これほど短い時間でも心から消し去れてしまう存在だったということなのだろう。それでもきっと友人に会うのは気分転換になる。「お通しして」

ほどなく、ジェイコブズがトマスを部屋に案内してドアを閉めた。

トマスが近づいてきた。背が高く整った顔立ちをしていて、褐色の髪は豊かで、態度には誠実さが表れている。ソフィアの手を取り、心から嬉しそうな目をして指に口づけた。「ソフィア。きみは美しい」

「ありがとう」ソフィアはいくぶんとまどい、手を引き戻した。どうしてトマスのような男性を愛せないの？　人生はなんて不条理なのだろう。手ぶりで椅子を示した。「おかけにならない？」

トマスは向かいの椅子にソフィアが坐るのを満足げに眺め、自分も腰をおろした。

「お母様のところでのご滞在はいかがでしたの？」

「楽しかった。きみがもっと頻繁に手紙を書いてくれたなら、なおさら速く感じられたかもしれないが」

「もっと頻繁に？」ソフィアは思わず訊き返した。「わたしは一度もお手紙を書いてないわ」

「ほんとうはそれを指摘したかったんだ」トマスが乾いた声で言う。

ソフィアは笑みをつくろった。「わたしはあまり筆まめではないとお伝えしていたのに」

「ああ、そう言っていた。だがぼくはたぶん……」トマスの笑みがわずかにゆがみ、視線が鋭くなった。「ソフィア、イースタリーが帰ってきたと聞いた」

どういうわけか、頬が熱くなった。「ええ、そうなの」

「そうか。ぼくとしては帰ってきてほしくないと願っていたんだが……そんなことはどうでもいいんだ。婚姻の取り消しについてはもう話したんだね？」

ええ、たしかに話したわ。話をして、キスをして、もう少しでそれ以上のことまでしてしまうところだった。「まだ……話がついていないの」

トマスが眉根を寄せた。「ならば、ぼくの事務弁護士から速やかに応じるよう――」

「どうして？」ソフィアは目をしばたたいた。「わたしだけでは話をつけられないと言いたいの？」

トマスは一瞬驚いた顔で見返し、すぐにまた表情をやわらげ、微笑んだ。「状況はわかっているつもりだ。きみは動揺している。無理もないだろう。イースタリーが帰ってくれば気持ちが落ち着かないのも当然だ」

そういうことなの？　そうだとしたら、暗い掃除用具入れに隠れているあいだに情熱的なキスを交わしたことは、気持ちが落ち着かない要因のどれくらいの割合を占めているのだろう。「ごめんなさい、トマス。でも、わたしが落ち着かないのにはたぶんもう少し――」

トマスが片手をあげてその先をとどめた。「聞いてくれ。今回のことに関しては、きみ自身よりぼくのほうがきみのことをわかっていると思うんだ」

ソフィアはぽんやり口をあけ、すぐに閉じた。トマスはこんなふうに傲慢な言い方をする人だっただろうか？　間違いなく、これまではこのような態度を見せたことはなかった。ソフィアは状況が呑みこめず、わずかに気詰まりを覚えて椅子の上でそわそわと腰をずらした。

「言わせてもらえば、わたしは自分の気持ちも考えもきちんと説明できるわ。あなたに代わりにしてもらわなければいけないようなことはないと思うの」

なるべく気分を害さずやんわり諭したかった。

トマスが含み笑いを洩らした。「ソフィア、ぼくたちはもうお互いをよく知らないふりをしなければならない関係ではないんじゃないかな。イースタリーが帰ってきてからのことをすべて話してくれないか。じつを言えば、本人がイングランドに帰ってくるとは思わなかったし、ぼくの手紙を読めば――」

「あなたの手紙？」

「そうとも。勝手ながら、きみの要求に応じることが彼の務めである理由を説明する書簡を送ったんだ」

ソフィアは耳を疑った。「わたしの夫に、わたしの個人的な問題についてあなたが手紙を――」

「ああ、まあ――」トマスはわずかに胸を張った。「きみもそれでかまわないだろうと思ったから」

「思ったからって、どうして事前にわたしに訊いてくれなかったの？」

トマスは顔を赤らめた。「いまとなっては、ソフィア、ぼくにも関係のあることだからだ」

「あなたに？　どういうこと？」

「どういうこと？　ちょっと待ってくれ。この七カ月、ともに過ごしてきて、ふたりのあいだに何もないふりはないだろう」

「わたしはなんのふりもしてないわ。わたしたちはとてもよい友人関係を築いてきたわ。少なくとも、わたしはそう思ってた」ソフィアはふと、もしやこの男性は〈ホワイツ〉でも友人たちに自分とのことをそのような関係だと話していたのかもしれないと気がついた。おそらく、そのせいでふたりの仲が噂にのぼっていたのだろう。「大切な友人だと」力を込めて言った。

「まあ、いまはそれ以上の言葉は望むまい」トマスは尊大さをやわらげようとでもするかのように穏やかに笑った。「ぼくは辛抱強い男なんだ、ソフィア。婚姻の取り消しが認められて、イースタリーがふたたび去るまで待つとしよう」

マックスが去る……息がつかえて唾を飲みこまずにはいられなかった。きっとそうはならない。今度はわたしが……今度はわたしがどうするというの？　ソフィアは自問した。けれど臆病な心はそれに答えてはくれなかった。

トマスがソフィアの顔に視線を据えたまま脚を組んだ。「ブレスレットの一件については聞いている。ゆゆしき出来事だが、あらゆることを考えあわせれば、驚くには値しない」

ほんとうに忌まわしいブレスレットだ。「あなたが何をお聞きになったのか知らないけど、噂で広まっていることが事実でないのは間違いないわ」

「気の毒に、イースタリーはまたも評判をひどく傷つけられてしまったわけだな」

ソフィアはもう一秒たりとも耐えられそうになかった。これまではトマスの落ち着きある態度を好ましく感じていた。でもいまはいらだたしくて仕方がない。人が変わってしまったのだろうか？　それとも、自分自身が変わったの？

トマスが上質な仕立ての上着に包まれた広い肩をなにげなくすくめた。「彼がブレスレットを盗んだかどうかが問題ではないんだ。騒がれたことで、婚姻の取り消しに速やかに応じてイタリアへ帰ってくれるなら、きみにとってありがたいことだ」ふっと笑う。「ぼくたちふたりにとって」

「待って」ソフィアは立ちあがった。「トマス、残念だけど、あなたは誤解してる。わたしたちは友人であって、それ以上の関係ではないわ」

トマスの笑みがわずかに引き攣った。「ソフィア！　ぼくたちはとても気が合っているだろう？」

「たいていはそうね」

「それに、趣味も一致している――劇場へ行くし、乗馬をするし、ほかにもある」

「そうね」

「だったら……」トマスの目つきがやわらいだ。「どうしてだめなんだ？　マックスの身勝手な行動のせいできみがいまも心に傷を負っていることは知っているが、ぼくなら約束できる。きみをけっして放しはしない」

トマスが心から言ってくれているのは感じとれた。でも、そういう問題ではない。「トマス、わたしはその決意に応えられる感情をあなたに抱いていない。それに、愛していない人とは、ほんとうの愛がなければ、結婚はできない。あなたとわたしは……友人以上の関係にはなれないのよ」

　ソフィアはトマスの手を軽く握って、放した。「マックスとはじめて会ったときに感じたものを超えられないかぎり、受け入れられないわ。わたしはあのとき以上のものを求めているの」

「理解できない」

「理解してもらう必要はないわ。悪いけど、あなたにはもう会えない。ごめんなさい。でも……そのほうがお互いのためにいいと思うから。さようなら」返事は待たずに背を返し、ようやく肩の荷をおろせたような心地で部屋を出た。


　それから数日は気の滅入るときが続いた。その原因のひとつは、もう会わないことにしたはずの男性にその願いを聞き入れてはもらえなかったからだ。トマスは毎日訪ねてきた。手紙に、詩、花束、さらには光り輝く指輪まで届けられた。ソフィアはそれらをすべて、丁寧な言葉を使いつつもはっきりと拒む書付とともに送り返した。

　トマスに願いを聞き入れてもらえないこと以上に問題なのは、訪問してほしいほうの男性がまったく姿を見せないことだった。二日後、ソフィアは兄に助けを求めた。「どうか、お願い」粘り強く頼んだ。

　ジョンは居間の一番上質な椅子にだらりと坐り、脇の皿からナッツをつまんで殻《から》を割って目を上げた。「いやだね」そっけなく言う。「だいたい、わざわざ家を訪ねて元気かどうか見てくるなんて、ばかげてる。相手は大人の男なんだぞ。こっちが気がふれたのかと思われてしまう」

「でも、ここ何日も誰もあの人を見てないのよ」

「絵でも描いてるんだろう」ジョンは言い、またひとつナッツの殻を割った。「あの男が絵を描きだすとどうなるかは、おまえも知ってるだろう」

「だけど、もしけがでもしていたらどうするの？　倒れてるのかもしれないわ。せめて覗いてくるだけでも――」ソフィアは兄にしかめ面をされ、ため息が出た。それから、ぱっと顔を輝かせた。「そうだわ！　何か贈り物をすればいいのよ。そうすれば、お兄様が立ち寄っても不自然には思われないでしょう」

「贈り物？　とうとう頭がどうかしちまったのか」

「そんなことないわ！　口実としては完璧よ」ざっと部屋を見渡し、まだあけていないポートワインのボトルに目が留まった。にっこりして、そのボトルを取りあげた。「これね！　ジョンお兄様、これを持っていって。わたしのために」

「いやだ」

「料理人に仔羊肉のミントソースがけを作らせるわ。それに、い、プラムのプディングも」

ジョンは最後のナッツの殻を深皿に放って立ちあがり、しぶしぶといった目を向けた。

「そこのボトルをよこせ。マックスもおまえもまったく人を餌《えさ》で釣るのが得意なんだよな」

それからすぐに兄は居間を出ていき、驚くほど短い時間でたいした成果もあげずに戻ってきた。たしかに、マックスの家は訪ねた。そして実際にわずかな時間ながら、その姿を確認した。「言っておくが、ポートワインは渡さなかった。首を撃ち抜かれてるんじゃ、このうえ弾を補充するまでもないと判断したわけだ」

ソフィアはいっきに膝から力が抜けて、長椅子の背につかまった。「撃ち抜かれてた？」

「違う！　そういう意味じゃない」ジョンは鼻をつまみ、辟易したような声で言った。「ソフィア、マックスは酔いつぶれてたんだ」

「酔いつぶれてた？」

「べろべろのへろへろで正体を失ってた」

「でも、あの人は飲めないのよ！」

「あれでは長居はできなかった」ジョンは首を振った。「放っておいたほうがいい。快復したら姿を見せるさ」

そう言われれば納得するしかない。ソフィアはみずから訪ねることも考えたが、酒に酔ったマックスと彼の家で顔を合わせるのは賢明な選択とは思えなかった。仕方なく、気をまぎらわせるために猛烈に忙しい一日にしようと決意した。

願いどおり、その晩はぐったりと疲れきってベッドに身を横たえた。これでぐっすり眠れれば、あすには従妹のシャーロットが泊りがけで滞在して憂うつを吹き飛ばしてくれるだろう。ところが目をほとんどあけていられない状態にもかかわらず、寝つけなかった。眠りに入りかけるたび、マックスがずうずうしくも瞼《まぶた》の裏に現われ、長々と居坐って、憎らしいことこのうえない態度で軽口を叩いた。時おり、出会ったときの光景や、情熱を燃えあがらせたときの記憶も呼び起こされた。そのなかには記憶ではなく、これから起こりうる、かつてと同じくらい熱く官能的な想像も含まれていた。

ソフィアはどうにかしてそうした思考を断ち切って眠ろうと努力した。いらだたしさがつのり、ついには起きあがって、ふっくらした枕をつかんで、マックスとともにいた日々を粉砕しようとばかりにその詰め物を十分間も叩きつづけた。そのうち羽毛が舞い、しまいには叩き疲れてベッドに倒れこんだ。

羽毛を払いのけ、手で目を押さえた。それにしても、掃除用具入れのなかで愛しあいかけてしまうなんて。どうしてあのとき、自分がマックスに怒りを感じていることを、置き去りにされたつらさを、思い起こせなかったのだろう？

ソフィアは大きく息をついて、両手を目の上から脇におろした。長い年月のあいだにひとり取り残された哀しみだけが胸に刻まれ、マックスと肉体的に強く惹かれあっていたことは忘れたものと思いこんでいた。でも、忘れたと思っていたのはそれだけではなかった――情熱をぶつけあい、肌を湿らせ、唇を熱く触れあわせ、彼の剝きだしの肩に頰を押されながら貫かれるのがどんなに快いものだったか……ソフィアは切なげに声を洩らし、毛布を足で押しやった。もうたくさんだと心が叫びをあげている。

深呼吸をして、千からさかのぼって数えはじめた。ひと晩じゅう数えつづけることになってもかまわない。マックスのことを考えずにいられさえすれば。一時間が経ち、また千から何度か数えなおして、ようやくうとうとしはじめ、夢をみない深い眠りに落ちていった。

陽が昇り、それとともにソフィアの瞼も開いた。これほど早く目が覚めたのは信じられなかったけれど、どうしようもない。ベッドをおりて、入浴し、着替えて、その日の予定を頭にめぐらせた。買い物に行く。ついでに、何人かの家を訪問する。そういえば、レディ・セフトンとは訪問する約束をしていた。これでシャーロットが来るまで忙しく過ごせるだろう。

数時間後、ソフィアは従妹が来る直前に家に帰ってきて出迎えた。青い訪問用のドレスとそれに調和するリボンの付いた帽子を身につけたシャーロットはとても愛らしかった。ソフィアは従僕が荷物をあずかるや、シャーロットを抱きすくめた。「来てくれて、ほんとうに嬉しいわ！」明るい声で言う。「善良で聡明な女性の話し相手を心から求めていたのよ。お腹はすいてない？　七時に軽い夕食をとれるように頼んであるわ」

「大丈夫よ」シャーロットは答えた。「お茶を飲んできたばかりで、まだ食べられそうにないから」

「それならよかった。食事は部屋に運ばせましょう。あなたに会うのをとても楽しみにしていたんだけれど、今回は守ってほしいことがあるの」

シャーロットは眉を上げ、ソフィアにもの問いたげな目を向けた。「守ってほしいこと？」

すっかり美しい女性に成長した従妹を思わずふたたび抱きしめた。「ええ、ひとつだけ。話題にするのは、衣装、帽子、手袋、ドレスの裾の長さ、宝石類、靴、馬車、馬、舞踏会、食べ物、同じご婦人方のこと、最近いちばん楽しめたダンスでもいいわ。でも、男性のことだけはだめ」

シャーロットはほっとしたようにも見える表情を浮かべた。「守れると思うわ」

「よかった！」ソフィアはシャーロットの腕を取った。「買ったばかりのドレスをぜひ見てね。ロシア風の飾りが付いた青いドレスで、ほんとうにすてきなの。そう、それと、可愛らしい赤い薔薇飾りが付いた淡いピンク色の絹地のドレスもあるんだけど、それがあなたに似合うのではないかと思うの」

「わたしに？　わたしにはとても――」

「あなたならきっと似合うわ。先月気まぐれで買ってしまったものなんだけど、わたしには似合わなくて、無駄にしたくないし」お喋りを続けながらシャーロットを部屋に案内してドレスを見せた。

こうしてともに過ごす時間が始まった。ふたりはそれから流行の着こなしについて自分の好みや受け入れられない点、知人のなかで誰がいちばん趣味が悪いかといったことを数時間にわたって話しつづけた。家政婦から夕食の用意が整ったことを知らされ、七時前だと気づいたときにはふたりとも驚いた。

三十分後、食事を終えたあとの皿を暖炉の前のテーブルに置いたままにして、ソフィアはお茶をカップに注ぎながら満ち足りた吐息をついた。マックスはなんて厚かましく自惚れの強い愚かな男性なのかと悩まされもせず、気ままにお喋りしたりほかのことを考えたりできるひと時はほんとうに楽しい。男性の自尊心の強さのせいで婚姻関係が壊れたのだと考えるだけで腹立たしいし、マックスを哀れにすら思えてくる。ソフィアはシャーロットにもそう言おうと口を開き、みずから提案した約束事を思い起こした。

シャーロットが表情の変化に気づいたらしく、カップを口もとに持ち上げかけて手をとめた。「どうしたの？」

「なんでもないわ。ただ――なんでもないの」

従妹は仕方なく口を閉じておくことにしたといった顔つきだった。黙ってお茶を口にした。沈黙が流れた。ソフィアはマックスについては考えないようにするのが身のためだと自分を戒めた。このところ、それも長年どこかにしまい込まれていた記憶が次々にあふれだしてくるようになってからはなおさら、頭のなかがほとんどマックスのことで埋めつくされている。

こんなにも憶えていられるものだろうかとふしぎなくらいだ。それもはっきりと憶えているものとそうでないものがあった。たとえば、結婚式で自分が手にしていた花束の色や、はじめて求婚されたときの言葉は覚えていないのに、目を閉じれば、公園で馬を駆っていてマックスが自分に何かささやいたときの艶やかな褐色の髪がありありとよみがえった。田園へ何度か出かけた旅の途中、マックスが自分を岩に坐らせ、にっこり笑ったときの唇の形ははっきりと思いだせた。

ソフィアはため息をついて目をあけ、ゆっくりとシャーロットに視線を移すと、従妹はどことなく切なげな表情でカップのなかをぼんやり見つめていた。

ソフィアはカップをがちゃんと受け皿に戻した。「そんなに深刻そうに何を考えてるの？」

シャーロットははっとしたようにソフィアに目を戻し、頬をほんのり染めた。「それは――」唇を噛んだ。「たいしたことではないわ。ちょっとぼんやりしてただけ」

「ひょっとしてまたご両親に何か言われたの？　あなたを結婚させたがっていらっしゃるものね。ヴィヴィアンおば様にはわたしのことでまた歯がゆい思いをさせてるでしょうし」

「あの、母に悪気はないのよ。ただ――」

「よかれと思ってしていることでも、正しいこととはかぎらないわ。ヴィヴィアンおば様とエドワードおじ様に、わたしから結婚を急ぎすぎる危険性についてお話ししておいたほうがいいかもしれないわね。わたしのみじめな結婚生活を教訓にしてくださればいいのに。女性がそのような決断をくだすにはせめて二十五歳を過ぎてからのほうがいいのよ」

シャーロットは目をしばたたいた。「二十五歳？」

「もっと年上でもいいと思うわ」

「もっと年上？　二十五歳より？　少なくともあと六年あるわ！　だけど正しいお相手と出会えたなら、というか正しいお相手だと思える人と出会えたなら、待つ必要はないのではないかしら」

ソフィアはいまの会話を反芻《はんすう》した。従妹はどこか変わった。どことなく大人びたような気がする。「ええ、正しいお相手と出会ったなら、待つ必要はないのかもしれない。問題は、確かめる方法がないということよ。知ってのとおり、わたしは愛する人と結婚したわ。時にはそれさえ簡単なことではないのよ」自分と同じ苦しみを味わわせないためにはこれだけでは説得力がないように思えた。「いったん約束事はなしにして、率直に話したほうがよさそうね――男性について、特定の男性のことでも、一例として話してもいいことにしましょう」

「名は言わずに。あのとおり、母はわたしが噂に関わるのをとてもいやがるから」

ソフィアはにわかに年若い従妹が気の毒に思えてきた。シャーロットは行動のみならず発言までも制限されている。自分が同じ立場だったならきっと転げまわって反抗しているだろうから、耐えている従妹には感心せざるをえない。とはいえ、名を口にしなくても話せることはある。マックスの話は若い女性たちにとってよい教訓になるだろうし、名を出さなければ、胸がどきりとするあの癪にさわる感覚を気にせずに話せる。名を出さずに話すのは都合がいい。「わかったわ」

シャーロットがソフィアの両手を取り、目を潤ませて微笑んだ。「率直に話せるって、なんてすてきなことなのかしら！」

「ほんとうにそうね！　わたしたち女性は本心を率直に口に出すのがむずかしいから、男性たちに苦しめられることがどうしても多くなるのよね」ソフィアは意味ありげに従妹と目を合わせた。「あなたにも男性たちがあまりに誇り高くて困った生き物だということはわかるでしょう」

「ええ、ほんとうにそうだわ」

「あの人たちはみんなそう」と応じた。マックスはとりわけ始末が悪い。自尊心を外套のごとく身にまとい、誇り高さを誇りにさえしているのだから滑稽だ。「なにより始末が悪いのは、頑固な男性たちね」

シャーロットが熱っぽくうなずいた。「特に、いまこそ冷静にならなければいけないというときでさえ、理屈に耳を傾けようとしないのは困るわ」

従妹は驚くほど話がわかる。「そうなのよ！」

「あとで自分でなんとかできるからって、事を荒立てて楽しんでしまう男性たちもいるのではないかしら。なんとかできると自分で思いこんでいるだけかもしれないのに」シャーロットが勇気づけられたかのように付け加えた。

「一理あるわね」マックスが戻ってきて、婚姻の取り消しに応じてくれようとしないのもその例にあてはまる。それどころか、平穏を脅かすために帰ってきたようなものだ。おかげでいままでは彼のことを考えずには寝られさえしない。どうしてこうなってしまったのだろう。いまもまだ……あの人のことが気がかりなのが信じられない。愛しているということなの？まさか。きっと肉体的に惹かれているだけにすぎない。「わたしは女性たちを永遠に自分のものにできると思っているような男性たちもいや――」シャーロットが目を見開いているのに気づいて頰が熱くなった。「ごめんなさい。つい――」

「いいえ、そのとおりよ」シャーロットも同じくらい頰を赤らめながら続けた。「あの人たちはつねにキスを狙ってるのよ。それもできるだけ不適切な場所でしようとするわ。言葉にするのはたいして意味のないことばかり」

切なさに胸を圧され、沈みかけた気持ちを奮い立たせようと立ちあがった。「そんな男性たちなら、レディ・ニーリーのやかましいオウムと暮らすほうがましね」

「ライザ・ペンバリーがとても可愛がっているお猿さんでもいいわ。嚙みつくんですって」

「そうなの？」ソフィアは束の間気がなごんで訊いた。

「見たわけではないんだけど、ほんとうだとしたら面白いわよね」シャーロットは思いめぐらせるふうに言った。「あのお猿さんに嚙みつかせたい方が少なくともひとりはいるわ」

ソフィアは意表をつかれて年若い従妹を見やった。おとなしそうな顔をして、思っていた以上に機知が働く女性に成長している。「やんちゃなお猿さんを意のままにしつけられたら、とても重宝しそうね」

「誰も予想できないから、犬よりいいかもしれないわ」

たしかにそうね。ソフィアは思わず、今度誘惑されかかったときに手なづけたお猿さんにマックスの耳を嚙みつかせたら、どんな顔をするのだろうと想像した。

シャーロットがため息をついた。「お猿さんが嚙みつくなんて、やっぱりほんとうとは思えないわ。とても従順な動物に見えるもの」

「そうね。でも、お猿さんの気持ちはとうていわからないわ。男性たちの気持ちも」

「そうなのよね」シャーロットは深く考えこむように眉をひそめた。「時どき思うんだけど……男性たちって……なんでもわかってるような顔をするわよね」

「自尊心を持て余しているのね。雨のあとのテムズ川みたいに、あふれだしそうなくらいなのよ」わがままだと非難されたり気の毒がられたりする心配もなく、マックスについてこんなふうに話せるのが嬉しかった。

コツン。

ソフィアは窓のほうを見た。木の枝が擦れたのだろう。シャーロットのほうに顔を戻す。

「男性たちが間違いを認めようとしないところもいや。わたし――」

コツン、コツン。

シャーロットが眉をひそめた。「雨？　違うのかしら？」

コツン！　今度は先ほどより大きな音がした。「雨じゃないわ。わたしの部屋の窓の下から、どこかの愚か者が石を投げてるんだわ」

「まあ、きっとミスター・リドルトンね。あなたにご執心なんでしょう？」

「それは思い違いだわ」ところがそう言っているあいだにも、またもや小石らしきものが窓ガラスに浴びせられた。

「大変！」シャーロットが声をあげ、眉をひそめて窓を見つめた。「少しむきになっているのかしら。大きめの小石を投げているみたいだし」

ソフィアはため息をついた。「窓を壊される前に、ご用件を伺ったほうがいいかもしれ――」

ガシャン！　窓が割れてカーテンに浴びせられた破片が床に降りそそぎ、大きな石も着地した。その石が絨毯の上をソフィアの足もとまで転がった。

「もう！」ソフィアは石を拾い、ガラスの破片を踏まないように注意して割れた窓ガラスに歩み寄った。手を伸ばし、カーテンを脇に引いて、窓の掛け金をはずす。「まさかトマスがこんな――」下を覗いて、はっと動きをとめて石を握りしめた。

「どうしたの？」シャーロットが訊いた。

ソフィアは答えようと口を開いたものの、言葉が出てこなかった。窓の下の通りで、また石を投げようとしていたのは、マックスだった。帽子はかぶっておらず、髪が風に吹かれ、首巻《クラヴアット》はぞんざいに結ばれ、無精ひげを生やしている。ソフィアは身を乗りだした。「こんなことするなんて、いったい何を考えてるの？」

マックスはどういうわけかほっとしたような顔をした。「そこにいたのか」そう言うと、寝室の窓を割ったことなど忘れてしまったかのように石を落とし、ふらつきつつ上着の埃を払いだした。

「酔ってるのね」

「いや、ちょうどいい酔い加減なんだ」マックスは日焼けした顔で白い歯を見せて笑った。

「ますます気分がよくなってきた」

ソフィアはいらだたしげな声を発した。「あなたはうちの窓を壊したのよ！」

「わかってる。ガラスが少し降ってきた。どこも切らなくてよかった」

ソフィアのなかで驚きと怒りがせめぎ合い、怒りが勝利した。「ちょっと、いいこと、だいたいあなたはなんの権利があって――」

「ぼくはきみの夫だ。それできみと話をしに来たんだが、この家の無礼な執事がなかに入れてくれないんだ」

「こんなに遅い時間だし、お客様がいらしてるんだから当然だわ」

マックスの表情がこわばった。「きみの寝室にか？」

「従妹のシャーロットよ」シャーロットが聞こえよがしにベッドに坐った音が聞こえた。

「あなたには関わりのないことだけど」

「そんなことはない。きみのことはなんでもぼくに関わりがある」

「どこかのならず者みたいに、人の家の窓に石を投げるような人とは関わりたくないわ」

マックスはにべもなく肩をすくめた。「もっと上質なガラスに変えるべきだな」

まったく、窓ガラスの質が悪いなどという指摘は聞きたくもない。ほんとうに聞きたいのは……ソフィアは胸の辺りにむなしい痛みを覚えて顔をゆがめた。ほんとうは何を聞きたいというの？　甘いささやき？　情熱は変わっていないという言いわけ？

これまでなら、そんなものを自分が求めている可能性すら否定していただろう。でもいまは、下にいるマックスを見て、消えたブレスレットをふたりで探した数日を思い返せば、何かが変わったことを認めざるをえなかった。何か……重大な変化が起きた。マックスのだらしない身なりや、目の周りの隈《くま》を見ていると……心の奥深くに凝り固まっていた怒りがほんのわずかにやわらいだ。自分の家の窓の下で帽子もかぶらず、暗く思いつめた目で立っているマックスの姿はなんだかとても……わびしげだった。「マックス」やさしく呼びかけて、首を振った。「あなたを信じられないの」

「こっちだってきみを信じられない」マックスはすぐさま言い返した。「ソフィア、先日の軽率な行動は謝る」ひと呼吸おき、歯を食いしばった。「むずかしいんだ、戻ってきて――」通りかかった労働者らしき男に覗きこむように見られて口をつぐんだ。男はソフィアが窓から身を乗りだしているのに気づき、興味深そうに目を大きく見開いた。

マックスが肩をまわして目をすがめ、男と向きあった。「何を見てるんだ？」つっけんどんに言った。

男はたちまち不安げな表情になり、おずおずと口を開いた。「なんにも見てやいませんよ、だんな！　通りかかっただけ――」マックスに威嚇《いかく》するように詰め寄られ、両手を掲げた。「いますぐ消えますんで」

「失せろ！」マックスは去っていく男の後ろ姿をしばらく睨みつけたあと、ソフィアを煮えたぎるような目で見上げた。「まったく、これでは話にならない。執事に、そこのいまいましい玄関扉をあけさせてくれ」

ソフィアが肩越しにちらりと振り返ると、シャーロットはもう聞いている様子はなかった。物思いにふけった表情で従姉から贈られた絹地のドレスを眺め、ぼんやりと薔薇飾りを撫でている。ソフィアはふたたび窓の外へ向きなおり、声をひそめて言った。「マックス、わたしたちが話をしたらどうなるかわかるでしょう。掃除用具入れに隠れたときの二の舞になるわ」

マックスが嬉しそうに微笑んだ。「よくわかってるとも。それでいいじゃないか」

「いいえ、よくないわ」

「よくない？」マックスは瞬きを繰り返し、やがて笑みを取り戻した。「きみは間違ってる」そのひと言で問題はすべて解決できたとばかりに続けた。「前はぼくが間違っていた。今度はきみが間違ってる」

「間違ってないわ。わたしたちはもう話すべきではないのよ。少なくとも、ほかの人が誰もいないところでは」

「ここは寒い」哀れっぽい声で言う。「なかに入れてくれよ」

「六月なのよ、寒くはないわ。それに、上着を着てるじゃない」

「雨が降りそうなのに、帽子を忘れてしまったんだ」

「それなら風邪をひくまえにさっさとお帰りになることね」

マックスはいらだたしそうにため息を吐きだした。「どうしてきみはそう頑固なんだ？」

「同じ言葉をそっくりそのままお返しするわ」

ふたりは無言で長々と見つめあった。夜風に顔を撫でられ、マックスに強いまなざしで見つめられてほてった肌にはなおさらひんやりと感じられた。首巻《クラヴァット》が緩く結ばれた彼の首もとから覗く喉は褐色に日焼けしていて、銀色にきらめく目は熱を帯び、だらしなく乱れた姿はいっそう男っぽく見える。マックスはいつもこんなふうに荒々しい男らしさでソフィアの防御を崩し、分別を押さえこむ。

ほんとうはこの男性を愛している。ソフィアはその気持ちを消すことはできなかった。でも、以前も同じ男性を愛し、心から信じて、結局は考え違いをしていたのだと思い知らされた。もうあのような苦しみは味わいたくない。二度と。

窓敷居をぎゅっとつかんだ。「マックス、お願いだから帰って。きょうはあなたと話せない」あすか来週か――これまで慎重に築きあげてきたはずの、分別に従わないこの身を守るための壁を建て直せるまで。これ以上自分の本心をみじめにさらさずに話せるようになるまで。

マックスは両手をポケットに突っこみ、酒に酔った頭を懸命に働かせようとした。きょうばかりはほんとうに純粋にソフィアと話をしたかった。それ以上のことが起こったとしても、むろん異論はないのだが。

起こるに決まっている。それについてはソフィアの言うとおりだ。話していると必ず情熱的に抱きあうことになる。それでも後悔はみじんも感じようがなかった。つまるところ、ふたりのあいだにはまだ互いへの気持ちがあるという証しなのだから。つまりあきらめるべきではないという証しだ。いまはまだ。「ソフィア、なかに入れてもらえないのならば、ここで話をしよう」

「従僕にあなたを送るよう頼むわ」

マックスは両手を握りしめた。「そんなもの追い払ってやる」

「まあ！　なんてことを――マックス、あなたは酔ってるのよ」

「酔っていたとしても、自分がやりたいことくらいはわかる。きみが欲しいんだ。いや、きみと話したいと言いたかったんだ」慌てて言いなおした。

ソフィアが疑わしげに目を細めた。「騒ぎになるわ」

「かまいやしない。話を聞いてくれないのなら、一日じゅうでもここにいてやる」

「マックス、いい加減にして！　あなたとは――」ソフィアがマックスの後方へ視線をずらし、ふっと微笑んだ。

マックスは背後を振り返ったが、ソフィアの声を聞いてふたたび窓へ視線を引き戻された。

「お引きとり願えないかしら」ソフィアが言う。「お願いよ」

「いやだ」地面を踏みしめた。「玄関扉をあけろ、ソフィア。いますぐに」感覚の鈍っている自分の耳にさえ威圧的な声に聞こえた。

「いったいどうしようというの？この十二年間、毎晩夢に出てきた彼女の魅惑的な唇に笑みが浮かんでいる。また石を投げるつもり？」

「いや。もう石は投げない。ソフィア、ぼくはただ――」

「それならよかったわ。またべつの窓を壊されるのかと心配だったから」ソフィアがどことなくさげすむような目つきで見おろしている。「ともかく、きょうはだめ」

その言いぐさにかちんときた。マックスは胸を張り、淡々と横柄な口ぶりで言い返した。

「酔っていようがいまいが、すべての窓を割ることもできるんだぞ、きみもそれはわかっているはずだ」

「下のほうだけでしょう」

からかうような口調で言われ、マックスのいらだちはさらに激しい感情へと掻き立てられた。手を伸ばし、石をつかんだ。「横へどいてろ」

「わかったわ。でも当たるのかしら」そう言うと、ソフィアは窓の向こうへ姿を消した。

マックスはなるべくソフィアに近いところにある窓にあたりをつけた——彼女の言うとおり私室にいるのだとすれば、そこは化粧室の窓に違いなかった。標的に目をすがめ、腕を振りかぶって——

両腕をいきなり乱暴につかまれ、背中にまわされた。「おいこら！　ご婦人の部屋の窓に石を投げこむとはどういうわけだ？」

三人の男たちに取り囲まれ、マックスはその制服姿に目をぱちくりさせた。夜警だ。「ぼくはただ——」

「あら、助かりますわ！」頭上から明るい声がした。

見上げるとソフィアが楽しげな目で眺め、その肩越しからシャーロットも覗きこんでいる。

ソフィアの目の輝きが意味していることを理解するまでにわずかな間を要した。「嵌めたんだな。きみは——」

「こらこら、だんな！　ご婦人方の前だってのに。一緒に来るんだ。牢に入ってもらわんと」

「私が誰だかわかってるのか？」

「誰でもかまいやしない。自慢じゃないが、あなたより身分の高い紳士を牢に入れたこともあるんだ」夜警はほかのふたりに顎をしゃくった。「連れていけ。抵抗するようなら目隠しをしておけ」

マックスはソフィアを睨みつけたが、愉快そうな笑みと、風でほつれて顔の前になびいている巻き毛と、目の輝きに、かえって打ちのめされただけだった。同時に、そのあまりに滑稽な結末に目を覚まされた思いがした。なんと自分たちはお似合いのふたりなのだろうかと。ソフィアは自分と同じくらい頑固で、我が強く、常識とはかけ離れた行動をとる。

もしふたりが何かで対立する立場で出会っていたなら、どうなっていただろうかと想像がめぐった。どちらがゆずることになったのだろう？　それとも餓死してしまうまで意地を張りあっただろうか？　結婚についてもまさしくそれと同じことをしようとしているのではないのか？

そう思うと、マックスは自然と笑みを返していた。夜警たちに引きずられながらも足を踏んばった。「負けを認めよう」窓に向かって声を張りあげた。「今回はきみの勝ちだ。だが、一戦だけでは引きさがれない」

ソフィアがくすくす笑う声が夜気のなかではっきりと響いた。「一戦ずつというわけね」

「勝ったら何をくれる？」

ソフィアが目をきらめかせた。「すべて」

マックスの胸は高鳴った。「誓うな？」

ソフィアはためらい、蜂蜜色の髪が風に吹かれてその顎を隠した。それからようやく、小さくうなずいた。「すべて」そう言うと、割れた窓を閉めて、カーテンを引いた。

この数週間ではじめて、マックスの希望はふくらんだ。笑みを隠しきれず、にやつきながら夜警たちに牢へ引っ立てられていった。そうとも、勝負はまだこれからだ。

7

『イースタリー子爵とミスター・リドルトンの両者が、いまだレディ・イースタリーに花や贈り物を届けて気を惹こうと争っているが、あきらかに前者が有利と考えざるをえない。いかに美男な放蕩者風情とはいえ、つまるところ現在も当のご婦人と同じ名を名乗る立場に変わりはないのである』

一八一六年六月十七日付〈レディ・ホイッスルダウンの社交界新聞〉より

「おまえたちはこれまでもつまらない諍いをしてきたが、今回の一件には呆れたぞ」ジョンは率直に言った。「マックスを捕えさせるとは、どうかしている」

「黙って仔羊肉を食べて」

「あの男の気持ちは真剣だ。玄関広間にあふれてる花やカードを見れば――」

「あのなかにはリドルトンからのものも含まれてるわ」

ジョンは顔をしかめた。「それは数に入らない」

ソフィアがフォークを置き、その先端が皿の縁にあたって音を立てた。「お兄様、そんなに単純なことではないのよ。わたしだってできることならマックスを信頼して……もう一度信じたいわ。でも……」いったん口をつぐみ、いまにも泣きだしそうな顔になり、ややあって言葉をほとばしらせた。「信じていいのかわからないの！」

ジョンは自分の皿に視線を落とした。息苦しくて、食べ物が喉をとおりそうにない。ため息をついてナイフとフォークをテーブルに置いた。「悪かった。言いすぎた」

「ううん、いいの」ソフィアは小さく鼻を啜った。「もう以前のような苦しみは味わいたくないのよ」唇をふるわせた。

「ああ、わかってる」ジョンは慌てて言った。かえって事態を悪化させているだけのようにも思えるが、誰かがソフィアに言わなければならないと感じていた。マックスを知る誰かが。

「マックスは相変わらず鈍感なリドルトンと同じくらいたくさんのカードや花束を贈ってきているし、おまえに会えなくとも毎日通ってきている。手紙ももう二十通は届いていて、この玄関広間に住んでいるのかと思うほどよく顔を見る。これ以上、彼にどうしろと言うんだ？」

「わからない。たぶん何をされても同じなんだわ」ソフィアは立ちあがり、茶器を置いたテーブルへ歩いていって、小さな包みを手に取った。「これ……これをわたしの代わりにマックスに渡してもらえる？　あの人のものだから」

「いいとも」ジョンはその包みを上着のポケットに入れて、ため息をついた。「そろそろ出かけないか。いちばん大きな天幕席《パビリオン》の脇でジャージー家の人々と待ち合わせてる」ヴォクソール・ガーデンズで戦勝記念日の盛大な催しが開かれるので、よほどのことがないかぎり花火を見逃したくなかった。

「そうね」ソフィアは気力を奮い起こそうとするようなそぶりで応じた。「ショールを取ってくるわ。少しだけ待ってて」

「玄関広間で待ってる」ジョンは励ますように妹にウインクして玄関広間へおりていった。ちょうどおりてきたところに、玄関扉をノックする音がした。ジェイコブズが駆けつけ、扉を開いた。

現われたのはマックスだった。口を開こうとしたジェイコブズに片手をあげてとどめた。

「こちらの女主人が客に応対できないと言いたいのはわかってる。ぼくはけっして会ってもらえない。だがきょうはスタンドウィックに会いに来たんだ。外に馬車が停まっていたから、おられるだろう」

ジェイコブズがちらりとジョンを見やった。

マックスはその視線の先を追った。「そちらにいらしたのですか！　ポートワインを一杯、ご一緒できないでしょうか？」

ジョンは階段を振り返った。「ちょっとだけなら。ジェイコブズ、妹がおりてきたら、馬の様子を見に行ったと言っておいてくれ」

執事は神妙な顔でうなずき、図書室のドアを開いた。

マックスはその部屋のなかへ案内され、ドアが閉まるとすぐに口を開いた。「ここでお会いできて、ほんとうによかった」

「同感だ」ジョンはどう切りだすべきかためらった。思案の末にため息をついた。「わかっているると思うが、私はきみの側《がわ》にいるつもりだ。はじめからずっと」

「ええ、わかっています。ソフィアから婚姻の取り消しを求める書簡が届いた日、ほかにも二通の手紙を受けとりました。一通はリドルトンからで、もう一通が――」

「リドルトンも手紙をよこしたのか？　厚かましいやつだな！」ジョンはひと息ついて、苦笑いを浮かべた。「兄がソフィアのことに口出しするのもよけいなお世話なわけで、厚かましいのは同じだが」

「いや、厚かましいなんてとんでもない」マックスのこわばっていた表情がぎこちなくわずかに緩んだ。

「ありがとう」ジョンは皮肉っぽい笑みを返した。「きみがいなくなってから、ソフィアが氷の張った荒野に生きているようなものだったことを知らせないまま終わりになるのは、見ていられなかった。妹は私からは言いようのない孤独を味わっていたんだ」

マックスは顔をゆがめた。耐えがたいいらだちが沸いた。「彼女を守るためなんだと自分に言い聞かせてこの国を出たはずだったのですが、いまとなっては……ほんとうにそれほど純粋な気持ちだったのかどうかすらわからない」

「本来、責めを負わなければならないのは、リチャードだ。自分の弟がそのような人間だと認めるのはなかなかむずかしくて――」ジョンはきつく口を引き結び、唇の両端に皺が寄った。「私がきちんと取り計らわなければいけなかったんだ。ソフィアは巻き込まれただけで、見ているしかなかったのだから」

マックスは胸が痛んだ。まっすぐ背を起こし、毅然とした口調で言った。「ですが、ぼくはこうして帰ってきました。わがいとしい女性がどう思っているにしろ、ぼくは生涯ここで彼女のそばにいます。一年でも十年でも、永遠に待たなければならないとしてもかまわない。けっしてあきらめないし、希望は捨てない。あきらめられないんだ」

「愛しているんだな」

「ずっと。最初は腹が立って、それから……」マックスはため息をついて、片手で髪を掻き上げた。「ぼくが彼女を想っていたほどには彼女から想ってもらえていなかったのだろうかと怖くなった」

「妹の気持ちは昔もいまも変わらない」ジョンは上着のポケットに手を入れた。「そういえば、これを渡すように頼まれたんだ」

マックスは包みを受けとって開いた。包み紙を剝ぐとすぐにそれが何かを悟った。現われたのは金文字が刻まれた薄いノートだった。「おじの日記だ」

「はじめからそれを使う気はなかったんだろう」

間違いない。ソフィアはそのようなことをする女性ではない。「強がりか」

ジョンは納得したふうにうなずいた。「妹の強がりがすぎて、時どき、いったい何を考えているのかと呆れることがある」

マックスは薄い日記帳をポケットにしまった。「感謝します、ジョン。どうにかしてソフィアの信頼を取り戻す方法を見つけなければ。そのためにはどんなことでもするつもりです」

ジョンは大きく息を吐きだした。「まったく、きみが羨《うらや》ましいよ」

「羨ましい？　どうかしてますよ。ぼくは人生をみずから台無しにした男です」

「愛を探している人間は山ほどいる。きみはそれを見つけたばかりか、勝ちとる能力を備えている」廊下からソフィアの低い話し声が聞こえてきた。ジョンは首を傾け、しばしやりとりを聞いて、マックスと目を合わせた。「もう行ったほうがいいな。といっても、きみはただ話したかっただけではないんだろう？」

マックスはいたずらっぽくにやりと笑った。「そんなにわかりやすい男ですか？」

「いや。だがきみはポートワインが嫌いだったはずだ。そんなものを一杯やろうと持ちかけるからには何か魂胆があるとしか思えない」

マックスは笑った。「お察しのとおりです。手助けをお願いしたい。ちょっと大掛かりな計画なんです。失礼ながら、妹さんを騙すことになってしまう」

「面白いじゃないか！　何をすればいいのか言ってくれ」

ヴォクソール・ガーデンズは人でごった返していた。戦勝記念日の催しは声高に広く告知されていたので、あらゆる階層の人々が入場口に詰めかけた。婦人帽の職人やパン職人が公爵夫妻のすぐ脇の芝地や道をそぞろ歩いている。そのような状況が熱気を高めていた。

ソフィアは仕切られた観覧席にジャージー家の人々と並んで坐っていた。頭上の空は光に彩られ、顔に吹きつける夜気は涼しいものの、たいしてなぐさめにはならなかった。

「ソフィア？」

目を上げると、椅子の脇にジョンが立っていた。兄は〈オールマックス〉社交場で仕入れた最新の噂話を嬉々として妹に語り聞かせているレディ・ジャージーを見やった。

すかさず頭をさげた。「レディ・ジャージー！　薄暗くて、こちらにいらっしゃるとは気がつきませんでした」年配の婦人の手を取り、手の甲に熱っぽく口づけた。「あなたほど青が似合う方はいない。ほかの色は着てほしくないくらいです」

サリーが眉を上げて目を輝かせた。生来遊び好きな婦人で、若い男性にはほだされやすい面がある。それが言いまわしを心得た若く美男な伯爵が相手となればなおさらだ。「お上手ね、スタンドウィック！　わたしはあなたの……おばさまくらいの歳なのよ」

「とんでもない」ジョンは呆れかえるほど力を込めて言った。「妹と同じくらいには見えても、おばの歳だなんてありえませんよ！」

レディ・ジャージーが愉快そうな笑い声をあげたあとに軽く鼻を鳴らし、ソフィアは懸命に笑みを隠した。サリー・ジャージーの飾り気のなさをよく思わない人々も多いが、ソフィアは違った。

ジョンが目を合わせた。「ソフ、楽しい会話の邪魔をして申しわけないが、ちょっとつきあってもらえないか」

「いま？　でも花火が――」

「いや、それまでには戻ってこよう」

ソフィアは肩をすくめ、ワイングラスを持ち上げた。「わかったわ。レディ・ジャージー、ちょっと失礼します」

「あら、いってらっしゃい。この歳になると夜道を歩きまわろうという気にはなれないのよね」

ジョンはそばの盆からワイングラスを取り上げ、もう片方の手をソフィアに差しだした。レディ・ジャージーはうなずいて言った。「いってらっしゃい、わたしの子供たち！　スタンドウィック、短剣でも持っていきなさいよ。妹さんはこのところ多くの殿方から言い寄られていて、いつ襲われてもおかしくないのだから」

ジョンは笑って、ソフィアをジャージー家の一団のなかから連れだして歩きはじめた。声が届かないところまで来るとすぐに、ソフィアは兄の顔を見上げた。「どういうこと？」

「どういうこと？」兄は訊き返し、まるで誰かを探しているかのように妹の頭越しを見ている。

「何かたくらみでもなければ、お兄様が妹と散歩しようなんて思うはずがないもの」

「たくらんでなどいない。ちょっと退屈だったんだ。それに」ジョンはワイングラスを掲げて続けた。「この道は誰よりおまえと歩きたかった」

「モアランド嬢とよりも？　きれいな方よね」

「ううむ、モアランド嬢を除けば、おまえといちばん歩きたかったわけだ」兄はさらに暗い道へ曲がり、足を速めた。

ソフィアも難なく歩調を合わせた。涼しくて心地よい夜風に吹かれながら、さらに何度か道を折れた。たまにワインを口に含み、密やかな話し声を耳にしつつ、静かな夜道を歩くのは楽しかった。道幅が狭くなるにつれ生垣が高くなっていく。兄を見やった。「この辺りの道にずいぶん詳しいのね」

兄はおどけた表情で眉を動かした。「まあな」さらにひとつ角を曲がったところで、足をとめた。そこは小さなあずまやになっていて、なめらかな曲線を描いたベンチがあり、真ん中にギリシア風の像を据えた小ぶりの噴水が設えられている。「よし、ここだ」と、ジョン。

「すてき！」ソフィアは声をあげた。

「ああ、そうだな」ジョンは答えて、忘れ物でも探すように辺りを見まわした。「何か足りないんじゃないか？　軽食か何かが」

「ワインがあるわ。わたしのほうはまだグラスに半分残ってるし、お兄様は口をつけてもいないじゃない」

「だが肝心のものがない」ジョンは妹の手を取り、ベンチに坐らせた。「ここで待っていてくれ。ぐうぐう鳴ってる腹を満たすものを何か見繕ってくる」

「わたしのお腹はぐうぐう鳴ってないわ」

「こっちは鳴っている」ジョンはグラスを妹の脇に置き、愛嬌のある笑みを浮かべた。「すぐに戻ってくる。もしモアランド嬢が通りかかったら、ここに引きとめておいてくれよ。妹ではない女性を楽しませる道はまたべつに用意してあるんだ」

兄は返事を待たずに行ってしまった。ソフィアは兄が消えた暗がりをじっと見つめた。いったいどういうこと？

首を振り、ベンチの背にもたれて、ワインを飲んだ。ひとりでいるのも思いのほか心地よかった。静寂に気持ちが安らいだ。といっても、完全な静寂とは言えない。しだいにひそひそ声が耳についてきた。恋人たちの吐息とささやきあう声。なんとなく落ち着かなくなり、兄はいったいどこまで行ったのだろうとベンチから腰を上げた。

何分か過ぎても兄は戻ってこなかった。手持ち無沙汰にワインを口に含んだ。あずまやの入口まで二度足を運んだものの、暗い夜道が見えただけで、ジャージー家の観覧席にひとりで戻れるだろうかと不安になった。ほんとうに兄はどこへ行ってしまったのだろう？　酔っ払いが大勢うろついている暗がりをひとりで歩きまわる気にはなれない。

ソフィアは自分のワインを飲み干し、兄のグラスを手に取った。これほど待たせたのだから、妹にすべて飲まれても仕方がないはずだ。兄が戻ってきたら、文句をたっぷり聞いてもらわなければ。さしずめ料理が並んだテーブルに気をとられて妹のことなど忘れているのだろう。「しょうがない人」声に出して言った。

「期待していた挨拶じゃないが、よしとしよう」

その声にソフィアの心はたちまち熱くなってやわらいだ。振り返ると、マックスがあずまやの入口で整った顔に謎めいた笑みを浮かべて立っていた。「ここで何をしてるの？」

マックスがあずまやのなかに入ってくると、そこが温かな空気に満たされたように感じられた。「きみを救いに来たつもりなんだが。どういうわけか、きみがぼくを必要としていることがわかったんだ」

「嘘なんでしょう。兄がわたしの居場所をあなたに教えたのね」

「それ以上のことをしてもらった。ぼくが指定した場所にきみを連れてきてくれたんだ」

下手な芝居に騙されてしまった。ソフィアは胸に怒りが沸いてくるのをひそかに待った。けれど意外にもわずかにいらだちを覚えた程度で、それもほとんどが兄に対してだった。兄からのワインも飲み干して、空になったグラスをベンチに置いた。「たしかにきょうはしてやられたわ」

「ソフィア、ぼくたちは話しあわなくてはいけない」

ワインのせいでソフィアは気が大きくなっていた。「話しあいね。話すのにはもう嫌気がさしてるの」

マックスが表情を曇らせた。「嘘は言わない。約束も破らない。もう二度と」

「マックス、わたしは――」

道のほうから大きな笑い声がして、続いて静かにしろとわめく酔っ払いの声が聞こえた。声はだんだんと近づいてきて、マックスは腹立たしそうに悪態をついた。「ぼくたちは邪魔される定めにあるらしい」腕を差しだした。「べつの場所を探そう」

ソフィアはその腕を見つめ、そのまま目を奪われた。わずかにためらってから、そこに手をかけて、マックスとともに歩きだした。所どころ道を折れて、しばらく歩きつづけた。やがて、先ほどいた場所とよく似た小さなあずまやを見つけた。兄と同じようにマックスがいきなり足をとめたので、ソフィアは彼の背中につんのめった。マックスが「おっ」と小さくつぶやいて急に方向を変えた。ソフィアも向きを変えながらマックスの肩越しにちらりと振り返ると、ひと組の男女が熱っぽく抱擁を交わしている姿が目に入った。ふと、その女性のドレスが従妹のシャーロットにゆずったものとそっくりだと気づいた。まさかそんな――

マックスはまたひとつ角を曲がり、またもいきなり立ちどまった。詫びの言葉をつぶやき、向きを変えて歩きだす。ソフィアが手を引かれながら振り返ると、今度はロックスベリー卿がとても華奢な女性と抱きあっているのが見えた。いったいどうなってるの。ヴォクソール・ガーデンズに来ると誰もが熱烈に抱きあってしまうのかしら。自分以外は。とたんにとても不公平なことのように思えてきた。

その後も歩きつづけるうち、さらに三組の男女に遭遇し、二度行きどまりにぶつかった。マックスはそのたび方向を変え、ソフィアはだんだんと道に迷ったのではないかと不安を覚えはじめた。それから少しして、足をとめた。「マックス、ここがどこかわかってる?」

「もちろん、わかっているとも」マックスが唸るように答えた。さらにひとつ角を曲がると生垣に突きあたり、また行きどまった。

ソフィアはため息をついた。「このやっかいな迷路から抜けだすには、誰かに道を尋ねたほうがいいわ」

マックスが頑固に顎を上げた。「いや。ぼくにまかせてくれ。道はわかってる」

「わかってないでしょう。わたしたちは道に迷ってしまったのよ。認めなさい」

「そのようなことは認められない」マックスはソフィアの手をつかみ、またべつの方向へ進みだした。「このまま歩きつづければ、必ず話しあえる場所が見つか――」気づくと、生垣の外側の広々とした草地に立っていた。人々が笑い、話しながらがやがやと集まっている。

「どうしてなんだ」マックスがつぶやいた。

ソフィアは咳をするふりで笑いを隠した。「ここには静かに話せる場所はあまりなさそうね」

「ああ、そのようだ。ここではとても静かに話せない。あとはできることと言えば――」

マックスはもの問いたげな目を向けた。

ソフィアはマックスがすぐそばにいるからなのか、密やかなささやき声が夜風に漂い、何人もの男女が熱烈に抱きあっている雰囲気に酔わされたせいなのかはわからないものの、ワインを飲みすぎたかのように頭がくらくらしてきた。ほんとうに酔っているのかもしれないが、見きわめようがない。前のめりに手をかけて訊いた。「どうしたの？」

「ぼくの家でなら話せる」

ソフィアは唾を飲みこむことすらできなくなっていた。最初のあずまやでマックスに見つけられたときからすでに速くなっていた鼓動が大きく高鳴りだした。彼に寄り添いたい気持ちと離れなくてはという思いがせめぎあっている。両手を握りしめ、懸命に心を鎮めようとした。するとどういうわけか、どこから思いついたのか、口が勝手に動いていた。「そうね」

そうして頭がぼんやりしているうちにマックスの家に着いていた。マックスが手をかしてソフィアを二頭立ての二輪馬車から降ろし、膝にかけてくれていた毛布をたたんで従僕に手渡した。ふたりは建物のなかへ入った。マックスがショールを取り去ってくれた。「居間に行くかい？」

「その前に、あなたの絵を見せてほしいわ」

マックスがためらった。「寝室で描いてるんだ。この家のなかではどこより光の具合がいいから」

帰るべきなのだろう。ほんとうは帰らなくてはいけないのだとソフィアは思った。でも、帰りたくない。足を踏みだすたびマックスに近づいていくのを感じた。自分の求めるものへ近づいている。それにたとえこの晩が落胆しかもたらさなかったとしても、むなしさを覚えるだけで終わるよりはましでしょう？「わたしはあなたの寝室に入るのはかまわないわ。以前はわたしもいた場所なのだから」

マックスはソフィアの顔に一度目を落とし、静かに手を引いて階段をあがり、居間も、階段をのぼりきったところに掛けられた大きな時計も通り過ぎて進んだ。幅の広いオーク材のドアの前で足をとめ、彼女の顔を見る。

ソフィアは勇気が湧いてきたような錯覚にとらわれてドアノブに手をかけ、ドアを開いて部屋のなかへ入った。マックスもあとに続いた。

大きな部屋で、半分が寝室に、残り半分が作業部屋に使われている。ひとつの壁面がほとんどすべて窓になっていて、夜なのでカーテンが引かれているが、日中は柔らかな陽が降りそそいでいるのだろう。部屋のいたるところが色で彩られていた。赤い宝石色のベッドカバーから、描いた絵を覆った深緑色の掛け布、紺碧《こんぺき》色の絨毯にいたるまで、様々な色調と光彩で織り成された空間だ。「あなたがここで絵を描く理由がわかるわ」

「午後の陽射しが窓から注いでいるときに見せられればよかったんだが」マックスは黙って部屋のあちこちにあるランタンを灯しはじめた。ソフィアはゆっくりと部屋のなかをめぐり、ベッドの絹地の上掛けや、新しい絵筆などの道具が一式揃えられた大きなテーブルのなめらかな大理石の表面や、剝きだしのざらざらしたカンバスを触れてまわった。

窓ぎわには午後の陽射しに包まれた夏の野原を描いた絵が立て掛けられている。その絵のやさしい色彩と透明感のある光が部屋いっぱいに広がっているように見える。「すばらしいわ」ソフィアは言った。「絵が変わったのね。深みが加わってるわ」

「誰でも成長する」マックスが向けた目の奥には暗黙の問いかけが浮かんでいた。「人が天から授けられた恵みのひとつだ」

ソフィアはどう答えればいいのかわからないので、ほかの絵を眺めようと背を返した。どれも布が掛けられていて、カンバス全体が隠されている。

手を伸ばして掛け布を取ろうとした。

マックスに手首をつかまれた。「だめだ」

「どうして？」ソフィアは訊いて、まっすぐ目を見つめた。

「描きかけなんだ」

そっと手首を引き抜き、つかまれていたところをさすった。布で覆われた一枚の絵のほうへ歩いていき、次の絵に移動する。「あなたが一度にこんなに多くの絵を描いているのは見たことがなかったわ」

マックスは視線をそらさずに肩をすくめた。「いつまでも仕上げられない絵もある。色調、深み、陰影、光の加減といったものを少しずつ足していく。どの絵にもそれぞれ命が宿っているんだ」

「見たいわ」

「そのうちに。きっと」

静かなノックの音がして、使用人が盆を運んできた。ワインのボトルときらめくグラスがふたつ片側に載っている。ケーキの皿の脇にはラズベリーとクリームを盛った小皿が添えられている。使用人はその盆をテーブルにおろし、絵具を脇に片づけて、お辞儀をして立ち去った。

マックスはドアが閉まるのを待って、ワインを注いだ。「どうだい？」

ソフィアはワインのことを訊かれているのは知りながら、気持ちはべつのところへ向いていた。マックスに触れて、もっと近づきたい。頭では納得できないことのすべてを心でしっかりと信じさせてほしい。無理なことを望んでいた。ソフィアはグラスを受けとって、ワインを口に含んだ。

マックスがこちらに目をやりながら自分のグラスにワインを注いだ。「今夜はずいぶんワインを飲んでるだろう」

「まだ足りないくらいだわ」強気で答えて、グラスの縁越しに目を合わせた。

そのときだった。ふたりの心が惹かれあい、触れあった。互いの気持ちが透けて見えるように思えた。マックスに求められているのを悟った。自分と同じように疼きを覚えている。息苦しさも鼓動の高鳴りも伝わってきた。きみは背を返して去ってしまうのではないかという彼の不安と恐れさえ感じとれた。

ソフィアは去らなかった。いまはまだ帰れない。目をそらさずにワインのグラスを置いた。それから手を頭にやり、ゆっくりと髪を留めたピンをひとつひとつはずしていく。そのたび少しずつ近づいていた。触れられる瞬間へ。彼のそばへ。

ソフィアを見つめるマックスの目はしだいに翳り、嵐の海のごとく暗い深みを増していた。最後のピンがはずれ、髪が肩に垂れた。

マックスが息を吸いこんだ。「ソフィア」

それは問いかけだった。ソフィアは答える代わりに立ちあがり、ゆっくりとドレスを肩から滑り落とした。ドレスが床に落ち、足もとでピンクの絹地と白いレースの溜まりとなった。

マックスが目だけで身体じゅうの曲線や陰影を撫でているかのように見ている。すうっとシュミーズのリボンに手が伸びた。「いいのか？」同じように身体が燃えあがっているのを感じさせるかすれ声で訊く。

ソフィアがうなずくと、マックスはことさらゆっくりとリボンをほどいた。シュミーズが緩み、ほどかれたリボンに引っぱられて薄い布地が肩から乳房へ、さらに腰から床へおろされていく。素肌の新たな部分があらわになるたびマックスが手をとめてゆっくりと滑り落とした。それでもまだ触れようとはしない。

ソフィアは欲望で破裂してしまうのではないかと思った。全身が彼を欲していた。乳房は張りつめ、下腹部はふるえ、太腿のあいだは湿り気を帯びている。マックスがすぐそばまで近づいてきた。そのわずかな隙間に熱がこもり、熱風に吹かれているような気がする。「横になろう」マックスがささやいた。

ソフィアは息をふるわせてベッドへ歩いていき、赤い絹地の上掛けに横たわった。

立ったまま見おろしているマックスの目はなめらかな銀色で、黒い髪はランプの明かりに照らされて金色がかって見える。「どれだけ長いあいだ、この日を夢みていたことか――」言葉を切り、テーブルを振り返った。手を伸ばして絵筆を取る。ソフィアはそれを見ながら、上掛けの上で落ち着かなげに身を動かした。絵筆の先は艶やかで張りのある毛が濃く密集している。マックスはラズベリーとクリームの小皿と絵筆をベッドに持ってきた。膝立ちになり、筆の先をクリームに浸ける。

ソフィアが息を詰めて見つめる先で、左の乳房に筆が触れた。ふたりの目が合い、マックスの目の奥でもの憂い熱が燻っているのが見てとれた。

焦らすようにゆっくりと、艶やかで張りのある筆の毛先が乳房をめぐり、乳輪がひんやりとしたクリームで囲われた。ほてった肌にはクリームがよけいに冷たく感じられて身体がふるえ、乳首がたちまち立ちあがり、息がつかえた。

マックスは乳首をクリームですっかり覆ってから、頭をかがめ、口に含んだ。ソフィアは彼の舌の熱さと心地よさに背をそらし、喉の奥から悶え声がこぼれた。

マックスはその効果を高めるべく、温かな舌で乳首を丁寧に舐めとった。ソフィアがもう耐えきれないと思ったとき、マックスが口を離し、絵筆をふたたびクリームに浸けた。今度は乳房のあいだに線を引き、腹部を通って、太腿のあいだの縮れ毛に覆われた部分へ行き着いた。ソフィアは絵筆に肌をたどられる快感に身をよじり、そのあとについたクリームを舐められて切なげな声を洩らした。彼の頭をつかみ、髪に指を差し入れる。

「美しい」マックスが腹部と腰と乳房にキスをした。「とても美しい」絵筆をクリームに浸けてさらに下へたどる。ソフィアは膝の裏を撫でられて息を呑んだ。絵筆はゆっくりと小刻みな動きで、何度もクリームを補充しつつ、太腿をたどっている。

絶妙に動きまわる筆遣いに、ソフィアの身体は切迫し、張りつめていった。筆が太腿をのぼり、秘めやかな部分のすぐそばまで近づいた。マックスが目を合わせた。「こうしてみたいと夢みていたんだ。期待に輝くきみの目を想像していた。情熱でほてった肌が見たかった」絵筆をもう一度小皿に浸けて、クリームが滴る筆先を持ち上げて見せた。「そして、こんなふうにすることも夢みていた」

ソフィアが言葉を口にできずにいるうちに、マックスはクリームで濡れた筆先を太腿のあいだへ滑らせ、液体の冷たさと艶やかな毛の感触がなだらかにふくらんだ部分にこのうえない心地よさをもたらした。ソフィアは息を呑みこみ、あまりの快感に身体を小刻みにふるわせて背をそらせた。「マックス！」求める気持ちをこらえきれなくなって苦しげな声をあげた。このままでは心地よさと欲望でどうにかなってしまう。彼になんとかしてもらわなければ。「お願い、マックス――」

「どうしてほしいんだ？　何を求めてる？」今度はそっと円を描くように筆先を器用に動かしはじめた。

ソフィアは両脇のシーツをつかみ、足をしっかりと立てて、腰を持ち上げた。「ああ、マックス、お願い！　わたし――」だめ、そんなことを言えるはずがないでしょう？　何を考えてるの？　もしそんなことを――ふたたび絵筆に巧みに撫でられ、声を発しずにはいられなかった。身体じゅうが燃えあがり、渇望している。絵筆ではなく、この男性を。マックスに満たされ、昔のように情熱の極みへ達したい。涙で潤んだ目で彼の目を見つめた。「あなたが」途切れがちなかすれ声で言った。「あなたが欲しい」

その言葉を聞くなりマックスは立ちあがり、同じくらい切迫していることを物語るすばやさで服を脱ぎ捨てた。またたくうちに裸になってベッドの脇に立った。ソフィアはその身体を眺め、胸板の逞しさ、引き締まった腰、筋肉質な太腿に見惚れた。けれどいちばん長く目を奪われたのは下腹部だった。太く堂々とそそり立っている。ソフィアは待ちきれず身悶えた。「早く」

マックスはすぐにベッドに上がり、ソフィアの上にのしかかるようにして両脚を開かせ、首や頬や口に唇を擦らせた。いっぽうで手を滑らせて乳房を包みこみ、クリームを塗りこむように撫でてから……彼女を広げてなかに入って奥まで満たし、激しく突きはじめた。

ソフィアの視界は狭まり、周囲のものは何もかも崩れ去った。悦びに身をふるわせ、もっと欲しくて背をそらせ、動きを合わせて腰を上げた。突かれるたびますます欲望は掻き立てられた。責め苦のような心地よさだった。

熱情はふくれあがり、求めるあまり気が変になってしまうと思ったとき、激しいひと突きでとうとう破裂し、彼にしがみついて、薄暗い部屋のなかで彼の名を叫んだ。

マックスはソフィアを強く抱きしめ、熱情が鎮まるまで辛抱強く待ってから、そっとキスをして、それからもっと熱っぽく唇を奪い、ふたたび彼女のなかで動きだした。今度は欲望を抑えて身を硬くし、よりゆったりと穏やかに腰を押しだした。ソフィアは脚を彼の腰に絡ませてさらに自分のほうに引き寄せ、彼の名ととりとめもない愛のささやきめいたつぶやきを口にした。そのうちふたたび身がやわらいできて熱情が昂ぶりだした。

マックスの動きがよりせわしく、激しくなり、ソフィアのほうも昂ぶりを煽られていった。ふたりで同時に昇りつめ、マックスが腰を突きだして彼女の名を呼び、ソフィアもまた熱情に呑まれて彼にしがみついた。

そうしてふたりはぐったりと汗ばんだ身を横たえた。ソフィアは悦びのふるえで全身を疼かせたまま寝転んで、このような感覚を味わったのはどれくらいぶりなのだろうとぼんやり考えた。十二年、という答えが浮かんだ。マックスが出ていった日の前の晩以来だ。繭《まゆ》のごとく身をくるんだ熱情の余韻《よいん》の糸目から、哀しみが沁みだしてきた。もうそんなに長くなるのだろうか。目を閉じ、自分の心に耳を澄ましたけれど、何も聞こえてはこなかった。このように互いにすばらしく燃えあがるときを過ごしたあとでさえ、心はいまだ雑多な感情や疑念で埋めつくされている。急に涙があふれだしかけて、腕で顔を覆ってこらえた。

こめかみにマックスの温かい息を感じた。「ソフィア？　大丈夫か？」

喉のつかえを呑みこみ、腕を戻して、どうにか微笑んだ。「びっくりしてるの。どうしたらいいかわからないわ。疲れきってしまって、こうやってただ寝転んでいるのが精いっぱい。あなたの部屋の窓辺に裸で立って、信じられないことをしてしまったのをわざわざお知らせすることもできない」

マックスはたちまち顔をほころばせ、信じられないほどやさしく男っぽい彼らしい笑みを浮かべた。「いいかい」いったんそこで首にぞくりとさせるキスをした。「きみはただ寝転んでいるだけなんかじゃない。ベッドの上のきみはとてもなめらかな肌をしていて、情熱的な動きをする。心をそそるパレットで、色彩豊かなカンバスだ。ソフィア、やはりぼくたちは合っているんだ」

ソフィアは切なさで胸が詰まり、マックスの額からそっと髪を払いのけた。「わたしたちの問題はもともとベッドでの相性のほうではないわ。愛しあっているかどうかなのよ」

「ぼくたちは修復できる。ぼくにはわかるんだ」

ソフィアは目を閉じた。結婚を修復する？　馬車の車輪が壊れたときみたいに？　ドレスの飾りを纏《つくろ》うように？　いいえ、そんなことができるとは思えない。話しあいで怒りや苦しみをなだめ、互いの欠点を受け入れられるようにはなるかもしれない。でも、この心を修復できる？　それはけっして直せないものであるような気がする。いまこうしているときでさえ、哀しみの記憶をよみがえらせて距離を感じているのだから。

マックスがため息をついて、ソフィアの頭を抱き寄せた。「休むんだ、ソフィア。こんなに疲れていないときに話そう」

ソフィアはその晩飲んだワインが身体にめぐり、生々しい感情が顔を出しかけているうえ眠気にも襲われ、話せる状態ではなかった。つらいことはあす考えようと思った。いまではなく。上掛けの内側にもぐり、マックスの胸に頬を寄せた。髪を撫でられ、ぬくもりに安らいで、夢をみない深い眠りに沈んだ。

マックスはそのまましばらくソフィアに寄り添い、ふたりでいる心地よさを味わった。ソフィアが寝ながらよりくつろいだ姿勢を探して身じろぐたび、互いの腰が擦れあう。こうしているのは自然なことだ。瞬きをするように。呼吸するように。ふだんは意識せずにしていることだが、それができなくなってしまったら、自分の世界は崩壊してしまう。

マックスは強く抱きしめて、ソフィアのなめらかな巻き毛の頭に顎をのせた。「二度と放さない」ささやきかけた。「この気持ちは永遠に変わらない。きみの心を取り戻す方法を見つけてみせる。見ていてくれ」自分の言葉に励まされ、満足の笑みを浮かべると、ようやく深い深い眠りに落ちていった。

8

『レディ・イースタリーをめぐるイースタリー子爵とミスター・リドルトンの戦いは、どうやら子爵のほうに軍配があがりそうだ。

イースタリー夫妻は昨夜の再現劇の最中に忽然と姿を消し、それ以後誰もふたりを目にしていない』

一八一六年六月十九日付〈レディ・ホイッスルダウンの社交界新聞〉より

ソフィアは甘美なぬくもりに包まれて、のんびりと目覚めた。隣にマックスが寝ていて、その剝きだしの脚が自分のほうへ投げだされている。微笑んで枕に頭を戻し、目を閉じて、筋肉質な脚の重みに安らぎつつ深く安定した寝息を聞いた。寝具にはマックスの匂いが沁みこんでいて、ソフィアはこのひと時を胸にとどめようと大きく息を吸いこんだ。

ぬくもりのある部屋で目覚めることをこれほど恋しく感じていたのだろうかと気づかされた。上掛けの内側へわずかに身をくねらせながら深くもぐった。マックスは寝ていながらもすぐさま反応し、脚を引き戻して妻を抱き寄せた。ソフィアは温かな身体に背をあてて、動きをとめた。まるで……深く愛されているように感じる。

息を呑みこんだ。たしかに愛されているのを感じる。しかも、とても大切にされている。でも、以前も同じように感じていたのにそのすべてを一瞬にして失い、気づいたときには何もなかったかのように消えていた。ソフィアはゆっくりと息を吐き、慎重にそっとマックスの腕のなかから逃れた。起こさないよう静かにベッドの反対端へ移動し、床に足をおろす。

マックスは寝たまま顔をしかめ、寝返りを打って、枕を抱きかかえた。ソフィアは、白く清潔なシーツに快適そうに頬を添わせたマックスの横顔を見つめた。顎にはひと晩で早くも鬚が生えだし、高い頬骨の上に黒く濃い睫毛が半円形に伏せられている。すやすやと寝ている顔はほんとうに美しい。その顔を見ているうちに、胸がじんわり熱くなった。この男性にどうしてこんなにも心を動かされるのだろう？　ほろ苦い感情がこみあげ、このようなことにならなかったなら、あのときふたりが違う行動をとっていればよかったのにと心の底から思った。

とはいえ、いまさらそんなことを考えても時間の浪費にしかならない。ふたりがこのような関係になってしまったのは現実で、過去は変えられない。ソフィアは身につけてきたものを拾い集め、ベッドの脇の小さな洗面台で顔を洗った。ドレスを身につけたあと、絵のそばの床にリボンが落ちているのに気づいた。

拾おうとしゃがんだとき、絵の下端が目に入った。絵全体に布が掛けられているが、ほんの片隅が覗いている。婦人用の絹地の靴から細い足首が出ているのが見える。

ソフィアはリボンをつかんだ手をとめ、その絵の下端に視線を据えた。マックスは人を描かない。昔ソフィアは、森の精でも白馬の騎士でも、一度でいいから人を描いてみたらとからかったが、マックスはいつも笑って人を描く才能がないのだと答えていた。つまりその後、描ける腕前を身につけたということなのだろう。そうする意欲を駆り立てたモデルがいたのだと思うと、突如怒りのようなものが沸いた。

腕を磨こうとマックスに思わせた女性はどんな人なのだろう？　赤い口紅を塗った艶やかなイタリアの伯爵夫人？　白い肌に黒い瞳の陽気なフランス美人？

誰であろうと、知りたいとは思わない。ソフィアは背を起こし、手早くぞんざいにリボンを指に巻きとった。ほんとうは知りたくないわけではないけれど、気にしてはいない。ほんの少しも。それでもその人物画の片隅から目を離せず、愛らしい女性なのだろうかと想像した。若いのかしら？

そうに違いないと、いらだちつつみずから答えた。マックスのことなのだから、とりわけ美しい女性でなければ満足できるはずがない。ソフィアはリボンをさっと髪に巻きつけてきつい蝶結びに整え、靴に足を入れた。

そのあいだも布で覆われた人物画に気をとられていた。だんだんと腹立たしくなってきた。いったいあれは誰なの？　ベッドへ目を移す。マックスは眠っている。ふいに彼を起こして問いつめ、どういうことなのか説明してもらえばいいのだと思い立った。

そうよ、起こせばいいんだわ。でも……布に覆われた人物画に目をくれた。起こせば、人物画を見せてほしいと頼まなければならないし、マックスは拒むに決まっている。

むずかしい選択だ。ソフィアはベッドに向きなおり、マックスの寝姿を見つめて逡巡した。せめても起こす努力をしてみよう。

鼻を鳴らすように息をしてみたけれど、反応はなかった。たしかに、それくらいでは目を覚ますはずもない。静かに咳払いをして、言った。「マックス」呼びかけというには小さすぎて、声に抑揚もなかった。単に言葉を発しただけだ。

まるで動きは見えない。ソフィアは静かに安堵のため息をついた。とりあえず努力したと言えることはしておきたい。当然ながら、ささやきかけるといったことをすれば無理やり起こすことになる。それはしたくない。絶対に。といっても……ソフィアは唇をすぼめた。正々堂々としていたい。少なくとも起こす努力はしたとはっきりと言えるように。

片方の靴を脱いで拾い、腕を伸ばして床に落とした。その音にマックスはぴくりと反応したものの、それだけだった。

ソフィアはそれで満足し、靴を履きなおした。これでいい。何を言われようと、起こす努力はしたのに、起きてくれなかったと言い返すことができる。靴音を立てないように絵のところへ戻り、掛け布をほんのわずかにめくった。

カンバスの下のほうから優美な白いドレスのスカートの襞が現われ、ソフィアはその筆遣いにじっと目を凝らして視線を少しずつ上げた。掛け布をめくりあげ、人物画があらわになると布を床に落とした。

そこには自分がいた。マックスが描いたのはソフィアだった。

それにしても、太っている。太りすぎよ！

掛け布を元どおりに戻した。「何してるんだ？」マックスの眠そうにかすれがかった声を聞き、後ろめたさを覚えた。

「わ、わたしはただ――」

「見てもいいと言ったおぼえはない」マックスは足を開いて立ち、剝きだしの胸の前で腕を組んだ。

ソフィアはほとんどその身体に目を奪われたくないばかりに顎を上げた。裸で髪を乱したマックスとはなんであれ話しあうのはむずかしい。「見てもいいか訊いたのに、答えてくれなかったんだもの」

「寝ていたんだ」

「起こすための努力は尽くしたわ。あなたが眠りこんでいたのはわたしのせいじゃない。それに」怒りが沸いてきて、腰に手をあてた。「あんなふうにわたしを描く権利があなたにあるの？」

マックスは眉をひそめた。「あんなふうに？」

「太ってるじゃない。あなたは太ってるわたしを描いたのよ」

「なんだって？」マックスはとたんに眉間に皺を寄せた。「そんなことはしていない」

「見たんだもの」ソフィアは疑わしげに目を狭めた。「絵を売ってるの？」

マックスはソフィアから問題の絵へ視線を移した。次の瞬間、目尻にくしゃりと皺を寄せた。「ああ。これまでたくさんの絵を売ってきた」ふんぞり返り、相手をいらだたせる薄笑いを浮かべた。「じつは、皇太子にも先週一枚お買い上げいただいたんだ」

皇太子！　なんてこと！「それがあなたの復讐ってわけ？　太ったわたしの絵を世界じゅうに売り歩くつもり？」

マックスはソフィアをじろりと見て、胸に視線をさげた。「それは違う。復讐を宣言するとなれば、もっとはっきり相手に伝わる方法を選ぶ。こんなふうに面と向かって」

ソフィアは思わず顔を赤らめた。「その話はもういいわ。どうしてこんなふうに描いたのかを知りたいだけよ」

「期待していたものとは違ったということか」

「あれを見て、ほかにどう考えろというの？」

マックスはふたたび絵のほうを見やって、肩をすくめた。「ぼくの作品をきちんと見てくれたなら気分を害するはずがない。だが、言っておくが、これはぼく個人のコレクションだ。ぼくのものであって、ほかの誰のものでもない」

マックスが掛け布をめくりあげた。ソフィアは今度は顔の部分から自分の絵に向きあうことになった。あらためて見てみると、いまの自分よりいくぶん若く、はにかんだような表情で、あどけなさが感じられる。少なくとも歯のない顔を描いてはいないし、鼻先を少し長く垂らさせたわけでもなく、そういった悪意のある描き変えはされていない。

奥歯を嚙みしめ、視線を落としていく。絵に描かれた女性は豊満な胸をしていて、それ以上にふっくらとした……ソフィアは目を見張った。瞬きをする。息を吞んだ。「あなた――わたし――あなたはわたしを妊娠させたのね！」

マックスが眉を上げた。「夕べのきょうでは、わかりようがないと思うが」

ソフィアは足を踏み鳴らした。「絵のことよ！　妊娠したわたしを描いたのね」

マックスがその絵を賛美するかのようにあとずさった。「ぼくが去らずにまだ一緒にいられたら、きみはこうなっていただろうと思ったんだ。きれいだろう？」絵からソフィアへ視線を移す。「きみはぼくにとってこの世でいちばん美しい女性なんだ、ソフィア。これからもずっと」

衝撃がたちまち溶けて消え去った。どうしてそのようなことを、深く思いを込めたような口ぶりで言えるのだろう？　本心なの？

ソフィアは絵に目を戻した。思い違いをしていた。これは復讐のために描かれたものではない。それよりはるかに強い想いから生まれた絵だ。

ソフィアは咳払いをして、べつの絵を身ぶりで示した。「それならこれは？　見せて……見てもいいかしら？」

マックスは束の間押し黙り、それからうなずいた。「いいんじゃないか」後ろへさがって、ソフィアのために場所を空けた。

次の絵には、マックスが旅立つ前、十九歳のときの幸せそうにいきいきと目を輝かせているソフィアが描かれていた。まるで喜びしか知らないかのように無邪気な表情をしていて、いまとなってみればほんとうにそうだったのだとソフィアは思い、顔をゆがめた。

炉棚の上の鏡に映るいまの顔に目をやり、絵のなかの自分と見比べてみる。絵に描かれたソフィアには、切なげに思い悩みがちなためらいが見てとれる。かたや鏡に映った自分の目にためらいはなく、しっかりとしていて、凛とした表情をしている。

ソフィアは微笑んだ。昔の自分よりいまのソフィアのほうが好きだけれど、マックスはどうなのだろう？　横目でちらりと見たが、その表情からは何も読みとれなかった。

沈みかけた気分を払いのけ、次の絵の前に移動して掛け布をめくった。息を呑み、呆然となった。またも自分の絵だったが、今度はもう少し年を経た姿が描かれていた。いまの歳より少し下のようだが、ほぼ近い年齢だ。花畑に腰をおろし、髪が陽光に照らされている。ふっと涙がこみあげ、腕を伸ばしてその絵に手をかけた。マックスはこの絵をいつ描いたのだろう？　それに、どんな理由で？

ゆっくりと手を脇に戻し、次の絵の前に動いて、掛け布を取った。描いたばかりらしく、まだ絵の具が乾ききっていない。まさにいまの自分の顔で、暖炉の前に立っているが、そこはどことなく見覚えのある部屋で……ソフィアは首を片側に傾け、椅子の配置、鳥かごの縁に目を留め――はっと背筋を伸ばした。マックスと離れてからはじめて、レディ・ニーリーの家で再会したときの姿が描かれていた。

思いがけない絵に感極まって喉が締めつけられた。さらに部屋のなかをめぐり、人物画の掛け布をふるえる手で次々にめくりつづけた……すべての絵に自分が描かれていた。坐っていたり、立っていたり、フェンスに寄りかかっていたり、花々に縁どられた穏やかな池のほとりを歩いていたり、すべてマックスが想像して描いた光景だった。いまより若い出会った頃の姿を描いた絵もあれば、いまの年齢か、さらに歳を重ねた姿を描いた絵もある。どの絵も温かみにあふれ、ふしぎと惹きつけられる魅力がある。

愛が込められている。

ソフィアの胸のなかで何かが溶けていった。最後の絵の掛け布に触れる。ほかの絵よりひときわ大きく、ソフィアは思わずいったん手をとめた。それからふるえがちな手で掛け布を剝ぎとり、呆気にとられて立ちつくした。それは田園のこぢんまりとした家の前にあるベンチに坐った、七十歳くらいのソフィアだった。白髪が陽光に照らされているが、瞳の色はいまと同じで、うっすらと小皺が刻まれた顔の輪郭はほとんど変わっていない。その絵のなかで、ソフィアはひとりではなかった。隣に坐ったマックスに手を握られている。マックスも歳をとり、肌に皺が寄り、髪はすっかり白くなっている。堂々とした態度と顎の輪郭は相変わらずだけれど。

なにより目をとらわれたのはその表情だった。まなざしにも、皺だらけの筋ばった手でソフィアの手を握るしぐさにも、深い愛が表れていた――すでに頰を涙で濡らしていたソフィアはとうとう嗚咽《おえつ》を洩らした。

「ソフィア？」

マックスの温かい手に軽く腕をつかまれた。黙って彼の胸に顔を寄せて泣きだした。泣きつづけるうち十二年ぶんの苦しみと疑念のすべてがあふれだし、涙で洗い流された。

マックスにきつく抱きしめられ、濡れた頬を剝きだしの胸に押しあてて、その腕にくるまれた。マックスは何も言わず、片腕でソフィアを抱き、もう片方の手で髪を解きほぐし、背中を撫でた。しばらくして、ソフィアはみずから身を離し、声を詰まらせて言った。「ハ、ハンカチ」

マックスがハンカチを取りにいき、すぐに戻ってきてふたたび抱き寄せる。ソフィアは目をぬぐい、息をひくつかせながら、彼の脇に顔を埋めた。

涙は徐々にしゃっくりに取って代わられ、しゃっくりが静かな泣き笑いに変わった。

マックスが身を引いて、笑いかけた。「どうしたんだ？」

ソフィアはハンカチで目をぬぐった。「あなたはわたしへの腹いせで太ったわたしを描いたのかと思ってたのよ。わたしが晩餐会に招かれて、身長二メートル、体重百キロの巨体でどなたかの家の食堂にいるところなんだと」

マックスがにやりと笑った。「正直なところ、それは考えたことがなかったが、きみが描いてほしいというのなら――」

「やめて」

マックスは笑い声をあげ、ソフィアの額にキスをして、温かい吐息を洩らした。さっと抱き上げ、ベッドへ運んでおろしてから自分も隣に横たわり、抱き寄せてささやいた。「ぼくたちは生涯一緒にいるんだ」

ソフィアはこらえてきたあらゆる感情で胸が熱くなり、ふたたびため息をついた。

マックスは笑い返した。もし目覚めたときにソフィアの姿が見えなかったなら、完全に打ちのめされて心を引き裂かれていただろう。だが実際には目覚めてすぐにソフィアの驚いた声を耳にした。人の声を聞いてこれほど嬉しかった記憶はない。ソフィアはいなくなっていなかった。もう二度と、彼女の心を手放しはしない。

ソフィアが首に腕を巻きつけてきた。「ああ、マックス」と言うなり愛らしいしゃっくりをした。

マックスはきつく抱きしめて、頬から髪を払いのけてやった。「きみに伝えたいことが山ほどある」困ったような笑みを浮かべた。「それで練習もしたんだが、もう何ひとつ思いだせなくなってしまった」

ソフィアが意外そうな表情で顔を見上げた。「あなたはわたしを愛してる。ずっとそうだった」

「ああ。心移りしたことはない。一度も」

「それならどうしてわたしの前から消えたの？　あなたは前に、わたしを巻き添えにして傷つけたくなかったというようなことを言ってたけど……そうではなかったの？」

マックスはため息をつき、その息でソフィアの生えぎわの髪がそよいだ。「自分にそう言い聞かせていた。それに、きみはぼくがカードゲームで不正を働いたと信じていて、もう愛してはもらえないのだろうと――」

ソフィアは口を開きかけたが、マックスがその唇に指を押しあてた。「ああ、わかってる。リチャードがあんなことをしなければ、状況はまったく違っていただろう。ぼくたちはこうなっていなかった」

ソフィアはうなずいた。

マックスが唇から指を離した。「こうしてぼくも歳を重ね、つらさも薄れて、怒りからではなく自尊心のせいで去らざるをえなかったのだとわかるようになった。認めるのは簡単なことではなかったが、それが事実だ」

ソフィアは考えこむ表情で下唇を噛んだ。マックスは涙で湿った睫毛を見つめ、じっと待った。「マックス」ソフィアがようやく口を開いた。「いつ、自分が間違っていたと気づいたの？」

「目覚めてきみがいないと気づいた一日目の朝だ。だが、間違いに気づくことと、それを修復することは、まったくべつの問題だ。ぼくが去ったことをきみが怒っているのも、それが当然だということもわかっていた。もう拒まれるのは耐えられないと思ったから、待つことにした」

「何を？」

「きみがまだぼくを愛してくれているしるしを。だが、きみから届いたのはあの手紙の数々だった」

ソフィアが顔を小刻みにふるわせて笑った。「失礼なことも書いたものね」

「ああ、きみは情熱的な女性だ。きみのそういうところにとりわけぼくは惹かれたんだ。だからこそ怖かった。愛されていたときと同じくらい激しく憎まれて、もうチャンスはもらえないのではないかと」

「どうして思いなおせたの？」

「ジョンのおかげだ」

ソフィアは目を見張った。「兄？」

「きみの手紙と同時に手紙をくれた。婚姻の取り消しについては触れていなかったが」

ソフィアは顔を赤らめ、肘をついて上体を起こした。「いったい兄はなんて――」

マックスがさっとなめらかにソフィアを仰向けに戻すと、ソフィアは枕に頭をのせて、その髪が彼の腕の上に広がった。「きみの怒りをかうとわかっていて、どうしてお兄さんがわざわざそんなことをしたのかって？　きみは妹思いのお兄さんをもって幸せな女性だ」

「そういう高慢な態度をとられるのは嫌いなの」

マックスは彼女の髪の房を手に取って口づけた。「愛するきみと解決しなければいけないのはそこなんだ」

「そこ？」ソフィアはいぶかしげに訊いた。

「お互いの自尊心だ」

「お互い？」

「そうだ。きみとぼくの。そのせいで、みじめな時間を長く過ごさなければならなかった。今後は、もしぼくが高慢な態度をとっていると思ったときは、はっきりと指摘してほしい。同じように、ぼくもきみに指摘する。ということで、さっそく言わせてもらえば、お兄さんがきみを助けたくてしたことに怒るのは、ただの高慢としか言いようがない」

ソフィアは眉をひそめた。「わたしは指摘されるのは苦手だわ」

「ぼくだってきみから同じように言われたら、いい気はしないだろうな。それに間違いなくきみからしじゅう指摘されるはめになるだろう。結婚生活をうまくやっていくには、互いに協力しなくてはいけない。誠実であること。話しあうこと。行動する前に必ずそうすべき意義があるかを考えること」

ソフィアは考えこむような暗い目で絵のほうをぼんやり見やった。少ししてマックスに目を戻し、ぽつりと言った。「同意するしかないわね」

マックスは言葉が出なかった。黙ってソフィアを抱き寄せ、ふたつの身体がひとつに溶けあいそうなほどきつく抱きしめた。それだけでよかった。こうしていられるだけでいい。やがて身体じゅうが幸せな温かさに満たされ、吐息をついた。「ぼくは……」

「どうしたの？」

「お腹がすいた」

ソフィアがくすくす笑った。「雰囲気が台無しだわ」

「もうぺこぺこだ。きみだって同じはずだ。冒険と言ってもいいくらいの一夜を過ごしたんだからな」

「ええ、そうよね」ソフィアは嬉しそうに身をくねらせた。「家に帰って着替えないと。もうこのドレスの皺は直せそうにないもの」

「新しいのをきみに贈ろう。二十着のドレスを」

ソフィアは眉を上げた。「そんなに買えるお金があるの？」

「もっとたくさんでも買える。ぼくの絵はとても高く評価されているんだ」

「わかるわ」ソフィアは自分自身が描かれた絵に目をやった。「どれくらいで売るつもり？」

「ここにあるのは売るものか。絶対に」

心打たれてマックスを見つめた。「申しぶんのない解答だわ」

マックスがにやりとした。「ぼくもそう思ったんだ。さあ、起きよう」

「でも、部屋がとっても寒いんですもの」ソフィアはささやくように言い、彼の首にしっかりと腕をまわした。

「その気持ちもわかるが、食事をして、買い物にも行かなきゃならない」

ソフィアはぱっと身を引いた。「買い物？」

「大事な買い物だ。ぼくはこの十二年間ずっと真珠だけを身につけたきみを描きたいと願ってきたんだ。こうなったらもう一日だって待てない」

「わかったわ。描いてもらったあとは……」ソフィアは睫毛の下からそっと見上げた。「身につけた宝石類はぜんぶ持っててていいのよね」

マックスは笑って、彼女の鼻にキスを落とした。「ぼくがいないあいだに収集癖でもついたのか？　カササギみたいに光るものを集めて――」

「カササギ？」ソフィアはさっと起きあがり、あやうくマックスの顎に頭をぶつけかけた。

「それよ！」

「どうしたんだ？」

ソフィアはすばやくベッドからおりて、ドレスの皺を伸ばした。「服を着て！　急がないと！」

「どこに行くんだ？」

ソフィアは目を輝かせ、にっこり笑って振り返った。「レディ・ニーリーのところよ。消えたブレスレットを見つけられるかもしれないわ」

エピローグ

『ニーリー家の事件がついに解決した！

と断言してよいのだろうか？

レディ・ニーリーによれば、ブレスレットが見つかったので〝近いうちに〟届けると書かれた不可解な手紙を受けとったのだという。

近いうちに？　それはいつなのだろうか？

読者のみなさま、いったい誰が、どこで見つけたというのだろう？』

一八一六年六月二十四日付〈レディ・ホイッスルダウンの社交界新聞〉より

炉火がちらちらとマックスの寝室を照らし、いたずらな影を投げかけている。暖炉の前に広げた深紅の上掛けにソフィアが横たわり、淡い光がその温かな肌を舐め、あらゆるくぼみを撫で、ふくらみをくすぐり、腕に付けたルビーのブレスレットをきらめかせている。

マックスはこれほど甘美で官能的な光景を目にしたことはなかった。なにしろ妻が、昔もいまも愛してやまない女性が裸で艶めかしく横たわっている。ラズベリーを盛った皿を上掛けの脇に置き、自分もその隣に静かに腰をおろした。

ソフィアが片方の肘をついて上体を起こし、皿を見やった。「クリームはなし？」

「今回はなしだ」マックスはラズベリーをつまんで妻の口に入れた。彼女が丸い果実を食べ終わるとすぐにキスをして、果実の甘さが残る唇を味わった。

たちまちふたりの熱情は昂ぶって、マックスがキスを打ち切った。「ベッドに移ったほうがいいんじゃないか」

ソフィアがくすくす笑い、その声は炉火がはじける鋭い音をなだめているかのように聞こえる。「またべつの方法で温まれるのなら――」マックスの下腹部に手をかけた。「――ここの温かさをあきらめてもいいわ」

マックスは息を詰めた。ソフィアはあまりに美しく、情熱的だ。情熱なら自分も負けていない。黙って身をかがめ、上掛けごと彼女を抱き上げて、ベッドへ運んだ。

ソフィアは枕に頭をのせると、マックスに抱きついた。そうしてふたりは身を絡め、ぬくもりをむさぼった。少しして、ソフィアが片腕を上げ、ルビーのブレスレットが灯りにきらめいた。「これをレディ・ニーリーに返しに行かないと」

「返すさ。あのご婦人の言いがかりでひどい目に遭わされたぶん気を晴らせたらすぐに」

「それではまた彼女がいつあなたを中傷しはじめるかわからないわよ」

マックスは首を傾けてソフィアのなめらかな髪に頬をすり寄せた。「言えば言うだけ、きみが彼女の甥を証人としてそれをどこで見つけたかを明かしたときに、恥ずかしい思いを味わわせることができる。ぼくたちがそのブレスレットをあずかって、準備ができしだい返すことに同意してくれたブルックスには感謝すべきだな」

ソフィアはうなずいた。「あの人は自分の目の前でブレスレットが発見されたら、従兄弟のパーシーに盗んだ犯人に仕立てられてしまうと思ったのではないかしら。どのような理由であれ、あの人にはお礼にポートワインでもごちそうしなければね。わたしたちがレディ・ニーリーの家に行ったときにあの人がいたのは幸運だったわ。執事ならわたしたちを家に入れてはくれなかったでしょうから」

マックスは手を伸ばし、太いルビーの輪に隠されている細い手首を指でたどった。「考えてみれば、このブレスレットはあのやかましい鳥のねぐらにずっとあったわけだよな」

「あのオウムはレディ・ニーリーのお話し相手《コンパニオン》の気を惹きたかったんだわ」

マックスは肘をついて上体を起こし、笑いかけた。「ぼくが愛するきみは、すばらしく賢い」

「いまにして思えば当然のことだったのよ。あの忌まわしい晩餐会の出席者が誰も盗んでいなくて、使用人たちもレディ・ニーリーが断言していたように全員信頼できる人たちだとすれば、犯人はあの鳥しかいないわ」ソフィアは満足の吐息をついた。「あすの朝、ブレスレットを返しに行きましょうか？」

「そうだな。さっさと仕事をすませて、ここに帰ってこよう。このところ、そそられるその身体に服を着ているのを見るのが我慢できなくなってきた」

ソフィアが彼をどきりとさせる女らしい目つきでちらりと見返した。「わたしも服を着て結婚生活の大部分を過ごさなくてはいけないかと思うと憂うつになるわ」

「そんなことをする必要はない」マックスは身を乗りだして、思わせぶりに深く口づけた。喜びがあふれだし、ふたりを満たした。

ソフィアは嬉しそうに吐息を洩らしたものの、次の瞬間には肘をついて上体を起こし、マックスの顔を見おろした。「ずっと考えてたんだけど……」

「また何かたくらんでるのか?」

「違うわ」ソフィアは微笑んだ。「今度は違う。そうではなくて、結婚生活の約束事みたいなものが必要だと思うのよ。言いあいになったときに、気を鎮められるようなものが」

「きみは、ぼくたちがしじゅう喧嘩すると思うのか?」

ソフィアは眉を上げ、枕に頭を戻した。

マックスが軽く笑って、彼女の平らな腹部を撫でた。「きみの言うとおりだな。認めるのは癪だが、ぼくたちの人生に諍いが多くのなるのは間違いない。なにしろ、きみはえらく頑固だからな」

ソフィアが不満そうな目を向けた。「頑固なのはお互いさまだわ」

「ああ。たしかに。お互い頑固者だ」

「だからこそ」ソフィアが続ける。「公正に戦えるように、約束事が必要なのよ」

「いいとも」マックスは手を乳房へ移した。「どんな約束事にする?」

ソフィアは彼の手を腹部に戻した。「約束事その一。言いあいは必ず裸ですること」

マックスは目をしばたたいた。「裸で？」

「そう。裸になると、あなたもわたしも……穏やかになれるような気がするのよね」

マックスがにやりとした。「それはどうかな」

「それと、言いあいで決着がつかないときには、レスリングの試合で勝負を決めるの」

「なんだそれは？」

「格闘よ。古代のギリシア人たちがやっていたような」

「古代では裸で格闘していたのか？」

「そうじゃないかしら。何かで見たんだけど、服らしいものは着ていなかったのよね」

マックスはふたたび彼女の乳房に手をおいた。「そのギリシア人たちについてもっと詳しく教えてくれ」

ソフィアは彼の手の上に自分の手を重ねて微笑んだ。「三つめの約束事は、言いあいは必ずキスで終えること」

「キスだけかい？」マックスは少しがっかりしたように訊いた。

「ちゃんとしたキスよ。身体がきゅっとするような。たとえば――」

マックスはキスをした。長々と口づけたあと、顔を離した。「こんなふうに？」

ソフィアは呆気にとられたような顔で瞬きをして、うなずいた。「ええ。まさしくそういうの」

ソフィアは思わず至福のため息を洩らした。ふたりはつねに機嫌よくいられるわけではないだろう。互いに我が強く、ぶつからずにはいられない。でも、燃えあがりやすいし、情熱的だ。それに愛しあっている。重要なのは結局それなのだとソフィアは確信し、切なくなるほどの喜びに満たされた。

訳者あとがき

本書は、ジュリア・クイン作の大人気ヒストリカル・ロマンス・シリーズ〈ブリジャートン家〉から派生した人気作家四人による短編集の第二作です。執筆者は四人とも第一作と同じですが、全章の冒頭にあるレディ・ホイッスルダウンの社交界新聞については、もちろんすべてジュリア・クインが担当しています。本作は前作以上に登場人物同士の関わりも深く、四篇にわたって共通のある〝謎解き〟の伏線も敷かれているので、なるべくなら順番どおりにお読みいただければ、より楽しめるのではと思います。まずは各篇のあらましをご紹介しておくと――

一番手は、ジュリア・クインによる『ファースト・キス』。伯爵令嬢のティリーは、男爵未亡人レディ・ニーリーが開いた晩餐会で、戦死した兄の軍隊時代の親友ピーターと出会います。兄の最期の日々について話を聞き、当初は哀しみを分かち合える相手として心なぐさめられ、しだいに男性としても惹かれるように。かたや、ピーターは戦争に嫌気がさして軍隊を離れたものの、男爵家の次男坊ではほかに自立する術を見つけなければならず、農場を始められる程度の花嫁持参金を見込める結婚相手を探していました。とはいえ亡き親友の妹ティリーについては好意を抱きつつも、伯爵家の令嬢と自分が釣り合うはずもないと端から花嫁候補とは考えていませんでした。ところが、社交界ではピーターが〝財産狙い〟で花嫁を探しているのと噂が立ち、はてはレディ・ニーリーの晩餐会で忽然と消えたルビーのブレスレットを盗んだ容疑者のひとりと名を取りざたされるはめに。純真に恋心を寄せるティリーと自尊心で葛藤するピーター。ふたりの甘酸っぱい恋の行方と、四篇を通じて展開される〝消えたブレスレット事件〟の発端が本作で描かれています。二〇〇五年のＲＩＴＡ（全米ロマンス作家協会賞）短篇ヒストリカル部門ファイナリスト作品。

二篇めは、ミア・ライアン作『最後の誘惑』。十年にわたり、レディ・ニーリーのお話し相手《コンパニオン》を務めてきたイザベラは、社交界で大評判のニーリー家のパーティをすべて取り仕切ってきた有能な女性。けれど三十歳の誕生日が近づき、熱心に好いてくれる相手と言えば女主人が飼っているオウムしかいない現状を省みて、花嫁にはなれずとも、せめてすてきな男性とキスぐらいはしてみたいと考えるようになります。いっぽう伯爵家の子息、ロックスベリー卿アンソニーは名うての放蕩者として浮名を流し、男やもめの父からしつこく結婚をせかされていました。そんな父が息子の芳しくない評判を覆すために舞踏会を開かせることを思いつき、その取り仕切りをイザベラに依頼します。アンソニーは仕事に生きいきと取り組む才能豊かなイザベラにこのような女性がいたのかと魅了されていきますが、身分の差を自覚しているイザベラは彼に惹かれながらも、恋愛より独立して事業を起こすことのほうに希望を見いだし……。皮肉の効いたユーモアが小気味よく、読むうちに、オウムも含め個性きわだつ登場人物たちを愛おしく思わずにはいられなくなる一篇です。

第三篇は、スーザン・イーノック作『最高の組み合わせ』。男爵家令嬢のシャーロットは、歳の離れた従姉ソフィアがかつて痛烈な醜聞にさらされたことから、家名の誇りを守ろうとする両親に厳格な暮らしを強いられてきました。このまま〝評判に申しぶんのない〟と父が勧める退屈な男性に嫁がざるをえない運命なのかと半ばあきらめつつ、ひそかに憧れるマトソン伯爵を遠くから眺めることだけが楽しみの毎日。当のマトソン卿ザヴィアーのほうは、軍隊で順調に昇進していたものの、兄の急死により、ワーテルローでの戦いを前に帰国して伯爵位を継ぐことに。兄を亡くした哀しみと、肌に合っていた軍隊を退かなければならなかった悔しさから放蕩三昧の日々を過ごしたのち、ようやく気持ちを立て直し、ロンドンで花嫁探しを始めたところでした。そんなふたりが舞踏会でたまたま言葉を交わし、シャーロットは叶わぬ恋と知りながらも胸躍らせ、ザヴィアーはそれまでならまるで好みではなかったはずのお堅い令嬢に自分が惹かれてしまっていることにとまどいます。社交界の誰もが驚く組み合わせに、むろんシャーロットの両親も強硬な態度でふたりの仲を引き裂こうと画策するのですが……。一篇め、四篇めと重なり合う場面は、各作の主人公の立場によって描かれ方が変化しているのもまた読みどころです。

最後は、カレン・ホーキンスによる『かけがえのないあなた』。ソフィアはイースタリー子爵マックスと熱烈に惹かれあい、若くして結婚したのですが、その数カ月後にマックスが賭けゲームでいかさまを咎められたことにより大陸へ去り、それから十二年の月日が経っていました。いかさまをしたのがじつはマックスではなく、ソフィアの弟だったことが判明したのちも、夫婦の話し合いはないまま時が流れていたのです。そしてついにソフィアが婚姻の取り消しを申し立てて新たな人生を歩みだそうと決意した矢先、マックスが突如、レディ・ニーリー主催の晩餐会に現われます。ソフィアは相変わらず魅力的な夫の姿に動揺しつつも、婚姻の解消を求めますが、その晩餐会で消えたブレスレットを盗んだ疑いがマックスにもかけられていると知るや、持ちまえの行動力でみずから事件を解決しなければと動きだすことに。ソフィアとマックスが長い空白の時を経て、どのように愛を再生させるのか、さらには問題のレディ・ニーリーのブレスレットはいったいどこへ消えたのか。最終章まで目を離せない、本短編集の締めくくりにふさわしい作品です。

四つの物語はほぼ同時期に展開され、オウムを飼っているレディ・ニーリーの晩餐会を皮切りに、ハーグリーヴズ家の大舞踏会、ハイド・パークの散策、ヴォクソール・ガーデンズでの戦勝記念の祭典といった場面で四作の登場人物たちが居合わせ、すれ違い、または言葉を交わしています。レディ・ニーリーの〝消えたブレスレット事件〟という一本の軸を通して人々の思惑が交錯し、主人公たちの心情の移り変わりがあらゆる角度から読みとれる面白さがあります。

物語の舞台は、ワーテルローの戦いの一年後で、イングランドの摂政時代。ヒストリカル・ロマンスの愛読者のみなさんには言わずもがなですが、一般に、皇太子ジョージが摂政として病気の父ジョージ三世の代わりを務めることとなった一八一一年から即位までの一八二〇年、あるいはこのジョージ四世が死去する一八三〇年までがリージェンシーと呼ばれる時代です。貴族たちが観劇や豪華な家具調度にお金をかけ、ドレスも薄地で華やかなものが好まれていたそう。いっぽうで、本作の登場人物たちが語っているように、この間も異国との戦争は続いていて多くの戦死者も出ていたのですから、どこかいびつで、人々が浮き足立っていた様子も窺えます。本短編集では、リージェンシー・ロマンスの名手とも呼べる四人の作家たちが、この時代の光と影を様々な立場の登場人物の視点から巧みに描きだしています。

そうした作家たちの思いを象徴するように各作の最後に描かれているのが、ヴォクソール・ガーデンズでの戦勝記念の祭典で、庭園内のあらゆる場所から人々がそれぞれの思いで見上げる夜空の花火ではないでしょうか。美しく、危うく、切なさもあり、主人公たちの誠実に愛を育もうとするロマンティックな姿を見事にきわだたせる背景となっています。

史実では、ヴォクソール・ガーデンズでワーテルローの戦いの再現劇が行なわれたのはこの物語の一年後の一八一七年とされています。ここはテムズ川南岸にある庭園なので、一八一六年にヴォクソール橋（当初の名称はリージェント橋）が架けられたことにより、人々が行き来しやすくなったとのこと。現在ここにある橋は、映画『００７』シリーズでのＭ１６本部ビルを臨む映像でご記憶にある方も多いのでは。本作で描かれているように摂政皇太子が大張りきりで戦争の再現劇を指揮していたかどうかは定かでありませんが、この庭園が、美食家で晩年には馬に乗れないほど太っていたとされるジョージ四世のお気に入りの場所で、足繁く通っていたことは確かなようです。

本書の出発点である『ブリジャートン家』シリーズのＮｅｔｆｌｉｘによるドラマ版は、シーズン３のパート１が二〇二四年五月十六日に、パート２が六月十三日に配信されると発表されました。原作では『ブリジャートン家４　恋心だけ秘密にして（Romancing Mister Bridgerton）』のコリンとペネロペが主人公になるそう。今後も原作シリーズの登場人物たちがドラマにも続々と顔を見せてくれそうなので、こちらもぜひ楽しみにお待ちください。

二〇二四年二月　村山美雪

ジュリア・クイン　Julia Quinn

ニューヨーク・タイムズ紙で第一位を獲得したベストセラー作家。大学を卒業して一カ月後には執筆を開始し、以来、医学生となった一時期を除いて、キーボードを打ちつづけてきた。生みだした小説は 43 言語に翻訳され、世界じゅうで愛読されている。ハーバード大学ラドクリフ・カレッジ卒業、太平洋岸北西部に家族と在住。

ミア・ライアン　Mia Ryan

車の相乗り運転をして、シートベルトに付いたチューインガムを擦り落とし、洗濯し、鬼気迫る顔を見つめているとき以外は、嬉々として執筆に励んでいる。本短編集の前作『レディ・ホイッスルダウンの贈り物（*The Further Observations of Lady Whistledown*）』には『十二《一ダース》回のキス』を収録。

スーザン・イーノック Suzanne Enoch

南カリフォルニア出身。摂政時代のロマンスと昔ながらのロマンティック・コメディへの愛、そしてスター・ウォーズに関連するものへの熱意はいまなお同じように持ちつづけている。ニューヨーク・タイムズ紙とＵＳＡトゥデー紙でベストセラーリスト入りした作品は 35 作以上にのぼる。執筆以外の時間は料理を学ぼうと努め、英国訛りを身につけられればと願っている。

カレン・ホーキンス Karen Hawkins

ニューヨーク・タイムズ紙とＵＳＡトゥデー紙のベストセラー作家。ウィットに富み、胸に響き、心温まる著作の数々が高い評価を受けている。ヒストリカル・ロマンス小説では称賛を得て何度も受賞し、さらなる冒険や場所や発見への扉を開いてくれた多くの本の系譜を継いで、現代女性たちの物語も生みだしている。

本書は、2011年9月17日に発行された〈ラズベリーブックス〉「レディ・ホイッスルダウンからの招待状」の新装版です。

ブリジャートン家 短編集2
レディ・ホイッスルダウンからの招待状

２０２４年３月１８日　初版第一刷発行

著……………………………………………… ジュリア・クイン
スーザン・イーノック
カレン・ホーキンス
ミア・ライアン
訳……………………………………………………… 村山美雪
ブックデザイン……………………………………… 小関加奈子
本文ＤＴＰ……………………………………………… ＩＤＲ

発行…………………………………………… 株式会社竹書房
〒102-0075　東京都千代田区三番町８－１
三番町東急ビル６Ｆ
email：info@takeshobo.co.jp
https://www.takeshobo.co.jp
印刷・製本……………………………… 中央精版印刷株式会社